萧殷全集

第六卷
书信 II

名誉主编　王　蒙
主　编　夏和顺
　　　　赖金凤

SPM 南方传媒 ｜ 花城出版社

中国·广州

图书在版编目（CIP）数据

萧殷全集. 第六卷, 书信. 二 / 萧殷著；夏和顺, 赖金凤主编. -- 广州：花城出版社, 2023.8
ISBN 978-7-5360-9078-1

Ⅰ. ①萧… Ⅱ. ①萧… ②夏… ③赖… Ⅲ. ①萧殷（1915-1983）—全集②书信集—中国—当代 Ⅳ. ①I217.2

中国国家版本馆CIP数据核字(2023)第142352号

出 版 人：	张　懿
责任编辑：	夏显夫
责任校对：	李道学
技术编辑：	凌春梅
装帧设计：	黄龙明　张绮华

书　　名	萧殷全集.第六卷，书信.二 XIAO YIN QUANJI DI LIU JUAN SHUXIN ER
出版发行	花城出版社 （广州市环市东路水荫路11号）
经　　销	全国新华书店
印　　刷	佛山市浩文彩色印刷有限公司 （广东省佛山市南海区狮山科技工业园A区）
开　　本	787毫米×1092毫米　16开
印　　张	27.25　2插页
字　　数	480,000字
版　　次	2023年8月第1版　2023年8月第1次印刷
定　　价	800.00元（全十卷）

如发现印装质量问题，请直接与印刷厂联系调换。
购书热线：020-37604658　37602954
花城出版社网站：http://www.fcph.com.cn

致赖少其1通（含曾菲，附来函9通，另函3通，附录1件）/ 001

1982年6月28日 / 001
附来函
1977年11月19日 / 002
1978年5月23日 / 003
1978年6月14日 / 004
1978年8月19日 / 004
1980年6月12日 / 005
1981年3月4日 / 005
1981年8月19日 / 006
1982年3月16日 / 006
1982年5月6日 / 007
附赖少其、曾菲唁函（1983年9月1日）/ 007
附赖少其致陶萍（1985年11月23日）/ 008
附赖少其致陶萍（1986年10月28日）/ 008
附赖少其在萧殷塑像揭幕仪式上的讲话 / 009

致李国柱40通（附来函31通，附函1通）/ 010

1979年5月25日 / 010
1979年7月4日 / 012
1979年7月8日 / 013
1979年7月20日 / 014
1979年7月20日之二 / 015
1979年7月24日 / 016
1979年8月16日 / 017
1979年9月8日 / 018
1979年9月13日 / 020
1979年9月27日 / 021
1979年10月9日 / 022
1979年10月14日 / 023
1979年10月21日 / 024
1979年12月25日 / 025
1980年2月7日 / 026

1980年2月24日 / 028

1980年2月27日 / 030

1980年4月2日 / 030

1980年4月13日 / 031

1980年5月5日 / 032

1980年5月28日 / 033

1980年5月29日 / 035

1980年6月27日 / 035

1980年6月27日 / 037

1980年8月16日 / 037

1980年9月19日 / 038

1980年12月7日 / 040

1981

1981年1月23日 / 041

1981年2月22日 / 042

1981年4月5日 / 043

1981年4月26日 / 044

1981年5月13日 / 045

1981年11月15日 / 046

1981年12月31日 / 047

1982

1982年1月31日 / 048

1982年2月5日 / 049

1982年5月11日 / 050

1982年6月6日 / 051

1982年8月14日 / 051

1982年10月5日 / 052

附来函

1979

1979年5月17日 / 053

1979年6月12日 / 056

1979年7月5日 / 057

1979年7月14日、15日、16日 / 058

1979年7月26日 / 060

1979年7月31日 / 063

1979年8月2日 / 064

1979年9月3日 / 066

1979年10月8日 / 067

1979年11月15日 / 068

1980
1980年1月1日 / 069
1980年1月31日 / 070
1980年2月19日 / 071
1980年4月7日 / 071
1980年4月28日 / 072
1980年6月10日 / 074
1980年6月21日 / 075
附李国柱致杨家文（1980年6月21日）/ 075
1980年6月21日之二 / 076
1980年7月4日 / 077
1980年8月4日 / 079
1980年10月17日 / 080

1981
1981年1月6日 / 081
1981年2月7日 / 081
1981年4月10日 / 083
1981年5月3日 / 084
1981年12月22日 / 084

1982
1982年1月11日 / 085
1982年1月28日 / 085
1982年2月3日 / 086
1982年2月8日 / 087
1982年6月23日 / 088

致李前忠1通（附来函1通）/ 089

1980
1980年1月9日 / 089
附来函

1981
1981年1月4日 / 090

致李士非1通 / 091

1982
1982年1月5日 / 091

致梁超荣1通（附来函2通，另函1通）/ 092

1981
1981年8月6日 / 092
附来函

	1981年10月25日 / 093
1982	1982年5月12日 / 094

致林华忠1通 / 096

1981	1981年×月×日 / 096

致林建征2通（附来函1通）/ 097

1979	1979年9月20日 / 097
1982	1982年2月5日 / 098
	附来函
1978	1978年7月23日 / 098

致林振名1通 / 100

1981	1981年2月22日 / 100

致凌志轩1通（附来函3通）/ 102

1981	1981年1月19日 / 102
	附来函
1979	1979年10月25日 / 103
1980	1980年1月26日 / 104
1981	1981年10月27日 / 106

致刘剑青5通（附来函9通，另函1通）/ 107

1977	1977年7月28日 / 107
1978	1978年3月15日 / 108
1981	1981年1月7日 / 108
	1981年2月7日 / 109
1982	1982年1月22日 / 110
	附来函
1977	1977年7月20日 / 110
	1977年8月10日 / 111

1978年2月23日 / 112
1978年7月24日 / 112
1980年7月15日 / 113
1980年8月29日 / 114
1980年12月6日 / 115
1981年12月7日 / 117
1981年12月15日 / 117
附刘剑青致陶萍（1983年9月5日） / 118

致刘锡诚3通 / 119

1979年7月20日 / 119
1979年8月1日 / 119
1979年9月13日 / 120

致刘晓冬1通 / 121

1981年3月17日 / 121

致龙世辉2通（附来函8通） / 123

1978年10月18日 / 123
1980年11月22日 / 124
附来函
1978年4月11日 / 125
1978年5月×日 / 126
1978年7月21日 / 127
1978年9月25日 / 128
1978年10月31日 / 129
1979年12月22日 / 130
1980年9月6日 / 131
1982年3月25日 / 132

致卢宜1通（另函1通） / 133

1979年12月16日 / 133

附卢宜致陶萌萌（1984年8月15日）／ 134

致鲁迅1通（附散文诗《变》）／ *136*

1934

1934年9月6日 ／ 136
附散文诗《变》／ 137

致《鲁迅日记》注释组1通（附来函2通）／ *139*

1978

1978年4月13日 ／ 139
附来函
1978年4月3日 ／ 140
1978年4月26日 ／ 141

致罗海清49通（附来函3通）／ *142*

1973
1974

1973年7月23日 ／ 142
1974年1月22日 ／ 143
1974年8月20日 ／ 144
1974年9月9日 ／ 145
1974年9月14日 ／ 146
1974年9月26日 ／ 147
1974年10月6日 ／ 148
1974年10月21日 ／ 149
1974年11月10日 ／ 151

1975

1975年1月10日 ／ 152
1975年3月20日 ／ 152
1975年4月30日 ／ 154
1975年5月7日 ／ 154
1975年5月21日 ／ 155
1975年8月21日 ／ 156
1975年10月8日 ／ 157
1975年11月17日 ／ 158

1976

1976年2月×日 ／ 159
1976年4月3日 ／ 160
1976年6月3日 ／ 161

1976年10月19日 / 162
1976年11月26日 / 163
1977年1月15日 / 165
1977年2月8日 / 166
1977年2月26日 / 167
1977年4月14日 / 168
1977年5月25日 / 169
1977年7月30日 / 170
1978年1月20日 / 171
1978年9月20日 / 172
1978年9月30日 / 173
1979年1月2日 / 174
1979年3月10日 / 175
1979年7月9日 / 176
1979年8月31日 / 177
1980年1月26日 / 178
1980年6月18日 / 179
1980年7月10日 / 180
1980年9月10日 / 180
1980年10月10日 / 181
1980年12月1日 / 181
1980年×月×日 / 182
1981年3月24日 / 182
1981年5月20日 / 183
1981年10月11日 / 184
1981年12月5日 / 185
1982年6月7日 / 186
1982年10月22日 / 186
1982年12月12日 / 188

附来函

1977年8月9日 / 189
1977年9月18日 / 190
1978年1月26日 / 191

致罗怀金9通（附来函3通，另函1通）/ *192*

1973
1973年1月9日 / 192
1973年7月11日 / 193

1974
1974年5月26日 / 194
1974年6月4日 / 195
1974年7月2日 / 196

1975
1975年2月27日 / 196

1976
1976年3月5日 / 198

1979
1979年3月17日 / 199

1980
1980年8月16日 / 199

附来函

1977
1977年10月12日 / 200

1981
1981年9月12日 / 200

1982
1982年6月25日 / 201

附罗怀金致陶萌萌（1978年10月20日）/ 203

致罗君策13通（附来函8通）/ *204*

1980
1980年1月26日 / 204
1980年4月27日 / 205
1980年7月18日 / 206
1980年9月20日 / 206

1981
1981年2月6日 / 207

1982
1982年1月28日 / 208
1982年2月19日 / 209
1982年3月16日 / 210
1982年4月30日 / 211
1982年7月12日 / 212
1982年10月16日 / 213

1983
1983年3月29日 / 214
1983年5月30日 / 214

附来函

1978
1978年10月23日 / 215

1979
1979年9月25日 / 216

1980
1980年3月31日 / 217

1980年8月14日 / 218
1982年3月26日 / 219
1982年3月29日 / 220
1982年7月7日 / 220
1982年11月17日 / 222

致罗沙1通 / 223

1982年7月×日 / 223

致罗源文2通 / 224

1982年8月15日 / 224
1982年9月2日 / 225

致骆世昌2通（另函1通）/ 226

1979年5月14日 / 226
1982年6月6日 / 227
附骆世昌致陶萌萌（1986年8月14日）/ 228

致吕雷3通（附来函1通）/ 229

1979年3月9日 / 229
1979年8月3日 / 230
1979年9月30日 / 230
附来函
1979年3月12日 / 231

致吕蒙23通（含黄准，附来函10通）/ 233

1971年7月11日 / 233
1971年8月1日 / 236
1971年11月3日 / 238
1971年11月14日 / 240
1972年1月1日 / 240

1972年1月23日 / 241

1972年4月11日 / 243

1972年5月20日 / 244

1972年8月4日 / 245

1972年9月7日 / 247

1972年9月14日 / 248

1973 1973年1月22日 / 248

1973年7月14日 / 250

1974 1974年9月27日 / 251

1975 1975年3月10日 / 252

1975年8月13日 / 253

1976 1976年6月1日 / 254

1976年10月22日 / 256

1976年11月12日 / 256

1977 1977年5月5日 / 258

1977年12月21日 / 260

1978 1978年3月19日 / 261

1982 1982年4月19日 / 262

附来函

1977 1977年3月8日 / 262

1977年5月8日 / 264

1977年9月3日 / 265

1977年10月×日（黄准附函） / 266

1978 1978年7月30日 / 267

1979 1979年3月17日 / 268

1981 1981年1月17日 / 269

1981年2月15日 / 270

1982 1982年4月17日 / 270

1982年4月28日 / 271

致潘耀明5通（附来函1通） / 272

1979 1979年9月1日 / 272

1979年10月19日 / 273

1979年10月27日 / 273

1979年12月15日 / 274

1980年3月1日 / 275
附来函
1979年10月15日 / 275

致钱钺1通 / 276

1978年7月14日 / 276

致屈燕新1通（附来函1通）/ 277

1977年8月15日 / 277
附来函
1977年7月5日 / 278

致汝浩1通 / 281

1982年8月21日 / 281

致沈仁康2通（附来函1通）/ 282

1974年1月25日 / 282
1974年6月26日 / 284
附来函
1977年9月15日 / 285

致宋永平11通（附录1件）/ 287

1953年9月5日 / 287
1953年9月6日 / 288
1953年12月10日 / 288
1954年1月9日 / 289
1954年5月3日 / 290
1955年11月29日 / 291
1955年12月18日 / 292
1956年1月2日 / 293
1956年2月5日 / 293
1956年8月31日 / 294

1959
1959年×月×日 / 295
附：宋永平回忆萧殷 / 295

致宋志清1通 / 300
1981
1981年8月14日 / 300

致舒燕南1通（附来函2通）/ 302
1979
1979年3月4日 / 302
附来函
1978
1978年9月29日 / 303
1978年10月23日 / 303

致陶萌萌8通（附来函1通）/ 305
1973
1973年4月5日 / 305
1973年4月15日 / 306
1973年4月16日 / 308
1974
1974年5月14日 / 309
1976
1976年9月13日 / 310
1976年10月18日 / 311
1982
1982年8月19日 / 312
1982年9月6日 / 312
附来函
1978
1978年4月28日 / 313

附录
雷锋来函1通 / 314
1977
1977年9月7日 / 314

雷加来函1通 / 316
1978
1978年1月6日 / 316

黎白来函2通 / *317*

1980年7月20日 / 317
1980年7月29日 / 318

李成俊来函3通 / *320*

1980年9月19日 / 320
1980年12月26日 / 321
1982年5月24日 / 321

李国义来函1通 / *323*

1981年1月27日 / 323

李宏伟来函2通 / *324*

1981年9月29日 / 324
1981年12月18日 / 326

李克异来函1通 / *327*

1978年1月10日 / 327

李永葆来函1通 / *329*

1976年6月12日 / 329

李永川来函3通 / *330*

1976年5月20日 / 330
1977年10月13日 / 331
1978年1月28日 / 331

梁明和来函1通 / *332*

1983年11月5日 / 332

林建忠来函1通 / *333*

1978　　1978年10月19日 / 333

林明深来函1通 / *335*

1980　　1980年12月31日 / 335

林默涵来函1通 / *336*

1978　　1978年9月9日 / 336

林培瑞来函1通 / *337*

1982　　1982年9月9日 / 337

林文山来函1通 / *338*

1981　　1981年1月29日 / 338

林元来函3通 / *340*

1977　　1977年8月3日 / 340
　　　　1977年10月7日 / 341
1982　　1982年1月20日 / 342

刘成学来函1通 / *343*

1980　　1980年1月15日 / 343

刘士馗来函2通 / *345*

1980　　1980年12月2日 / 345
1981　　1981年×月×日 / 346

刘肖宁来函1通 / *347*

1978　　1978年9月30日 / 347

刘真致陶萍1通 / 349
1983年9月11日 / 349

柳荫来函1通 / 350
1978年7月31日 / 350

楼栖来函1通 / 351
1977年10月5日 / 351

陆国松来函1通 / 353
1980年1月9日 / 353

卢洁香来函1通 / 354
1978年9月10日 / 354

鲁芝来函1通 / 356
1978年10月8日 / 356

罗莉莉、骆士漪来函1通 / 357
1978年1月25日 / 357

罗维金来函1通 / 358
1978年10月3日 / 358

骆宾基来函1通 / 360
1982年12月12日 / 360

骆世浆来函1通 / *361*

1981　1981年1月15日 / 361

马兴昌来函2通 / *363*

1981　1981年4月17日 / 363
　　　1981年7月18日 / 365

敏泽来函2通 / *366*

1978　1978年11月29日 / 366
1979　1979年3月12日 / 367

缪俊杰、郑荣来来函1通 / *368*

1978　1978年11月20日 / 368

那沙来函1通 / *369*

1978　1978年1月31日 / 369

聂智艺来函1通 / *371*

1978　1978年12月9日 / 371

潘亚暾来函2通 / *373*

1980　1980年4月18日 / 373
1982　1982年10月30日 / 374

秦牧来函1通 / *376*

1978　1978年8月26日 / 376

丘峰来函9通 / *377*

1979　1979年11月15日 / 377

1980年6月4日 / 378
1980年9月2日 / 378
1981年1月7日 / 379
1981年2月2日 / 380
1981年2月20日 / 381
1981年2月25日 / 382
1981年11月29日 / 382
1982年2月20日 / 383

邱峻锋来函1通 / *384*

1978年9月5日 / 384

单复来函1通 / *386*

1980年11月11日 / 386

沈季平来函1通 / *387*

1979年1月14日 / 387

苏晨来函1通 / *389*

1982年6月11日 / 389

苏华来函2通 / *390*

1980年8月27日 / 390
1981年2月21日 / 391

苏敏来函1通 / *392*

1981年1月19日 / 392

孙宪文来函1通 / *393*

1982年3月5日 / 393

谭贤邦来函1通 / 397

1983
1983年5月24日 / 397

唐达成来函4通（另函2通） / 399

1980
1980年1月17日 / 399
1980年6月22日 / 400
1980年12月15日 / 400

1982
1982年3月26日 / 401
附唐达成致陶萌萌（1983年12月12日） / 402
附唐达成致陶萍（1985年3月24日） / 403

唐维安来函2通 / 404

1980
1980年12月22日 / 404
1981
1981年2月12日 / 404

童健飞来函2通 / 406

1977
1977年12月14日 / 406
1978
1978年1月27日 / 407

涂乃贤来函6通 / 408

1978
1978年12月17日 / 408
1979
1979年2月14日 / 409
1979年4月7日 / 411
1979年5月6日 / 412
1981
1981年1月21日 / 413
1981年12月16日 / 414

致赖少其1通（含曾菲，附来函9通，另函3通，附录1件）

赖少其（1915—2000），室名木石斋，广东普宁人。1936年毕业于广州市立美术学校。1939年参加新四军，曾任八纵队宣传部长。1949年后历任华东美协党组书记、美协上海分会副主席；安徽省委宣传部副部长、安徽省文联主席、美协安徽分会主席，安徽省政协副主席。

曾菲（1921—2014），广东梅县人。赖少其夫人。

1982年6月28日

少其同志：

来信及"习艺录"题字①早已收到。收到时我正在卧病，不知写了复信没有？已记不清了。这一年来，我几乎都在病痛中度过的，体质愈来愈衰弱，最糟的眼睛开始蒙眬，看东西非常吃力，于是写东西也增加了困难。今后如写作只能依靠录音机，由别人来整理了。倘若这办法也困难，只好停止"著作"这行劳动。虽然并非出自心愿，但灯油已尽，奈何！

四月间曾接吕蒙②来信，他说自你走后他拉了一阵肚子，后来又感冒，左脚的行动大大后退，萎缩加深，走起路来，拐得更厉害了……不知现在怎样？甚念！

---

① 指赖少其为萧殷《习艺录》题写的书名。

② 吕蒙（1915—1996），原名徐京祥，浙江永康人。中国美协上海分会副主席，上海人民出版社副社长，上海美术出版社社长。早年曾与萧殷、赖少其在上海参加抗日救亡运动。

我的住宅被前面的高楼挡住,南风和阳光都给隔断了,加上白蚁为害,已成危楼。去年我已向省委、军区政委写了报告,要求搬回我"文革"前的住宅——梅花村四号二楼,蒙他们迅速批复,同意我搬回旧居,但下边层层扯皮、阻挠,至今仍未搬成。鲁迅先生说"中国人搬一张桌子,需要经过一场斗争"(大意)①,对现在尤其是如此。

　　你近日生活如何?望保重!你自画黄山山水之后,大家评价很好;这一批画的确达到了很高的水平!今年《澳门日报》出版的挂历,曾选印了你的一幅《黄山图》,看见了没有?

　　广州今年天气异常,六月初还冷得要盖棉被,但到六月中却热得像烤炉,离开电扇,连坐着都汗流浃背。尤其是,我的楼上,因高楼晒满了太阳,反射下来,犹如灼热的火焰,使我楼上仿佛没了氧气,感到窒息。可以说,从来没有像今年广州热得如此令人难受。

　　陶萍常到烈士陵园②散步,对她的心脏病有些疗效:前两年根本不能走路,现在锻炼得能走两三站路了。她问候你和曾菲及孩子们都好!祝你
健康!

萧殷　六月廿八日

附来函

1977年11月19日

萧殷、陶萍同志:

　　我们刚刚从上海回来,又见到小莲同志,谢谢你给我们带来礼物,读了你们的来信,多么的高兴。我没有什么可以送你们,考虑的结果,还是写了鲁迅先生的一句话"锲而不舍"给你们做纪念;千言万语,都没有鲁迅先生这句话好。

　　我是上月二日到皖南的。《人民中国》韩瀚③同志约我陪他到皖南新四军军部旧

---

　　① 鲁迅原话为:"可惜中国太难改变了,即使搬动一张桌子,改装一个火炉,几乎也要血;而且即使有了血,也未必一定能搬动,能改装。"语见《娜拉走后怎样》。
　　② 即广州起义烈士陵园,在中山二路,此地原名黄花岗。
　　③ 韩瀚(1935—2020),山东苍山人。《人民中国》杂志编辑、记者,安徽省文联专业作家,编审。

址①，因周总理曾于一九三九年到过新四军，我们从周总理去过的地方一直上了黄山。在山上得到电话，要我即到南京参加刘先胜②司令员的追悼会，以后又到上海参观罗马尼亚十九、廿世纪画展。搞得颇疲劳和紧张。

七月初，万里③同志即建议恢复省文联工作，并做了整顿文联的指示。但进行起来却颇复杂。主要是宋佩璋④紧跟"四人帮"，在"四人帮"垮台以后还捂了八个月的盖子，文艺界也深受其害，因此需要肃清流毒以后，文艺队伍的阶级路线才会清楚。所以，把文联的成立推迟了一些，看来明年才能成立——或叫作恢复省文联工作，先成立作协、美协、音协三个协会，剧协的工作，统一由省文化局领导。你们已经远远跑在安徽的前面了。广东省文艺工作自从"四人帮"垮台以后，发展很快，是先进单位和地区，美术工作尤其是如此。

听说你们身体都欠佳，望好好保重身体。我的胃病已经好了，没有别的什么病，比以前要胖了一些；曾菲有冠心病，还不如我呢。大孩子若波，已有一个女孩在我家里，他在长春工作；大女儿晓峰已经结婚，也生了一个女孩，现在合肥工业大学教书；小女孩小虹，学裱画，是安徽省博物馆的学徒工。

我在上海见到吕蒙，他还是老样子，很乐观；唐云⑤同志刚从北京回上海，他要我代他写信向你们问好。

希望经常能收到你们的来信，再见。

赖少其　曾菲
十一月十九日

1978年5月23日

萧殷、陶萍同志：

没有即给你们复信，是因为我刚从上海回来，即参加了一场恢复文联的十天激烈的

---

① 皖南新四军军部旧址，在安徽泾县云岭镇，现建有新四军军部旧址纪念馆。
② 刘先胜（1901—1977），湖南湘潭人。中将军衔，南京军区原副司令员。
③ 万里（1916—2015），山东东平人。1977年6月任安徽省委第一书记兼省革委会主任。后曾任国务院副总理、全国人大常委会委员长。
④ 宋佩璋（1919—1989），河北临城人。曾任安徽省委第一书记兼军区党委第一书记。
⑤ 唐云（1910—1993），号侠尘，浙江杭州人。画家。美协上海分会副主席，上海中国画院代院长。

斗争。有人要将写诗反总理和邓小平同志的□□塞进文联领导班子，因此斗争展开了。现在文联和各协已成立，万里同志支持了我们。我们胜利了。我被选为文联主席和美协主席。那沙①、陈登科②同志为文联副主席，作协、音协副主席。

我和韩美琳③同志合作给你两本书设计了封面和扉页，字是我写的，都是繁体字，如不适当请告知，当再写。

我们将于后天赴京参加全国文联会议，封面另寄上。致
敬礼。曾菲问好。

赖少其　五月廿三日

1978年6月14日

萧殷、陶萍同志：

上次接到来信时，正逢我们因恢复文联工作，斗争很激烈的时候，这次全国文联开会以后，你们一定可以听到我们这场斗争的情况。正因为当时过于紧张，所以决定我和韩美琳同志合作给萧殷同志设计了书的封面，又因韩美琳同志生病，我又赴京开会，我只是写了封面的字，但未见书面图案，你们是否已经收到？效果如何？因至今未见回信，所以写信来问。韩现在上海，我给他两封信，也未见他答复，所以甚闷。曾菲现在上海未回。再见。

赖少其　六月十四日

1978年8月19日

萧殷、陶萍同志：

我刚刚从上海回合肥。在上海时，吕蒙便告诉我，你在医院中患了"夜游"病，现

---

① 那沙（1918—2000），原名林澄思，广东博罗人。1938年入延安鲁艺文学系学习。安徽省文联副主席，作协安徽分会副主席。

② 陈登科（1919—1998），江苏涟水人。作家，著有《活人塘》《杜大嫂》等。安徽省文联副主席，作协安徽分会主席。

③ 即韩美林（1936—　），山东济南人。中央工艺美术学院首届毕业生。安徽画院副院长，清华大学教授。

在陶萍同志也到医院陪你。菌子也谈了你工作过于勤劳，恐对你治病不利。我回到家里，便读了你的信，证实了以上的事实。我给钱松嵒①先生写过一篇文章，发表在《人民文学》上②，我曾给他的一生概括成十二个字，现在写成对联送你一份。这就是要冷热结合，才能长寿。

……我的身体还好，工作又忙起来了，明天将到淮南开会。匆匆致

敬礼。

赖少其　八月十九日

1980年6月12日

萧殷、陶萍同志：

信已收到。吕蒙同志已从南京回上海，现住华东医院，病情已经好转，能连续说话，不过还未完全恢复。我准备下山，先去无锡，然后到上海龙华植物园画花卉，准备出国展览。黄山笔会准备七月五日召开③，希望你能来参加，陈登科同志说广东除你以外，还请欧阳山④和秦牧⑤同志，他们能否来？还不知道。

陶萍同志正在写长篇小说，写好了吗？萌萌给我的信已经收到，谢谢她了。曾菲现在黄山，即将回合肥，问你们好。我可能七月初还要回黄山参加笔会。再见。致

敬礼。

赖少其　六月十二日

1981年3月4日

萧殷、陶萍：

实在抱歉，我这里没有交通工具，行走极不便；你那里又没有电话，不能互通消息。"落后"使人闷气。

---

① 钱松嵒（1899—1985），江苏宜兴人。画家，新金陵画派代表人物。江苏国画院院长、名誉院长，江苏美协名誉主席。
② 赖少其：《只研朱墨作春山——为〈钱松嵒画集〉作序》，载《人民文学》1978年第5期。
③ 黄山笔会，中国作家协会安徽省分会主办，1980年7月5日起在黄山举行。
④ 欧阳山（1908—2000），湖北荆州人。作协广东分会主席，广东省文联主席，中国作协副主席。
⑤ 秦牧（1919—1992），广东澄海人。著名作家，作协广东分会副主席。

听说陶萍同志生病入院，未能前来探视，现在身体可好了？

六日至八日尚有香港朋友来看画展，不能离穗。八、九两日有一点空，是否去从化看吕蒙同志？唐云同志也准备一起去，如你们有空，望即告知。我们十日以后，如果事情办妥，便赶回安徽。

遵嘱写报头，繁体字较好，简体字不佳。致敬礼。

赖少其、曾菲　三月四日

1981年8月19日

萧殷同志：

听苏烈①同志说：你已平安从湖南回广州，十分高兴。日前接吕蒙同志来信，病已有好转，但信还是写得歪歪斜斜的。我们都已经老了，我今年也不如去年，不能做更多的事了。你和吕蒙同志身体都很差，应该注意"养生之道"。如果能多活几年，就多活几年罢，但如果不注意调养，我们可能就活不了多少年了。你太劳累了，不休息又不注意营养，是难以长期支持的。

文艺界又"惶惶然"，怎么办？我看也没有什么了不起，历史还是向前进，不会以人们的意志为转移的。

陶萍同志好。

赖少其、曾菲　八月十九日

1982年3月16日②

萧殷同志：

萌萌来信说，你将出版回忆文章③，需要我们三个人合照，可惜片底在广州，曾托人到香港洗印，现在虽然寄来，选了三张寄上，可惜片底现在北京，如你认为合适，当

---

①　苏烈（1921—　），笔名老烈。著名杂文作家。中共中南局政策研究室副处长，广州市委政策研究室副主任。

②　此函寄广州东山竹丝岗二横路16号二楼苏烈转。苏烈于函封附笔：只因太懒，送得太迟，请谅。萧殷注：九月十四日苏烈转到医院，九月二十五日复。

③　参见吕蒙1982年4月28日致萧殷函"少其还说你要写回忆录"。

再寄上。我们在北京住了两个月，现在上海。吕蒙的身体比前好得多了，惟走路尚不自然，但已行动自如，渐入佳境。听说你已从医院回家，望注意健康，不要太劳累了。

陶萍同志安好！

赖少其、曾菲、吕蒙、黄准
三月十六日于沪

1982年5月6日

萧殷同志：

四月廿三日信收到。我们因为陪外宾上黄山，刚刚回来，这次经过上山的考试，身体已不如前。在上海见到吕蒙，比以前好多了，当然完全恢复健康，好像以前一样，已经不可能。他从二楼搬到九楼，他说空气好一些。

《给文学青年》①已经收到，还没有细看。现将"习艺录"三字奉上，以便印封面之用。

我们总是感到你实在太忙了，营养又不足，望注意健康为要。

陶萍同志致候。

赖少其、曾菲　五月六日

附赖少其、曾菲信函（1983年9月1日）

陶萍同志和萌萌：

《羊城晚报》萧荻②同志来电，惊悉萧殷同志已于今日晨四时逝世，这是文学界一大损失，大家都十分悲痛，即作《哭萧殷》一诗航寄《羊城晚报》，同时再书一纸以为纪念。望你和孩子们节哀为要。致
敬礼。

赖少其　曾菲　晓峰　小虹
一九八三年九月一日

---

① 萧殷《给文学青年》，湖南人民出版社1981年12月版。
② 萧荻（1920—　），原名施载宣，毕业于西南联大。《羊城晚报》编辑。

附赖少其致陶萍（1985年11月23日）

陶萍同志：

好不容易找出了萧殷同志一封信①，曾菲说：应归功于她。我片面地接受"文化大革命"的经验，一般不留书信，以免连累他人。因此，来信都给我"消尸灭迹"。追悔也已经来不及了。

我们现在家里好像货仓。一路准备北上——我和曾菲二十六日去京、津举办画展②，明年一月上旬才能回合肥；一路南下，由上海率领全家老小总动员准备搬家，可能明年一月上旬才能将行李托运到广州。行李一到广州，我们后续"部队"乘飞机跟上。因为春节将到，货运紧张，越迟困难越大，但两个小孩寒假之前，未放假，不能来；开学之后，如不转学，会影响上学。天津画展明年一月六日开幕，我们准备参加开幕式以后才能回合肥。然后，准备搬家。

因此，忙得团团转。再见。广州见。

赖少其、曾菲
十一月廿三日

附赖少其致陶萍（1986年10月28日）

陶萍同志：

萧殷纪念碑及悼诗奉上。关于立碑及塑像，我正在设法联系，急了没用，或候我们明年回家来定居以后进行也可以。再见。

赖少其 十月廿八日

---

① 即萧殷1982年6月8日往函。

② 1985年12月13—25日，"赖少其书画展"在北京中国美术馆举行，由中国美术家协会、安徽省政协、中国美协安徽分会主办。

附赖少其在萧殷塑像揭幕仪式上的讲话①

各位同志：

中共党员、著名文学家萧殷同志纪念像今天揭幕。

萧殷同志在延安参加了毛泽东同志主持的"延安文艺座谈会"，他一贯坚持马列主义、毛泽东思想，坚持四项基本原则，坚持社会主义现实主义的文学创作和文艺评论。萧殷同志以毕生精力培养文学青年；已培养出一批有名的文学家，他们将会永远感激他。

萧殷同志是龙川人，在困难时期得到萧殷同志的帮助。人民也会永远感激他的。

把萧殷纪念像安放在他的家乡龙川，是中共广东省委宣传部批准的。中共惠阳地委和惠阳地区行政公署、中共龙川县委和龙川县人民政府建立的。

吴有恒②同志为萧殷同志纪念像撰写了一百五十多字的碑文，用了几个月时间，逐字逐句地推敲，语言严肃、整洁，热情横溢，实事求是，深入浅出，继承和发扬了碑刻文学的优良传统，也将是龙川县地方志的重要文献。

著名雕塑家曹崇恩③副教授和夫人廖慧兰④同志，根据萧殷同志的照片和文学作品，以崇高的热情为萧殷同志塑像，取得很高的艺术成就。

我们感谢专程前来参加萧殷同志纪念像揭幕典礼的他的生前友好和学生，感谢地、县的领导同志，感谢为萧殷同志纪念像落成热情出力的同志。

萧殷同志将永远活在人民心中。

一九八七年七月五日

---

① 本文根据赖少其手稿整理。

② 吴有恒（1913—1994），广东恩平人。曾任粤中抗日纵队司令员、广州市委书记、《羊城晚报》总编辑。

③ 曹崇恩（1933— ），广东灵山（现属广西）人。先后就读于广东省立艺专、华南文艺学院美术部、中南美专雕塑系。广州美术学院教授，著名雕塑家。

④ 廖慧兰（1938— ），广东梅县人。著名版画家、雕塑家，广州美术学院雕塑教授。

致李国柱40通（附来函31通，附函1通）

李国柱（1931—2016），又名林真，斋号处困室。广东台山人，生于广州。少年丧父，以家贫辍学，靠自学成材，受益于萧殷《跟初学者谈写作》。1947年赴香港，曾任大成影片公司宣传主任，著有武侠小说《霍元甲》等。

1979年5月25日

国柱兄：

来信（上半封）及照片均收阅，谢谢！此次在广州虽相叙①时间不算长，但印象甚深，你为人爽朗、博学多能，给我留下极好的印象。今后愿常通信！克勤②勤谨好学，也留下极好印象。

那晚从华侨大厦回来，匆匆找出第一期《十月》③和《怎样写新闻消息》④复印稿，即交司机带去，想已妥收？这本小书我已二十多年未看见，此次托人从省图书馆借出，因是孤本，一般不易借到，经馆长批准，才得出借一周，又托人复印了一份，准备将来有闲情时加以修饰。这，对于一些没有写过新闻消息的人，大约还有点启发作用。你们如复印，请顺便为我多印一份，为盼！

---

① 李国柱因曾敏之介绍前往拜访萧殷。参见李国柱1979年5月17日来函。
② 李克勤（？—2020），李国柱长子。毕业于珠海书院新闻系。1996年移民加拿大。
③ 《十月》于1978年8月创刊，北京出版社主办。
④ 《怎样写新闻消息》，萧殷为青年写作者编写的小册子，写于1939年，署名黎政。

《中国文学家辞典》①就留给你吧！估计此书下半年要正式出版。前日我收到两本《中国现代作家传略》②，决定转送一本给你，准备由我的学生司徒婵③女士亲自奉赠。这本书关于我的传略比《文学家辞典》稍微详细些。我的妻子陶萍的传略，《文学家辞典》上可查到，你大概已注意到了罢？司徒婵女士是我在暨南大学时的学生，她现在香港工作，她住在渡船角，可能与你们是近邻。

寄来的两种药昨日收到，准备找医生看看再服用。十分感谢你的关怀！其中 Horoyseng（荷力胜）可能对我的体质较合适，不会有什么副作用。我今天就开始服用了。但是对 Franol，因我自己看不懂它的说明书，只好等医生指点后再服用。

相片摄得都不错，但我比较喜欢那张坐在阳台的藤椅上，手执笔做写字状的。希望给我印两三张，不必太大，如像这次寄来的大小就行了。还有陶萍的相片也望寄来！

《诗话》④望能通过《文汇报》⑤交通带回来，我对这套书太需要了。今后对《创作论》的写作，涉及中国的文论和诗论，都离不了中国的"诗话"。

你们离穗后，我一直参加一个省的会议，一连开了八天，连星期日也没有休息。敏之⑥兄回来的第二天，我就去参加会议。因此，只匆匆谈过一次话，第二次谈话就没有机会了。于是答应给他写的文章，就更加顾不到了。

本来今天我要到新会去参加一个创作座谈会，但因临时发现七月份《作品》⑦的稿子，实在质量太差了，不能不调整。为此可能要忙好几天，因此去新会只好延期了。陶萍向你们一家致候！匆匆祝

顺利！

萧殷　五月廿五日

---

① 当指《中国文学家辞典》现代第二分册，北京语言学院编写、出版，收录作家582人。1979年出版。

② 《中国现代作家传略》（上、下），徐州师范学院编写组编，1979年出版。

③ 司徒婵，1958—1959年就读于暨南大学中文系，后因患病返回香港。

④ 《诗话》即《诗话丛刊》，台湾翻印日本原版，参见李国柱6月12日来函。

⑤ 指香港《文汇报》，在广州设有办事处。

⑥ 曾敏之（1917—2015），广西罗城人。著名作家、报人。香港作家联合会会长，香港《文汇报》副总编辑。萧殷任暨南大学中文系主任期间，曾聘其为中文系教授。

⑦ 《作品》杂志创刊于1955年4月，中国作协广州分会主办，其后两次停刊并更名。1972年1月复刊，改名《广东文艺》，1978年7月起恢复原名《作品》。

1979年7月4日

国柱兄：

我前（七月二日）晚由新会回抵广州，车行三小时，一路平安。到家后即读到你两封信，并见到两本《诗话丛刊》，谢谢！

这次在新会，主要由中医医治，效果较好，但消瘦依旧。你寄来的两种药，我只用了多种维生素，另一种是急治哮喘症的，与我病情不符，未用。我的病况是肺功能衰弱，肺的伸张、收缩能力减弱，呼吸都困难，因此平日氧气不足，遇到上坡、上楼或快走，便气促难受。据说没有什么特效药。如体质能逐渐恢复，肺功能可能好转。现在只能服用一些中药而已。

在新会曾为香港《文汇报》写了一篇有关批判现实主义的短文，六月廿八日在新会寄出，不知敏之兄收到否？见面时，请顺便问一声！

我托我的学生司徒婵（住渡船角文英楼）带去一本《中国现代作家传略》，不知收到否？来信未见提及，甚念！你要的《花城》①我即刻托出版社寄上，《广州文艺》②及《作品》随即向该编辑部交涉。因为《作品》是买不到的，但《收获》③《十月》《新文学史料》④恐怕很难满足我兄之需要，因为这些丛刊在广州书店都不是经常能见到的。我再打听打听，用尽一切力量去办。《十月》编辑部有个熟人，准备去信探询一下。

我离开新会之前曾遇见韦丘，他谈到《开卷》⑤，说一直未收到。今读到你来信，你说已寄来，而且残云、于逢、庆云、韦丘都寄了。奇怪！我们都没有收到？是否海关扣下了？按理不会扣这份杂志罢？

我回来后十分忙，且气候热得出奇，深夜寒暑表还保持32摄氏度的高温，整日汗流不止。暨南大学研究生的工作，要我去主持，但那里教师力量有限，恐怕还要费很大气力。下半年我打算请创作假，暂时抛开《作品》编务，专事写《创作论》，现还未提

---

① 《花城》杂志，1979年4月创刊，时为广东人民出版社出版。

② 《广州文艺》，创刊于1973年，广州市文学艺术界联合会主办。

③ 《收获》，文学双月刊，1957年7月由巴金和靳以创办，原属中国作协，人民文学出版社出版。后改由作协上海市分会主办。

④ 《新文学史料》季刊，《新文学史料》丛刊组编，人民文学出版社出版，创刊于1978年。

⑤ 《开卷》月刊，香港出版，以提倡读书为宗旨，1978年创刊，李文健主编。

出，不知能否如愿。但《创作论》的写作一定继续下去，因此，你打算寄出的《人物刻划论》《写作浅谈》《美感》《艺术论》等书，都是我写书时所十分需要的资料。

药物请你不要寄了，谢谢！你的关怀和盛意，令人感动！

陶萍问候你！匆匆顺颂

暑安！

萧殷　七月四晚　大汗浃背

《怎样写新闻消息》一书复印本，请寄回！又及。

1979年7月8日

国柱兄：

今日收到你五日来信，谅我六日信正在途中。昨（七日）已将第五、六期《作品》及第一期《花城》分两包寄上，收到后，望告一声。

六日信已奉告：《诗话丛刊》已收到。Franol是喘病急救药，我不适用，以后请不要寄了。但对你的关怀，十分感谢！六日信也提到，《开卷》我们都未收到，不知是何缘故？

电子味扩音筒及电芯，还是请你顺手打个电话问敏之兄一声，我以后如写信，当然会提到这件事，他自己不回来，谁知他能托谁带来呢？

原定七月开文代大会①，现据说又延期了，一说九月，一说十月以后，总之，会期茫茫，谁也弄不清什么时候召开。上月北京来电话，约欧阳山和我在文代会发言，我正考虑提纲，见会期一再后延，我也不必着急了。

下半年想请假写《创作论》，打算把《作品》编务移交他人，但现在领导上还未答复。我很着急，身体这么坏，如再耽搁两三年，将来很可能连写作能力也将会丧失。现脑力已衰退到可怕的地步，谁知两三年以后呢？这几年死的作家已不少，五月廿六日优秀作家李克异②突然逝去（二期《花城》将有他的长篇片断）。他是为《收获》赶改长篇小说《历史的回声》第一部前两章时，突然脑出血，死于案头的。其夫人来信说，

---

①　第四次全国文代会，后改为10月底在北京举行。

②　李克异（1919—1979），原名赫维廉，辽宁沈阳人。时任珠江电影制片厂编剧，有作品《归心似箭》等。

"他死于创作岗位,但死得无痛苦,这一点还聊以慰我。"不过,也令人够难过的了。

陶萍问候你们!匆匆祝好!

萧殷　七月八日

1979年7月20日

国柱兄:

从新会归来后,曾奉上两函,并寄上《花城》一本及《作品》两期,未知收到否?

昨日收到《开卷》,并即拜读了你的《喜尝"粗咖啡"》[①]一文。既是评论,又是优美的散文;不仅感情洋溢,而且也闪烁着思想的光辉;读来既感到亲切,又使人泾渭分明。这确是一篇别开生面、生动活泼的评介文章。尤其使我羡慕的,是我从这篇短文中窥见了你抒发感情和表达思想的才能,它常常通过一种情景交融或意象一体的境界来表达你的意见,是难能可贵的。用这种手法来写散文,不但能把诱人的意境鲜明地表现出来,同时还能把事物内在的意义深刻地阐发出来。我相信,你写的散文,一定是很有艺术魅力的。

克勤弟寄来三本《怎样写新闻消息》影印稿,都收到了,谢谢!他出国实习,已动身了吧?祝他一路顺风!

下半年,我打算专事写作,这是许多老朋友以及无数青年读者一再催促的任务,似乎再不能拖下去了。为了能集中精力和时间,我想抛开《作品》主编的职务。现打算把这计划提出来,还不知能否取得同意?

有空望来信,你的近况以及香港的情况都可以谈谈。我在新会注射"核酪"后,体质略有好转,但胃口仍未改善,所以依然瘦骨如柴。

陶萍嘱笔问候!顺颂

夏祺!

萧殷　七月廿日

---

① 《喜尝"粗咖啡"》,李国柱为张君默小说《粗咖啡》写的书评。

1979年7月20日之二

国柱兄：

中午写的信尚未寄出，下午就接到你七月十四、十五、十六日写的信，现赶紧把重要的问题，先简单地写在下面：

你七月十三日寄出的九本书，尚未收到。估计再过几天是可以收到的。你所选择的标准我认为完全合适，也切中我的口味。视野不广，客观事物的规律性就不可能找到。老是在自己所熟悉的小圈子内兜来兜去，将搞不出什么名堂，则是肯定无疑的了。

你寄的五篇稿件，也还没有收到。《喜尝"粗咖啡"》已读，《碧街习作》（刊七期《开卷》）我正准备阅读……我一定认真拜读，并一定将读后感告诉你。从《喜尝……》一文中已知道你和海辛[①]先生的友谊，对于他的作品，我当然愿意拜读。顺便提一句：你能否将《粗咖啡》[②]给我寄一本来？

你下月初出国，何时回归？你给我寄来这么宝贵的资料，是对我莫大的支持和帮助！这些资料，我在这里是无法找到的，所以我特别感谢你！也从这里使我深深地感到你乐于助人的崇高品质和精神。但千万不要汇款来。我夫妻俩每月收入不算少，且最近市面情况有好转，肉类、蛋品比前多了，价钱也下跌了，我的营养没有问题，现在，对我来说，不是缺乏营养的问题，而是肠胃不好，吸收有问题。你的良好愿望，我是完全理解的，特此再向你表示衷心的感谢！

你对《作品》中长文的意见，我有同感。我曾一再号召写短文，"谈数"规定在一千字以下，提倡五千字以下的短篇小说（五千字以下的，稿费从优），我于一九六二年编五、六期《作品》时，就发了一组（五六篇）五千字以下的短篇小说。但现在遇到的阻力很大，有些编辑只顾情节，不管作品结构，更不讲究精练。最近他们想发表一篇三万多字的短篇小说，我不同意，不仅长得可怕，内容也不好。

你的儿女这么多，的确不简单！我们三个孩子能达到现在这样的水平，算是不错的了。大的女儿，在《作品》编辑部当编辑。老二、男，在化工学院制糖厂专业毕业，现在糖业公司工作。老三、男，现在在工学院机械系汽车专业学习，明年毕业。

现在是下午四点，我这里，虽然有点风，但还是汗流不止。最讨厌的是手腕流汗，

[①] 海辛（1930—2011），原名郑辛雄，广东中山人。香港电影编剧、儿童文学作家。

[②] 《粗咖啡》，张君默著，明窗出版社1979年3月版。

稍一不慎，信纸就湿了。所以写得很难受，还是搁笔吧！你下月初出国，先在这里预祝你

一路平安！一切顺利！

萧殷　七月廿日下午

1979年7月24日①

国柱兄：

前信谅你已收到。今天高兴地收到《诗心》《小说技巧》等九本书，同时也收到了由韦丘转来的一包（共六本）《开卷》（寄《开卷》时把我的名字错写成"萧欣"，因而别人不知是寄给我，前日韦丘从台山归来，他才把书转给我。这可能就是迟到的原因吧？）

寄到我家里来的五篇作品影印稿（包括海辛先生两篇），已收到，勿念！

这两天，我忙着校阅《论生活、艺术和真实》②的清样。此书共二十多万字，去年秋交文学出版社，至今才把清样寄来，真叫人气馁。但有什么办法？得赶紧校阅，否则，时间一过，又不知把出版日期拖到何年何月！

黄永武③的《中国诗学》，如能寄来，希望寄给我，现在关于诗方面的理论太少了，不仅对诗创作的理论不容易看到，连一般的诗论也少得可怜。过去不少好的诗话、词话不见重印，外国的诗论又没有翻译介绍。这种状况，对诗的繁荣、发展极其不利。我对抒情诗与叙事诗都有些意见，只在几次座谈会讲过，还未下决心把它整理成文。

时间太匆匆，今日就写到这里，你出国之前希望来封信！

握手！

萧殷　七月廿四日

同时寄上《新文学史资料》第一期，请查收。其他两期还没弄到。又及。

---

① 此函末钤有"萧殷""未宜轻屈平生膝""不辞羸病卧残阳"印章。应为弘征镌刻。

② 萧殷《论生活、艺术和真实》，人民文学出版社1980年2月第四版。

③ 黄永武（1936—　），浙江嘉善人，文学博士、教授、作家。曾任台湾中兴大学、成功大学文学院院长，发起组织古典文学研究会，著有《中国诗学》等。

1979年8月16日

国柱兄：

近来忙得很，连一点空暇都抽不出来。七月忙着校阅《论生活、艺术和真实》清样。七月上旬《文艺报》就约定要我于八月上旬交一篇文章，可是上旬被几个会议占去了不少时间。虽然文章的提纲已写好，但抽不出时间来动笔，已到八月十一日，快到《文艺报》九月号的发稿时间，心里十分焦急。一直到十三日才真正坐下来，写了两天半（其实中间还接待了几批来访者），到昨日才算写完了，题为《他们用的是什么武器？》，五千余字，是批判《歌德与缺德》一类问题的。这类问题很普遍，也很严重，《歌德与缺德》只是个代表作，实际上这类现象，各省都有。广东的"向前看"与"向后看"问题，也可归入这一类。

你对我的短文提的意见，我首先觉得真诚直率，我不仅不会不高兴，我觉得做人就应当如此。我刚送走了两位云南客人，马上要准备行李，因为明日一早就要到顺德县大良镇清晖园①去，据说约了文艺界五六十人（据说也有香港作家），准备在清晖园座谈五六天。因此，今晚写信来不及谈到那篇文章的事。关于批评现实主义，既简单，也复杂。等从大良回来后再详谈吧？

看了海辛兄和杜渐②兄，因人多，时间又少，未深谈。但据海辛兄说，以后将同你一起归来，届时定可深谈了。我以为你已经出国，看了你给韦丘的信，才知道你本月底才启程。所以趁今夜一点空隙，赶紧给你写信。

真怪，你寄的第二批书，至今还没有收到，我算了一下，至少怕有半个月了，不知什么缘故？

寄来海辛兄两篇影印小说及你的《碧街习作之一》等均收到，张君默③兄寄来的《粗咖啡》也收到了，我还未看，却被一个朋友拿跑了，我已写信去催，大良回来后才能拜读。你的《碧街习作》我打算带到大良去，在那里大约总有读书的时间吧？

克勤弟已平安归来吧？请代问好！

---

① 清晖园，位于顺德大良，始建于明代，占地面积2.2万平方米，岭南四大园林之一。

② 杜渐（1935— ），原名李文健，广东新会人。香港《大公报》《新晚报》编辑，《开卷》《读者良友》《科学与科幻》杂志主编。

③ 张君默（1939— ），原名张景云，广东新会人。《明报》副刊编辑，香港《科技世界》杂志总编辑。

陶萍向你致候！她明日同我一起赴大良。匆匆祝你

全家安好！

萧殷　八月十六日晚

1979年9月8日

国柱兄：

　　读来信，知道你已平安归来，很是高兴！原来以为你八月底出国，至早也要九月中旬能回来。现已完成任务，希望好好休息！血压高，我经常饮绿茶，很有效；如果还不行，就饮山楂冰糖水（用山楂干加冰糖熬水）。这种药无副作用，对胆固醇还有降低的作用，可以试试看！

　　第二批书仍未收到，但昨日忽然接到海关一个通知，大意说我有个邮件，其中有《极短篇》①原不能进口，后考虑到我可能是工作上的需要，希望机关写张证明，去办手续领取。已由机关去办，想来问题不大了。由于这么一本书，这批书耽搁一个来月，真不应该！

　　你的《碧街习作》，八月中我在大良间会期间读了，我认为你应该写下去，尽早争取把它写成一本书。我觉得这种谈写作和欣赏的短文，写得既轻松又生动，深入浅出，对青年人很有启发和帮助。

　　去大良时，我和苏晨②同车，他曾问到你，问你的为人和写作能力，我尽我所知向他说了，我把读《喜尝"粗咖啡"》一文的印象和感想向他做了细微的介绍。他很满意，说一定约你为《随笔》写稿。

　　张君默兄寄来的《粗咖啡》已收到，放在枕边，还来不及拜读。以后一定好好阅读，勿念！你寄来的海辛兄的两篇小说影印稿已读过。留给我的印象是：海辛兄很能写，写得也熟练，但这两篇（《再来一次航海》《疯妇胎儿哪里来》）似乎写得不够淋漓尽致，好像对自己所爱的或所憎恨的人物和生活还不敢（或不想或不愿意）把自己的

---

　　①　联合报丛书《极短篇》，1979年出版第一集，1980年出版第二集。参见李国柱1979年7月15日来函。李国柱寄萧殷第二批书，因《极短篇》被扣。经交涉得到解决，参见下函。

　　②　苏晨（1930—　），辽宁本溪人。广东人民出版社副总编辑，花城出版社副社长、副总编辑，《随笔》杂志首任主编。

看法和感情尽情地倾泻出来。不是没有感情，也不是没有解剖，而是不够充分。作者在这两篇小说中都看到了某种不合理的东西，但没有把它们揭开来摆到读者的眼前。我接触了几位香港作家的作品，都有类似的情况，为什么？值得探讨。

你对我那篇短文提出的意见，我曾反复思考。现在因时间不多，只能扼要地说说我的看法：（一）对于那位美国朋友所提的问题[①]只能这样说：现在直接祸害中国人民的是"四人帮"的余孽和流毒，所以能把这十余年来的悲剧、冤案的根源揭示出来，即把"四人帮"及其一伙的种种罪恶暴露出来，让人民群众和广大干部进一步认清他们的阴谋诡计，这就是现实主义又一个巨大的胜利。至于为什么形成"四人帮"自然也是一个问题，那是深一层的问题了，今后一定会解决的，而且在文学上一定会有所反映。（二）你所列举的一些所谓现代批判现实主义作家，他们的作品我都没有看到（松本清张[②]除外），因此，我无法判断他们是不是批判现实主义作家。按照历史唯物论的观点，在这个革命时代，凡是能顺应历史潮流，与广大人民利益相一致的作家，理应称之为革命作家或革命现实主义作家，只有这种作家才可能在建设人民事业上奉献力量，不仅在破坏旧世界、旧制度方面能发挥其"破"的作用，而且在建立人民事业方面也能发挥其"立"的作用。像这样的作家就不能划入批判现实主义的行列之中。这是我的感想，不知对否？

你托杜渐兄带回的播音筒，我很难有机会用，因太重，出入携带它，不很方便。这次在大良开座谈会时，我们用一种可随意挪动的"咪头"，其状如图：室内只要有一个超声波的录音机，"咪头"就可扩音。我家里现有一个四个喇叭的录音机，如能帮我买一个"咪头"，可能用起来要方便得多。当时，管理"咪头"的同志拿出一张说明给我看，抄录如下：TECT FMwireless Microphone Electret Condenser TYpe/OMN-Directional Aodel wem-16。

希望你回穗时能有畅谈的机会，是不是海辛兄一起来？那是更好了！

我忙乱不堪，这封信被来客中断了两次。上月在勿促为《文艺报》赶写了一篇短文，大概九月份可与读者见面。匆匆祝你全家安好！

陶萍问候你好！

握手。

萧殷　九月八日

---

① 参见李国柱1979年8月2日来函。

② 松本清张（1909—1992），日本著名推理小说作家。

1979年9月13日

国柱兄：

　　前四天寄上一信谅已收到？今日收到你九月八日来信，使我大吃一惊，竟有人假借名义妄想从中敲竹杠。你的猜测和你的处理，十分正确，我完全赞同。我从来不知道黄子勤其人，程海果①也不是我的朋友。你不仅这次不要借钱给她（程），而且今后也不要理会她。你的地址不是从我这里探悉，很可能由韦丘那得知。程这人很会攒，只要在谈话中得到任何一点线索，她都加以利用。韦丘对她没有较深的了解，有些事还可能被利用。我准备在适当的时候，向韦通通风，以免上当。程海果是何许人？是五七年被划为右派分子，前一阵才脱了帽子，七月由杭州来广州，据说是送她的母亲和她一个六岁的儿子到香港去，据她自己说，她父亲在香港教书，且已娶小老婆，程海果怕她父亲不接待她母亲，便到处活动。但没有想到，她竟利用我与你的友谊妄想大敲竹杠，实在令人气愤！此人已半月没有来过，不知她的母亲和儿子（不是妹妹）是否已离穗赴港？我们在几次闲谈中，发现她有许多观点很不一样，因此对目前一些事态的态度也完全两样，思想不相投，兴趣也格格不入。她来广州时，曾带着杭州一个朋友的介绍信，所以我接见了她。她曾探问香港有无能帮她母亲的人，我说"没有"。但想不到她竟背着我干出这样的事来。此人所以这样活动，可能想为她自己在香港闯开一条出路。所以对那个黄子勤不要理会，对这个程海果也不要理会。前面已说过，此人很攒，说不定她会攒到你面前（或者她的信出现在你面前），千万提高警惕！至于那个黄子勤在香港还有什么活动，则无法调查。

　　十月上旬，我大概要到北京参加第四次全国文代会，估计至迟十月下旬便可回广州，不知你何时回来？你如在交易会中期回来，我们还能见见面。陈残云、于逢、韦丘、郁茹都参加文代会，希望你考虑一下时间，否则，误了这次重逢，不是人生的大憾事吗？

　　第二批书十二本，已全部收到，请释念！我翻阅《极短篇》的一半作品，搞不清"被扣"的原因。有些事令人莫名其妙。陶萍问候你们全家！

祝你健康！

　　　　　　　　　　　　　　　　　　　　　　　　萧殷　九月十三日，梅花村

---

　　① 程海果（1935—2009），又名林希翎，浙江温岭人。1953年由部队保送中国人民大学法律系学习，1958年被定成"极右分子"，"文革"时期曾被捕判刑入狱。

1979年9月27日

国柱兄：

来信及影印件两份均收到，你的信已付火，保证不会将此事告诸别人，勿念！

咪高风，香港已没有，那就算了，以后不要为此事去麻烦。

十一月七八号回穗，估计我们那时在广州。昨日广州作协代表，讨论全国文代会的报告，各组意见不一，回北京汇合意见后，还要做修改。据说十月八日召开全国文代会，直至昨日还不见正式通知。估计十月中旬开始，十一月上旬也回到广州了。到时候，还会写信告诉你，勿念！

一九六〇年我从北京调工作到南方时，带来一件厚绒大衣，"文化大革命"后，由于体质日差，嫌它太重（六七斤），所以很少穿着。如果香港有较轻的，而且价钱又不太贵，可顺便买一件回来。（身长一一四，袖长五七，肩宽四四，腰围一二五，见图。）

我在广州认识了两个中医，但都只四十多岁，还算名医，是专给我们这类干部看病的，如你合适，可请他来看看。关于此事，我曾与出版社谈过，他们那里的"地头蛇"多，对广州的情况更熟。总之，你回来看病是毫无问题的，是件小事，是极容易解决的。

苏晨兄接触不多，此人为人不错，大家都知道的。此次去顺德时，与他同车，与他谈了一路，其中也谈到你，彼此观点兴趣极相投，堪称知己。

你的《碧街习作》希望写下去！这是很好的随感录，尤其是对写作者与欣赏者更觉亲切。我希望它能以一本单行本与读者见面！

第三批书还未收到。以后看有无《歌德对话录》[①]一类的随感式的创作经验谈之类，无论诗歌、戏剧、小说的创作经验都需要。本来契诃夫等的"生活记录"[②]是有一些的，但"文化大革命"把我们这类人洗劫一空，什么书都没有了，连黑格尔的《美学》[③]现在也找不到。

[①] 即《歌德谈话录》，记录歌德与其助手艾克曼在1823—1832年谈话的内容。最早由周学普于1937年译成中文，朱光潜译本则于1978年9月由人民文学出版社出版。

[②] 俄国作家契诃夫有一个本子，被称为"生活手册"，记录了大量写作材料。

[③] 黑格尔《美学》，朱光潜译，人民文学出版社1958年版。此后多次再版。

国义①弟在何处工作？多么希望能看见他！我一般都在家，除非要事非去不可。陶萍问候你和克勤弟！

我近日与你差不多，精神很不好，四肢无力，无做事心绪。原因可能是今日食量减少。匆匆祝一家安好！

萧殷　九月廿七日

1979年10月9日

国柱兄：

你好！最近才接到北京的正式通知：全国文代会定于本月月底召开；具体会期，还要等另行通知。这一来，肯定下月七八日我们不在广州。文代会一再延期，主要原因是大家对主要报告有几种不同的意见，希望在会前求得统一，这本来是不现实的：有矛盾就有矛盾，硬把矛盾统一起来，是办不到的，也是不可能的。会期愈往后推延，气候愈加寒冷，对于南方几省的代表们更加不适应了，届时也许还要生病也说不定②。

今天，你寄来的五本书（《西洋文学批判史》③、《散文与评论之部》、《美学》④、《中国诗学》两本）均妥收，请勿念！

请考虑一下，你提前回穗呢还是推迟回穗的时间？是趁交易会时间呢还是延迟到十一月中旬去？当然，我于文代会结束时会及时通知你的。

后天，我要回暨南大学去讲"当前文艺局势问题"，是向中文系和新闻系师生讲话。这是附带的一次讲话，是额外的。我主要的任务，是带几个研究生。中山大学也兼着教授职，但我一次也没有回去过。

那位黄女士⑤没有去找你的麻烦了罢？甚念！匆匆祝好！

握手。

萧殷　十月九日

---

① 李国义，李国柱之弟。
② 萧殷一语成谶，他果然于文代会期间生病。
③ 《西洋文学批评史》，卫姆塞特/布鲁克斯著，颜元叔译，台湾志文出版社1978年版。
④ 即黑格尔《美学》。
⑤ 黄女士，指上函所称黄子勤。

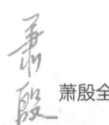

1979年10月14日

国柱兄：

十月八日来信收悉。程某①的信也见到了，你的处理完全合理，我十分赞成！现在仿佛有这么一批人，专靠吹牛来生活，彼此吹得像英雄，其实只是瘪三而已。

国义弟昨日来过，畅谈了一个上午，陶萍留他吃饭，他却异常客气。其实，我这里很随便，遇到什么吃什么，但却留不住他。下次来可能好些，因为我们之间已无什么隔阂了。我希望他有空就来玩。我虽然有时外出开会，而大部分却在家里。近来常头晕，这是过去不常有的现象，我虽消瘦，但脑力挺好，但近来常闹头晕，做事、看书颇费力，不知是什么缘故？大概是年老体衰吧？据说月底要到北京开文代会，那里的气候冷，想起来真有点却步。但机会难得，许多老朋友多年不见，这也许是最后一次见面了。每想到这里，无论身体怎样，都得去参加这次"盛会"了。可是，昨天又有人说，会期还可能有摆动，因有一说华总理②要参加这次会议，但他在西欧要耽搁四个星期的时间。

你如果对《作品》有兴趣，欢迎你给《作品》写些反映港澳生活的短篇小说或散文。我未曾读过你的短篇小说，依照你的表达能力，我以为你可以写出好小说的。你的生活视野广阔，接触面宽，正是你驰骋的好领域。如你对散文更有兴趣，也可在散文方面试一试。只要能把香、澳或东南亚的生活特征写下来，就可以了。无论小说或散文，最好在三四千字以内，因为太长了不好处理。

你在《开卷》读到王蒙的访问记，我还未曾读到。他这么说法，似与当时情况有出入。但我不知他怎么说的。如《开卷》不能寄，可否影印一份给我？

苏晨兄确与你的性格不相上下，他为人爽直、真挚，似与那些口是心非之辈不同，我很喜欢这类性格，虽同在广州，但交往不多。你嘱咐的有关《……读红楼》的事，当写信告诉他，用我的办法，不知能否解决？

你回来时千万不要给陶萍带什么东西。从这封信中你可猜到我东忘西漏的记忆情况。匆匆祝一家康乐！

萧殷　十月十四日

---

① 程某，指程海果。李国柱来信附录程信件。

② 华总理，指华国锋。

1979年10月21日

国柱兄：

　　昨日收到第四批书共九本，这次来得最快，大概是克勤弟寄的吧？特向他表示谢意！苏晨兄已来信，他的那批书海关已送他多日了，他遇的情况与经过，与我上次遇的完全一样。勿念！

　　我们决定廿八日飞北京，每人都准备在北京住一个月（因每人要带一个月的粮票）①，到底开多少天，现在谁也说不准。如十一月中旬不能回来，下旬准可以回来了。

　　前信要你写反映港澳生活的小说与散文，不知明确了没有？这里有不少青年把港澳以及外国看成是"天堂"，是黄金世界，是满地金钱随意捞的地方；以为那里既轻松又闲散，可随便过日子的"自由世界"。你只要从生活出发，便可以看到不少题材，这些题材一定跟这些青年的幻想相反。写成短篇小说或散文都可以。你可能还没有写过小说，但你读过不少的书，又经历丰富，你定能理解"创业难"的艰辛。现在有些年轻人，梦想得什么都很容易，因而浪费如泥，对国家的财富更加视若敝屣，自己不认真工作，还劝人家也马马虎虎；除了娱乐，除了像动物那样生活之外，别无追求，别无理想。相反，把别的地方想象得很美丽、很富饶，生活得很富裕，但这一切在他们看来得来甚易……对着这样的一些青年读者给予思想影响，让他们读些相反的读物，大概是必要的，也是有益的。你如能给《作品》写些这类小说或散文，不仅《作品》会感谢你，中国其他的文艺刊物也会感谢你！欢迎你！

　　这次寄来的九本书，对我帮助很大！用得上的东西似乎多些，特向你一家致谢！前一阵我原打算不管《作品》，但两期不管，方向就有点问题，看来大概很难摆脱。文代会后，看能不能找到第二把手，如找到，我出出主意是可以的；但整天把所有精力都投到稿堆中，不管对工作、对健康，都是不好的。如明年能抽些时候，我打算写点《创作论》（今年几乎未写一篇！）。

　　昨日看见今年第三期《开卷》，读了有关王蒙的访问记。其中四十三页广告栏中，有《现实主义的基础》《朱光潜》《布莱希特》等书，似乎很有用处，能否买到？请麻烦找一找！真不好意思，老要你买这么多书！

---

　　① 当时实行票证制度，必须凭粮票购买粮食或在饭店吃饭。

一个星期后，我已到了北京，谅你最近不会来广州罢？祝你一家康乐！陶萍问候你们！

萧殷　十月廿一日

1979年12月25日

国柱兄：

十一月十四日曾复电振名①，谓我十七日返穗。抵穗后，知你已返港，十分失望！十月廿八日到京后，至周扬先生做报告②时，我不幸病入医院，医生恐我转成肺炎，注射了大量的"红霉素"，烧虽退去，但胃口却弄坏了，不仅在北京时不思饮食，返穗后仍不能吃什么。由于半月余未进食，体质虚弱不堪，一直卧病在床。十二月二日忽然又发高烧（心跳加速，但脉搏微弱，且又发高烧），便被送入省人民医院东病区。医生说我体质太弱，这一次要下决心认真治疗一段时间，看来，这一两个月大概不能离开医院了。

进医院后，一边输氧气，一边吊葡萄糖和青霉素，一星期后，高烧已退去，痰喘略有减轻，但口胃却还是依然如故，每顿最多只能吃一两米饭（或一个小馒头）和少量的蔬菜（因肉类也怕进口）。我有点焦急，但医生总是说："不要心急，得慢慢来！"不得已，只好耐着性子安心在医院里生活下去。

入院前后，曾叫萌萌写了封信寄去，不知收到否？你近来忙些什么，望告！前几封信都曾盼望你为《作品》写些小说和散文，你写起来不会有什么困难的，希望不久后能读到你的作品！

昨日严庆澍③兄特来医院看我，见他能慢慢走路，比我七月间到温泉看他时好多了，不禁为他高兴！他廿八日重回从化，愿他把病养好后才回港工作。

此次参加文代会，由于病等于只参加三分之一，许多想看的老朋友没有看到，许多想去的地方也没有去了。住在西郊，又无小车，外出很不方便，会议安排又紧，加上我

---

① 振名，林振名。
② 1979年11月1日，周扬在第四次文代会上做题为《继往开来，繁荣社会主义新时期的文艺》的报告。
③ 严庆澍（1919—1981），笔名唐人、阮朗等，江苏吴县（今苏州）人。著有章回小说《金陵春梦》等。香港《新晚报》编辑主任、代总编辑。

患病，几乎可以说，是空跑了一趟。

你给我带来的大衣很合适，特向你致谢！

这次在北京，托了几个朋友到旧书摊去找《历代笑话选》①及《十八家诗钞》②，但都没有找到。为找这两本书，我在广州曾费了不少气力，可是我的希望落空了。因为这两本书在我计划写作的文章中，是用得上的，可是看样子，古典文学出版社却无重版的打算，不知在香港还有没有这类书？

医生说我的眼睛也逐步有了问题，有了白内障，眼底血管硬化，晶体又发炎，所以除内服眼药外，还得医眼。这一样，我想摆脱《作品》主编的职务，曾几次提出来，许多人为我的写作都同情我和支持我，可是一遇到具体问题，考虑到什么人来代替我的时候，困难就来了。其实我的体力不允许我长期为编务而忙碌。另外，我还有写作的任务，这也是不少读者所期待的。

有空望来信！可寄梅花村35号二楼，寄到"广州、中山二路、省人民医院、东病区、二○一房"也可。陶萍嘱笔问候！祝你一家平安！

握手。

萧殷

十二月廿五日于东病区二○一房

1980年2月7日

国柱兄：

来信已经收到好些时间，因你那里压的信太多，怕增重你的负担，有意拖迟写信，为的是想减轻你的压力。我住院已两个来月，除未发烧外，痰喘与胃口都无起色。胃口仍然不好，每餐最多吃一两饭，有时甚至连一两饭也不想吃。进院时是三十八公斤，至今仍然是三十八公斤，连一两也未增加。大概我是东病区体重最轻的一个病人了。胃口老是这样坏，我有点焦急，新会县中医院已来信，希望我到那里去治疗。我打算要求春

---

① 1958年作家出版社曾出版牧野编《历代笑话选》。或指王利器辑录《历代笑话集》。

② 《十八家诗钞》，曾国藩编选，共28卷。所选包括魏晋曹植、阮籍、陶渊明、唐王维、孟浩然、李白、杜甫、宋苏轼、黄庭坚、陆游等。有《四部备要》排印本、《曾文正公全集》本、上海中华书局集注本等。

节前出院，过了春节便到新会去。根据我去年六月在新会的经验，估计该中医院可能有些办法，至少对我的胃口有改善的希望。

这几天冷得很！不知是年纪老了，还是气候实在太冷。我竟从来没有这么难受过；坐也坐不住，卧也卧不宁，整天都离不开暖水袋。你托李文健①兄带来的棉衣，今天出版社的同人送来了。你这样关心我，为我的寒暖着想的心情，我禁不住潸然泪下！

庆澍兄已自从化温泉转到东病区来，他住在楼下一一二号。我因不便上下楼，他也不便行动，因此我们不可能每日有畅谈的机会，加上理疗要占去我们不少的时间，一星期只有一两次聊天的时间。但他已一天天好转，据他说，他的脑子像往常一样，无论是记忆、分析、归纳问题等，完全像过去一样，一点都没有损伤。我为此替他高兴！从他口中，知道你们是老朋友，而且还是相互帮助的朋友。

苏晨兄前几天也来医院看我们。他一人兼编四五种刊物，我真替他担心！曾劝他，但目前摆不脱。可是若长此下去，却难以支持。希望你也劝劝他！

寄赠的《读者文摘》②一月号已收到。短小精悍，可读的内容似乎不少。《十八家诗抄》没有寄出吧？还未收到。

自去年下半年来，我为卸去《作品》主编的担子，曾花费不少心事。自八月号起其实我已没有审阅稿件了。直到最近，作协主席团会议才正式答应我的要求，允许我卸去《作品》主编的职务，由秦牧接任我的工作。这对我是值得高兴的！以后，我写文章的机会可能会多一些。

约稿信一大堆，可是由于健康的缘故却无法动笔，令人心急！

你忙，不必即复！待稍闲时，再复不迟！陶萍问候你一家都安好！

祝你健康！

萧殷

二月七日于省人民医院东病区

看见这些字，就可猜想手抖索得多厉害。

萌萌过两天结婚，除了买了一点糖果什么都未准备，顺告。

---

① 李文健，即杜渐，香港作家，《开卷》主编。
② 《读者文摘》中文版创刊于1965年3月，由读者文摘远东有限公司（香港）编辑出版。

1980年2月24日

国柱兄：

　　初四日来信今日收到，勿念！我二月十三日出院，不是病愈出院，而是要求出院准备转赴新会中医院继续治疗。在省人民医院住了两个多月，除去高烧被压下去之外，其他（痰喘、胃口）依然如故。每餐连一两饭也咽不下去，这种现象本身就是一种威胁。因此，一再要求出院，准备三月二三日赴新会。

　　《十八家诗钞》仍未收到，不知出了什么事故？《读者文摘》已收到两本。只于休息翻翻，很有趣。

　　托叶百龄①中医带的衣衫，可能最近会送来？现尚未收到，勿念！先向你致谢意！并对你这种关怀再一次表示感激。

　　你的"预测"我已看过，除了"属虎的人和属牛的人，在今年里，就更为吃力了"不理解之外，其他各节，的确是你经过研究之后的推论，是合乎政治、经济、社会发展的逻辑，有根有据，绝无迷信的意味。那种大骂迷信的人，可能出自成见，这其实也是一种迷信。

　　年初五那天，我请严庆澍兄来家里吃便饭，值得告慰的，他吃得很香。原因是医院的饭菜很少变化，长期总是那几样菜色，令人恶心。这是我的感受，我正是从这种体验出发，请严兄来吃便饭的。

　　你发表在《花城》《随笔》等处的短文，已读过，听林振名兄说，你那些引文全从记忆中来，实在惊人。据校原书，只有数标点或数字有出入而已。希望你多写些！我以为你的散文、杂记另有风格，也颇有见地，应当写下去！

　　前信曾否提到我卸去《作品》主编的担子否？在住院期间，党组同意我卸去此职务，我对此十分高兴！也堪告慰一切好友。今后我可能有较多的时间写文章，现在从全国各地出版社及刊物来的约稿信及题目，压了一大堆，但因健康条件不允许，加上《作品》编辑部长期纠缠，还未能动笔。到新会后，如身体能逐步好转，我当欣然命笔。天

---

　　① 叶百龄（1914—？），广东东莞人。著名中医。1947年迁港，1975年与同人创办元朗中医学院。

津新蕾出版社①约写《作家的童年》，《四川文学》②约我写怎么走上文学道路的。我童年及青年时代很清苦，这两个题目都准备写。此外，文学论文不计外，还有不少熟人编者来信约散文的。今后，只要身体与时间允许，要写的东西很多。所以此次到新会，无论从哪方面来说，都寄以许许多多的希望。

在省人民医院期间，由于闲得难受，除给湖南人民出版社编了一本《谈写作》外，还给广东人民出版社编辑了一本小说散文集《月夜》，这是我于解放后写的短篇小说和散文的结集，一九五八年曾出版过，这次是重编。《谈写作》原给上海文艺出版社的，七月退回来了，我不知什么原因退回来的，这次我细看审阅者的记号与铅笔线时，竟使我大吃一惊，凡是谈到艺术规律，谈到复杂的思想问题，或哲学问题时，都被画上一道粗铅笔线，或打个问号。这说明：审阅者根本不知创作实践是什么，更谈不上知道创作规律是什么，奇怪的是该出版社负责人竟把我的书稿交给这样的人，而且由这样无知的人来处理！现在，我略略修饰后已交湖南人民出版社，谅四五月可出书③。顷接人民文学出版社来信，我的《论生活、艺术和真实》一书，第一季度将出版。到时，这几本书都会奉寄，希望得到你的评价。

我记忆非常差，一面写，一面发现错字不断出现，于是我不断涂抹，便把信纸写得糊里糊涂。仅从这信纸上，你便看见我的虚弱和体质了。

陶萍在十二号《人民文学》发表了《葵颂》，这是在新会写的。前一阵又给《花城》写了一篇《菊展》，这一篇不如前一篇。最近她给《羊城晚报》写了两篇散文，是回忆旧事，几天后才能见报。

萌萌十分感激你的关心！她诚恳地祝你健康并诸事顺利！

我们全家都向你们全家遥祝平安！并
春节愉快！

萧殷　二月廿四日

---

① 新蕾出版社成立于1979年。参见新蕾出版社致萧殷函。
② 《四川文学》，文学月刊，创刊于1956年，四川省作家协会主办。
③ 萧殷《谈写作》，湖南人民出版社1980年6月版。

1980年2月27日

国柱兄:

　　前两天发出一封信,信刚发出,作协通信员就送来《十八家诗钞》。人世间很难碰到这么奇巧的事:我之所以迟迟写信,是为了等收到书后一起回答;可是等上快一个月,都等得以为"出了事故"了,才写信,而信刚发出,书就寄到。你说奇巧不奇巧!

　　你把这么珍贵的藏书寄来,一方面很喜欢,一方面心里却觉得过意不去。以后我们都约定,凡是市面有卖的,可以随时购赠,但都不动用藏书。

　　我急于想读《十八家诗钞》,是想从中找些例子来说明诗的意境问题,因为好几年来我就打算写这篇文章了。你帮了大忙,非常感谢你!

　　去新会之前,还有不少事要做;要到暨大去讲文艺形势;要给《作品》月刊赶写"文艺信箱";要写一大批的回信。打算到新会之后就认真休息一段时间。三月底全省文代会时,我可能回来一趟,也可能做一次发言。祝你健康!

　　　　　　　　　　　　　　　　　　　　　　　　　　　萧殷

　　　　　　　　　　　　　　　　　　　　　　　　　二月廿七日,广州

1980年4月2日

国柱兄:

　　我在新会住了一个月,因不见什么疗效,已于最近回到广州。由于痰喘还是依然,所以我只有时参加一下省文代会①,凡较吃力的会议我都回避了。其实,所有熟人都同样劝我不要参加:明知解决不了什么问题,何必如此费神呢?

　　刚刚从外地回来,待拆阅的来件,竟堆满了一桌子。虽然一些急件陶萍及时转到新会,但认为不必转去的竟会这么多,是谁也想不到的。我气力的确支持不下去,准备把一些问题摘录起来,集中给以回答,然后打算在《中国青年》发表,作为公开答复。当然,这是对那些摸不着边际、完全脱离了创作实践提问题的人。对这些青年,你即使认真回答了,也没有什么用处。因为他们抽象地提出许多无法回答的问题,如:"怎么写小说?""如何提高文学修养?""知道你有病而且很忙,回我三五句也行,只要把写

---

　　① 广东省文代会于1980年3月24日至4月4日在广州召开。

作秘诀告诉我！""盼望能答应我，收为你的学徒！"……诸如此类，既不知道创作规律，也没从事过创作实践，怎么回答呢？但这类信很多，如是我想出一个公开答复的办法。可是现在还没有做，什么时间能着手写，现在还很难决定。

赖少其①兄是我的老同学，也是我的老朋友，他专程来广州参加黄新波的追悼会②，会后又专程到新会去看我，和我在新会住了十二天，廿八日才一同回广州来，在这里，每日都有不少人要求他写字。趁他心情愉快时，请他为我兄写了一幅字，以留纪念。这首诗是他写的，写在这里特别有意义。现奉上，请查收。

前次来信，你曾说托人带来紧身羊毛内衣及长羊毛内裤各一件。自新会回来后，据说已从六弟处取来，但似乎不是毛衣裤，而是两件卫生衣和一件卫生裤。听说叶百龄医生曾带了不少东西回来，在海关被没收了一部分。是萌萌转述的，详情不清楚。可能原物被没收了？但我再一次向你的盛意表示感谢！

杂事很多，心情很乱，就写到这里吧，以后再写。

来人太多，加上赖少其兄住我处，来客就更多了，连写封信也中断了四五次。这封信竟从中午写到夜晚，现已晚上十点钟，可是想说的话未说完，只好留待下次再写。陶萍祝你一家平安！

祝你健康！

萧殷　四月二晚

1980年4月13日

国柱兄：

昨日读到你七日夜写来的信，知道我于前五、六日寄出的信（内夹有赖少其一幅字），你尚未收阅，可能此信还在途中，也许你日内会读到它。特别值得高兴的，是知道你于五六月间可能回广州一趟。这一次，不仅希望我们有一个自由自在的畅谈的机会，并且希望你能来我家里吃一餐便饭。

这半年来，自北京病倒后，胃口一直不好，在省人民医院治疗时，我甚至一两饭

---

① 赖少其毕业于广州市立美专，与萧殷同学。时任安徽省文联主席、安徽省美协主席，安徽省政协副主席。

② 黄新波于1980年3月7日在广州逝世，终年65岁。

也咽不下去，有时即使勉强吃下，也得分两次才能吞下。到新会以后，我只以"鸡脚""鹅掌""猪手"等富有动物胶的食品作为菜馔，饭量稍有增加，近来精神亦有好转，昨日还到暨南大学向研究生们与教师们谈了文艺问题。据说动物胶对肾虚有治疗作用，这是我开始时所不知道的。我一向不喜这类菜馔，这半年来却忽然对此颇感兴趣，而且还觉其味鲜美，后有医生承认："病人爱吃的，说明他需要此类食物。"最近，才另有医生证明动物胶对肾虚有治疗作用。而我的病根却是肾虚，这是四五年前已确诊了的。这是一段很有趣的经历，也是有意义的经历。

附来影印的《二十世纪世界大事实录》①收款收据已看到，十分感谢你！收到书后，一定写信告诉你，勿念！陶萍问你好！并祝你一家平安！

萧殷　四月十三日

1980年5月5日

国柱兄：

四月廿八来信收到，知道我那本书你已收到，很高兴！前天去开会，萌萌告诉我：《世界大事实录》已收到，说很大，怕我拿不动，她打算过两日带回家来。苏晨兄尚未来过，因此，你托他带的《历代笑话选》还未看见，想不日可收到，勿念！

有个姓刘的青年是个有希望的文学青年，与我常通信，为人很厚道，也有些写作能力，我对他留下较好的印象。他的伯父在三联书店工作，想以后能帮点忙。

应当特别向叶伯龄医生表示敬意和谢意！在羊毛衫被扣了之后，还想到怕我受冻，又花钱去为我买卫生衫裤送我，这种心意不能不令人感动！我虽然未见到叶医生，但他无疑是一位很可敬的人物！以后如有机会，希望介绍我认识。

你在深圳遇到的那位现代文学的研究者，是"半桶水"人物，既无系统的研究，对文艺界也很陌生，确是一种"可惊的现象"。值得忧虑的，这种现象并不是个别的，二十多年来关起大门，自吹自擂地自我陶醉在一种极狭小、极原始的环境中，过着一种与世界隔绝的几乎是蒙昧的生活。在这种环境下，不仅年轻的，甚至年纪较大的，有点基础的人，也逐渐闭塞了，愚钝了。我这十多年来，几乎什么也没看见，也不准看见，

---

① 《二十世纪世界大事实录》，李勉民主编，读者文摘远东有限公司（香港）1980年出版。

现在谈起世界文化来，真像一个瞎子，着实令人伤心！很焦急！很想迎头赶上去，可是两鬓皆白，老弱多病，奈何！

谈到这些，写一百张信纸也说不完，不如现在收笔吧。

你回来时，请顺便为我带一套初级英语会话录音带，我固然想学点，但主要的还是给两个孩子，他们都是大学工科毕业的，对英语很感兴趣。另外，请给我买几个活页记录本，三十二开大小为宜，活页纸的大小如附样（附样纸）。说来奇怪，这样活页纸在广州竟买不到。

还有一件事，去年六月底，我在香港《文汇报》文艺版发表一篇三千字的短文[①]，稿费存在报社，我一直未领。你是否方便代我领出来？款不要带来，买录音带及活页本恐怕还不够哩。

你所提到的评朱光潜美学观点的"学报"[②]，我未看到，这种挖空心思专门去找人家缺点的帮风还未绝迹，相反，在某些角落里还有它一定的市场，这说明斗争未有穷期。对于这种歪风不能听之任之，稍一放松，便会出来害人。

陶萍问你一家都安好！祝你

健康！

萧殷　五月五日

1980年5月28日

国柱兄：

你回港已近一旬，你计划给《晚报》[③]写稿事，我于你离穗后第二日即已函告杨家文[④]兄（他是该晚报副总编），孰料他竟旬日没有回音，是忙于工作，还是困于病榻？我深居简出，又无电话，孤陋寡闻，什么也闹不清楚。只得再等一段时间，待弄明稿约后，再写信告诉你，勿念！

---

①　指《能纳入批判现实主义吗？》一文。
②　指《华中师院学报（哲学社会科学版）》1980年第1期，载卢婉清《不能把意识形态排除在上层建筑之外——兼与朱光潜先生商榷》一文。
③　指广州《羊城晚报》。
④　杨家文（1923—2004），笔名周敏，湖北浠水人。时任《羊城晚报》副总编辑。

《历代笑话选》至今仍未收到,不知是什么原因?出版社常有人来我处,但既不见书,也无消息。这本书,确是我急需的书籍之一,我多希望尽快读到它。

近一周来,我忙乱不堪,特别是十九日至二十二日,当时我答应给出版社写一篇短文,并约定二十二日交稿。刚巧,湖南人民出版社也于十九日上午寄来《谈写作》清样,二十多万字,也限于二十二日校完,投邮退回。从十九日下午至二十一日晚,一方面要赶紧校阅《谈写作》,一方面又不得不抓紧时间写短文,双管齐下,从来没有这样忙迫过,整整忙了两天半,到二十一日晚总算基本完成了。所谓校阅清样,只粗粗读了一遍,反正都是些旧文章,保留着原来的旧面貌,所以也用不着太多的改动。至于短文,是应《编余漫笔》①写的,二十二日已付排,只粗略地谈了几点编刊物应注意的地方,老生常谈,并无什么新鲜意见。这几天,我虽然在半休息状态,但仍然未完全放下写作。《人民日报》文艺部催着我写一篇关于辅导青年的文章;《中国当代作家谈写作》②编辑室又要我写一篇有关"人物"的文章……总之,这类文章到处都需要,永远也不能满足他们的要求。我倒希望把一批谈写作的文章写出来,编成一本评论集,以后打算暂时不写论文,而把主要精力转到散文方面去。但不知这计划下半年能不能开始?

你这次回来,时间太匆促了,坐下来细谈的时机太少,我们许多话都还未交谈。本来很想趁这机会请你多介绍介绍外国的文学情况,可是时间太短了。

下次回来之前,希望先来信告诉我,以便先告诉暨南大学,准备请你到暨大去讲演一次。

我这几天,脑子很疲劳,每谈一点什么,就容易困倦,常常坐着也睡着了。可能因前一阵太紧张的缘故,现在的确需要休息了。

有时在临睡前,翻阅海辛的《寒夜的微笑》③,很有味道,可惜还未都读完,将来一定把我读后感想告诉他。他这人,只在那次回来时接触过,虽交谈不多,但留下的印象很好!

你的随笔应该编一个集子,而且应争取在这半年之内。将来的新作可继续出版,但

---

① 《编余漫笔——编辑谈创作》,广东人民出版社1980年版。
② 《中国当代作家谈写作》,十省十七院校作家谈创作编辑组编,河南师范大学函授部1980年版。
③ 《寒夜的微笑》,海辛著,广东人民出版社1980年版。

第一集不应延迟。这有很多好处，希望你抓紧时间！

陶萍问候克勤和你的夫人好！祝你

健康！

萧殷　五月廿八日

1980年5月29日

国柱兄：

昨日寄出一信，谅在途中？今日《羊城晚报》副总编杨家文兄来访。原来他忙于工作，无法脱身，接我信后，对你愿意给《晚报》写文章事，颇为高兴！他说《晚报》极需要让读者打开眼界，多了解世界事物。你愿意介绍世界各派文学作品，正符合这一方针。每篇二千余字，每周一篇，某作品或某作家，属于哪一流派，其特点是什么，在当地是处于什么地位。希望你开始写，稿子直接寄："广州、东风五路七二九号《羊城晚报》杨家文先生收。"

他知道你相面相手，并知道苏哈托、阮文绍[①]曾到你处看相的事，他说，这类事写成短文在《晚报》发表，也很有意思。不知你意如何？

他告诉我：《羊城晚报》还不能寄出海外，因此，现在还无法向你赠阅，甚歉！

前信正要发出，林振名兄就送来《历代笑话集》，此书比从前国内刊行的要好看些，我现在正翻阅，十分感谢你！

匆匆祝好！有闲暇望来信！

萧殷　五月廿九日

1980年6月27日[②]

国柱兄：

托苏宣先生和杜渐先生带来的英语读本及录音带还有一本相片，均已收到，谢谢

---

① 苏哈托（苏哈图），时任印尼总统；阮文绍，前任越南总统。参见李国柱1979年7月26日来函。

② 此函无署名及日期，据内容判断写于1980年6月27日。

你！近日来，因天气热，我感到胸部（可能还有心脏）有压迫感之外，事情千头万绪，知己都劝我不管，但许多事一言难尽。从外表看起来，似乎很轻松，实则，无数的事都涌到心头，使你感到各方面都很紧迫，紧迫到各不相让。越是这样觉得，事实越是无法开始。结果，每日心里都很忙迫。实际上，每日什么结果也做不出来，除了心里焦急之外，要做的事都没有进展。这与疾病有直接关系，记忆力差，判断力衰退……使什么工作都很费力，而事又多又杂，于是越堆越多，越多越心急！越心急越无从开始。这种恶性循环，几乎成了我的日常生活。

杨家文（笔名周敏，是散文优秀作家）兄日前曾来过，他已收到你的信，表示日间将写信给你。他对你在《随笔》《花城》等处发表的文章，都有好印象，认为"是一位很能写的"朋友。开始时，我赞同你把复印稿寄一份给我。正如你在写给家文兄信中所说，只要多方考虑一下，不会出什么问题的。大胆地开始吧！

前十多天，《读书》月刊①的编辑董秀玉②女士来约稿，我曾向她谈起你，她似乎对你已有初步印象，并希望你给《读书》写些文章。她听到你对外国文学涉猎很广，颇感兴趣，很想你在这方面给她写点文章。并且一定要我把这意思转告你！你能否经常看到《读书》月刊？如需要，我再设法去要！希望你读到我这封信后谈点意见，以便回答董女士。

你千万不要把《四世同堂》③带回来！即使我要看，许多地方都可借到，就是再向百花出版社要一本，也不难。

这两天，我在校阅《月夜》，约十三万字，改动极少，不会花很大气力。令人叫苦的是本月底，要交一篇文章给《人民日报》。

陶萍到北京探亲，据来信已看到丁玲、王光美④、韩念龙等，另外还看到了一些十几二十年未晤面的亲戚，真不容易！照片哪张放大？等陶萍回来再商定。怕你念，先草草写这封信。祝你和家人健康！

---

① 《读书》月刊，创刊于1979年，三联书店主办，主张"读书无禁区"。

② 董秀玉（1941— ），上海人。时任《读书》杂志编辑部副主任。后曾任香港三联书店总经理、总编辑。参见董秀玉致萧殷函。

③ 《四世同堂》，老舍著长篇小说，创作于1944—1948年，共三部曲逾百万字。初版于1946年，百花文艺版1979年再版。

④ 王光美（1921—2006），早年毕业于辅仁大学。1948年与刘少奇结婚。1967年蒙冤入狱，1978年底获释。

1980年6月27日

国柱兄：

刚写完一封信，还未寄出，就接到廿一晚写的信和《手相和病态心理》影印稿。一口气读了一遍，我感到非常新鲜！你从前说过，看相并非迷信，是一种研究病态心理的手段。当时只相信你这个人，也相信你不会乱说，但看相怎么不是迷信，却不明白，更不具体地懂得。现在只粗粗读了一遍《手相和病态心理》，却给了我极其"唯物"的印象。像你这样的研究法，不仅对精神医学会有莫大的好处，即对普通人的心理与理解，也会有很大的帮助。盼望能读到《相理、生理、心理》一文，祝你在相学上获得更大的成就！

我还准备读第二遍！匆匆祝

身体健康！

1980年8月16日

国柱兄：

来信已收到快一周，可是到昨天林振名才匆匆赶来，他忙得脱不开身，在晚饭之后，才抽空攒出来的。冲皮面软身和皮纹面硬身活页簿两本及八沓活页纸均收到，特向你致谢！你平日这么忙，还拿这些琐事来麻烦你，真不好意思！但是这里买不到，许多日常需用的小商品常常令人莫名其妙地短缺，而我们这类人现在却十分需要这些小商品（活页纸之类），奈何！脑力日衰，什么都靠文字来记录，譬如忽然想起一件事；想到一段文艺感想；要为一篇文章写提纲，准备外出讲话的提纲，等等，无一不依靠记下来。特别对一些文艺感想，记得多了，时间一长，因分散容易印象淡薄，因而，每隔一个月便要分类集中一次，（这非靠活页纸不可！）集中得多了，对某个问题的观点便有较全面、较系统的了解，到这时，如果需要在这方面发表意见或写点文章，就不至于"临渴掘井"了。而我记感想，常常多在会议上，当别人讲话时，因别人读到某种情况或某种见解时，容易引起我的联想和意见，有时甚至由于别人一段话的启发，忽然把几种似乎不相关的意见连接起来，并发现它们之间逻辑的关系。……这只是说明我脑力日衰，非靠外力协助不可，可哀！在十年前，当我记忆力和判断力健全时，情况与现在两样。经过十年浩劫，已不堪回首话当年了！

你的对联"阅透人情知纸厚，踏遍世路觉山平"①，真是太好了！我何尝无共鸣同感呢？说起来话长，我们什么时候能有闲情谈心？我已把这一联抄在我的记录本了，以做永恒的纪念。可惜你的隶书立轴我没有看见过，因为我很久没有看到《开卷》了。你有兴趣时，是否把这联写成立轴送给我呢？

"关起门来自吹自擂"，给我们带来的困苦艰难，难道还少吗？十多年的教训还不够吗？但是有些人却无动于衷。因此，有各种各样的心情，各种各样的态度。有的无信心，有的半信半疑，有的抱消极态度；有的认为要完善我们的社会制度，必须不断斗争，只能如此，我们的社会主义祖国才有希望！你的心情我完全理解，你所说的现象，我们在内地何尝不知道呢？

热得难受，终夜躺在床上流汗；而且蚊蚋非常猖獗，日夜两班轮班，一坐下来就遭到袭击，即写这封信也不得安宁。旁边的建筑工地，是蚊蚋滋生最理想的场所，发展最快，人怎么能安宁？

陶萍问候你一家人都安好！

萧殷　八月十六日

前寄上《谈写作》一书，收到否？

1980年9月19日

国柱兄：

此次到深圳②没有见到你，是一大憾事。我知道你太忙，所以要他们打电话时先听听你的计划。果然不出所料，一星期的时间早已被分配完了。这是意料中事，但我却有点失望。这次到深圳、珠海，使我更具体了解了特区的美好前景，但他们所面对的困难却几乎令人难以相信。多少年来积聚起来的病菌，在新的建设中显得更突出，为害更烈了。"积重难返"，急又有什么用？这次五届人民代表大会，深知这种毒害，也深知如何处理，这是可以告慰的。

---

① "阅透人情知纸厚，踏遍世路觉山平"系李国柱自书立轴。参见李国柱1980年8月4日来函。
② 1980年9月，萧殷曾率广东省文学评论家一行访问深圳、珠海。

最近一月来，我为《人民日报》《芙蓉》《羊城晚报》《鸭绿江》《编余漫笔》等报刊及书籍写了五六篇文章，有的是回信，有的是谈话录音，有的是被逼得不得已的急就篇……但，现在还欠下很多文债，而身体又不太好，只能慢慢来。这种事的确也永远没有完，比如上海《文汇报》，去年一月曾给过一篇短文，现在他们又来信了，说"你很久没有给我们支持了"。全国这么多报刊，而且都有熟人，即使我能做到每两年各报刊发一篇，也仍然落得一个"你很久没有给我们支持了"。更何况，我永远做不到这一层，即使我愿意拼命，医生也绝不能答应。

我和陶萍决定九月二十日到龙川县矿泉休养所去住一段时间，许多好心人都劝我去试试看。据说那里的矿泉水与法国维希矿泉的性能与质地相同，据疗养员传，对肠胃的疗效很显著。既然如此，决心去试试，多则一月，少则半月。长期食欲衰退，几乎每日都入不敷出，恐很难支持下去，但愿这矿泉水能改善我的胃口。

寄来两本《开卷》已收到，谈你坎坷人生，益觉得你的联句写得深刻而富有哲理，我不仅欣赏这诗句，而且在情感上有共鸣！各人走过的道路虽不相同，但感受与体会，以至于所得到的哲理，却一样。你能把这联句用毛笔字写一条幅给我么？

据刘某与你通话时，据说你准备由他转一些书给我？是什么书？那天我到沙头角，曾进新华书店望了望，发现那里很多外国名著（全是国内出版的），很觉新奇！奇怪，我怎么在国内未看见？连出版消息或广告也未见到过，怪哉！

你几次来信都问到那些照片，我那"两张大头的"和"你和我合影的那张"还有"你、唐人和我三人围在餐桌上的那张"稍稍放大一下就行了。如果方便，将我那张大头像（侧面的）放大一张。如不方便就算了。

有急事，可写信给萌萌，她会转给我。匆匆

祝好！向瑰玮嫂嫂问安！

萧殷　九月十九日

1980年12月7日

国柱兄：

又一个多月不见了，近来好吧？你寄来的《一位年轻艺术家的画像》①及结构主义的理论与实践等书，均已收到，勿念！

你回去不久，国义弟就来过，他说你想买《周易》《曾文正集》等书，要我写封介绍信。只几天，我就将介绍信要来，并曾两次写信给国义弟，希望他快来取信；但至今仍未来取，不知是什么原因？我是按下列地址寄信的（宝华路十五甫正街六号之二、三楼），大概没有写错吧？现在想把介绍信寄给他，也不敢了，因怕地址错了。你看怎么办？

半月前，忽然在作协看见一张香港《文汇报》，有篇文章是介绍你的，说你如何会宣传自己等等，怎么在一张先进的报纸上出现这类口气的文章，莫名其妙！你可能看见了吧？

《与阿瑛谈川端康成②》已读，很有启发。你这里谈到新感觉派，我一下子就联想到横光利一，而且回想一九三七年春读横光的《拿波（破）仑与轮癣》③时的光景。当时对新感觉派的作品还留下较新鲜的印象，除接触日本的横光利一的作品外，当时中国有一部分作家标榜新感觉派，其特征除表现手法外，大都是描写异国情调的题材，除穆时英④外，还有一个黑婴⑤。后者现在似乎还在，但好像已不写小说了。很显然，新感觉派在中国没有取得新的发展，也没有什么地位。至于川端康成，除读过他的袖珍小说外，其他的则读得不多。但你这篇文章关于川端康成的生平、思想的介绍，却留给我深刻的印象。总之，希望你多采用这形式（书信）多介绍一些外国作品情况及思潮，是有好处的，对打开窗户，增广视界是大有好处的。

---

① 《一位年轻艺术家的画像》，乔埃斯著，黎登鑫、李文彬译，远景出版事业公司（台北）1980年版。

② 川端康成（1899—1972），日本作家，1968年获诺贝尔文学奖。

③ 横光利一（1898—1947），日本"新感觉派"代表作家，1924年与川端康成等人创办《文艺时代》。《拿波（破）仑与轮癣》是横光利一作品。

④ 穆时英（1912—1940），笔名伐扬，浙江慈溪人，现代小说家，新感觉派代表人物。

⑤ 黑婴（1915—1992），原名张炳文，又名张又君。广东梅县人，生于印尼棉兰。1932年回上海求学，入暨南大学外语系，并开始文学创作。1951年后任职于《光明日报》。

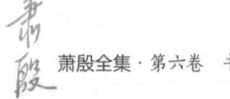

郭风①兄将你寄给他的相片，又寄回给我；你当面给我的那两张，只好由国义弟寄回给他，顺告。本来准备写封信寄郭风兄，但近半月来忙乱不堪，一直至今抽不出时间，颇感心疚！

单从我写的这封信看，你便可以知道我血管硬化到了何等程度。笔画长短，几乎是不由自己，写字也常常想东写西、写这忘那。自从矿泉治疗以后，胃口稍微好转，但肺气肿却日益恶化，痰一天天多，奈何！

陶萍问候你！问候瑰玮大嫂安好！祝
一家均安！

萧殷　十二月七日

1981年1月23日

国柱兄：

元月六日来信，我十四日才收到。在这之前，你寄来的《中外文学》②五本及《读者文摘》预订通知单，均收到，勿念！

最近，大部分时间在家，也很难说"在家休息"。因每日都忙忙碌碌。大门关不住，也想不出其他办法：人总是那么多，本地来的还好办，麻烦的是从外省来的人，一来就半天，常常还谈不完。陶萍在旁边见我说得那么费劲，真有点焦急，可也不好明说。人家远道而来，只谈半天，还不照顾吗？其次，来稿源源不断，虽然大部分我已转到编辑部，可有些不体谅人家病痛的熟人，老是把一大本一大本的长稿寄来，虽则我不能细读来稿，也不能提出什么好意见，可我为应付这类琐事，就"忙乱"得够呛了。况且，我现在远不如前几年，脑子迟钝多了。记忆力也不行，现在忙四五天做出一件事，反而不及五年前两小时的工效。老牛破车，只能每天做一点点，而且做得很慢，奈何！

湖南人民出版社《芙蓉》编辑部弘征③来找我，他谈起你，说在一些刊物上读到你的文章，也想请你为《芙蓉》写些稿子，我即刻将你的通信地址告诉他，要他直接给你

---

①　郭风（1917—2010），原名郭嘉桂，福建莆田人。福建省作协主席，福建省文联副主席。

②　《中外文学》月刊，1972年6月创刊于台北。台湾大学外文系教授会创办，颜元叔、林耀福任社长。

③　弘征（1937—2022），原名杨衡钟，湖南新化人。湖南人民出版社文艺室副主任，《芙蓉》杂志编辑。

写信，并希望把湖南人民出版社出的书寄给你，他答应了。这人与我常有交往，很诚实真挚，喜欢写诗和散文，现在负责编辑《芙蓉》的散文和诗歌。

我现在慢吞吞编集、修改一些发表过的短文，准备编一本《给文学青年》，大约二月中旬交稿，最早可能第二季出书。另外，出版社约我编写一本《文学随谈录》。由我谈，谢望新记录整理，已整理五六万字，到夏末，可能到十万字左右。

希望不久能读到你的"漏水屋谈书"，《随笔》已出十三期，为什么要延迟到十八期才与读者见面呢？

你所说的"身心医学"，我早就有所领会，十多年前，我常处于焦急、发愁、忧郁的心境之下，今天的宿疾——肺气肿、心率不整等就是那些忧伤积郁的恶结。不过那是"史无前例"时期，暴力的压迫随时增加，能够顶住不走上绝路，已算是"好汉"，谁能面对这种"史无前例"的暴虐无动于衷？谁能不偷偷气愤？就这样，天长日久，许多忠心耿耿的革命家、科学家、文学家……积劳成疾，有的竟成了不治之症。

我现在，经常有痰壅现象，不仅讲话困难，而且气促难受。仿佛气管被堵塞住，马上呼吸感到困难。有时因工作需要要找点东西，如一时找不着，容易发急，心一急，马上就气闷、呼吸困难，以至于脸青、唇黑。这时的痛苦，只有自己才知道它的滋味。从这一点就知道心情多么重要。一定要保持平静！稍一焦急，病就发作。

有没有比较有效的祛痰药物？中国的川贝、桔红、蛤蚧等都服用过，毫无效果。现在，我对医院已不抱任何希望，一些老中医及一些西医也已束手无策。我难道就这样等着离开这个世界吗？

又快过春节了，希望我们都愉快地过个春节！陶萍问候全家！
并祝你健康！

萧殷　一月廿三日

1981年2月22日

国柱兄：

来信及《中外文学》均收到。我一连忙了几天，今日把《给文学青年》编完，大约十三万字，准备明日寄出。而今日下午，我要住到流花宾馆，广东省政协第三次会议将在那里开十二天会，直到三月五日才结束。可能不会太忙，但不能不参加。去年一月的会议，因住医院没有参加，这次再不参加就不像话了。

你一再恳切地希望我谢绝一切不必要的访问，这对本市来人容易办到，但来人中大部分是外省的，特别是对那些"专程拜访"者，很不好办。春节时间，北京上海来客特多，《诗刊》的主编严辰，《新观察》副主编杨犁①，作家刘真②、陈登科③，画家唐云④、赖少其、吕蒙……都来了，到宾馆去闲谈的还不算，都是很久不见面的"同行"，如何能躲着不见面呢？至于来稿来信，已大部分转给编辑部，对于那些摸不着边际的问题，我根本不理。精力有限，已无能为力了。总之，请你释念，我会适当调理的。

接弘征从湖南来信，说已向你寄了几本书。他们出版书籍比广东积极，特别是对那些较有价值，但不是"抢购一空"的书，如《历代游记选》《历代书信选》《外国独幕剧选》等，很注意，这一点，广东比不上人家，反而有点"向钱看"的倾向，值得警惕！弘征在《芙蓉》编辑部，希望能给他们写点文章。

振名还在香港吧？过得如何？请将信转给他。匆匆，祝你一家平安！陶萍问候你！

萧殷　二月二十二日

1981年4月5日

国柱兄：

整整半个多月来，我卧病在床，你的信，早收到，但无力作复。今日坐起来，勉强给你写信，怕你惦念，故急着将病况告诉你。整日头晕低烧，疲乏异常，痰多气促，不思食，体质越来越衰弱。

但我讨厌那些抗菌素，因此我也不愿到医院去看病。医生很迷信那些药物，动不动就注射青霉素一类抗菌液，结果炎症未消除，副作用却很严重，长期胃口不好，正是这种医治的结果。一个人长期没有正常的胃口，如何能有抵抗力？如何能保持饱满的

---

① 杨犁（1923—1994），笔名苏平，江苏南京人。曾任《文艺报》编辑，时任《新观察》副主编。

② 刘真（1930—　），山东夏津人。1952年入中央文学讲习所学习，时任河北邯郸市文联副主席。

③ 陈登科（1919—1998），江苏涟水人。时任安徽省文联副主席、作协安徽分会主席。

④ 唐云（1910—1993），号侠尘，浙江杭州人。时任上海中国画院副院长、上海美协副主席。

精神？

病的起因是两个出版社要重版我的两本书①，都要在一个短期间审阅一遍，同时还有两篇序言要赶写，由于太紧张、太劳累，第二日便头晕低烧。于是，不能动弹，否则更难忍受……

不能多写，先告诉病况，稍好后再写信。

握手。

萧殷　四月五日

1981年4月26日

国柱兄：

我这几天开始坐起来，听振名兄说，你也病了，而且病得还不轻。是什么病？最近是否好转？甚念！今年三、四月份的气候忽冷忽热，极不正常，因此而患病的人不少。我于三月中旬病倒，倒不是气候原因，主要是由于累，除赶写两篇序言（吕雷小说集序言，已于前晚廿四日《羊城晚报》发表）外，还赶紧校阅两本旧书。出版社通知，要重版《论生活、艺术和真实》和《习艺录》，共三十多万字，除看一遍，还有些修改、补充。两篇序言已交卷，当把《论生活、艺术与真实》校样投邮后，第二天就病倒了。头昏低烧，痰多气促，非常难受，一直到中旬才稍好转些，最近才坐起来处理些琐事。但不能走动，动辄气促，甚至呼吸困难。

前寄上《给文学青年》一本，收到了没有？今年本来计划再出一本书，但按现在的体质看来，恐怕又得延期了。去年上海《文学报》报道，说省委准备给我派助手，但至今仍毫无音信。自己从前提过几位，但都不合适，有的水平不够，有的作风也不怎样……所以都放弃了。现在只能依靠自己，有力量时就写一点，无精神时就休息。实事求是，不能求多贪大。

《碧街散记》三篇我都读过，正如你自己所说，各有特点！《肮脏·冷落》把香港小街巷的特点，跃然纸上；《梳头三嫂》由盛旺到衰落，由壮年到老年，日子似乎越不好过。这反映了香港下层劳苦人民的生活规律；《袁师傅》的为人、品质使人敬仰，拍电影把他折磨得这样，又使人难过，但这一篇给人鼓舞的力量却是巨大的。我很同意这

---

① 指《论生活、艺术和真实》和《习艺录》，参见下函。

样先写街景，然后人物，用写碧街，又写人物，尽力使街与人、情与景融合一起，成为浑然一体的散文。这种形式在过去很少人试过，应大胆地写下去！

《林真说书》①出版了没有？怎么现在还没有读到？将来如有精神，一定愿为这本书贡献些微力。

医生告诉你的几句话很重要，特别是："要自我放松，千万不要认为自己有病。"这一点，我甚至在医院时也十分注意，我总是极力把病置诸脑后，找些可分心的事来做。可是几年都如此，早晨和上午，容易气促，胸部常感闷塞，因此我口袋里总放一瓶"medihaler"，每感到气闷，就喷喉，这说明上午我不能多动，更无法运动。一直到晚饭以后，才能在楼上散步几圈。但容易疲倦，走几圈就得坐下。总之，体质不行了，奈何！

病如好些，希望写几个字来，以免惦念！

陶萍问候你和你全家人！匆匆祝健康！

握手。

萧殷　四月二十六日

1981年5月13日

国柱兄：

昨日离开了医院，今日才读到你的两封信，你的近况以及你的情绪和一些对处世的想法，我都细读了，而且非常同意！

四十多天之前，我正在伏案写纪念茅盾②先生的短文，不幸忽然温度上升，直至三十九摄氏度，头晕眼花，全身酸软，遂被送进医院，经检查，才知又是肺气肿感染，经过两天输氧，和十天吊瓶（滴注青霉素和葡萄糖），高烧始退去，但炎症仍未消失。之后，胃口极坏，每日只吃半份"半流质"（肉粥、面条、肉汁之类），体重下降到三十七公斤（比去年还减少一公斤），以后从朋友处找来两瓶日本的氨基酸（Pan-Aming）和两瓶白蛋白，人们对于后者吹嘘得天花乱坠，其效果，还不如氨基酸。我注

---

① 《林真说书》，参见李国柱1982年2月4日来函。此书后于1988年由中国友谊出版社出版。
② 茅盾（1896—1981），原名沈德鸿，浙江桐乡人。中国文联副主席、中国作协主席。于1981年3月27日逝世。

射之后,饭量稍有增加,体重恢复到三十九公斤,这是值得告慰的。

全国文联已来长途电话,要我参加作家代表团,到朝鲜访问,据说本月下旬就要从北京动身,不得已,只好提前于昨日离开医院。大约在家中准备三五天,到十七日可能就要飞赴北京。在那里大约访问三个星期,六月中旬才可能回来。

这一两个月来,《光明日报》《文艺报》《人民文学》《十月》《芙蓉》《鸭绿江》《奔流》《萌芽》《作品》……都有我的文章发表,在北京、上海的朋友都以为我的身体好转了,但谁能猜到我却在病床躺了快两个月……

寄来的波特莱尔①及纪德②的作品已收到,谢谢!这类书与我已隔离了三十余年,重新扩大眼界,对我,是十分需要的。《文摘》可读性很强,《瀛寰搜奇》③真是一本好书!至于《中外文学》,它的作品部分很一般,没有出色的创作,但有些研究外国或中国古典作家或作品的文章,却有精辟的见解和论点……这两个杂志广州极少,借阅者很多……当然,只限于知友。时间太匆促,不能多写,还有一些事以后再谈。陶萍问候你们全家幸福!

萧殷　五月十三日

1981年11月15日

国柱兄:

在长沙病入医院之后,回穗之日一直住院至今仍未离开医院。这次体质太受损伤,痰多,胃口不好,是这次害病的最大特点。肺部常发炎,每发炎必多痰,医生每逢此种情况,总是求救于"抗菌素",可是每注射青霉素、四环素或红霉素之类,一定破坏胃口。这三个多月来,我每餐最多只能咽下半两食物。前一月本来比较好转,不料十一月八日冷空气来袭,我肺部又受到威胁,于是,这星期天天吊葡萄糖与抗菌素,虽然血管又硬又滑又脆,只好忍受……

昨晚《羊城晚报》通知我,要发表关于《君匋印选》④介绍文章(此文是弘征执

---

① 波特莱尔(1821—1867),法国19世纪著名诗人,象征派先驱,著有《恶之花》等。
② 安德烈·纪德(1869—1951),法国20世纪著名作家,著有《背德者》《伪币制造者》等。
③ 《瀛寰搜奇》,读者文摘远东有限公司(香港)1978年出版,讲述古今中外奇闻逸事。
④ 《君匋印选》,钱君匋著,齐白石、黄宾虹、丰子恺等题跋作序,书画屋图书公司1980年版。

笔，由我转给《羊城晚报》，经催数次，最近才决定发表），他们打算发文章时同时刊登几个钱君匋的石印，但羊城似没有这本书，想来想去，还是写封信给你，你那里大概还有存书，希望尽快寄一本来，请直接寄"广州市，东风五路《羊城晚报》编辑部《晚报》版[①]"收，并注明我写信去要来，为配合发介绍文章专寄的。

  头脑还晕涨，不能多写！匆匆祝

顺利！

萧殷
十一月十五日于东病区二〇二房

1981年12月31日

国柱兄：

  昨日收到你直寄医院来的信，十分高兴！因长期读不到你的信。弘征来穗时也曾巴望见到你，我们都估计你可能出国或忙于别的事。昨日上午振名与苏晨来，始知你忙于工作，读来信果真如此，才释去悬念！

  《君匋印选》还未收到，而弘征介绍该书的短文，已在十二月初《羊城晚报》发表，想已看到？

  自七月进医院，瞬已五月余，但病情反复无常，虽曾多次要求出院，但未获同意，稍不注意（我也闹不清楚），肺气肿就容易感染（气促、痰多），对付的办法主要是依靠注射抗菌素（红霉素、四环素、青霉素、麦迪霉素……），这类药物对胃口害多利少。注射多了，不仅对病菌适应性增强，而食欲愈来愈降低，现在每餐只能勉强咽下半两食物，于是体重越来越减轻。现只有三十七公斤，虽然每星期食三四次鸡汁，但体重却不见增加。似乎什么东西都不想吃，家人问我想吃什么，我几乎无法回答。

  医生说，我需要一些"花旗参"（西洋参）补一补，但这里买不到，如果你方便的话，请给买一点。估计多了，不易过海关，一次带两三两估计还是可能的。由于气促，经常出现缺氧现象，据介绍，有一种"电子空气清新机"（NU-AIRE）（香港的总代理处是新特有限公司，在香港大道中80-82号，向荣仙大厦七栋A座），可以减轻痛苦，请打听一下，如太贵，千祈不要买。

---

 ① 当为"《晚会》版"之误，《晚会》为《羊城晚报》副刊。

我的第二孩子萧葵葵,已经考取公费留美学习工业管理,现在广州补习英语,明年出国。他现在急需双解辞典,香港不知有没有《新英汉双解》或牛津双解大辞典?请打听一下!

唐人①兄在北京与世长辞,恶(噩)耗传来,不禁泫然泪下!

关于那位记录我谈话的人,以后再向你介绍。这种记录比我自己写还费事,每次我定稿时,都花很多精力与时间。

弘征兄来穗时,曾带来四颗印章和一包费新我②等人写的字。都留在我处,你的学生回穗过春节后,能否托他带回给你,望告!

明天就是一九八二年元旦,顺祝你全家

康乐!陶萍问候你和瑰玮大嫂!

萧殷
十二月卅一日于东病区二〇二房

1982年1月31日

国柱兄:

我在医院住了六个多月,于一月十六日出院了。但并不是由于病痛痊愈,而是发现情势在恶性循环中发展,肺气肿不时感染,常多痰、气促、缺氧,甚至呼吸困难。院方唯一的对付办法,就是注射(或吊输)抗菌素,然而这类药液的副作用极强烈,每注射(或吊输)一个疗程,感染倒不见疗效,食欲却被破坏殆尽。于是体重下降(现在只有三十七公斤),体质更虚弱了,我不得不再三要求出院。现在我在家中休息,但因我住宅正南不到两米处建起一座一百三十多米长、三层楼高的大厦,因而阳光全被挡住,南风都被堵塞,这间既通畅又充满阳光的楼房,竟变成了酷热奇寒的牢笼,有什么办法呢?不仅此楼顶还发现白蚁,已被蛀出两个大洞,上面已来看过,认为这是座"危楼",亟须迁移,但迁到何处去?一时大概无法解决。

出院之前,国义弟来医院看我,我将十幅字及弘征篆刻的四块印章交给他,托他交

---

① 唐人(严庆澍),《金陵春梦》作者,香港《新晚报》代总编辑,作协广东分会理事。1981年11月在北京逝世。

② 费新我(1903—1992),字立千,浙江湖州人。中国书协理事,湖州书画院名誉院长。

可靠的人交给你。（信写到这里，国义弟送"空气清新机"来了）他说准备托曹炎①带六幅字及四块印章回去，其余四幅打算另候可靠的人带。我将你给我的信，给他看了。他说曹炎先生只带来空气清新机，并没有带"花旗参"来，可能因你太忙，将此物忘了。不要紧，我现在还有一两多吉林白参可以代用。

《君匋印选》两本已收到。谢谢！但英文字典至今未收到，谅在路途中？

《碧街散记》只看见《肮脏·冷落》一篇，很有生活气息，但它的深度还猜测不出来，也许会在以后的篇章中体现出来吧？文笔清新，希望你写下去！

第四期《芙蓉》，我又重读了你谈俞平伯②的文章，观点颇有见地！章明写我的"报告文学③"看见了吧？他记录很实在，殊堪参考，匆匆祝

新春快乐！

萧殷
一月卅一（初七）于广州

空气清新机已试用过，确有令人心身舒畅的作用。谢谢你！

1982年2月5日

国柱兄：

一月廿八日（年初四）来信收到，读来信知你还未收到我三十一日（年初七）的信，除收到"空气清新机"之外，《英汉大字典》及今年一月份《中外文学》都已先后收到！谢谢！

这里的医生，很少劝病人服用人参之类的补药。我在医院时，有时自己炖服自带的花旗参，医院从无异议，西医固然不反对，有个女中医也点头同意，依据我半年多服药的经验，这些医生大概只学到"半桶水"，不但不能根治病痛，连治表的功效也看不见；我的痰喘虽每顿服用二十多粒药片，但至今还是折磨我的主要病症。花旗参既然对老年人会破气，那就不必买了。红参，我还有二三两，大概这也属于高丽参吧！这东西，可能在内地容易买到，就不必麻烦你了。

---

① 曹炎，李国柱学生。
② 俞平伯（1900—1990），原名铭衡，浙江德清人。散文家、红学家，北京大学教授。
③ 指章明《老牛羸病犹奋蹄》，载《芙蓉》1981年第4期。参见下函。

《君匋印选》两本,已收到,前信已提及,勿念!

四期《芙蓉》上刊章明的《老牛羸病犹奋蹄》,是写我的"报告文学",从中你可看见我所经历的道路及为人。今年你计划系统地读两部书,令人羡慕。我现在已不似两年以前,体质越来越虚弱,这与食欲日衰有直接关系。时于精力饱满的人,只能投以羡慕目光,自己却无此力量了。

弘征兄的字和治印,国义弟托人带去否?祝
全家康乐!

萧殷　二月五日

1982年5月11日

国柱兄:

五月六日来信收读,知你的病痊愈,很欣慰!但我还是如此,虽然已经坐起来,但全身软瘫瘫的,痰多气促,稍微活动一下就急喘难堪。我觉得体质越来越差,其中的原因,我认为抗菌素注射得太多了。它对病的抑制作用却很微小,而对胃口的破坏作用却十分显著。因而,进食很少,在家中虽可随意,但食欲也不稳定。这几天,根本不想吃米饭,只能每顿吃一小块"葱油饼"之类的烤酥饼食,我也说不清是什么缘故。

来信说,你影印了一份《比市侩更市侩的人》,是否已寄来?怎么到今天还未收到?盼能快读到你这篇文章。

你要《吕雷小说集序言》吗?四月廿四日在《羊城晚报》发表该文时,只把报纸剪了一份,因此,没有多余的剪报,现将原稿寄给你。

说起卢卡契文学论文集[①],我已十多年未见过了。一九六六年以前,在我书柜里是藏有这套书的,随着"抄家""破四旧"的恶浪,这些书和我的其他好书一样,被抢走了。国内这几年有没有重版,我完全茫然。匆匆祝
全家平安!

萧殷　五月十一日

---

① 乔治·卢卡契(1885—1971),匈牙利人,著名马克思主义哲学家和文学批评家。二十世纪五六十年代,《世界文学》编辑部曾编译供内部研究的卢卡契文艺思想汇编,收录论文30余篇,后于1980、1981年由中国社会科学出版社以《卢卡契文学论文集》(一)、(二)出版。

你希望我到港治疗，我也曾如此打算过。但近半年来，总是头昏脑胀（涨），很怕吵闹，香港不知能适应否？暂时还不打算去，以后有可能时再说吧！先向你致谢！又及。

1982年6月6日

国柱兄：

　　我于半月前寄出一信（内附"吕雷小说集序"），不知收到否？我最近才收到你的《比市侩更市侩的人》的影印本，当天就拜读了。这类人，似曾见面，确有典型意义。在香港这样的社会，这类典型大概更加寻常，但在别的地方也并不陌生，只是他们的表现方式因地而异而已。但是，作为文学作品，却令人感到抽象叙述多于形象表现，说明多过描写，因而生活气息不够，艺术感染力单薄。最后还感到，你虽则在叙述过程中处处流露了你对这类人的憎恶，但在情节上你为什么不让他碰得"头破血流"呢？因而损害了你对这种人的明确态度。也许，这要牵连到香港特定环境的局限？我不了解香港的社会，但这类"骗子"型的人物，人民（我说是人民）大概都是讨厌的。

　　这是极粗糙的读后感，仅供参考而已。

　　近月来，广州的气候很不正常，忽冷忽热，对于呼吸道疾病是一大威胁，稍不注意，容易感冒，感冒一来，肺气肿便会感染。总之，窗户常关，又常气闷，徒唤奈何！

　　最近，可能由梅花村三十五号二楼搬迁到"梅花村四号二楼"，但还未搬，来信最好仍寄"三十五号二楼"，待搬定后，一定告诉你！匆匆祝
全家安好！

萧殷　六月六日

1982年8月14日

国柱兄：

　　好久没给你写信了，近来还好吧？这几个月来，我一直在病痛中挣扎，有时呼吸困难，几陷于绝境。七月以后气候酷热，我的住所犹如烤箱，连坐着也流汗浃背，前来的南风，完全被那座三百多米长、八层楼高的庞然大物堵塞了，还受着高墙光照的反射，几令人窒息，实在难以忍受，不得已于七月廿二日来暨南大学避暑。这里虽然比梅花村

较通风，但嘈杂得惊人，这样的专家接待所，恐怕其他地方很难找到。看来，也不是久住之处，待稍凉时，还是回梅花村去。从去年，上级机关已批准我搬迁新居，一因我原住宅的南风被堵塞，也因该楼已成危房，多年白蚁蛀蚀，据查墙壁已空，如再不迁出，说不定有坍塌的一天，可是由于各种莫名其妙的原因，至今仍未能搬家。面临我要离开暨大，但又感到无家可归，真不胜惆怅，奈何！

今年来，除应《文艺报》之约，曾编一本《……评论选集》之外，什么也没有做。这"评论丛书"，据说包括十二位评论家的著作，由湖南人民出版社出版，年底出书。另外，花城出版社要一部《自选集》①，约五十万字，由于体力不逮，现在还不能开始汇编，只好等秋凉以后再说。急待做的事很多，但有心无力，不免心焦，但又有什么办法呢？

在这里，你可以了解我的心境。在这种情况下，我几乎什么都不管了，所以许多报刊都没有看，更多的读者来信，连拆阅都办不到。

久未写信，怕你惦念，匆匆写这封短信向你问候，并颂

健康！

萧殷

八月十四日于暨大

1982年10月5日

国柱兄：

好久没有给你写信了，近况如何？念念！

入夏以来，广州闷热如烤，我实在无法再在那座危楼住下去。楼前的庞然大物已把南风堵塞，还有火焰般的高墙反射，弄得我忍无可忍；不得已，只好暂时搬到暨南大学：一是为了召开研究生毕业论文的答辩会，二是为了治病。体质还如旧，最糟的是胃口闭塞，早晨除喝杯咖啡之外，什么东西也不能下咽；中午和晚上只能勉强咽下半碗（半两）食物，但一点味道都感不到。可以说，已到了厌食的地步。但三个月来华侨医院②似乎也没有什么办法，奈何！

---

① 花城出版社《萧殷自选集》迟至1984年出版。

② 华侨医院为暨南大学附属医院。

我在梅花村三十五号二楼的住所，因白蚁蛀蚀严重，已成危房，白蚁防治所已一再提出警告。省委于去年十一月已批准我搬回我"文革"前的旧居——梅花村四号二楼。可是由于种种意想不到的阻难，至今仍未搬成。最近，可能有点头绪。另外，研究生毕业论文答辩会决定于十月十一日举行。这样，我可能十月中旬离开暨南大学。你如来信，请暂寄"文德北路，中国作家协会广东分会"我收，以免遗失。

虽然身体不好，但两篇研究生的毕业论文（共七万多字）却花了我不少精力。一篇很好，另一篇却很糟。事关研究生的学位问题，不能不认真进行。

北京编一套文学评论集丛书，第一集共十二本，有我一本，第二集，拟出八本，由湖南人民出版社出版。本年底第一集将出版，第二集大概要明年夏才能与读者见面。另外，花城出版社要我选一本《自选集》，序言已写完，但编目却还未完全决定，因为想把三十年代发表的短篇小说选入一些，但到处找不到当时的报刊。昨日忽听说，在华南师范学院有当时的报纸①，我希望能复印出来，不知是否可靠？

读了海辛的《相知三十年》，深有同感。虽我不比你和海辛交往这么久，但他所谓的关于你的为人、脾气等，却有同样认识。谢谢海辛兄，特别是该文的最后那段话，把你写得深而且透，请代问好！

匆匆祝好！陶萍向你全家问候！

萧殷　十月五日于暨大

据萌萌来信，说你寄来两本关于"比较文学"的书，她大概见我杂事太多，不愿把书寄来，准备等我回去时再给我，顺告。——又及。

附来函

1979年5月17日

萧老：

我这样称呼您，并不是因为您的年纪，而是因为您的资格。说句良心话，我真希望您更加年轻。

那天，我在访问您时②，发觉您前额满布皱纹，形容枯瘦，特别是您在轻声咳嗽之

---

① 参见萧殷致邹育根函。
② 李国柱由曾敏之介绍拜访萧殷，并采写访问记。参见曾敏之致萧殷函。

后,必须要稍歇一下,才能继续说话的情形。我的心有点痛。作家应该是人类的一宗财富,而我们的作家经过这样残酷的折磨,死的死了,活着的却满身病气。您能抱病工作,这是非常难得的。我诚恳地请您保重身体,注意健康,并祝您的病能早日痊愈。

我非常关心您的《创作论》①,希望您能够把它写完,并且多写些指导习作者写作的文章。那天,我就认真地跟您谈到如何培养青年作家的问题。在近十多年来,中国作家死的死了,病的病了,受折磨的也给折磨够了。在那时候,中国只有一个死了的作家——鲁迅②,只有一个活着的作家——浩然③,只有一个诗人——张永枚④,只有一个文艺批评家——李希凡⑤,也只有一个文学史家——刘大杰⑥,除此之外,便是一片空白!倘若这种情形再继续多十年,中国文学的根茎便给完全斩断了。这是多么可怕的事实,叫人越想越感到寒心。因此如何帮助老一代的作家解决生活上的困难,让他们专心创作。如何协助老一代作家整理他们的经验,编写成经验专集,如何协助老一代作家把他们的自传记录下来,编写成文学史料。以及如何培养一些业余的或专业的年轻作家,让他们参加文学创作,便是目前的迫切需要。因此,我实在非常关心您的《创作论》,希望您能尽快地将它写完,也希望能尽快地将它出版。这对于年轻的习作者有很大的好处。

感谢您把手边仅有的一本《习艺录》签了名送给我。我在广州那几天虽然很忙,但我还是尽量抽时间来把它读完。读过之后,有一点感慨,也有一点意见。

您在"后记"中写道:"……当时阴云密布,暗无天日,只要一想到人民前途,谁不悲愤欲绝。我沉默,我难过得悄悄流泪。就是在这种极度忧愤的心情下,我忽然把《创作论》的提纲投入煤炉,烧成灰烬。我当时想,人妖颠倒,豺狼当道,还谈什么

---

① 李国柱登门拜访时,萧殷谈及自己撰写《创作论》的计划。

② 因受到毛泽东的赞誉,鲁迅著作在"文化大革命"期间仍能畅行。

③ 浩然(1932—2008),本名梁金广,河北宝坻(今属天津)人。曾任北京市文联副主席、北京市作协主席。著有《艳阳天》《金光大道》等,后者主人公高大泉(全)成为"文革"中正面文学形象的典型。

④ 张永枚(1932—),四川万县(今重庆万州)人。广州军区政治部文艺创作员。歌词《井冈山上采杨梅》《广东好》《人民军队忠于党》作者。

⑤ 李希凡(1927—2018),毕业于山东大学中文系、中国人民大学哲学研究班。1954年与蓝翎共同撰写关于《红楼梦》研究的文章,受到毛泽东肯定。

⑥ 刘大杰(1904—1977),湖南岳阳人。复旦大学教授兼中文系主任,中国作协上海分会副主席,主编的《中国文学批评史》,长期作为高校文科教材。

文学？"

读到这一段话，我有点心痛。我想，一个作家假如能够不受干扰，而让他好好地去从事创作，相信他会写出更好的、更优秀的作品来。正如您一样，假如您不受到干扰，不受到折磨，相信您已经把一百万字的《创作论》写完，甚至把它出版了。从您过去所写的作品中，我们可以预测到这本《创作论》对年轻的作者有着多大的帮助！基于这一点，萧老，我焚香默祝，愿您身体强壮，精神健旺，除了把《创作论》写完之外，还多写些对年轻作者有帮助的东西。我们都曾经经历过年轻时代。那时，我们多么需要人家在我们迷惘、摸索之中，给我们一点光！

现在我想说说自己在看过《习艺录》后的意见。

第一，《习艺录》第二辑所收的几篇谈论创作问题的文章，谈得都很具体，真可说是"鸳鸯绣出凭君看，更把金针度与人"[①]了。我绝对同意您的论点：文学是来自现实生活，作家只有深入生活，熟悉生活，才能写出优秀的作品来。但假如作家的语言不够洗练，技巧不够成熟，想象不够丰富，他就绝不能够写出生动而感人的作品。这正如我与您谈到刘心武的短篇小说《班主任》[②]时，我们都同意他在生活中发现了问题，可惜他把议论来代替了形象，所以他的作品虽然有着个明确的主题，但却不是一篇优秀的小说。

（此信太长，要分开来寄。这是第一部分。

我回到香港时，曾跟一位熟悉的英国医生谈到您的病况。他给您开了一种治肺气肿的特效药和一种强力维生素。我已托中英药房将这两种药寄到作家协会去。为了慎重起见，您在收到药物之后，最好找个熟稔的西医看看，然后服药，会安全一些。如果这两种药对您有效，请来信告诉我，以便继续寄上。

您的照片已经冲晒好了，随信附上，如果您有哪张喜欢的，请来信告知，我可以替您多晒几张，或者把您喜欢的放大。）

尊夫人及您的家人，请代问好。此候

大安，并祝健康！

弟国柱　顿首
一九七九年五月十七日灯下

---

① 语出元好问《论诗三首》，原诗是"鸳鸯绣了从教看，莫把金针度与人"，义为不把独门手艺传授他人。李国柱将"莫"改为"更"，突出萧殷教导青年循循善诱的精神。

② 刘心武短篇小说《班主任》，刊载于1977年第11期《人民文学》。

1979年6月12日

萧老:

我从广州回港后,到外国跑了一趟,回来时才看到你的信和你送给我的书。非常感谢!

我要送给你的《诗话丛刊》,在我返广州前已经交给曾敏之兄,请他托人带给你的。既然他还未送到,我便把手边仅存的一套寄给你,那套存在曾兄处的,就算我送给他好了(此事我会打电话给曾兄了)。因此书是台湾翻印日本的,所以我把版权页撕去,请不要见怪。

我寄给你的药,如果真的合用,我会按月寄给你的。老实说,我真希望你快点康复,把《创作论》写完,再为青年们写些别的东西。我在学习写作的过程中,你的《与习作者谈写作》(可惜此书在我家遭回禄时给烧掉了)给我影响很大,直到十多二十年后的今日,我还能记忆到那本书的一些章节。我希望你写,也鼓励你写,所以我愿尽一己的绵力,给你寄点药物,给你找资料。因为我知道你的《创作论》出版之后,会有很多人(当然包括我)受益的。

现在我先把《诗话丛刊》(上、下)分两次寄到作家协会去,假如你收到后,我将会为你寄出五十多种同类性质的书。这些书有些是我的藏书,有些是托书店朋友给你找的,可惜大部分是台湾出版,你收到这些书时,总是缺少了版权页的,希望你不要介意。

我跟着寄给你的,有:台湾编译局新编的《中国历代文学批评资料汇编》(共十大册,现出五册)、《人物刻画论》(此书论点很新)、《写作浅谈》(上下两册,此书辑译美国现代作家论创作)、《散文研究》、《长篇小说作法》(此书是美国大学写作班的教材,值得参考)、《中国诗学》(此书以近代美学观谈中国诗)、《美感》(此书是美国近代哲学家桑他耶拿的作品,对美学有新看法)、《艺术论》(此书是精神分析家弗洛伊德的作品,他以性心理来分析文学)、《小小说的写作》(此书最值得你看看),还有好些有关《创作论》的资料,有待寄上。请设法要作家协会代收为要。

听说《花城》已经出版了①,请寄我一本。《广东文艺》《广州文艺》及《收获》(最好由第三期开始)、《十月》(也是由第三期开始)、《新文学史料》(亦是由第

---

① 《花城》杂志,1979年4月创刊。

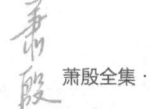

三期开始），请设法代购，寄来给我。购书及邮资，我准备汇来给你。请问在汇票上该写哪一个名字？

本来打算把那长信下半截写完，但右手疼痛，几乎不能执笔，过几天再继续去写它了。

《开卷》已寄上来（陈残云，于逢，黄庆云①，韦丘等兄都有寄去），未知收到否？在那杂志里，我的笔名是"林真"。

香港天气很坏，我刚刚患了感冒，希望你能善自珍摄，早沾勿药。

陈残云、于逢、韦丘、黄庆云诸兄，请代问好。特别请向尊夫人及府上各位致候。
耑候
撰安！

弟国柱　拜
一九七九年六月十二日深夜

1979年7月5日

萧老：

在六月十二日迄今，寄上两函；同时又寄了一套《诗话丛刊》到作家协会，未知已否收到？

敏之兄昨日给我电话，说你经已病好，返回广州。闻之欣喜，合十祝福。《新闻写作论》②已影妥，由克勤寄上。他在本月十六日要到英国电视台实习，临行前很忙，没空给你写信。

上个月底，敏之兄回广州参加陈序经③先生追悼会时，我买了个乐声牌电子咪扩音筒和两打电芯，托他带给你。但因他要替萧乾④带电视机，所以没有带回来。现该扩音

---

① 黄庆云（1920—2018），广东澄海人。毕业于中山大学中文系，美国哥伦比亚大学文学硕士。曾任教于广东文理学院、广西大学。中国作协广东分会副主席、国际笔会广州中心副会长。

② 指《怎样写新闻消息》，参见萧殷1979年5月25日往函。

③ 陈序经（1903—1967），字怀民，广东文昌人。历史学家、社会学家、民族学家。曾任岭南大学校长、中山大学副校长、暨南大学校长、南开大学副校长。

④ 萧乾（1910—1999），北京人。记者、文学家、翻译家。1939年任伦敦大学东方学院讲师，兼任《大公报》驻英记者。晚年曾任中央文史馆馆长。

筒存于敏之兄处。请你给他一封信，要他想法托人带回来。假如《诗话丛刊》收到之后，我会继续寄书上来，务请抽空给我一信。在八月初，我又将会出国。如来得及的话，我将尽快给你寄书上来的。

敏之兄说你有稿给他，拟在本周日与巴金及我的小作一起刊出。我的小作能跟两位久已敬爱的前辈的作品一起刊登，对我是个极大的鼓励。

《创作论》写得怎样？你的病到底好了没有？有什么东西需要我寄给你？请尽快地来信告知。

天气太过酷热，务请珍摄。尽可能不要太忙，一定要好好保重。

请代我和我一家向尊夫人及你的家人问好。耑此敬候

大安！

弟国柱　顿首　一九七九年七月五日

克勤问候。

1979年7月14日、15日、16日

萧老：

《花城》《作品》两本及欧阳小姐送来的书，以及七月四日、七月八日两信，俱已收到。非常感谢。你两封信亦已交敏之兄看过。你的新闻写作论影了两份，一寄府上，一寄作协。昨日寄上九本与《创作论》有关的书籍，计有：1.《现代小说论》，周伯乃著。2.《诗心》，黄永武著。3.《诗的欣赏》，陈绍鹏著。4.《人物刻画基本论》，丁树南译。5.《诗的效用与批评的效用》，杜国清译。6.《长篇小说作法研究》，陈森译。7.《小说技巧》，胡菊人著。8.《红楼水浒与小说艺术》，胡菊人著。9.《小小说写作》，彭歌著。请查收。第二批书籍，将于下周寄出。克勤于明（七月十六）日上午九时出国，到外国电视台担任导播工作，为期二十天左右，将会回国。他今年由大三升上大四，明年便要由大学毕业了。我的二女儿锦裳，今年上大一，念工商管理。三女儿锦屏，也上大一，念艺术。四女儿锦玲，今年念中五。六女儿锦珊及七女儿锦瑚，今年上中一。八女儿沛坤则上小三。孩子太多，教养不易。每逢到新学年开始，便要大伤脑筋。我的工作很忙，在酷热如火的夏天，稍一走动，便浑身大汗，一天要换两次至三次内衣，一不小心，便染上感冒。幸而已届三伏天，相信不会热的太久罢。你的身体不

好，务请多多休息，不可过劳，凡事要顾着身子要紧，因为一位优秀作家的生命是属于全人类的，他不幸弃世，便是全人类的一个大损失。所以我希望你，也诚恳地请求你，多多保重才好。《创作论》写得怎样？请告知。

我实在忙得没时间写作，但有空闲，写上一篇两篇，也不甚满意。现把上周发表的《处困室日记》寄给你，请提点意见。

下月初，我将要出国了，如果你有什么需要寄的，请早点给我一信。并且请把汇款用的名字写给我，我想给你汇一点小款项，因为有侨汇券，你可以多买点补品吃，借此表示我的一点微意。此候

夏祺！

并请向尊夫人及府上各位问好。

弟国柱
一九七九年七月十四日

于此代克勤及全家向你们问好

又启：既然在广州买杂志这么困难，再加上你的精神不好，那么，我拜托你买杂志的事，请不要再办，我再托别的朋友好了。《花城》匆匆看过，很好，质量都可跟外国同类刊物相媲美，这是可喜的现象。《作品》现时在香港有售，以后请不必寄给我了。《作品》的篇幅小，不宜刊载太多的长文，最好能提倡多写些极短篇。一来版面活泼，二来更能迅速地反映现实。所以，我在第二批书中，就给你寄了两本极短篇。该批书籍计有：1.《中国古典文学研究丛刊：诗歌之部》（上、下），柯庆明、林明德主篇。2.《写作浅谈》及其续集（共两本），丁树南译。3.《经验的河流》，丁树南译。4.《世界十大小说家及其代表作》，英·毛姆著，徐钟佩译。5.《中国诗学纵横论》，黄维梁著。6.《诗人谈诗（当代美国诗论）》，陈祖文译。7.《极短篇》，联合报丛刊。8.《川端康成袖珍小说选》，乔迁、张好合译。9.《人的文学》，夏志清著。10.《梁实秋札记》，梁实秋著。此批全集共十二本，准时于本月二十五日投邮。至于以后各批书籍名单，稍后列上。

我选择这几十种资料寄给你，其中绝大部分我都在较早时看过，觉得很适合你写《创作论》时作参考。像你这样细心的人，相信会一眼看出，我寄给你的资料是包括各个文学流派的。它们有自然主义、批判现实主义、存在主义、浪漫主义等。为什么我做这样的选择呢？因为我认为一部谈创作的论文，应该内容精深博大，视域要广，取材要

精,才能写出精辟的论著。我这点卑微的心意,相信你不会反对罢。假如你认为这样选择不妥当,请坦率地告知,我希望替你选资料时,是照你意思,而不是照我的意思。

目前我也写了点有关创作问题的小文章,等发表了以后,写下寄给你评改。

又:敏之兄托我转告,大作已收到。准备下周发表。

扩音机暂时无法带上。

弟国柱再启　七月十五日早

萧老:附上的五篇稿件,有三篇是我的习作:《碧街习作》《喜尝"粗咖啡"》和《处困室日记》。有两篇是我相交了三十年的朋友郑辛雄(海辛)兄的作品。我们两人由十七八岁便开始摸索着学习写作,从来没有人来加以批评、指导。我把这些东西寄给你,假如你精神较好时,请你看看。一来可以知道香港文坛的一些情况,二来如有可能时,请给我们提点意见。谢谢。《开卷》的确注已寄上,而且在我由广州回到香港那个星期,已经寄上。我亲自去《开卷》编辑部看过他们寄书的记录。假如你接到此信时仍未收到《开卷》的话,请来信告知。我将改由我经营的书画屋寄上。并请向韦丘、残云、庆云、于逢诸兄问候。

弟国柱　一九七九年七月十六日

1979年7月26日

萧老:

刚寄出第二批书籍,便收到您两封来信。香港很热,在炎热无风的长夜,我读了好些书,主要的多是日本作家的作品。我的日文虽不算得怎么好,但总算能译能写,十多年前,我的环境不好,就在晚间译点日本武侠小说和推理小说来赚稿费。最近几年,经济情况好了些,生意也做得不坏,便没有再译了。不过我还是喜欢看日文书刊。这有三个原因:一因日本人对世界各国的政治、经济、文化、学术和科技都非常敏感,人家一有新东西出来,便抢着翻译成日文,所以在日文书刊中可以看到许多新的东西。二、日本人的研究方法——特别是对中国文化和艺术的研究方法与我国很接近,只要不接受他们的偏见,那么,他们有许多研究成果是可供借鉴的。三、日本有着许多优秀的作家和思想家,他们的作品很值得观摩学习。

我的外文不算好,但我懂得三国文字:日文和英文较好,能译能写,法文则平常,有些较专业的地方到现在还看得不大懂，普普通通的勉强可以译写一些的。懂得外文可以直接阅读外国的优秀作品，视域广阔了，写出来的作品才有广度和深度。假如要我对青年作家做一忠告的话，我将会劝他除了深入生活、勤于学习之外，还必须多懂一两国文字。为什么台湾的作家能写出较好的作品来呢？我相信这与精通外文有关。比方最近北京出版的《当文》，就转载了台湾作家白先勇（白崇禧的儿子）一篇《永远的尹雪艳》[1]，这篇小说曾译成英文和日文，受到较高的评价。而白先勇就在台大外文系出身，现在还留在美国任教[2]。这不过是一个例子。

你的关于批判现实主义的文章，本月廿二日在《文汇报》的文艺版刊出，拜读过了。有点小意见，下次来信时再告诉你。因为现在我正赶写一篇论文：《精神病学表现在面相和手相上的病症》，准备八月间在法国举行的新手相学会上宣读。我在广州时曾经告诉你，我对相学有较深入的研究，现在我每个星期六（上午十一时十五分至十二时）都在香港商业一台演讲掌相，这个节目从一九七〇年夏天开始，一直到现在已经维持了九年，还是个热门节目，据调查报告，是全港收听率最高的，每次的听众有一百五十多万人。我绝对不提倡迷信。我认为，手相和面相只是一种观察人、了解人的方法，谁掌握了这种方法，谁就可以较全面较深地了解人。同时，我有一点小小的野心，就是想把手相面相和精神医学、人格心理学结合起来研究，希望把它纳入心理学的范围。现在写的论文是我研究了七千六百多个个案的结果，假如获得承认，将会对精神医生有较大的帮助。因为直到今日为止，精神医学还未在人身上发现到特殊的病症。

你是研究唯物辩证法的人，相信很难同意面相手相是一门"类科学"的说法。但事实确是这样。在一九五二年五月，新手相学会在澳州堪培拉召开以后，就有不少医生、律师、工程师、作家和其他专业人士加入了这个研究行列，二十多年来，已经做出不少成绩来。现在跟我一起研究的有四位医生（两个精神科的，一个内科，一个妇儿科，其中一个是英人）和六十多个学生。

我觉得在世间上只有两种职业才能够真正地进入人们的内心世界，那就是医生和睇相佬[3]。在这九年多以来，我看过万多个人，各种职业人士都有，其中大部分是高级知

---

[1] 《当文》为《当代》之误。《当代》，1979年7月创刊，所载白先勇《永远的尹雪艳》，据称是改革开放后大陆刊登的第一篇台湾小说。

[2] 白先勇（1937— ），广西南宁人，白崇禧之子。毕业于"台湾大学"、美国爱荷华大学。美籍华人作家。

[3] 睇相佬，广州话，意为看相算命者。

识分子，其中包括前任越南总统阮文绍和现任印尼总统苏哈图。他们在别人面前是那么尊严、高贵，但在我的面前，却显得怯懦、自私，甚至号啕大哭。因为我准确地看穿他们的心事，于是他们便把我看成知心的朋友，尽情倾吐，时而高谈阔论，时而万般感触，时而满口粗言，时而频频啜泣。近代的心理治疗主要是让病人尽情发泄，使长久以来积压在他心底里的苦恼得以洗涤。哭泣，就是洗涤心灵的一个良好方法。所以在他们哭得伤心欲绝的时候，我仍然非常冷静，宛如生就一副铁心肠。因为看得多了，听得多了，对人生有了较深入的看法。有几位朋友劝我把这些人和事用小说形式写下来，他们相信我会写得好的。我也想试试。等我从外国回来时就开始动笔。发表后一定寄给你，并虚心地听取你的批评。

第二批书共十二本：一、《中国古典文学研究丛刊：诗歌之部》（上、下）；二、《写作浅谈》及其续集（共两本）；三、《经验的河流》；四、《世界十大小说家及其代表作》；五、《中国诗学纵横论》；六、《诗人谈诗》；七、《极短篇》；八、《川端康成袖珍小说选》；九、《人的文学》；十、《梁实秋札记》。请查收。

第三批书的书目如下：一、《中国古典文学研究丛刊：小说之部》（共三本），《散文及论评之部》（一本）；二、《文学、思想、书》；三、《中国人的文学观念》；四、《谈艺录》（钱锺书，开明版）①；五、《西洋文学研究》；六、《散文点线面》。共九本。准于八月十五日投邮。

克勤已经出门了，大约在八月六日回来。他回来后，我便出国了。希望在法国开完会后，顺道到欧洲各国跑一次。那边有些作家和画家都有通信的，他们也希望我到那儿做客人。

由下期起，我替《开卷》写一些有关读书方法的文章，不知写得怎样，不过有一点敢相信：至少不会人云亦云的。

天气太热，请善自珍摄。我代表我全家为你及你府上各位问好。并候

文安！

弟国柱　七九年七月廿六日

---

① 钱锺书《谈艺录》由开明书店于1948年6月首版，后有台湾翻印本。

1979年7月31日

萧老：

　　七月廿十四日来信收到，前两天寄出一批书、一封信和发了一通电报，想已收到。《新文学史料》第一辑亦于今午接到，此书已由香港三联书店在港印行，现已出至第二辑，第三辑已在付印中，以后请不要寄来了。谢谢！

　　海辛兄等改在八月三日返穗，一行五人[①]。海辛和杜渐（李文健）二兄，个性纯厚，能关心别人，可以深谈。秦西宁（王森泉）知识分子气质很重，有强烈自卑感，但人很好。彦火（潘耀明）是《海洋文艺》编辑，小气而自负，如不触着他这弱点，可以交往。原甸我不认识，恕难介绍。海辛跟我相交三十年，从没吵过嘴。他从我做木箱学徒时便与我结交。对我的往事知之甚详。在我充满传奇色彩的往事，如你要他说说，相信会比我告诉你有趣得多了。

　　老实说，我真有点自负。我由一个中学生而自修到能写文章，懂三国文字，懂建筑工程，甚至懂当代哲学和心理学，成了名符其实的"杂家"，的确走过一条相当曲折的路子。照我的出身来说，我应该变成一个大贼或是流氓才对。现在我虽然有些微成就，但我仍不以此自满，我每日不管怎么忙碌，仍是挤时间来读书写作、进修外文、练习书法。有时连自己也感到奇怪，我这样拼命到底为什么？

　　有一次在印尼旅行，总统的秘书长深夜到酒店看我，见我和克勤还在埋头苦读，他用不纯熟的英语问道："你到底忙什么？在度假的时候还看书？"他这句话至今还常常在我耳边响起，凭良心说，我真不知道自己为的是什么，我只能说，看书写作成了我生活的一部分。

　　刊在《开卷》第七期的《碧街习作》，是我一九七三年间写的。那时我的生活很苦。因为在一九六九年秋天，我因办出版社弄得几乎破产，背了一身债。一九七〇年秋天，我的第五女在中午下课时给公共汽车碾死。一九七一年秋天，我太太因生第八女时失血过多，险些死去。接连不断的打击使我患了严重的肾脏性高血压。所以一九七二和一九七三这两年是我生命中的黑暗期。我仍能在这样的情况下写出像《碧街习作》这种富于抒情味道的作品，在今日看来感到非常奇怪。我不管人家怎样评价这些东西，它们是我在生命的黑暗期中写成的，对我有一种深情，我准备把这百多篇写作略加修改，交

[①] 海辛等一行六人曾登门拜访萧殷，并无作者下文介绍的秦西宁，另有陶然和黄海浪。

《开卷》发表后再出一个单行本。我请你看这些习作时能给我提一点意见。请问：这些文章有没有出版单行本的价值？撇开个人感情来说罢，如果你认为没有出版的必要时，我是会考虑接受的。因为你是写这类文章的老手，而且是我学习写作时的"私淑老师"。真的，我会好好考虑你的意见的。

《粗咖啡》我已叫张君默兄亲自寄给你。他知道你肯看他的书，非常高兴。不过我告诉你一个秘密，他这本书写得不甚好，我的《喜尝"粗咖啡"》是捧场文章，是小骂大帮忙的。希望看了原书后不至于太失望就好了。

《中国诗学》①共四本，我会在第四批书中寄给你的。时已凌晨，我也太倦了，就此搁笔。临出国前我会再给你一封信的。请向陶萍女士及府上各位致候。耑候

夏祺！

弟国柱
一九七九年七月三十一日

请好好保重身体，千万不要过分操劳。

这方闲章："喜研相学，不信命运"，是我研究相学的宗旨，也可说是我对相学的一种反叛。（附"喜研相学，不信命运"印兑）

1979年8月2日

萧老：

上次我说过在读了你那篇《能纳入批判现实主义吗》②后有点意见，现在我已将论文写完了，就来谈谈我的拙见，不一定对，仅供参考而已。

一、我非常同意文中这一段话：

"批判现实主义大师们所暴露的，是人民所敌对的反动统治势力；而现在革命作家所批判的，却是那些与国家的主人——广大人民对立的反动阶级的残余势力及其思想影响。前者的罪恶产生于反动势力及其统治制度内部；而后者的矛盾虽发生于社会主义社会之内，但其根源却是来自反动势力的破坏及其腐朽的意识形态的干扰和影响。"

---

① 《中国诗学》四册，黄永武著，1976—1979年出版，风行台湾三十年。

② 萧殷《能纳入批判现实主义吗？》一文载1979年7月22日香港《文汇报》。参见作者7月26日来函。

"因此,革命作家对社会上某些阴暗面或不正常现象批判得越深刻,是非界限就越分明,推动社会主义事物的发展就越有利。当然,歌颂社会主义新人物、新事物和新风气的作品,其鼓舞推动的作用,也不宜丝毫忽视。"

但问题是这类作品实在太少,而且全是针对"四人帮"而发的,却没有把更重要的问题挖出来。一位外国朋友读完《于无声处》和《伤痕》①之后,毫不客气地问我:"为什么中国作家不敢把谁培养'四人帮'的问题提出来讨论呢?"他是美国人,而且很年轻,今年还未满四十岁,所以问题提得很直率,像一般美国青年那么天真。我顿时给这问题问住了,无法回答。因了他曾有此一问,我不敢把你这段话译给他听,否则我一定给问得哑口无言了。

二、"批判现实主义的大师们,只能通过某一社会侧面或某一历史横断面,愤怒地把旧世界既糜烂又腐臭的肌体撕开来让大家看,让人们看清这个腐朽社会的本质,以引起思考,引起变革的激情和愿望。但由于时代的局限,批判现实主义作家们只能做到这一步,只能把着重点放在'破'字上,'立'的意向虽然不能说完全没有,但毕竟不可能很明确。"

这段话如果仅仅是指巴尔扎克、托尔斯泰、果戈理、福楼拜、曹雪芹等十八九世纪的批判现实主义作家来说是可以的,但如果要包括了今日的批判现实主义作家来说,恐怕便很难使人同意了。美国作家李普曼②和包可华③的评论,日本作家石川达三④的《金环蚀》、芹泽光治良⑤的《人间的命运》,甚至松本清张的一些政治性小说,都超越了"破"的界限。因为近十年来我国很少介绍外国作品,就是要介绍也是选择得很严格,并不是有计划地把各种各样的作品选译过来。因此国内的作家就很难接触到今日外国作家的作品了。我不知你外文的阅读能力怎样,假如你能够直接阅读英文或日文的话,我想选寄一些书给你,相信你今后的文章会写得更精彩。因为你对今日各国的作品和理论都有了较深入较全面的了解。

---

① 话剧《于无声处》,作者宗福先,小说《伤痕》,作者卢新华,分别载1978年10月29日、1978年8月11日上海《文汇报》。

② 沃尔特·李普曼(1889—1974),美国新闻评论家、作家,著有《公众舆论》《自由与新闻》等。

③ 包可华(1925—2007),美国著名专栏作家,获1982年普立兹奖。

④ 石川达三(1905—1985),日本现实主义作家,日本文艺家协会理事长。

⑤ 芹泽光治良(1896—1993),日本小说家,"新兴艺术派"重要成员。

萧老，这两点拙见说得太坦率了，请不要见怪。老实说，我把你看作长辈和好友才敢说这些话，假如你觉得我说得不对，请把这封信烧了，当作没有收到这样的一封信，没有听过这样的傻话！今天台风袭港，有三个人死亡、百多人受伤，港九海陆空的交通都瘫痪了。克勤今日本来应该打长途电话回来的。直等现在凌晨一点多钟，仍未有他的电话，真有点挂心。按照原来的行程，他会在下星期一（六日）晚返抵本港的。他回来后我便出门了，届时不管怎样忙也会给你一封信的。

《中国诗学》四册，请杜渐兄带返，未知收到否？请向陶萍女士及府上各位问候。并祝

健康。

弟国柱　一九七九年八月二日
暴风柯贝袭港之后

《中国诗学》四册本来托杜渐兄带上，但因台风误了行程，同时他又要替我带扩音筒，所以暂时不能带来，只好付邮。柱又及，八月三日早。

1979年9月3日

萧老：

昨晚我已平安返港，这次出门真是来也匆匆、去也匆匆。因为我公司在我出门前接了一笔较大的工程，必须赶回来处理一切，不能久留。

读到你八月十六日的来信，说第二批书你未收到，真是奇怪。希望你现在已经收到。倘若还未收到时，请尽快写信告诉我。

杜渐、海辛二兄从广州回来，给我带来一本《随笔》[①]，我匆匆看过，临出门前替《开卷》写了一篇介绍文字，并给该刊编者苏晨先生写了一封信。这是我有生以来第一次给没见过面的人写信。他的回信我现在也收到。《随笔》办得很好。可惜那些科学小品没有插图。我已经寄了几本有插图的动物小品给苏先生。目的是想这本刊物活泼可爱，快点长大。假如你跟苏先生认识的话，请跟他打个招呼。我对朋友好，主要是我太早丧父，太早离乡，全靠自己艰苦奋斗出来，在奋斗过程中，曾经得到朋友的帮助（当然也曾经给朋友讨过便宜），知道朋友的重要。更兼我懂得相人，知道

---

① 《随笔》双月刊，1979年6月创刊，时为广东人民出版社主办，后改为花城出版社主办。

哪些是好朋友、哪些是坏朋友，晓得分别对待。所以，我对朋友好，是完全没有条件的。

上次我对你的文章表示了一点意见，很久没有接到你的回信，真有点担心，满以为把你开罪了，很不好过，连出门也牵肠挂肚，回来看到你的回信，很是开心。最近我有点怕写文艺批评的文章，原因是怕得罪人。这次跟几位法国批评家谈过，觉得作为一个批评家如果不敢说真话，就等于包庇劫匪，贻祸社会。所以我才稍稍恢复信心。最近杜渐兄写了一篇批评彦火的文章，说了实话，两人闹得极不愉快。

这几天不知是否太忙，我感到非常疲倦，血压增高了，低压一百，高压一百五十，四肢疲软，心情也不好。等过一两个月，工作稍闲，我想回穗小住几天，一来休养一下，二来想找个好中医疗治。你最近的健康怎样？《创作论》已写了多少？甚念。

请代我及我全家向陶萍女士及府上各位问好。并请多加保重。此候
大安！

弟国柱　顿首　一九七九年九月三日

便中请代向韦丘、残云、于逢、庆云及郁茹致候。

1979年10月8日

萧老：

九月廿七日来信收到。碰巧那几天太忙，到今天才给你回信，希望你还未去北京，能在广州读到这封信。《歌德谈话录》《契诃夫札记》和黑格尔《美学》，我书店都有，克勤会尽快寄给你。其他的书，我会设法给你找的。总之，我希望能尽自己的能力帮你找参考书，让你把《创作论》写好。

今日收到苏晨兄两封信，两信共长十张信笺。说到我寄给他的一批书中，有一本叫《花香铜臭读红楼》①，海关认为是禁寄书，就把整批书扣住不放。上次不知你用什么手续把扣住的书领回，请告诉苏晨兄一下。谢谢。

据苏晨兄说，我的稿件将由第四期或第五期起，在《随笔》刊出。待刊出后，我或会替《作品》写些稿件，你的意思怎样？如果不方便的话，千万不要勉强。以前我不敢向你提此事，为的是我没有稿件在内地刊出，免你难为。现在既然《随笔》和《花城》

---

①　《花香铜臭读红楼》，赵冈著，时报文化出版公司1978年版。

都要登我的作品了，你我是好朋友，因此我想到应该替《作品》写点什么了。这是一厢情愿的事，请切勿为了友情而替你惹来麻烦。

《碧街习作》从一九七三年下半年开始，到今年上半年为止，已写了五十多万字。目前是一边修改一边发表的。先把第二辑整理好，寄给《随笔》，特地影印了一份寄给你。一来是请求指教。二来觉得有些资料可能供你写《创作论》时做参考。对于我的习作，请严厉批评，不要客气。本期《开卷》刊出一篇王蒙访问记，他说在最初发表作品时，倘若不是你给他发表的机会，他可能没有今天的成就。我读来很是感动。我虽然不是你直接提掖的人，我在学习写作时，你的《与习作者谈写作》的确给我很大的益处。说得唐突一点，我应该是你的"私淑弟子"才对。

厚绒大衣我一定带上来的。如果有可能的话，我也想替陶萍女士带点什么回来的（这一点还不敢确定）。

时已秋深，天气忽凉忽热，最是病魔逞凶肆虐之时，务请保重。祝福你和你的家人！

弟国柱　顿首　一九七九年十月八日

程海果十月三日从北京寄来一信，殷殷付嘱，要我照顾她母亲和儿子。行文之中，有点狂妄自大，似乎我非负此责任不可。随信附上该信之影印本。但我不会给她写回信的。又及。柱。

1979年11月15日

萧老：

回广州看不到你，深表遗憾。老实说，我实在把回穗的日期，照你的意思推辞了好几次，直到秋交会的主事人三番四次地催促，我不能不在十一月十二日（交易会已是最后几天了）回来。希望下次回穗时能见到你。祝你健康、长寿。

今日萌萌来我处（是六弟通知她的），把你的藏书《十月》和《外国小说》交还给你。你把自己的藏书寄给我，使我不好意思，所以把它带回来。如果你能够买到《外国文学》（最主要不是你的藏书）寄给我，我是乐意接受的。

大衣希望你合穿。萌萌说，你如果早一点有这件大衣，你就不会在北京病倒了。愿今后你不会再病。以后，我建议你不要再接见太多的人了，必须好好保重。如果为了接见太多的人而累得病倒的话，那便太不划算了！

祝好！

弟柱　一九七九年十一月十五日

祝福你及你的家人，陶萍同志请代问候。（克勤也回来了。）

1980年1月1日

萧老：

　　萌萌和你的信都收到。时近农历岁尾，工作特别忙碌，始终抽不出时间作复信，以致案头"待复"的信件几达四吋高。外国朋友的不说，光是内地的朋友，已积压了苏晨两封，林振名一封，李士非①一封，郭风一封，萌萌两封。趁着今天元旦休息，赶忙把信复了，免得朋友挂心。

　　《十八家诗钞》我手边有书，可以寄给你。《历代笑话选》香港也缺货，我已打电话到几家卖书的书店，请他们留意，如果有货，当尽快寄给你。

　　萌萌要的《基础英语》录音带，好像市面有得出售，待打听清楚，再做打算。倘若市面没货，或者由我朗诵录音寄返。其实我的英语也并不标准，只够应付看书而已。

　　知道你身体逐渐康复，我心中轻松了一点。老实说，你以后真的不能太过劳累，可以不见的访客就统统谢绝了罢。健康要紧呵。病了，自己固然辛苦，而且又害得家人和朋友为你担心，很不划算的。请好好珍惜罢。

　　严庆澍是我二十多年的朋友，人很好，我对他一向都很尊敬的。他前两天有信给我，也要积压到今日才能复信。回广州时，苏晨、易征、林振名和我，到从化探访过他，还意外地拜访了曹靖华②先生。返港后，我答应替《开卷》写一篇《喜遇曹靖华》，却忙得没时间动笔。这一期《开卷》便没有我的稿子了。

　　《作品》《广东文艺》和《广州文艺》，我都想写点东西的，相信最快也要过了农历新年之后，才有空动笔了。老实说，写文章并不困难，难在我没有时间。

　　《随笔》由第四期到第七期，都有我的稿子，但都是旧作。回广州时，匆忙地为

---

①　李士非（1930—2008），江苏丰县人。作协广东分会副主席，《花城》杂志首任主编、花城出版社总编辑。

②　曹靖华（1897—1987），原名曹联亚，河南卢氏人。翻译家、作家，北京大学教授。1959—1964年任《世界文学》主编。

《花城》第四期赶了一篇谈人物描写的稿子。写得太仓促了，未必会好。

一九七九年虽然辛苦地过去了，但我却没有白过，希望从今天踏入八十年代，以后的日子会好过一点。我也这样为你祝福！

我代表我一家人向你和你的家人问好！

弟柱　一九八〇年元旦

1980年1月31日

萧老：

振名兄来信说，你健康较好，并且把病房当作办公室，在那儿整理你要出版的散文集。听了甚是欣慰。但千万不要过分劳累。我有一段时间因为工作过劳，睡眠不足，浑身是病。有很多时候，病是熬出来的。在你精神较好，最好还是多休息。

我建议你以后尽可能少见不必要的客人，尽可能少复不必要的来信，集中精神和时间来休息，或做一些重要的工作。老实说，要来见我的人也相当多，要求我回信的人也为数不少，我都一一谢绝，否则，像我这样一身数职、一天工作十四小时的人，怎样挤得出时间来看书、写作，以及给好朋友写信呢？我再一次恳切地请你，珍惜你的时间，这等于珍惜你的生命。

《十八家诗钞》今天寄上。这是我皮藏了十多年的石印线装本，在以前并不珍贵，但现在却不易见到了。这书字体较大，你看起来不致太过费神。《历代笑话选》还未找到，一有此书，马上寄上。

最近香港《文汇报》约我写了十篇"林真谈相"，刊出后，读者反映甚为热烈。此文可以代表我对相学的一点看法，现在影印寄来，如有空，在不太费神的情况下看一下，对我这个人，了解可能深些。

今天气温骤降，是入冬以来最冷的一天。有两个人给冷死。

杜渐兄前几天返穗，我托他给你带来一件棉衣，不知收到没有？希望你合穿，并希望你喜欢。

请向你的家人及陶萍女士，代我致候。并请你好好保重，祝早日康复。

握手！

弟国柱　一九八〇年一月卅一日

1980年2月19日

萧老：

农历年廿八接到你的信，因忙于过年，所以到今天才给你写信。恭祝你早日康复，阖家愉快。

每年的岁尾年头，我照例要接受电台、电视、报章、杂志的访问，预测一年的运势，于是忙得喘不过气来。这样做，有人以为是鼓吹迷信，其实他们忽略了我所说的内容，那是一篇很有道理的推论。虽然我不敢说是非常科学的推论，但所说的都是有根有据，而且是我研究政治、经济、社会、文化的结果。假如出于一位政府首长之口，就被称赞为"了不起的预见"。一旦自我嘴中说出，便不问情由大骂迷信。天下间有比这种人更野蛮更迷信的吗？

幸而这种人骂不到我，八九年来，我的预测一一实现了。因此不少外国的报刊和电视都从远道来访问我。我曾经好好地利用这个机会，对苏联帝国做了有力的批判（我把它寄来，请便中看看）。

《十八家诗钞》经已寄出，是我藏的线装本，照理你应该收到了才对。《历代笑话选》仍未找到，我会尽力为你找的。

知道你挨冻，心里很不好过。我买了一件紧身的羊毛内衣，和一条长羊毛内裤，托我的朋友叶百龄中医带给您。希望这些东西能助你度过料峭的春寒。

萌萌既已结婚，我一时想不起该送她一些什么，暂时，先诚心地送她一个祝福。

请代表我和我的家人向你全家问好！

春节快乐！

弟国柱
一九八〇年二月十九日年初四

《读者文摘》是订阅一年的，如收不到书，请来信告知。希望你喜欢它。

1980年4月7日

萧老：

你的健康复原了没有。看报知道你获选为广东文联的副主席，甚是欣慰。陶萍女士和萌萌近况可好？

我最近的确比较忙一点，不过工作忙，在我是一种幸福。我常常说："忙并不可怕，最怕是想忙也没你要忙的！"所以我虽然欠下了好些稿债和信债，总设法慢慢清还，并不着急。怕只怕是朋友们等得心焦了。

福建人民出版社的郭风兄、天津百花文艺出版社的谢大光①兄（他们都是我没见过面的朋友），都约了我写读书随笔。我因没时间多写，采用了一稿两投的办法，一方面在香港刊出，一方面在内地刊出。他们认为没有问题，我便照寄如仪，郭风兄说，他喜欢我的读书随笔，希望我多写点，将来集合起来出一本小书。

五六月间我可能回广州一次，届时希望能够看到你。

托读者文摘公司寄来的《二十世纪世界大事实录》，收到时请给我一信。并希望知道你的近况。

祝好！

弟国柱
一九八〇年四月七日深夜

1980年4月28日

萧老：

非常感谢你，赖少其先生的条幅，和《论生活、艺术和真实》，都先后收到了。因为我的书画屋要在五月十八日举行画展，一切都在筹备之中。而克勤又将毕业，忙着写论文，因此我便比平日忙上几倍了，未能马上复信。

昨日我和几位香港作家（海辛、杜渐、刘以鬯②、刘于斯③、张志和④、谭秀牧⑤等兄）到深圳，跟苏晨兄和当地的作家小叙半日，便匆匆返港。我托苏晨兄带了一本《历

---

① 谢大光（1943— ），《散文》月刊编辑，百花文艺出版社编辑室主任、副总编辑，《小说家》杂志主编。

② 刘以鬯（1918—2018），原名刘同绎，浙江镇海人。曾任香港作家联会会长。曾主编《国民公报》《香港时报》《星岛周报》，著有小说《酒徒》等。

③ 刘于斯（1935— ），出生于福州，著有《浪滔滔》《天涯知己》《都市人》《彩虹》等。

④ 张志和（1942— ），福建福清人，印尼华侨。1972年移居香港，三联书店编辑。

⑤ 谭秀牧（1933— ），原名谭锦超，广东开平人。世界出版社编辑，《南洋文艺》月刊主编。

代笑话集》给你，此书是一家旧书店替我在澳门找到的。在深圳，我结识了当地文化部门的一个负责人，他伯父在香港三联书店工作，跟我们书店有来往。以后有些难以通过海关入口的参考书，可经由他们转给你。如果你有什么需要，就请来信。

上次叶伯龄医生回穗，有一部分衣服杂物给海关扣住，偏偏我请他带给你的羊毛衫也被扣了。他怕你冻，便在广州友谊商店用港币买了两件卫生衣和卫生袜送给你。回港后，大家都忙，他没把此事告诉我。到接了你的信，我打电话问他时，才知道内情。前两天，他把我送你的羊毛衫送回来了。我也给回他代付的钱。

在深圳，我又结识一位在暨大现代文学系任职的许冀心①先生，跟他谈起现代文学，他似乎所知不多，特别对于"意识流"的威廉·詹姆斯、亨利·詹姆斯和乔埃斯，都非常陌生。尤其是对于近代欧美的作家，不要说阅读他们的作品，甚至连他们的名字也没有听过。这对于任教现代文学的人，是一种可惊的现象！

中国跟外国实在隔绝得太久太久了！关上门来搞"大跃进"，瞎喊一天等于二十年的口号，是毫无用处的。必须打开大门，虚心地跟人家交流，学习人家的优点。并且让作家、科学家和优秀的知识分子自由出国旅行，让他们"放眼世界"，才会对四个现代化有好处。这一点，真应该在刊物上提出讨论。（说到讨论，我真有点怕。在西方，任何人都可以通过电台、电视、报章刊物和各种传播媒介来自由辩论，胜固欣然，败亦可喜。倘若有人进行人身攻击，陷人于罪，一定会引起别人的不满，群起攻之。但在国内却缺乏这种自由辩论的风气。前些时候，我在国内出版的一份学报内，看到一篇批评朱光潜美学观点的文章，词锋凌厉，帮气甚重，挖空心思去找人家的错处，企图陷人于罪，但完全没有正式提出自己的美学观点。在大学的学报内尚且如此，其他的刊物便可想而知了。）

写到这里，内心极不平静，只好就此收笔，下次再说罢。

问候你和你的家人。

弟国柱
一九八〇年四月廿八日

回穗时必定趋府拜访，也会接受郇厨之赐，因为我想好好地跟你谈谈，听取你的教益。

---

① 应为许翼心（1937—2019），广东汕尾人。1979年调暨南大学中文系任教，主持现当代文学教研室并组建港台文学研究室。1985年调广东省社科院筹建文学研究所，任研究员。

1980年6月10日

萧老：

五月廿九日来信今午收到，谢谢。我从广州回港以后，一直在忙，好些朋友的信都插在"待复"格，抽不出时间来写回信。今天我托了好友苏宣兄带了一套《初级英语》（三本书二盒带）给你，是带到文德路六十九号之——《作品》编辑部给萌萌转给你的。希望你合用。

《随笔》第七期共发表了我三篇习作（分别用了"谷旭"和"阿柱"两笔名），希望你有空看看。这都是旧作，现在观点有点不同了，如果要写，可能会写得更加深入一些。西洋文学有很多精华，也有很多糟粕，特别是西洋文学理论更是这样。要读西洋文学，真要独具慧眼，否则如入八阵图中，只见风沙大作，双目迷糊，能入而不能出了！

《羊城晚报》的稿子我有兴趣写，而且要认真地写，我认为能否把一点有用的东西介绍给我的同胞，对我是莫大的幸福。不过得等我把资料稍加整理，然后动笔，免得写了几篇接不上稿，变了虎头蛇尾。每次寄稿前，我先把它影印一份，寄来给你，千万请你为我斧正。

我真有点奇怪，国内有很多相识或闻名而不相识的朋友，都知道我是一个相学家，而且都知道我很多相学轶事。你所说的那位杨家文先生，请原谅我说实话，在接到你的信之前我未听过他的名字，居然连他也知道我是个相学家。这真使我一则以喜、一则以惧了。喜的是林真先生大名远播，而且没有给人当作"睇相佬"看待。惊的是生怕自己有一星半点的行差踏错，惹来骂声四起，弄得面目无光。所以我不想由自己来写林真先生的相学经历，免得来个满堂倒彩，没趣收场。杨先生的好意只好心领了！

还有一盒英语声带（三带三书），照片一帧，由杜渐兄带上，可能会交林振名兄转交。请代表我和我全家问候陶萍女士和你们的家人！

祝好！

弟 国柱
一九八〇年六月十日深夜

是日酷热非常，深夜仍无半丝凉风。

1980年6月21日

萧老：

　　寄来的三封信（五月五日、五月廿八日、五月廿九日）全都收到了。杨家文先生处我给他写了一封信，把原信影印了一份寄给你。因为这位朋友是你介绍我认识的。

　　本月苏宣兄和杜渐兄返穗时，我托他们各带了一盒英文语言录音带给你。苏宣兄带的是送到文德路萌萌处转的。杜渐兄的则交由林振名兄代转，其中还有一本照片。这些东西收到时请给我一封信。

　　近日香港酷热，挥汗如雨，虽然有冷气机也吃不消。好在我现正要减肥，稍热点也无所谓，不过一执笔写作，便头昏脑涨，文思涩滞，苦不堪言。你在这炎热的夏日里还冒暑校稿，真值得敬佩。那些照片所有底片都保留在我处，你需要哪一张放大，请写信给我。活页簿已买了，是日本出品的，人造皮封面，纸质很好，而且有索引纸，价钱虽是贵一点，只要你喜欢，在我是没有问题的。待有朋友返穗时，托他带上。

　　老舍的《四世同堂》已读过了，你买到了没有？假若没有买到，我托人把它带回来。

　　《羊城晚报》的稿子，等杨家文先生回信后就写，届时我会影印一份寄给你，请你指正。

　　今天早上稍闲，一口气给几位朋友写了回信，有些信搁得太久了，于心不安，把信债还清，让自己好舒一口气。

　　请代我全家问候陶萍女士和你的家人。天气太热，很易生病，请千万珍重，并祝健康！

弟国柱　一九八〇年六月廿一日

赖少其先生处请代致候。

附李国柱致杨家文（1980年6月21日）

　　家文先生：萧老在五月二十九日给我一信，迟到昨午才收到。我于五月八日至十二日返广州参加春交会时，在萧老家看到《羊城晚报》，无意中谈起，认为《羊城晚报》的副刊应该辟一个专栏，让香港朋友来写，专门谈一些世界文学动态和各家各派的文学作品，因为在香港懂外文的朋友多，买书较易，而且有很多朋友还直接跟各国的作家经常通信，有了较深切的了解。我相信这样的专栏会对国内读者有一点帮助，至少替他们打开一个小窗子，让他们看看外边的景物。萧老夫妇怂恿我来写，返港后接到他的信，原来他已经跟你谈过此事，并且得到你的同意。谢谢。

但读罢萧老的信，我又有点踌躇。因为这个意念当时只是谈谈，并没有一个完整的计划，如果真的要写，必须先做一番准备工作。例如某些东西要介绍，某些东西要批判？某个作家的作品是否适合国内的读者。都必须认真考虑。否则写了出来，不仅于人无益，甚至反而有害。在《随笔》第四、五、六、七各期，我都写了一些谈书的文章，笔名用"谷旭""阿柱""戴司"和"林真"。在《花城》第四期上，也用"林真"的笔名写了一篇谈人物描写的小文。希望你先看看，考虑这种写法对《羊城晚报》是否适合？如尚可用，我便拟订个小小的计划，为《羊城晚报》写一点东西。凡事在事前设想得周密些，做出来便不会有大的错误了。所以我写这封信除了感谢你对我的信任外，最重要的是听取你的意见。

萧老说，你想我写些谈相的文章。我认为暂时不要写，因为在国内有些人非常迷信，看了我这些文字，可能会好的不要，坏的变本加厉，那就坏透了。所以我不想写（但由七月中起，香港《文汇报》将刊我一些谈手相与病态心理的稿子，我会把原稿先寄给你看）。来信请寄九龙弥敦道四六六号恩佳大厦五楼C座书画屋收。

祝好！

弟国柱　一九八〇年六月廿一日

1980年6月21日之二

萧老：

寄上我替香港《文汇报》写的《手相与病态心理》之前三续，这个题目本来有很多东西可写，但限于该报稿例，只写十续，在七月中旬刊出。

我常常说，手相面相都不是迷信的东西，它是一种观人之术，本身具有研究的价值，把它弄得古里古怪、迷迷信信，是人们（尤其是一些江湖佬）的过错，手相面相本身是不必负责的。是如吗啡可以当药用，也可以变成毒品，如何施为，是人们自己的事。但世间上有很多莫名其妙的人，他们不去责怪吸毒者而去责怪吗啡，真是怪事！

这稿，我也影印了寄给杨家文兄，只是供他参考，并不希望他发表。现在国内人们的思想如此波动，最易产生迷信，倘若在此时发表这稿子，恐会引起不良效果。请你在读此稿之后，给我提点意见。我现在有点小小的野心，希望在我手上能完成一门新的手相学，让它为精神医学服务。

由七月份起，我替香港《晶报》①写一篇《相理、生理、心理》，将会把自己的看法和经验介绍出来，让人们对相学有一种新的认识。

今日酷热，气温三十四摄氏度。暑天易病，希望好好保重。

祝你全家安好！

弟国柱　一九八〇年六月廿一日晚上

1980年7月4日

萧老：

非常高兴地读到你的来信，当你了解到相学不是一门骗人的学问，对我，这是一个鼓励。最近，我正为《开卷》写一篇长稿：《相学与肖像描写》，我相信我会把这篇文章写得很出色的。老实说，相学是一种观人的学问，是有研究的价值。在没有天文学之时，人们夜观天象而知四时。有经验的渔夫观察天色和海水而知潮汐涨退和晴雨雷暴。好的马伕可以从外形识别良马和劣马。一些老人家凭着他的经验一眼便分辨出好猫和懒猫。这些都不算作迷信，为什么偏偏把这种值得珍惜、值得研究的观人之术当成是迷信的东西呢？人们的偏见往往会扼杀科学的幼苗！

人们似乎忘记了，现代化学的始祖是炼丹术和炼金术；现代心理学的始祖是灵魂学。甚至弗洛伊德②在他的早期研究中，也采用带有浓厚迷信色彩的催眠术来观察一个人的心理疾患。

我不是个轻信的人，如果我肯花二十多年工夫去研究相学，我一定发现相学有一种存在价值和莫大的趣味。同时我在电台主持的相学节目，已有十年之久，每周播出一次，每次听众达一百五十万至一百七十万人。请试想一下，这些为数众多的听众难道没有一个知识分子？难道没有一个懂唯物辩证法的人？据我所知，前任中文大学历史系

---

① 香港《晶报》，1956年5月创刊，1991年3月停刊。

② 弗洛伊德（1856—1939），奥地利精神病医师、心理学家，精神分析学派创始人。

主任牟润孙①先生，现任精神医学会会长蔡增荣医生，现任香港医学会会长邬维庸②医生，香港著名大律师杨振文先生，都是我的忠实听众，而且除了牟教授之外，蔡医生、邬医生和杨律师都加入了我的相学班，做了我的学生。除了他们几位，当然还有不少高级知识分子是我的学生，或者是我的听众。假如我在贩卖迷信，假如我在讲无根之论，难道这些有学问的人不会反对吗？凭良心说，我不忍心相学被人们的偏见和习惯的力量所扼杀，靠着个人的力量来鼓吹相学，希望人们了解这个学问的重要性。齐心协力来加以研究，使之发扬。

为什么我有心发扬相学，而又不肯替《羊城晚报》写一点相学文章呢？原因是我三次返回广州，发觉人们似乎对将来缺乏信心，只求目前享受。假如在这时候来鼓吹相学，他们就不会瞧好的方面看，而去追问未来的运气，将希望寄托在遥远的未来。这样，便对他们有害而无益了。所以我不肯替《羊城晚报》写这样的文章。我这点苦心，相信你是了解的。

为了让你知道我在相学上做了一点什么工作，我将过去所写的相学文字影印一些寄来给你，相信可以促进你对相学的了解。不对的地方，当然希望得到你的斧正。

《读书》香港有售，每期都看过。我很愿意替它写些东西，不过一定要到秋凉时方能动笔，天气太热，对我这样的胖子来说，是一件大苦事。脑瓜胀痛，挥汗如雨，连拭汗也来不及，哪有闲工夫写东西呢？

对《读书》的确有点意见，就是那个写《纽约航讯》的董鼎山③，写作态度极马虎，有很多地方是不懂充懂的，他既然住在美国，居然连美国最近的文坛动态都不知道，有些时候连书名也译错了。我记得他把柯琳·玛佳露（C.MuCullough）的小说《刺鸟》The Thorn Birds译作《荆棘岛》，给香港搞翻译的朋友嘲笑了一番。还有一次，他大骂克莉斯蒂④的侦探小说和最近十多年开始流行的科幻小说，给杜渐兄在《明报》写了篇义正词严的文章，驳得他哑口无言。我认为内地急于介绍外国文学是好的，但是要

---

① 牟润孙（1909—1988），山东福山人。燕京大学国学研究所硕士，香港新亚书院文史系主任，中文大学历史系讲座教授、中国文化研究所研究员。

② 邬维庸（1937—2006），浙江奉化人，心脏科医生，曾任香港基本法起草委员会委员。

③ 董鼎山（1922—2015），浙江宁波人。先后就读圣约翰大学、美国密苏里大学与哥伦比亚大学。纽约市立大学教授。著有《纽约客书林漫步》《西窗漫记》等。

④ 阿加莎·克里斯蒂（1890—1976），英国侦探小说家。著有《无人生还》《东方快车谋杀案》《尼罗河上的惨案》等。

介绍真的东西，不要假东西。董鼎山贩卖的就是假货！

　　对于克莉斯蒂的小说，我做过一番研究，而且也翻译过，手边收集的中译本也很多，差不多可说是收集得比较齐全，但没有一本是董鼎山的译本。可是这位先生却在文章里说，他为了学习英文，曾经译过克莉斯蒂的小说，后来给出版商拿去出版，那出版商赚了很多钱。我查问过这件事。出版界的朋友，特别是出版克莉斯蒂小说的出版商，都说董鼎山在说谎！

　　天气实在太热，虽然室内有冷气，仍感到酷热迫人。就此打住罢。

　　问候你和你的家人。并请千万保重。

弟国柱
一九八〇年七月四日早晨

1980年8月4日

萧老：

　　趁杜渐兄北上开科幻小说会议之便，托他给你带上下列各物：

1. 冲皮面、豪华型软身活页簿一本。
2. 皮纹面、豪华型硬身活页簿一本。
3. 活页纸八沓。

　　他是托在广东人民出版社工作的姐姐李文侣转给你的，相信李文侣会托林振名兄转上。收到时请给我一封信。

　　近日天气仍极酷热，书是读了一点点，稿便写得少了，原因是人太容易疲倦，脑筋死板板的，很易打瞌睡。亚热带的人一向热不惯，稍稍热了一点，便频呼吃不消。虽然如此，我每天仍是工作十四小时，很少休息。

　　这一期的《开卷》有一篇介绍我的文章，假如你稍稍留意，便发觉我用隶书写的一幅立轴，上写着："阅透人情知纸厚，踏遍世路觉山平。"此联虽然有点牢骚，但也正是我近年心境的写照。我真不知道自己到什么时候才能真正勘破世情，心如明月。这一境界恐怕极难达到。

　　今晨阅报，知道鞍钢过去是由国家统购统销，所以技术从不改进，以致一有竞争的对手，便给客户指责货不对版，纷纷退货。三十年来，中国"一穷二白"，浩劫频频。

现在总算有点改进,希望能以过去的错误为戒,从此改过,中国才有希望。我们搞文学的人,对祖国是有着无限热爱的,正因为爱之深,才会痛之切。最近看到渤海二号钻探船的沉船事件、山西晋阳西水东调的事,都非常痛心。其实每件事都有正反两面,如果过分强调了好的一面,夸大宣传,要全国人"工业学大庆""农业学大寨",真是愚蠢无比。一个好的领导人应该号召"工业胜大庆""农业胜大寨",才能唤起人们奋发向上的雄心。当然大庆和大寨是否真的是全国的模范,那是另外一个问题。

我到过许多国家,看到人家没有这种傻事。人们切切实实地搞自己的工厂和企业,切切实实地改善员工生活,切切实实地改进产品的质量和设计,于是他们便赚了钱,便由小厂变大厂,便由一国公司变跨国公司。就以我送给你的活页簿为例,它的质量和设计,就远非国内工厂所能出产了。

对不起,啰啰唆唆地说了点牢骚话,希望你不要介意。不过,我相信你会在一定程度上是有同感的。我合十祷告,愿我的祖国能勇敢地摆脱过去的错误,从今走向富强。

问候你和你的家人。陶萍女士已回穗否?

照片要放哪几张,请来信告知。

弟国柱　一九八〇年八月四日

1980年10月17日

萧老:

我定于十一月六日至十一日返穗参加交易会①,希望跟你做竟夜之谈,并准备跟你到暨南大学参观一下。更希望见见杨家文先生和别的作家。请代为安排安排。

你有什么需要买的,请速来信。

随信附上寄郭风兄的信本(影印本),信中谈到一些介绍外国文学的问题,我的看法未必对,但所说的全是事实。

今日寄上《一位年轻艺术家的画像》,芥川奖作品选集一、二,请查收。

祝全家好!

弟国柱　一九八〇年十月十七日

---

① 指中国进出口商品交易会(广交会),每年春、秋两季在广州举行。

1981年1月6日

萧老：

由于近二十天实在太忙，把你的信积住了。不仅是你的，其他朋友的二三十封信也都压住了。今天稍闲，马上赶还信债。你就是我第一位要回信的朋友。

《文汇报》那篇文章，我看过。那位记者很年轻，而且刚刚从学校出来，她所写的是她笔下的"林真"，但绝不是我。由此可以看出，要写出一篇好作品，一定要多写作、多磨炼，才能有一点成就的……我曾经说：国家可以花十年或二十年培养出一位出色的工程师或科学家，却无法培养出一位作家来的。就以那位记者而论，她在大学受了四年专业教育，她要写一篇只有一千字左右的时人访问，也弄得破绽处处，笑话百出。假如要她去从事文学创作，相信写出来的作品，一定浅薄得可怜的！

由今年起，我会多写点东西的。从十八期起，《随笔》会陆续刊出我的作品。其中有一个专栏，叫作《漏水屋谈书》。我在寄稿前会先影印一份寄给你。请你斧正。

请你多多保重，特别要放宽心，让心境宁静，病，就会好了。现时在西方流行的身心医学，认为一个人的病常常因了心绪不宁和情绪苦闷而把病痛加深的。请放宽心罢。我衷心地祝你健康，并祝你早日把《创作论》写出来。

弟国柱　一九八一年元月六日

1981年2月7日

萧老：

年廿六中午收到来信，因忙着过年，所以拖到今日大年初三，才在深夜给你回信。我衷心地祝福你早日康复。

林振名兄来港赴丧，在大除夕下午用电话跟我联络上了。我约他今日中午到九龙喜来登酒店十八楼的餐厅吃自助餐，这是家较名贵的餐厅。作陪的有两位香港作家海辛和王智浓，还有我儿克勤和八女小沛。餐后，让他参观我的藏书。他看到那数以千册计的《四库珍本》[①]和珍藏的清末作家手稿，已赞叹不已了。

---

① 《四库珍本》，即《四库全书珍本初集》，1934年商务印书馆从四库全书中选印232种编成。

他预定留港两月。我要他有空便来我处看书，参加我周五举行的作家红茶小叙，和来听我讲授相学。他都乐意。今天，我送了他一套《昭明文选》①和一套旧藏的《双梅景闇丛书》②。

以后，我每月都会为你寄来一本《中外文学》。这是台湾一本鼓吹新文学思想较有影响力的刊物。当然，对于他们的看法你不必同意，但却不能不知道。我最近给苏晨寄去好些书：费迪曼的《一生的读书计划》，毛姆的《书和你》，福斯特的《小说面面观》，颜元叔译的《西洋文学批评史》，丁树南译的《写作浅谈正续篇》等。他打算以"内部发行"的形式把这些书籍翻印，在国内发行。希望这些书能对国内的作家有一点帮助。

知道你的写作计划，很是高兴。我建议你用录音机把话录下，然后交给别人去写，这样可以节省一些气力。我诚心诚意地规劝你：谢绝一切不必要的访问，谢绝一切不该看的不该改的来稿，好好料理身体，把有限的生命和精力用来写一两本书罢。你可以这样设想一下：接受了某一个人的访问，未必就能够把他培养出来；看了或改了某一个人的来稿，只是对他一个人有益。为什么你不把这些时间和精力去写一篇文章或一本书呢？文和书写出来，有一个读者，便有一个人受益，有一千个读者，便有一千个人受益。而且还可以垂之久远、泽及后世。萧老，你是聪明人，应该体会得到这个道理！希望你读完这信之后，马上写上一张便条，贴在大门上：请珍惜一个老人的精力和时间，别来打扰——让他有点时间来思考和写作！！

假如你允许的话，我想把这事写成一篇短文，交《花城》发表，杀杀这些胡乱探访、冒昧要求改稿的不正之风！

问候你和你的家人。天气变化不常，务请珍重。

弟国柱　一九八一年二月七日
农历年初三深夜

---

① 《昭明文选》又称《文选》，中国现存最早的诗文总集，由南朝梁武帝长子萧统（昭明太子）组织编选。

② 《双梅景闇丛书》，叶德辉汇编刊印，包括《素女经》《素女方》《玉房秘诀》《玉房指要》《洞玄子》五种性学典籍。

1981年4月10日

萧老：

今年入春以后，我的工作实在太忙，每天由早上十时至晚上九时，除了吃饭的时间稍闲之外，都忙得喘不过气。再加上患了十多天腹泻，现时虽已小愈，但身体仍是相当困倦，提不起精神来做事，所以很久没跟你通信。

这封信是我口述，由我的秘书小姐代写的，因为我觉得隔得太久没有通信，心里很过不去，特别是我也关心着你的近况，在此，我诚心为你祝祷，愿你健康、愉快、工作顺利。

除了忙碌和困倦之外，其实在过去的两个月中，我的日子还是过得不坏的，我的儿子克勤，在协成水产公司里，由公共关系主任升到行政经理。一个刚从大学毕业出来的青年，能够升到这样的高职和拿到一份厚薪，是非常难得的。我的二女锦裳，现时还在大学念工商管理二年级，但从上个月起，已进了海外信托银行押汇部工作。因为她没有工作经验，而且还在半工半读，所以薪金并不太多。据说在两年以后，她从大学毕业出来，便会有较好的发展。我的三女锦屏，是在香港美专学绘画和在艺术学院学商业设计的，现时是二年级了，去年底，美专开了一次画展，展出了她五幅作品，引起了我一位搞广告的朋友注意，把她拉到广告公司做学习设计师。最近，香港电视台有意把她拉进该台的美术部去。由去年秋天到现在，大约八个月，我便有三个孩子到社会工作了，使我觉得开心和满意。我还有四个女儿在学校就读，她们的成绩也是不错的。我最大的不快是，我的工作实在太忙，连星期日和应有的假期也要工作，抽不出空闲时间来休息和写作。希望过了上半年，能够把工作好好安排一下。

前些日子寄上《中华大字典》一册、《中外文学》两期，以及由我的学生曹炎带来免贴相簿两本，未知已否收到？

弘征兄已与我通过信，但书籍却一本也没收到。振名兄仍在港，据说最早也要在五月间才回穗。衷心地祝福你全家！

弟国柱　一九八一年四月十日

1981年5月3日

萧老：

前付一信，久未见复，未知是否太忙抑或贵体违和，念甚。

在《人民文学》上看到《萧殷谈创作》①一文，见其中有一段话谈到我的对联，你这么吹嘘我，真使我极不好意思。其实我以"处困室"来做书斋名称，也是阅透了人情世故才取得出来的。在《易经》中，泽水困是四大难卦之一。"困"是穷于遇的意思，但遇可困而心不可困，境可穷而志不可穷。处困有道，则一切皆吉。这可以说我在一九六九年至一九七三年的境遇。现时，凡遇困穷之人，我都以此劝他，使他在困境之中能放松自己，抛却烦恼，这样便可以"困以求亨"了！

《随笔》15期刊出我的《碧街习作》，这些小论，我写得很多，全是一九七三年至七六年间的作品，现在修改一下便发表出来，汇积起来，以便将来出个单行本，以留纪念。

最近香港天气不好，工作又忙，我又患了风痛，左手不能举动，稍一举动，便疼痛非常。人到了中年，总是跟病有缘的。

你最近的生活和健康怎样？有空请给我一信。

《读者文摘》是给你订了一年的，是否期期收到？有没有漏派？《中外文学》也是按期寄上的，对你是否有用？

问候你和你的家人。

弟国柱　八一年五月三日

1981年12月22日

萧老：

我一直忙了两个多月，今日冬至休假，才可以坐下来为你写信。春节期间我有个学生返穗，你要些什么药物和营养品，请即写信给我。我会买了让他带回来。御寒衣物够吗？请一并告知。当我知道你已经痊愈出院，那是我最大的安慰。请千万珍重。我希望你能把《创作论》写完，而且更多写几本书。

---

① 谢望新整理《文学随谈录——萧殷谈创作》，载《人民文学》1981年第3期。

在一些杂志上看到一个为你记录谈话的人，他记得很不错。如有可能，就介绍他认识我罢。你应该多培养几个这样的人。

《君匋印选》①寄上两本。弘征兄处已去信。

祝你早日健康，并候全家安好。

弟国柱　一九八一年十二月廿二日

1982年1月11日

萧老：

新技贸易公司已联络上了。我决定买一部空气清新机送给你，只要你能减轻痛苦，多用点钱是没有关系的。在目前，我有能力这样做。这部机器和花旗参，将由我学生曹炎先生带回来，他是年初四由港返穗的。葵葵世兄要的英文字典，将于明天寄上。《君匋印选》两本，已寄出很久，不知收到没有？

最近写了一辑散文，十一二篇，写的都是与碧街有关，因而取名为《碧街散记》。这里发表的是第一篇。因我很久没写这类散文，不知写得怎样，请你削正。

祝健康快乐！

弟国柱　一九八二年一月十一日

该书是寄往文德北路作协转交的。

1982年1月28日

萧老：

今天是农历年初四，我先向你拜年，祝你身体健康、心情愉快。我的学生曹炎先生今天返穗，我托他给你带来一部适合肺气肿用的空气清新机。在接到这封信时，相信你已经收到这部机器了。希望这部机器真能起到作用，使你呼吸畅顺，早日康复。

花旗参没买来，因为我问过一个老中医，他说肺气肿的人不宜服用花旗参，因此参的功用是清热降火，而且药性较凉，老年人吃了还会破气的。他叫我给你买高丽参。因未征得你同意，我没买来。请你再问问医生，到底要用花旗参还是高丽参？最好赶快给

---

① 《君匋印选》，书画屋图书公司1980年出版。

我回信，因本月中会有朋友返穗，以便托他带返。

葵葵世兄要的《英汉大字典》①，已于大半个月前寄出，是寄到文德北路作协转交的。这是梁实秋根据牛津和韦氏大字典编成的，我自己也是用这一本字典。有很多僻字难字，也全收进去。最好的是句例多，很实用。

《君匋印选》两本也是寄到作协的，不知收到没有？

今年我将有系统地读两本书：一是《文选》；一是英文本《莎士比亚全集》，也计划写一点东西。《碧街散记》是会继续写下去的。

祝全家好！

弟国柱

一九八二年一月廿八日　年初四

1982年2月3日

萧老：

元月卅一日信收到。空气清新机如合用，该是一件好事，希望它能减轻你的痛苦，使你永远保持呼吸畅顺就好了，花旗参已买了，有朋友返穗时便让他带来。

《碧街散记》是一组散文，其中是以人物素描为主。第二续《梳头三嫂》、第三续《袁师傅》，随信寄上乞教。

我有心把碧街当成是香港的缩影来写，第一续写碧街一角，第二、三、四续写人物，然后又写碧街，跟着又写人物，这样，街与人、情与景便融合起来，街因人而著，这个散记才有特色。

因为这类文体很久没有写过，不知写得怎样，所以我每成一篇，都影印三份，一份给你，一份给师陀②，一份给郭风③，借此听取你们的高见。对我，你们三位可说是亦师亦友，我是非常重视你的意见的。

---

① 即《远东英汉大辞典》，台北远东图书公司1977年出版，梁实秋（即2月8日来函所称梁氏）主编。

② 师陀（1910—1988），原名王继曾，河南杞县人。上海电影剧本创作所编剧，作协上海分会专业作家。

③ 郭风（1917—2010），《福建文艺》杂志副主编。福建省文联秘书长、副主席，福建省作协主席。

最近，我将谈书的文章编集，有十五六万字，题为《林真说书》①，将于今年三月间出版，届时自会寄上乞教。编这书时，我想请你写篇序，因为你在病中，不敢打扰你，所以请唐弢②和师陀两兄写了。这书苏晨兄想在广州再版，在再版时，我希望你能为我写序，假如得到你的序言，对我该是一大幸事。

弘征兄赠我的印和字已收到。这次，我让学生曹炎先生带给他一部四个喇叭的收音录音机，并且给他录了七盒世界名曲，这可说是："非报也，永以为好也。"③我这人有个怪脾气，很怕使朋友吃亏。

我问过医生，他说，你的病必须充分休息，并且要坚持每日运动，特别是要自我放松，千万不要认为自己有病，这样只要略用药物帮忙，便很易复原了。请试试。耑候
春祺！陶萍女士顺候

弟国柱　一九八二年二月三日

1982年2月8日

萧老：

信收到，梁氏编的《英汉大字典》，在一般英字上已经够用了，我在阅读和翻译时，都是用它的。希望葵葵世兄合用。

对于国内医生，除了一些年纪大、经验多的老医生之外，我是不敢看好的。萧乾动手术时，就因为医生割错了，使他一边肾枯萎④。这情形若发生在国外，那医生便要受到法律制裁了。中国要四化，就要扫除这些障碍。

我的学生曹炎可能会再次返穗，我会托他带点老人牌麦片和奶粉给你，花旗参也请他带来。《芙蓉》上的文章已读过，很好，希望以后能多写些有关你的文章。

《碧街散记》之二、三看过没有？耑候
春祺！

弟国柱　一九八二年二月八日

---

① 《林真说书——随笔集》，林真著，林真文化事业公司出版。
② 唐弢（1913—1992），原名唐端毅，浙江镇海人。鲁迅研究专家、文学史家。中国社会科学院文学研究所研究员，硕士、博士生导师。
③ 语出《诗经·大雅》。
④ 作家萧乾晚年经历医疗事故，其夫人文洁若称为一生最大遗憾：1980年不该签字同意萧乾做肾脏手术，手术后他的健康每况愈下。

1982年6月23日

最近这两三个月，我实在太忙，所以没有给你写信。我忙的事有坏有好。坏的是我太太的女性更年期精神病在去年发病以后，一直到现在仍是时好时差，给我极大的困扰。最近，她又进了医院接受治疗。家里的女主人有病，家务虽然有孩子们料理，也是紊乱异常的。而且，本来由她置理的书店，也不得不随之而休业了。

好的是我买了一间房子，是旧建筑，面积九百一十呎，另有一个九百一十呎的天台。我忙着筹钱买屋，买屋后又忙着筹钱重新装修，因此不能不加倍工作，每天最少要做十二至十四个小时工作。工作繁重，天气酷热，再加上精神压力太大。我病倒了。患的高血压病，右手低压一百二十，高压二百一十。颜面有点麻痹，整个脑袋像戴上个灼热的紧箍，昏昏沉沉，很不是味道。因此逼得连书也没看了，写作更是不用提了。

现在，这些坏事大部分已经过去了。我太太已经出院了，我的血压也降低了。因为差不多三个月没给你写信，趁着今早工作稍闲，给你匆匆写上此信，免你挂念，并致久未通信的歉意。

你在病中还给我写信，谢谢。不过，在生活中，坏人并不一定会得到恶报的。《比市侩更市侩的人》是一篇人物素描，所以没有像小说一样的情节。以后写的也是这样子。这是最近十年来，欧洲作家常用的形式。

弟国柱　一九八二年六月廿三日

致李前忠1通（附来函1通）

李前忠（1938—2013），广东潮州人。1972年清远文学创作班学员。曾任潮州市文联秘书长、副主席、主席，潮州市作协主席，《韩江》杂志主编。广东省作协第四、五届理事。

1980年1月9日

前忠同志：

在医院里读到你的来信，甚为高兴！到北京参加文代会期间病倒了，曾在北京住了医院，尚未愈，即回广州，一直躺在床上。不幸十二月二日又发高烧，遂被送入省人民医院东病区，至今已住院一个多月，烧已退去，但痰喘不已，胃口也极差。医生说我的体质太坏，这次要下决心治疗一段时间，看来，一两个月大概不会离开医院。

读来信，知道你们在基层干得很欢，又得知你们打算办一个文艺双月刊《韩江》①，甚为赞成。通过刊物，发现些人才和作品，是十分必要的。但不要完全都是"文娱资料"，应适当发表些散文、小说。

要我题字，我毛笔字不好。姑写几个由你们挑选吧！陶萍问你好！匆匆

祝好！

萧殷　一月九日于省人民医院东病区

---

① 《韩江》文艺双月刊，潮州市文联主办，1980年创刊，萧殷题写刊名。

附来函

1981年1月4日

萧殷同志：您好！

二月前，善文同志来汕，得知您回老隆休养。本打算春节前前去探望，奈何眼下事甚忙，只好改在明春花开时节再说。

去年今日，我写信向您老人家汇报情况，您为我们小小《韩江》题了字，在您的支持下，《韩江》终于办了起来。第一期，碰上了所谓"社会效果"的讨论，我们不管它，读者就更喜爱《韩江》了！

小小潮安县，竟可办了双月刊。汕头市的《鮀岛》也出世了，在这两个刊物的鼓噪下，汕头地区终于出了第一期《汕头文艺》。好呀！我们这里热闹起来了。

文章自古多是非。这几年，我的苦衷特别多！一是自己读的书太少，写不出东西来；二是农村田园包到户，家属在乡下，妻弱子幼，超支缺粮，部分人富了起来，我仍是买米过日。有人笑我傻，我倒不怕。怕的是写不出什么。三是，这几年写了五六篇小东西，都闯了祸。一篇写一个党委书记弄虚作假的作风，一位书记硬说是写他。告到宣传部去，幸得部长还算懂行，也就罢了。一篇散文，写一个先进公社的变化。原想歌德无碍，哪知得罪了前任的书记。他一连写了十多封信给报社、县委书记、文化局长，并把原稿打印出来，广为寄发，大有反"右"的气势。幸亏我心里笃定、单枪匹马等待着，看来现在文艺形势还算好一点，不然就糟啦！

去年七月，省作协吸收我为会员，我自知条件不足，入了会写不出东西，挂个空衔干什么，写又写不出，苦啊！

杏元①多次联系，他鼓励我多写，近写了两篇，十二月底发了小小说《阿蚕》。清远之后八年过去，就是这么几粒未出壳的《蚕》，真闷死人！

新年《韩江》可能继续办，八〇年县委算重视，拨了六千块钱。如果您能给我们一篇《创作谈》，那该多好呵！付《阿蚕》给你看趣味！问候陶萍同志。

春安！

李前忠谨上

一九八一年一月四日夜于潮州市开元寺

---

① 王杏元（1937— ），原名王实力，广东饶平人。农村作家，曾任中国作协广东分会副主席。

致李士非1通

李士非（1930—2008），江苏丰县人。历任华南人民出版社、广东人民出版社校对、编辑、编辑组长、编辑室副主任、编辑部主任、副总编辑。《花城》杂志首任主编、花城出版社总编辑。作协广东分会副主席。

1982年1月5日①

士非同志：

今日接到贾芝②同志来信，他所谈的事有关《花城》，现将信转给你，请查查有无这种情况，如确实存在这样的事，《花城》编辑部应断然处置，不应有一点含糊！以免影响《花城》声誉。

情况到底如何，查明后，请迅速给贾芝同志复一封信！他的通信地址："北京，中国民间文艺研究会。"

今日上午曾两次给你们打电话，但两次都因你处有人通话而未能如愿。现在只好把信转给你们，请你们直接处理并复信。

他的消息相当蔽（闭）塞，竟将我误传为《花城》主编。匆匆祝好！

萧殷　一月五日

---

① 此函用《作品》编辑部信笺，附函封：本市大沙头四马路花城出版社李士非，东病区二〇二房萧寄。据此推断此函写于1982年1月5日。

② 贾芝（1913—2016），原名贾植芝，山西襄汾人。民间文艺学家、民俗学家。中国民间文艺家协会名誉主席。

致梁超荣1通（附来函2通，另函1通）

梁超荣，业余作者。通信地址：广西钟山平桂矿务局工程队。

1981年8月6日①

梁超荣同志：

读了你的来信，感到有两个问题需要向你说清楚。

第一，关于"赶形势"②的问题。从来信中给人一个印象是，你的创作活动好像很活跃，既答应给上海厂写一个反特故事剧，又为写一部自卫反击战的剧本而到天津部队去体验生活，还先后构思了不少于十个的作品；但由于感到时局迅速变化，赶不上形势，只好一个接一个地放弃掉。由此看来，你对文学的创作，还缺乏应有的认识。很明显，你纯粹是为了使作品能够发表才去写作，并不是出于对生活的感受或激起爱憎，如鲠在喉，才产生了不得不写的创作欲望的。加上你片面地理解文学创作是为中心工作服务，为配合形势去赶"任务"，所以总是感到赶不上时间，因而等一个题材好不容易构思成了，形势却"早已过时"，于是又不得不"放弃"。

你大概还没有弄明白，文学是一种艺术，是一种通过语言来塑造文学形象的艺术。既然是艺术，那就不能死板地受时间、空间的限制，更不要死板地去配合中心工作，去赶"任务"。因为按照中心工作或具体政策条文的需要杜撰出来的人物，顶多只是一个木偶，这样的"人物"是没有感染力的。这种做法，绝不是文学创作，而仅仅是图解概念而已。

---

① 此函曾以《冷冰冰的材料不能创作有生命的形象》为题发表。
② "赶形势"，文学创作术语，意即紧跟形势，类似后来的所谓主旋律创作。

第二，关于创作素材的收集问题。要写好一篇文学作品，一是要有生活，二是要有对生活的感受，只有两者结合起来，创作才算开始。目前，知道你正着手写一部广西英家起义的长篇小说，并为此，你还走访了一些宣传部、档案局，并收集了有关的资料，也拜访过当年直接指挥这次起义的领导同志。看来，你对这些材料似乎很有信心，但我要诚恳地告诉你：只是热衷于从档案局、资料室搜集来的一大堆资料，而自己却完全没有这方面的生活体验和感受，反而妄想根据这一堆冷冰冰的材料去塑造有生命有个性的艺术形象，是很困难的，甚至是费力不讨好的。但请你不要误会，我不是一般地反对借用档案局的资料，而是像你这样生活阅历尚浅、生活经验不很丰富、写作还没有一定基础（你甚至对一部历史题材的小说中的人物是否使用真名实姓也不知所措）的青年，应该先多接触生活，多接触社会，多从生活出发，从体验过的生活出发，先扎扎实实地学写一些短篇。先学会走路，然后再学跑步，这样摔跤的危险就会少些。我不是向你泼冷水，就你写的这封信来看吧，其中有些语句是费解的，不该有的错别字（如把"十月怀胎"写成"十月怀始"，把"触及"写成了"蛹及"等），在信中也出现了。因此，我建议你不要好高骛远，特别对待创作长篇小说、电影剧本这样复杂的精神劳动，不能掉以轻心。俗话说，心急吃不上热饭，还是老老实实从短篇开始，从自己所熟悉的生活开始，当有了一定刻画人物、表现生活的能力时，然后再写你的鸿篇巨著吧！我相信，只要你肯下决心，刻苦努力，能不断在写作实践中总结经验，不断提高自己的思想水平与写作水平，你的愿望是能够实现的……

萧殷　一九八一年八月六日于广州

附来函

1981年10月25日

萧老：

您好！关于创作问题，我想谈上几点。

一、关于写英家起义这一历史题材，由于过去我下乡时正在那地区务农，生活了两年，对这地区还是比较了解的。再加上近期不断到处采访，收集资料，基本上已定型，本题材是长篇，除序言外，从一九三九年一直写到一九五〇年，从地下斗争一直写到剿匪反霸斗争，以几个指挥过起义的老同志为模特儿。由于写长篇小说涉及的人物众多，生活广阔，要掌握时代特色、历史事件……看来是相当复杂的，的确是一件不容易的事情，我想如果得到有关部门的大力支持的话，是完全可以写成功的，要是您能在创作技巧方面指点一下，谈一下，或提点资料更会使我具备信心了。

二、关于改编原著的问题。

自从5月从广州回来后，不久去了一趟桂林市文联，专门想听一些同志谈些有关把原著改编成电影剧本的创作经验。因为这些同志到法卡山去了，没交谈上。不久前，我征得丁玲同志的意见，同意将其《太阳照在桑干河上》①原著改编成电影文学剧本，目前正筹手改编。我想，电影是一门复杂的艺术，尤其对我们这些缺乏创作经验的年轻人来说，困难更多些。可我打算写下去，边学边干，这个想法早在一九七八年我投考北京电影学院导演系就有了。这些年总是多看点书，借些书刊而已。我想，至于如何改编《太阳照在桑干河上》，先听听您对这些方面的一些意见和看法，这样会对改编有一定的帮助和指导作用，会避免一些困难和问题。

三、近来，根据一些青年的要求，我们正筹建起形式上的青年创作组织，已有二十多人，但在这些青年来说，大部分都是刚开始学习的，有相当一部分是闲着无事干的待业青年，也有一部分是大专毕业的技术人员。出于他们的爱好，我只好把他们组织起来，自己寻找一些创作资料翻印每人一份，作为他们的参考学习资料。但在创作上有许许多多的问题他们仍未不大清楚，叫我说说，我自己尚在学习过程，我想，这个名誉组长还是应聘请您这样有丰富经验的老前辈担任才行，比如讲解、谈经验、改稿都非有经验不可。同时，希望您能谈些有关创作方面的问题，不知您意见如何，实有冒昧，谨请谅解晚辈。祝身体健康！

梁超荣　一九八一年十月二十五日

1982年5月12日

萧殷同志：

　　您好。

---

① 丁玲长篇小说《太阳照在桑干河上》，描写1946年华北解放区土地改革运动初期情况。1948年9月出版，荣获1951年斯大林文艺奖。

去年收到您的来信后，我也写一二信给您，我知道您的工作繁忙，身体也不好，用去了您的一些时间，很抱歉。

现在是五月，距去年五月一年多了。您记得不，我在一封信中曾言到广州时顺便拜访拜访您，只因当时时间紧，再一方面不了解情况，放弃了这一念头。在我到文联时，见到杨鹏南[①]同志，我也忘了提起这件事，他也很忙。在一个晚上，我在华南师院住，认识了罗莎[②]同志，他热情邀请我到其家中，并对一些创作进行了交谈。还有几位青年作者带了些稿件给他，请他指点。我想如今许多青年作者的成长不是花费了许多老前辈的心血，那是难以成材的。

关于文学创作，那段时间，我也感觉到了确实是"贪大"好高骛远，这是对文学创作理解的幼稚表现。当时，我并不因此去领会您信中所指的论点。

最近，沙汀[③]同志在一信中说我"抱负很大，但基础不牢……"，我不得不对过去的一切回味回味，我想我确确实实地从头走起，这完全应该的，当然不回避写大的作品，一边写小的，一边写大的，着重力写小的。

写短篇，写自己生活的东西，写自己熟悉的生活，我认为，我的面前还存在着一个难题。我是生活、工作在工厂的，可工业题材感到比其他题材难写，一些老作家都有这种感觉。不久前，蒋子龙同志对我说过，他也常常为这方面感到苦恼，叫我及时向您这样的老前辈请教请教。我想，不这样，这个问题恐怕一下难以解决了。

我不记得是谁说您住了一时医院，我也不应写太长了，这样会妨碍您的休息。详细的健康情况如何，我也未真实了解，我想方便的话，还是拜托杨鹏南同志去看望看望您，并致以我的问候。祝
健康！

梁超荣　一九八二年五月十二日

[①] 杨鹏南，笔名南陀，广东兴宁人。广东省文联秘书长。1989年移居美国，北美华文作家协会副会长。

[②] 即指罗沙（1927—　），原名罗光泽,. 江西赣县人。广东人民出版社文艺编辑室副主任，花城出版社诗歌编辑室副编审。

[③] 沙汀（1904—1992），四川安县人。中国作协创作委员会副主任、中国作协副主席，中国社会科学院文学研究所所长。

致林华忠1通

林华忠，暨南大学文艺理论研究生。

*1981年×月×日*①

林：

原论文要谈心理描写的地位，至今论文依旧如此，改头不换面。只是有点掩饰，观点更模糊。

2. 论文说论革新、继承，但谈不到继承、革新的规律。

只强调心理描写的需要，后面谈生活与感情的重要，但无内容，是装饰性？

意识流，认为是当代的最高发展，要接受意识流，认为是革新是发展性质。48页，西方……赞扬"意识流"。

整个谈心理描写但没有与反映现实，反映人物联系起来。如果这样来谈革新，是很成问题的。

所谓革新传统，是想打破传统。对传统与意识流的看法，是不清楚的。

革新如何革法？发展如何发展？没有讲，讲不清楚。想要否定传统，但传统的问题是什么未谈出来。

---

① 此函根据底稿整理，大致谈林华忠论文提纲，无落款，估计写于1981年前后。

致林建征2通(附来函1通)

林建征,广东中山人。先后任职于《海南日报》、海口市文化局、广东人民出版社、岭南美术出版社,曾任编辑室主任、副编审。著有《九拓琼崖》《歧江英烈传》等。

1979年9月20日

建征同志:

　　来信早收到,因忙和乱,无法给你及时回信,甚为抱歉!幸祈原谅!我近日身体还平稳,无病倒也没大起色。能保证不入医院,就算不错了。在家里总是不停地工作,来稿来信一大堆,从全国各地不断涌来!永远没有完,因之我的工作也没完没了。别人还能够抽时间写点散文小说之类,我却永远被热情的读者、年轻作者缠纠着,连应付他们都感到时间不够,更哪里有时间去写作小说散文。

　　海南蜥蜴已服过,但效果甚微。我不是哮喘,而是肺气肿。主要症状是:肺的伸缩功能减弱,呼与吸都困难,当快走、上陂、上楼梯时,需要氧气时,它就感到氧气不足,显出气促或气紧现象。这种情况很难办,只有体力恢复时才能对肺功能有辅助作用。只靠"头痛医头,脚痛医脚"的办法,是无能为力的。你的好意我完全理解,但以后勿寄海南蜥蜴了。

　　《作品》虽然在名义上我仍担任着"主编"的职务,实际上我已逐步把担子转到第二把手的肩上。我无论脑力与体力都不能长期地担任太重的编务。陶萍问你好!

　　匆匆祝好!

萧殷　九月廿日

1982年2月5日

建征同志：

　　来信收到，谢谢！曾听说你已来广州，但不清楚你做什么工作。去年以来，我前后在人民医院住了八个月，占一年的三分之二时间，是近年住医院最长的时间了。从去年四月初患病住院，到今年一月中旬出院，总共十个月，其中在北京住了十天（准备出国访问），接着又在长沙住了廿七天（应邀去谈创作，并病入医院）之外，在医院整整治病八个月。但现在虽已出院，却不是病愈或病情好转；而是发现病情在恶性循环中发展，于是不得不要求出院。因为再住下去，对病也不会有好转的希望，反而会使食欲越来越坏，体质愈来愈虚弱。既然如此，反不如回家静养。

　　你工作如此忙碌，暂时不能写作品，也不须焦急！美术工作对于艺术素养是有好处的，特别是对诗、散文的素养，有直接的影响。但不要安于目前的忙碌生活，要用最大的努力去突破它！尽可能争取一些时间从事写作。

　　自离开医院以来，我没有离开过梅花村：首先是自己没有体力外出，其次，所有社会活动都谢绝了。在医院时，由于编辑同志的指派，有时不能不写点短文；但回家之后，却一个字也不敢写，也无精力写了。虽然如此，可是病情却不见有什么好转，奈何！匆匆祝好！并颂

全家均安！

　　　　　　　　　　　　　　　　　　　　　萧殷　二月五日于梅花村

附来函

1978年7月23日

萧殷同志：

　　看到迟到的第五期《广东文艺》的桃熟①了，引起我二十年前读到它的回忆。好几

---

① 指萧殷散文《桃子又熟了——忆仓夷》，写于1957年4月，载于《广东文艺》1978年第5期。

天来，早晚静下来时都想着您。黄伟宗①的文章又说您正在住院。我但愿他那文章只是写稿那几天的情况。正在这时，就收到您送我一本《习艺录》，喜出望外。特别见到您的亲笔墨迹，犹如见到您健康无恙。因此，这信还是写到您的住处来。这里，十分感激您的关心，谢谢您的赠书。并衷心祝愿您身体健康！

　　《习艺录》到手后，我决心好好学一次。要慢慢细读，现只读了后记，后记很感人，您这种精神，永远是我们学习的榜样。我想，梅花瘦不堪时，其香是十分浓烈的。这浓香，正在荡涤四人帮毒化的社会风气。

　　《习艺录》虽是其中的篇名，我想选用此名是谦虚的。《习艺录》的封面较好，色彩不浓不淡，有点玲珑浮凸感。广东出版社出一本《当年鏖战急》，没有人不说那封面太难看的。

　　我很想常写一点东西，并且想按照您过去对我的评论去改好作品。但写东西的机会很少。这几年上级要我负责一个文化科，苦恼的就是缠在事务之中。我觉得广东文化方面拨乱反正不快，我很希望作协对我们这些业余作者能给其创造一些写作的必要条件。专此即致
敬礼！

林建征　一九七八年七月二十三日

---

①　指黄伟宗《青山着意化为桥——记萧殷同志谈散文〈桃子又熟了……〉的写作》，载同期《广东文艺》。

致林振名1通

林振名,花城出版社编辑,《花城》杂志编辑部副主任。后移居香港,曾任香江出版公司总编辑。

1981年2月22日

振名同志:

二月一日,陶萍约你们全家来吃饭,是一月廿七日发出的邀请信,可是等到当日七点钟还不见人来。我们全家都很惊讶,以为你临时可能发生了什么问题,陶萍肯定:如果不是发生意外,你就是不能来吃饭,也会来说一声的。当晚,我们闷闷不乐,为你们一家犯愁。第二天,有人从作家协会带来一堆信,其中有你爱人的一封信,才知道你为奔丧去了香港。现接国柱①兄来信,知道你打算留港两月。

我今天编完了《给文学青年》一书,本来可以轻松些了,但是今日下午却要搬到流花宾馆去报到,省政协第三次会议要开十二天,不去又不好,只好去凑凑热闹。

接国义②弟来信,说由我这里借去的《世界奇闻》(书名忘记了)③已转借给你,想你已看得差不多了。我自己倒还一篇没看过。

兹托两件事,请帮忙:回穗时,请从香港带回三本或四本夹相簿,照片太多,相簿已夹满,而内地又无这种夹相簿。

---

① 即李国柱,又名林真。
② 李国义,李国柱之弟,居广州。
③ 指《瀛寰搜奇》。

第二件，请从香港帮我选购一本字典，现在的《新华字典》很多字都没有，而且很多字义没解释，实在不合用。选购时，也不要从《康熙字典》的标准去选，略比《新华字典》好一点就行了。谢谢！

祝好！

萧殷　二月二十二日

致凌志轩1通（附来函3通）

凌志轩，业余作者。通信地址：广东省徐闻县前山糖厂。

1981年1月19日①

志轩同志：

来信转来医院，因在北京开文代会时我病倒了，住了医院，回到广州后病仍未愈，十二月初又发高烧，于是又被送入医院。一年之中有半年以上患病，而工作既多又琐碎，所以写作的时间，相对地减少了。去年一整年，连一篇《创作论》也未写，原因就在这里。

你从《莫把陈腐当时髦》②的后记里，看见恩将仇报的现象，不免有些吃惊！其实，我做这种辅导工作所遇到的人是各种各样的，有的抱着虚心来学习的，有的抱着强烈的发表欲望来要求"指点"的，目的是希望你说好话，并介绍他的作品发表，如果不能达到发表的目的，又读到诚恳的批评时，却怀恨在心。上述所遇到的现象，正是在这种精神状态下产生的。在这三十多年，我已经遇到不下十次。但是好的业余作者总是居多数，这种自私自利、倒打一耙的人，虽然也不算多，但可能给你带来难堪的苦头。

你说地方偏僻，缺少良师益友，难于进步，感到苦恼。这只是一半道理，我以为什么事都要依靠自己的努力。在抗战之前，在三十年代初文艺界是没有辅导工作的，在那时只靠自己摸索，自己碰钉子，只靠自己努力实践，靠自己不断总结实践经验来求得

---

① 此函付广州市东风五路729号《南方日报》编辑部转交。萧殷注：81、1、19复。
② 《莫把陈腐当时髦》，萧殷《习艺录》之一篇。参见凌志轩来函。

些微进步的。所以那时只有很少的人有成功的机会。现在是社会主义时期，到底是不同了，许多文艺刊物都兼做创作辅导工作。即使在这种情况下，主要还是靠自己的努力和不断地总结，否则是难能有什么造就的。

诗三首已看过，很一般。《咏鸢》写于七六年二月，当时能写出这样的诗是有远见的；但现在发表，就显得太陈旧了。第二首，说理多于意境，诗味不多。至于《青年的忏悔》，诗句用得勉强，如早两年发表，兴许能产生好的作用，但现在却嫌太单薄、太陈旧了。

医生不许我多写字，请原谅！匆匆
祝好！

萧殷
一月十九日于省人民医院

附来函

1979年10月25日

尊敬的萧殷同志：

我今天终于鼓起勇气向您写这封信。

通过书信，向您请教，在文学创作上能得到您的教诲，这是我多年的夙愿。一九七八年九月三日，《南方日报》上发表了谢望新、李孟昱两同志写的报告文学《寒凝大地发春华》，我捧着报纸读了又读，心里很是激动。像您这样关心和培养青年作者的老作家实在不多。为此，我心里打了多次主意，想试试写信向您请教。但转而一想：您是一个有才华的文学界老前辈，打倒"四人帮"后，正是您创作的宝贵时期，我岂能随便打扰您？于是，我又取消了这个念头。

最近，我在书店买到一本您写的《习艺录》，回到厂里一口气读完了它。我觉得您在培养青年作者方面真可谓"呕心沥血"！您指导青年处处细致入微，《莫把陈腐当时髦》这封给一个业余作者的回信中，您把他的一首诗逐层逐句进行分析，并且详尽地指点出每处存在的缺点和错误，甚至还把产生这种缺点和错误的根源也分析得一清二楚，这是多么可贵的一封回信。我当时边读边想，我若能得到一位这样热诚恳切的老前辈指点,真是三生有幸……然而,当我看到篇后的附记时,不免大吃一惊!世界上竟有这种恩将仇报的可耻青年,真是中国人的耻辱!不过,平心而论,十年的浩劫,林彪"四人帮"让这些人类的污浊沉滓浮泛起来,他们的丑恶灵魂都充分暴露出来,使人们觉醒也不无好处。雨后青山更娇艳,我们今天的青年一定能以此为戒。请您放心吧,我们一定更加虚心地诚诚恳恳地向老一辈学习,敬请多多指出我们的缺点错误。

敬爱的萧殷同志:我是一个从小就喜爱文学的青年,但经常苦于缺少良师益友,觉得自己难于进步。再加上我们糖厂地方偏僻,无人赐教,常常因此感到很苦闷。这也许就是我今天大胆地写信向您求教的一个原因吧。

——希望能收到您的复信!

附上诗三首,倘若您能挤时间的话,敬请斧正,万分感激!

谨致以

崇高的敬意!

徐闻县前山糖厂凌志轩谨上
一九七九年十月二十五日

1980年1月26日

尊敬的萧殷同志:

我以激动的心情反复地看着您给我的复信。这不是一封普通的信呀!我把它捧在手里,读着、读着,热泪夺眶而出……您——一个有名望有成就的老一辈作家,一位文艺界的领导人,给一个爱好文艺的普通青年工人细致入微地复信,并且循循善诱地引导,特别是在医院的病床上还坚持着……

记得我以前看到过纪念鲁迅先生的文章,里面读到他经常指导青年写作,许多青年写信向他求教,他总是一封封地复,当时我心里想:人家是有名望的人,饮誉文坛,时间是生命,一刻千金,他哪里能顾得上许许多多的普通青年!这些纪念文章不过是后人对他的吹捧而已。然而,捧着您给我的复信,眼前活生生的现实,使我信服了,文坛上介绍的鲁迅先生是真实的,而且现在就有像鲁迅先生一样爱护青年,关怀青年一代成长的老一辈革命作家!

敬爱的萧殷同志,读着您的信,我心里交织着两种强烈的感情:一种是由衷的激动

（整个身心都为之感动），另一种是难于忍受的自疚。把您的信看过三遍后，放下来沉思……两页写得满满的工整蝇头小楷字，得花您多少宝贵的时间啊！特别您是在医院病房里，消耗了您多少精力！影响了您的治病呀！想到这里，我羞惭得好像幼稚时代，做错了事，在父母面前低着头要求宽恕时的心情一样。现在我动笔回信给您时，心情依然不能平静，泪花在往眼眶上涌。现在我首先要向您道歉，向您问安，祝愿您早日康复！

读了您的信，对我教育很深，您信上的一字一句都铭刻在我的心里。今后我决心要克服一切困难，利用业余时间，认真刻苦钻研下去，不断总结实践经验，在你们老一辈的引导下，逐步取得进步。

我上次寄给您的三首诗，您细心地给我做了批语，指出了不够的地方，这对于我的写作水平的提高是有很大帮助的。在这里，我再一次表示我对您的感谢！在回信中，您提到有关发表一事，使我觉得您理解错了我寄诗给您的本来心意。我从来不敢多去想"发表"二字。我寄给您看的三首诗都是从我笔记里抄下来的旧作，且都是过时的。如果我希望发表的话，我自然会寄上适合最新形势的新作给您批改，上信我已讲到，我这里地处偏僻之地，无良师益友，除了书本外，无人指点。于是，我这个文艺爱好者只好自己写、自己吟、自己欣赏。我经常把一些生活感受，用诗的形式，当日记写在本子上。但对于这些随笔涂鸦的东西，自己不能鉴别，特别是不懂得其中的缺点处，就难于进步。于是我左思右想，没有办法，最后想到只有请教您，就大胆地挑出三首诗向您请教。果然得到了您的指导，三首诗您都做了中肯的评述，这使我多么高兴啊！

您现在身体情况如何？病情好一些了吗？您是我们青年的良师益友，您是老一辈文坛上的将才，我们青年是多么想念您啊！我们青年祝愿您，愿您早日病愈，愿您的《创作论》早日写好！

敬爱的萧殷同志：我没有见过您，但从来信中，我觉得您是多么好啊！我要是在广州，我会马上跑到医院来看望您，然而，山遥水远，我在这雷州半岛上，各在一方，其是多么想念您啊！

最后，让我再一次祝愿您：祝您恢复健康！祝您欢度新春佳节！

好！就写到此。谨致最崇高的敬意！

徐闻前山糖厂凌志轩谨上
一九八〇年一月二十六日夜

1981年10月27日

敬爱的萧殷同志：

您好！近来工作很忙吗？身体好吗？首先我衷心祝愿您身体健康！

您还记得吗？二年前我曾经写信向您请教诗词，并谈到自己处在偏远山区无老师指教的困难。当时，您在医院里给我复信，使我很受感动。我一直把您的热情当作我工作和学习写作的动力，并无数次默默祈求，愿您身体日益健康，使我们这些业余作者多得些您的教益。

二年来，几次想写信向您请教，想到您工作忙，年岁大了，身体又不好，一直不敢打扰。现在，我写有几首诗稿，想请您帮忙指教一下，不知有空否？

现将诗稿附上，如有空，请您帮我修改，并提些宝贵的意见，使我有所长进！谨致崇高的敬意！并祝身体健康！

徐闻县前山糖厂凌志轩谨上

一九八一年十月二十七日

致刘剑青5通（附来函9通，另函1通）

刘剑青（1927—1991），笔名宋爽，北京顺义人。1948年毕业于华北联大文艺学院文学系，萧殷学生。曾任《文艺报》编辑部副主任，《人民文学》副主编，中国作协机关总支书记，中国文联党组成员、秘书长。著有诗集《老不笑》、评论及论文《时代的喉舌》等。

1977年7月28日

剑青同志：

来信收悉。知《人民文学》将开辟"学点文学"专栏[①]，待有空时一定给你们写稿。我计划中的"创作论"[②]已写出五六篇，都在《广东文艺》发表，其内容是专谈创作实践中的问题，从内容到形式，从生活到艺术形象……总之，从接触生活到写出作品的过程中许多问题，大约都将谈论到，其形式是比较自由的，有时是书信体，有时是散文体，目的是摆脱一般所谓"理论文章"的架势。尽量做到生动活泼。……这大约与你们的"学点文学"的主旨相符合吧？

近来身体还算平稳，除肺功能较虚弱之外，其他情况都还好。陶萍的身体也有好转，她准备写点儿童文学，待写出来时，她说一定寄给你们。她问唐梅[③]同志好！

---

①　《人民文学》从1977年第7期起开辟"学点文学"专栏，向读者介绍文学创作和文学理论基本知识。参见刘剑青来函。

②　萧殷曾经拟定《创作论》题目160个，每个题目下有提纲约300字。

③　唐梅（1927—　），刘剑青夫人，《外国文学动态》主编，编有《刘剑青文集》。

海燕①好久未来,不知她近来在广州否?去年我们常常在电视上看见她参加比赛,但今年却极少看见她。

争取在九月间写篇"创作论"寄去!八月间我们省要开文艺创作会议,但愿时间不会被挤掉!匆匆

祝健康!

萧殷　七月廿八日

1978年3月15日

剑青、阎纲、镇波同志:

短文今晚才完稿,松了一口气。但写得很不理想,原因是十号才着手,而且每日来人多,只能夜晚进行。最糟糕的,当我动手写作时,全篇还未构思清楚,边写边想,因此弄得精神非常紧张。本来还想留下来多考虑两三天,尽量做些修补,可是又怕你们的发稿期近,不得已,只好就这样寄上吧。请你们好好审阅一番,如有实在不妥当的地方,希望你们加以斧正!

明日又要开始为《广东文艺》赶写纪念《讲话》②的文章,还不知道该写什么,真是苦差事。

于逢、谢金雄的长篇片断,已寄出多日,谅已收到?有什么意见,望告诉我!

陶萍问你们好!匆祝

顺利!

萧殷　三月十五日夜

这篇文章排出清样后请给我寄一份来,以备贴存,千万!

1981年1月7日

剑青同志:

来信早收到了,因为去龙川矿泉治疗所治疗胃病,未能尽早复你的信,甚为抱歉!

---

① 刘海燕,刘剑青女儿,在广州体育学院工作,篮球运动员。
② 《讲话》,指毛泽东《在延安文艺座谈会上的讲话》。当年为《讲话》发表40周年。

《人民文学》要我写稿，本该遵命，无奈我近来体质日益下降，加上琐事缠身，所剩余的时间和精力无几，赶写文章的可能愈来愈少了。为了补救这个缺陷，我想起谢望新①同志所记录我关于创作问题的谈话《文学随谈录》。他在几年以前就开始记录我的谈话，前后加以整理，十余万字。已整理出四部分（每一部分约一万字），第一部分已在《天津日报·文艺增刊》第四期发表；第二部分已给了《十月》；第三部分拟交给你们。都是谈创作问题的，希望你尽快地看一看，如认为可用，请快点告诉我，以便不影响其他安排。

谢望新同志是《南方日报》文艺部负责文艺评论工作的，他写了不少较有分量的评论文章，散见于《文艺报》等杂志，二月间他可能到北京去参加中篇小说的评选工作，届时我可能介绍他去拜访你，希多联系，愿为《人民文学》替你推荐一位有朝气、有能力的生力军。

陶萍问你好！问唐梅同志好！匆颂
顺利！

萧殷　一月七日

1981年2月7日

剑青同志：

兹介绍谢望新同志来访，希予洽谈，并望你们从此成为朋友。

谢望新同志在《南方日报》文艺部负责评论工作，他本人对评论工作很活跃，近年来曾写了一些较好的评论文章与报告文学。这次赴京，主要是参加《文艺报》召开的中篇小说评论选活动②。

我的近况，望新同志知道颇详，我想，他会向你谈及。前寄《文学随谈录》收到了没有？可用否？有什么意见可与望新同志谈谈！

匆匆祝好！陶萍问唐梅及孩子们都好！

萧殷　二月七日

望新同志下午才上来，上午收到你二月三日来信。除采用的之外，余稿请交望新同志！八日又及。

---

① 谢望新（1945— ），时任《南方日报》文艺部记者。
② 1981年初，《文艺报》主持开展全国第一届中篇小说评选。

1982年1月22日

剑青、周明①同志：

寄来《要善于从阴暗处看到光明》②的校样已收到，谢谢！

我在医院住了六个多月，于一月十六日出院，但并非因病痊愈，而是体质愈来愈差。数月来用了大批药物，却连痰喘也无法减轻，反而越来越顽固、越恶化了，估计若长此住下去，病势只会在恶性循环中发展。因此，我要求回家休息，起码在家里吃饭可以略有改善。如总是吃半两东西，体质肯定只会虚弱下去。现在常出现气促，比去年五月在北京时还不如。

广州副食品很贵，今年春节，蔬菜的价钱却平稳，甚至有的下降了。青菜品种很多，大约是全国各城市之冠。

陶萍向你们问好！匆祝

春节愉快！

萧殷

一月二十二日于梅花村

附来函

1977年7月20日

萧殷同志：

您好！

我们从第七期起，开辟"学点文学"专栏，打算经常向青年读者、广大工农兵初学写作者介绍一些有关文学创作和文学理论方面的基本知识。澄清被"四人帮"搞乱了的理论问题，肃清影响和流毒，辅导他们进行文学创作。为此，想请您为我们写一篇辅导初学写作者的文章，题目很多，您可自定，比如：

---

① 周明（1934— ），陕西周至人。曾任《人民文学》常务副主编、中国作家协会创联部常务副主任、中国现代文学馆副馆长。

② 萧殷《要善于从阴暗处看到光明》，载《人民文学》1982年第1期，为书信体。

1. 如何"观察、体验、研究、分析"生活？

2. 为什么在生活中看不到高大完美的英雄人物？

3. 英雄人物写不活的原因？

4. 想搞创作，需要做什么准备？

5. ……

从思想到技巧，从生活到构思，从短篇小说到诗歌、散文，可针对当前创作中常见的问题，深入浅出地写出多种样式的文章，您在这方面过去有贡献，希望您再接再厉，为我们经常写些此类文章，要求生动活泼，每篇二三千字、四五千字皆可，我想您会支持的。

不知您身体近况如何，能否在九、十月间先给我们写一二篇？盼复！

陶萍同志能为我们写点儿童文学吗？

代问全家好！

刘剑青　七月二十日

1977年8月10日

萧殷同志：

您好！

信早收到了，知道您为我们写一篇论创作的文章，很高兴，同样，也欢迎陶萍同志写点儿童文学作品。

海燕一直在外面比赛，离开广州有四个多月了。这次来北京参加全军文艺表演赛，获得冠军。看来广州部队女篮还是有希望的。在北京期间，我们只和她待了一天。我劝她常去拜访你们，她说太懒了，忙于训练，就懒得出门了。

评论组负责人刘锡诚[①]同志前去采访您，望能协助，你们对《人民文学》的批评建议，可同他谈谈。致

敬礼！

刘剑青　八月十日

---

① 刘锡诚（1935—　），山东昌乐人。《人民文学》文学评论组组长，曾任《文艺报》编辑部主任。

1978年2月23日

萧殷同志：

您好！

听说你近来身体又不太好，不知近况如何。您曾答应为我们"学点文学"写点文章，不知写得怎样了，不敢催您，主要担心您的身体。

我们看了《广东文艺》上发表的评浩然创作的文章①，写得蛮有说服力，我们决定在第三期转载《评浩然的"西沙儿女"》一文。批"文艺黑线专政论"，这是文艺界第三战役中重要一仗，下一步如何打法？您有什么主意没有？第二期，我们发表了一组关于题材问题的文章，有马、恩、列、斯、毛论题材，有高尔基、鲁迅论题材；还有林默涵②和上海一篇文章。

陶萍同志身体怎么样，她还是可以给我们写点东西的，代问她好！

敬礼！

　　　　　　　　　　　　　　　　　　　　　　刘剑青　二月二十三日

1978年7月24日

萧殷同志：

您好！

收到您寄赠的《习艺录》③，非常高兴。我利用三个晚上，精心拜读了一篇，感到很亲切，受益匪浅；如同三十年前，在冀中束鹿县大李庄老乡院子④里听您讲课一样，还是有种"拨开云雾见晴天"的感受。自然，您所论及的创作上的问题，比当时更清晰、通畅、深刻了。您三十年如一日，本着理论联系实际的学风，写出了不少辅导文学青年写作的文章，对一代文学青年是有影响的。我不争气，没有写出一篇小说，但我相信，那些在生活中的广大青年作者，读了这本书，会满怀喜悦的心情，感谢您的帮

---

① 《评浩然的〈西沙儿女〉》，作者李冰之（于逢），载《广东文艺》1977年11月号。
② 林默涵（1913—2008），曾任中宣部副部长兼文化部副部长。"文革"中被监禁，1978年复出工作，任恢复全国文联及各协会筹备组组长。
③ 《习艺录》，萧殷著，广东人民出版社1978年3月版。
④ 即当年华北联大所在地。

助的。

您答应给《人民文学》写点文章("学点文学"),不知进展如何?不敢催您,怕的是影响您的健康。

代问陶萍同志好。致

礼!

刘剑青　七月二十四日

1980年7月15日

萧殷同志:

您好!

从陶萍同志那里,知道您身体尚好,已出院,念念。

前些时候,何洛①同志召集原华北联大文学系在京部分同学开会,传达成校长②拟于今年十月举办校庆③纪念的讲话,让大家写点东西。大家都谈到您在文学系的讲课,很有特色,一致推荐您写篇回忆文章(也请企霞④同志写一篇)。据说,何洛同志已给您去信,但愿您能把那篇文章写出来,对今日人大教育,也会起传统教育作用的。

赠书收到,谢谢!我是喜欢阅读您的文章的,过去受益,今天仍然受益。

《人民文学》打算把"创作谈"(作家谈创作)一栏坚持办下去。结合创作实际,谈点问题,辅导业余作者写作。希望您在不妨身体健康条件下,多为我们写这类文章!致

礼!

刘剑青　七月十五日

---

① 何洛(1911—1992),笔名何鸣心,四川丰都人。文艺理论家、教育家。时任中国人民大学中文系主任。

② 成仿吾(1897—1984),原名成灏,湖南新化人。曾任陕北公学、华北联大校长。时任人民大学校长。

③ 中国人民大学成立于1950年10月,当年为30周年校庆。

④ 陈企霞(1913—1988),浙江鄞县(今鄞州区)人。曾任华北联大文艺学院文学系主任。

1980年8月29日

萧殷同志：

您好！

赠书《谈写作》①收到了。这本书和另一本《论生活、艺术和真实》，列入我经常阅读、学习书目，成为我回答业余作者信的重要参考书。有些创作、理论上的问题，您谈得深入浅出，省却我不少思索时间。我经常想，如果我能早去联大文学系一年，像一班那样，多听您一些课，对我今天搞编辑工作，该有多大帮助啊！这两本书是您的心血结晶，受益者并非我一人，像您这样辛勤发现、培育新人的前辈，不是很多。这两本书，对广大文学写作者来说，也将起着经久性的指导作用。

我担心各种繁杂忙乱工作（8月25日信中谈到的），会损害您的精神，剥夺您的研究工作。"摆不开忙乱"的情况，我也有较深体会。我们最近又增办了《小说选刊》②，而人员并未增加。我近来有个想法，尽力按照"有所不为才能有所为"的原则，安排自己工作、学习、写作时间。解放以来，绝大部分时间，我搞的是各种政治运动、党、政工作，成了"万金油"，放在业务上的时间很少。现在专职搞编辑工作了，感到非常费力。为您设想，（1）可否向作协分会领导谈谈，设法调来一个秘书？（2）您过于热情、认真，才"来人太多"，为长远计，每星期或每月，想办法抽出若干时日"闭关谢客"。这当然会得罪一些来客，但不得罪"他们"一些，又如何利用晚年珍贵时间做出更为有益的工作呢？

《人民日报》上发表的您那篇文章③，我读过了。这是文艺编辑人员普遍关心的问题，也是多年来很少有人谈论的问题，会引起文艺编辑人员注意、兴趣的。有关编辑人员的培养、待遇诸方面问题，需要造完舆论，引起有关领导重视。能否很快解决，我持怀疑态度。切实可行的办法，还是先由各编辑部设法改善一下编辑待遇（诸如进修、下去、写作……方面的具体安排等）。

我原以为陶萍同志还在北京郊区，没想到她已返广州，未能再见面深谈一次，实为遗憾，她还欠我们一篇散文，望转告！

---

① 《谈写作》，萧殷著，湖南人民出版社1980年6月版。
② 《小说选刊》，创刊于1980年，中国作家协会主办。
③ 萧殷《发挥文艺编辑培养新人的作用》，载1980年8月20日《人民日报》。

《小说选刊》将于10月3日创刊，《人民文学》想续办"作家谈创作"栏目。希望得到您的支持。我不忍心逼您写更多东西，一年内为我们至少写一二篇如何？题目由您自定。

代问陶萍同志好。

敬礼！

刘剑青　八月二十九日

1980年12月6日

萧殷同志：

才从中宣部文艺局召开的首都文艺期刊座谈会回来，就收到了您的作品集《月夜》，甚喜。我还没有读过您的作品。不记得您写过作品，原来您也写了不少作品。不会写作品的理论批评家，常常不受作家欢迎。看来，广大习作者愿意读您的评论文章，是很有道理的。

《人民文学》明年开辟"短评""创作谈"栏，欢迎您给予支持。

贺敬之[①]同志，代表中宣部文艺局，在座谈会上，对首都文艺期刊有几点建议，我想您会感兴趣的，特择要摘录如下：

1. 组织更多的好作品、好评论，题材要扩大，要多样化，特别是直接反映工农兵劳动斗争、四化建设题材的作品，须引起注意。如何更好地处理、表现这些题材，表现社会主义新人、描写创业者的形象，在评论上，要毫不含糊地加以提倡。任何东西也不提倡，也不反对，不是马克思主义的态度。怕别人有意见，怕别人不听，也不是马克思主义的风格。

2. 我们是否应该提出，加强马克思主义文艺理论宣传。当然，不赞成教条主义、现代迷信；也不赞成虚无主义态度。当前，马列主义的语言，在一部分人中间，特别是在一部分青年作家中间，不提了，甚至被嘲笑了，这值得引起注意。不能对这种现象无所作为，希望文艺期、报纸副刊，加强马克思主义文艺理论宣传工作。要组织有说服力的文章，把马列主义文艺基本理论和创作实际结合来谈，如"二为""双百""社会效

[①] 贺敬之1980年2月任文化部副部长兼中宣部文艺局局长，同年9月调离文化部，任中宣部副部长。

果"等，其中有许多实际问题需要解决。在文艺和政治关系上，现在确实出现了文艺要远离政治、越远越好的议论、现象，应该把这问题讲透。马克思主义文艺，不能回避创作方向、创作方法问题。有人不赞成革命现实主义、革命浪漫主义，这可以。但我们不能不研究、探讨现实主义问题，革命现实主义和"两结合"的创作方法。革命现实主义，符合客观实际，应该宣传、推进这种创作方法。还有革命浪漫主义，我们应该理直气壮地讲，能否正确反映时代，这不是个小问题。

3. 关于报刊上谈加强和改善党的领导，应注意从两方面谈，一方面，反对简单粗暴地干涉，一方面也不能放任自流。表扬好的，也批评不好的。不能说"官方"都是不好的（周总理领导文艺是好榜样），要用辩证观点分析。要从理论上探讨一下党为什么要领导、为什么要改善领导，对事不对人。

文化体制改革要分步骤做，不能一下子摊开。在宣传上，应从理论上，从总结经验的角度上宣传改革，这样的宣传效果会好些，具体怎样改革，不大好办，可以宣传改革成功的试点。对抵制、阻碍改革者，可以批评。

4. 要对文艺工作者说些话，既说表扬的话，也说引导、帮助他们的话，有时忠言逆耳。比如马克思主义文艺工作者，回避世界观问题，总不好吧，这几年，"四个坚持""社会效果"，受到一些人的非议，把思想解放同思想改造对立起来，值得注意。此外，从理论、创作上，要帮助作家接触新生活，克服文艺队伍本身的弱点。胡耀邦同志在一次会上说，党内、社会上不正之风，非常严重，要运用文艺武器去批判、抵制不正之风，同时，文艺工作者自己有没有不正之风？也要帮助自己提高、净化灵魂，在文艺工作者中间，也有值得注意的思想、道德、作风上的问题，不能说文艺界没有任何缺点，抬轿子、吹喇叭的不正之风，有没有呀？要讲世界观的提高、党性的提高。

5. 我们要干预生活，也要接受生活对我们的干涉，要倾听人家的反批评。我们批评别人要实事求是，不要造声势、发宣言。绝大多数是人民内部矛盾，要用团结—批评—团结的公式来解决。不赞成人为地激化矛盾，什么旗帜鲜明之类，要软化矛盾、钝化矛盾。报刊上展开争鸣，三点法宝：一，不要做结论。二，通过争鸣，逐渐达到一致。现在有种现象，争鸣双方，互不吸收对方正确意见，不靠拢，不接近，这不好。三，选什么问题争鸣，在什么阵地上要商量、研究，争鸣也要有所引导。

6. 对青年作者、新秀，要采取正确态度，要实事求是，要关心、鼓励、支持他们，也要指出他们的缺点，如果他们不接受，也要耐心。不能过分地一味地吹捧、迁就，这不是负责的态度。近年来对老作家、老前辈、老同志有些冷淡，要关心，调动他们的积极性。

明年一月号《文艺报》，将全文发表胡耀邦同志在今年剧本创作座谈会①上的发言全文，希望各报刊宣传这讲话精神，讲话中心，就是正确认识我们的时代，深刻的表现我们的时代。

……

陶萍同志最近搞些什么？能给我们写点散文吗？代问全家好！

刘剑青　一九八〇年十二月六日

1981年12月7日

萧殷同志：

您好！

稿②已收读。我们高兴极了！谢谢您的支持！

文章所谈问题很有针对性，谈得也很好。我们准备留用，特告。

衷心希望今后继续不断支援我们的工作。问陶萍同志好！专致

敬礼！

刘剑青、周明　七月十二日

1981年12月15日

萧殷同志：

上次给您的信，想已收到。

今天看到了您的那篇书简，我认为写得很好，切合当前创作思想实际，决定发在明

---

① 1980年1月，胡耀邦倡议由中国戏剧家协会、中国作家协会、中国电影家协会联合召开剧本创作座谈会。

② 指萧殷《要善于从阴暗处看到光明》一文，即下函所称书简。载于《人民文学》1982年第1期。

年一月号,特告,请释念。

文中拟删去几十字,主要是谈"文化大革命"是一场家破人亡……之类的话,提"浩劫"就可以了,"浩劫"包括一部分人"家破人亡"之悲剧。不知您意下如何?致敬礼!

刘剑青　十二月十五日

代问陶萍同志好!

附刘剑青致陶萍(1983年9月5日)

陶萍同志:

远在千里之外,面对"讣告",不觉潸然泪下。

"讣告"说,萧殷同志是我党"忠诚的无产阶级文艺战士",在我心中,他又是继鲁迅先生之后关心、扶植一代文学新人的导师,可亲可敬!在开创、发展社会主义文学事业的进程中,他高举共产主义的美学旗帜,言传身教,毕生不懈,成就斐然,功绩显著。他那蜡烛般燃烧自己,照亮别人的高尚灵魂和品德,将使我们永远怀念他!

在追悼会即将召开的时刻,我难于飞往广州祭奠,我当谨记于九月十日上午九时卅分,借首都一隅,遥望南天肃立默哀,和你共同承受这巨大的悲痛!请你节哀保重,他将永远活在我们的事业中,让我们继承他的遗志,化悲痛为力量,多为人民做点贡献吧!

代向全家致意!

刘剑青于北京
一九八三年九月五日灯下

致刘锡诚3通

刘锡诚（1935— ），山东昌乐人。1957年毕业于北京大学俄罗斯语言文学系。历任中国民间文艺研究会研究和编辑人员，新华通讯社翻译、编辑、记者，《人民文学》文学评论组组长，后曾任《文艺报》编辑部主任。著有《小说创作漫评》《石与石神》《小说与现实》等。

1979年7月20日

锡诚同志：

谅你已经回到北京？

《陈国凯小说集》序言，《广州文艺》理论组终于把稿子交还给我。我只改了个题目，即寄给你。如《文艺报》不适用，请尽快把稿子退给我。

约定的那篇文章，还未动笔，但力争在8月上旬交卷，勿念！

握手。

萧殷　七月二十日

1979年8月1日

锡诚同志：

来信收悉。我接你来信之前，曾将一篇《序》寄给你，大概收到了？现在问了陈国凯同志，才弄清楚他的小说集名为《羊城一夜》，并非《广州一夜》，因此该序言的题目,请改为《〈羊城一夜〉序》为盼!

因近忙于校阅《论生活、艺术和真实》一书的清样,故拟写的文章,还未动笔。估计上旬不能完稿,最早大约也要8月中旬才能寄出。如何?可否赶上9期发稿?望来信告。

内部简报已收阅,谢谢!陶萍问你好!

祝好!

萧殷　八月一日

1979年9月13日

锡诚同志:

信悉,知你出差上海方归,知我的短文已发9月号。这篇文章是匆匆写成的,是校完《论生活、艺术和真实》的第二日动笔的,一赶完,马上就动身到顺德清晖园去参加座谈会,这是在一个小小夹缝中赶写出来的,其辛苦可想而知。但稿子刚寄出,就感到许多不足之处,可是我已到了清晖园。就算只把问题提出来,也是很不全面的,不巧遇到这阵这么忙,有什么办法呢?

《〈羊城一夜〉序》转至《光明日报》我无意见,不知什么时候见报?

6月号《梅江文艺》(广东梅县地区的文艺刊物)发了一篇《评〈作品〉发表的两篇小说》。其恶劣的态度可与《"歌德"与"缺德"》媲美,其观点之荒谬也不在《"歌德"……》之下。我们打算在第9期《作品》转载,向全国示众,以证明这种极左思潮之猖獗。同时要编辑部组织两篇批驳文章,不知写得怎样。最近,我逐步将《作品》的担子下放,我自己打算把仅有的一点精力放到写作上去。顺告。

陶萍问候你!

握手!

萧殷　九月十三日

致刘晓冬1通

刘晓冬，笔名萧冬，业余作者。著有小说《强者》。

1981年3月17日①

萧冬（刘晓冬）同志：

因为太忙乱，加上常闹病，可以说，我几乎每日都在挣扎中度过。因而你的小说《强者》拖了很久都无时间处理，有时虽然读了几十页或一半，却忽然被临时急事中断了。每件事（组织分派的事）都要求有头有尾，且限期完成，等把事情做到告一段落时，时间又过去了一大段。就这样，一拖再拖，不觉已延宕了三个月；赵启强②同志的稿子也是如此，整整拖了四个月，到最近才给他写了复信。

你的《强者》今天才读完，上半篇曾读了两次，原因如上所述被临时急事打断了。虽然读了两遍，但从艺术感受来说，却较浅，有的甚至印象模糊，主要原因大概是由于你只通过对话或内心活动来表现生活和行动。其中的变化、遭遇、悲剧都是在对话中或内心活动中流露出来。这篇小说的主人翁显然是裴莉，可是其中最主要的掀动人心的遭遇，如划右派、被揪斗、服毒自杀等都是发生在裴莉母亲的身上，而主人翁"强者"只在感情上兜圈子，而这些感情、情绪的变化，又常常离开特定环境的具体情况和离开裴莉的个性的，仿佛作者要她干什么她就干什么，这一来，好些细节的描写，使人觉得不自然，也不真实。这篇小说中的"我"，仿佛有一种逆来顺受，处处对裴莉谦让的性

---

① 此函为底稿，无落款，发表时署"一九八一年三月十七日于广州"。
② 赵启强，四川成都人。甘肃电视台导演。作家，著有长篇小说《扎西梅朵》等。

格，可是有时你忘了他这种性格无缘无故的：

"我感到她太骄傲，自负了；也许，她自认为考取了医学院，将来成为崇高的，被人敬慕的医生，而我不过是边远小城里工会的宣传员。我恨她的清高，恨自己的低能。……

"我们太年青了……我永远记得妈妈说的：人的感情是纯净的，被各种色彩的东西搅混了。你说，会有纯净的，不被外来因素所搅扰的情感吗？

"……见鬼去吧，你的高傲！我在心里狠骂道。我再也不想听那些不着边际的话了，'去做你高尚的医生吧！'我陡地转身大步走去。

"……大概，是我的自尊，竟鬼使神差地下狠心决定当即动身，去那边远省份的小城……"（28—30页）

就这样，与裴莉分开了，这明显是人为的悲剧，是违反性格发展的逻辑，因而也就经不起推敲，当读者一读到这里，不仅感到不自然，而且也感到不真实。

这篇作品会给读者这样的印象，你大概事前没有料到，除了上述的原因之外，你对裴莉的性格是不明确的，她的言谈、举止、感情、情绪是难以捉摸的，因为她的个性飘忽不定、喜怒无常，因而她的举止也使人难以理解。这类事实不是偶尔出现，在作品中几乎常常发生，她与作品的"我"之间的矛盾，事实上是找不出来的，但为什么总是波澜起伏，永无休止，而又使人感到不自然不真实呢？这与作者不顾环境条件，不顾人物性格而任意安排波折，是有直接的关系的。

来信说："这是一篇写感情、写哲理的东西。"但如果哲理一旦离开了矛盾冲突，离开了血肉生活，离开了真实的细节描写，还成什么文学作品呢？在作品中的最后你宣称："理解那些高尚的情操，维护你们的理想的感情吧！朋友们，摆脱和驱逐干扰你的纯洁感情的各种因素吧！"我不知这是不是你所宣扬的哲学思想，如果这些话包含了一部分真理的话，那么马克思主义不是也包含着类似的内容吗？你为什么偏偏是通过基督教徒和教义来体现呢？

致龙世辉2通（附来函8通）

龙世辉（1925—1991），湖南武冈人。1952年毕业于辅仁大学，随后进入中央文学研究所深造。历任人民文学出版社现代小说组副组长、《当代》编辑部副主任、作家出版社副总编辑等。

1978年10月18日

世辉同志：

收到你的信已半月，因忙于编《论生活、艺术和真实》，加上近来会议多，以致把写信的事抛到一边，实在抱歉！

罗君策①同志没有写信来联系，不知什么缘故？我于今日已将该书编完，共二十四篇文章，二十万字多一点，准备明日就挂号寄出，是直接寄到理论组罗君策同志处，望收到后能来封信，以免惦念。

这次重编这些文章时，我原来很怕看自己的文章，但在改编过程中，竟越编越有兴趣，我没有想到，"四人帮"搞乱的许多问题，在五十年代就已经解决了，而且讲得十分清楚，就像是针对着"四人帮"的谬论而发似的。——正因为这，才增添我的信心。

下月初，我准备到高州去走走，听说那里的民间艺术、民间工艺很发达，水平也很高，似乎值得去看一下。

到北京工作，我和陶萍都有此意。但自己这么老了，人家要不要？却是个现实问题。我对业务还很有兴趣，而且对业务的信心也比过去大得多了。可是别人怎么看？这

---

① 罗君策（1940—　），人民文学出版社理论组编辑，《中国现代文学》编辑。

一点，我自己就没有什么把握了。也很想先回北京住一段时间，看看身体能不能适应那里的气候，如能适应，再设法调去工作。可是，人民文学出版社能否解决住宿问题？如果这个冬天不发病，我很想明春到北京去走一走。我这打算，希望转告君宜①同志！中国作协现在还没有充裕的地方办公，当然更谈不到有地方让人住宿了。

吴德的变动②，这里只当小道新闻流传，可是香港各报（左、右报纸，包括大公、文汇报）却是头版头条新闻，而且在十多天前已公布，比起来，我们内地未免太闭塞了。此外，还有什么新消息？陶萍问你好！匆匆，祝

健康！

萧殷　十月十八日

1980年11月22日

世辉同志：

真对不起！你九月的来信，我最近才读到。因为我于九月就离开广州，与陶萍一起到东江上游龙川县去医病。来信猜想我身体好转，其实不然。自去年到北京住医院以来，食欲一直很坏，一餐饭吃不了一两东西，如何能长此支持下去？听说龙川矿泉水与法国维希的相仿，有些法国人评价，比法国矿泉水还要好。有很高的医疗价值，对肠胃病有更显著的疗效。于是我怀着决心与信心，到那里去治胃病。只饮了二十天矿泉水，胃口略有好转，现在我可以毫无困难地吃一两食物了，但疗效不算显著。据病友说，慢病不能快愈，如能继续在治疗所住上三五月，情况将会更好。但我没有带冬衣去，而且今年的初冬比往年更早地来到这岭南山区，不得已，只在矿泉所住了二十天，连同在老隆、佗城③逛荡了二十多天，便回广州。一回来，来人如过江之鲫，一天也没有休息。来信、来稿一大堆，看着就使人犯愁。况且外面还有不少大小会，因此，需要做的也应该做的事（如写点文章）反而挤不出时间来，令人焦急！

听说陈国凯同志已从湖南回来④，但还未看见，据小纵说：国凯又常常胃痛，老病

---

①　韦君宜（1917—2002），原名魏蓁一，湖北建始人。人民文学出版社总编辑、社长。

②　1978年，吴德被免去北京市委第一书记职务。吴德（1913—1995），原名李春华，河北丰润人。

③　老隆、佗城，皆龙川县地名。老隆为县城，佗城为萧殷故里。

④　陈国凯曾往湖南参加笔会。小纵，纵瑞霞，陈国凯夫人。参见龙世辉来函。

又复发了。他们之间的误会可能已冰释,勿念!

你评《代价》①的文章,遭到如此冷遇,我真是无法理解。"夹在'官方'与'读者'之中",不仅你痛感到,我也有所感觉。《羊城晚报》也不愿发表,使我更觉得奇怪!

今年三四月间,曾将谢望新同志写的一篇"报告文学"(具体的是写剧作家赵寰同志的遭遇)寄给秦兆阳同志,试试能否在《当代》发表,但如石沉大海,毫无反应。过了四个月,我想把稿子要回来,又给秦兆阳同志寄了一封挂号信,至今又快三个月了,还是毫无反应。一个刊物编辑部完全有权拒用某篇作品,但却无权"没收"人家的作品。本来这是一篇有分量的报告文学,十年来中国知识分子的遭遇,可在这篇报告文学中看见影子,我和作者都喜爱这篇作品,赵寰同志对这篇作品也看过,承认写得很真实也很动人。顺便同你谈谈,不必去过问了。世上事,有些事情大概一辈子也弄不明白。

像你这样水平的编辑,我不同意你离开现在岗位去干其他工作(譬如教导主任),好的编辑不是越来越多,而是少得可怕了。你虽有些困难,但为整体事业,有什么办法?你血压高,常饮些绿茶是有好处的,其次,常用山楂干炖冰糖,每星期炖一次(山楂干片四两,冰糖四两,水一斤),分四五天饮服,很有效,也很好喝。陶萍问候你,匆匆
祝健康!

萧殷　十一月廿二日

我的小说散文集《月夜》已出版,不日寄上。

附来函

1978年4月11日

萧殷老师:

好久好久没有给您写信了,不知您的身体情况如何?陶萍同志也好吧?心里挂念得很。

---

① 《代价》,陈国凯著,人民文学出版社1980年11月版。

春节期间，韦君宜同志找我谈话，希望我归队回出版社工作。我在语言学院①混了五年，这里的工作我实在做不了，也没有兴趣，早有去志。前一段时期，北大中文系叫我去，开现代文学和创作实习课，考虑到我从未教过书，没有一点教学经验，不敢接受，只好婉言谢绝了。后北京人民出版社也要我去，电影出版社也对我表示了兴趣，正在犹豫，君宜同志来找，老上级叫归队，我就欣然同意了。经过一个多月双方领导上磋商，终于成功，我已于这个星期一回出版社报了到。

　　回出版社后，君宜同志对我说，要我近期内出差去广州一趟，恢复一下和老作家的关系，同时解决一下几部具体稿件问题。所以，不要很长的时间（估计是月底或下月初），我可以和您见面了。十多年没有和您以及老作家们见面了，想念的心情是难以形容的。我们终于又有见面的机会了。

　　您如果见着杜埃②、周钢鸣③、欧阳山、陈残云、秦牧、于逢等老同志老作家，请代致意问好，就说我不久将去看望他们，请他们给以支持。

　　萧殷老师，我也十多年没有做编辑工作了，业务荒疏，情况不明，务请您多多指教。

　　广州作协和文联组织恢复了没有？在何处？杜埃同志所在的省委宣传部在哪里？我去广州首先找谁联系，我现在一点也不知道，也都忘记了，成了傻子一样，您能否抽空先告我一下情况？

　　和我同行的可能还将有一位女同志。匆此，并致
敬礼！

晚　龙世辉
四月十一日于文学出版社

1978年5月×日④

萧殷老师：

　　四月十六日手书奉读。我回出版社快一个月了。因为准备工作没有做好，我出差去

---

①　北京语言学院，创办于1962年，1996年更名北京语言文化大学，2002年定名北京语言大学。
②　杜埃（1914—1993），广东省委宣传部副部长，广东省文联党组副书记，作协广东分会副主席。
③　周钢鸣（1909—1981），广西罗城人。广东省文联副主席，作协广东分会副主席。
④　此函落款无日期。

广州的事，要延到这个月中旬才能动身。最迟月底是一定要走的。

契诃夫短篇小说集[①]已出版，我替您买了一部，先给您邮寄去，因为如果带去，一来耽误您读，二来路上要揉坏的。

秦牧同志原来就在我社[②]，我已见过他多次。他瘦了，但精神看来很好。

我真为您的健康担心，按说您年纪并不算老，正是干事的时候。病这东西一缠住你，一下子很难摆脱，据我的体会，只有锻炼。我在语言学院这五年，工作没有得做，但身体锻炼得有些进步，游泳、打乒乓球、散步，后来发展到每天早晨跑一千米。可惜现在进了城，没有这个条件了。即使这样，我的失眠症和高血压并不见好，而且有升级的趋势。如果能维持原状不发展就算不错了。

建议您每天早晚散步一个小时以上，一定会收效的。

余面谈。匆此，顺叩

大安！

陶萍同志均此。

晚　世辉

1978年7月21日

萧殷老师：

收到您的最新的论文集[③]，太高兴了，我一定要好好学习一下。

我离穗去湛江时，您正在病中，心里一直在挂念您的病情，想来一定很快就会康复的吧？您年纪并不算老，但体弱多病，广州气候太热，对您的身体不利，您病中我和陶萍同志、萌萌交换过意见，还是到北京来住住，看是否更有利于养病，如果住着合适，就干脆调回北京工作。您如果愿意来京工作，我想哪儿都会欢迎您的。我的这个建议，不知您考虑过没有？

入夏以来，北京也很热，比往常都热，和我在广州时差不多，但早晚还是凉爽的。据说今年全国各地都比较热。谣传天津将有七级地震，北京都没有消息。

---

① 《契诃夫小说选》（上、下册），汝龙译，人民文学出版社1978年版（1964年初版）。
② 秦牧1977年10月被借调到国家出版局，参加新版《鲁迅全集》注释审订工作。
③ 当指萧殷《习艺录》。

许多老编辑,包括已经退休的都被请回来,调广西的王士菁①将回京去学部工作,前两天的参考②说,人可能活四百岁,这个数字固然太太,但长寿则完全是可能的。但愿您健康长寿。祝您愉快!

陶萍同志、萌萌等均好!

晚　世辉　七月廿一日

1978年9月25日

萧殷老师:

接读来信,知道您康复了,又工作了,真是高兴得很。您的身子比较单薄,千万注意保重,不要让您的亲人和我们这些晚辈老替您担心。工作是做不完的,但一个人的精力也是有限的,如果能坚持再为党工作廿年,那将是读者的福音,也是我辈的莫大欣慰。

看完有关您的报道,不禁感慨万端,作为您的学生和晚辈,看来我并不深知自己的师长。这绝不是茶余饭后的闲谈资料,这是一个文艺老战士坚强不屈永远战斗的形象,也是一纸对"四人帮"控诉的檄文,我将一遍一遍地再读它,学习它的精神。我把这篇报道介绍给君宜同志,她很高兴地留下来准备阅读。

君宜同志说,她给您的信虽然简单,但意思还是明确的,可能您在病中没有看清楚的缘故。这次我又问过她,她说您如果愿意北上工作,北京文艺界的老人们是不会不欢迎的。但考虑到您的健康情况,最好是先来住一段时间,看是否能适应。我想她这种考虑是周到和必要的。我和陶萍同志说的也是这个意思,先来住几个月,如果适应,再安排一个合适的工作,如果一下子调来,身体不适应就不好办了。至于工作,我个人不好发表意见,但我想只要您愿意,恐怕哪儿都会抢着要的,老干部是多么缺乏啊,如果按我个人私意,您最好来我们出版社,君宜同志对您北上持积极态度,大概就是这个意思。您自己的态度如何,请来信示知。

我问过理论组的同志,您的集子《论生活、艺术和真实》十月后开始整理编辑,具

---

① 王士菁(1918—2016),江苏沭阳人。毕业于西南联合大学中文系。1973年任教于广西大学。中国社科院文研所鲁迅研究室主任、研究生院文学系主任,鲁迅博物馆馆长。

② 指《参考消息》。

体工作如何进行，将由罗君策[①]同志（您的学生，暨南大学1965年毕业）和您联系，他将另有信给您，请放心。

匆复，敬颂

大安！陶萍同志均此，萌萌等均好！

龙世辉　九月廿五日

1978年10月31日

萧殷老师：

十月十八日手书早奉读，因我赶着发《苦斗》[②]，我也正在苦斗，所以没有很快给您回信。

您的信，我给君宜同志看过，她说，您和陶萍同志来京工作，北京方面肯定是很欢迎的，先不说别的单位，譬如说来出版社，我们就太高兴了。现在的问题，对我们来说，就是房子问题，北京的住房问题太紧张了，出版社手中无房子。她说，容她想想办法，如有端倪，就马上告诉您。

您的学生罗君策同志说，他已经收到您的稿件，并已给您复信。

非正式传达，胡耀邦同志看过《伤痕》[③]这类作品后对某人说：读过《伤痕》，使我想起鲁迅的《伤逝》，沉沦，伤逝到搏斗，我是喜欢搏斗的。《伤痕》这类作品是不能压制的，因为它是时代的声音，但不是时代的最强音。最强音是搏斗，像天安门事件。（大意）据说正在组织天安门事件的剧本。果然，《文汇报》十月廿九日发表了《于无声处》[④]剧本，我正拿着，还没有看，您可以找来看。我们正在以特急件的形式，编发打倒"四人帮"以后近两年的优秀短篇，其中大部分是揭批"四人帮"的，不少是从《作品》上选登的。天安门革命诗钞，我社已决定出版[⑤]。文艺界形势真是大好。

---

① 罗君策，人民文学出版社编辑。

② 《苦斗》，《一代风流》第二卷，欧阳山著，人民文学出版社1979年5月第一版。

③ 1978年8月11日，上海《文汇报》发表卢新华小说《伤痕》，从而引发"伤痕文学"热潮。

④ 话剧《于无声处》，作者宗福先。剧名出自鲁迅《无题》诗"心事浩茫连广宇，于无声处听惊雷"。

⑤ 《天安门诗抄》，人民文学出版社1978年12月出版。

吴德调动，林乎加调京①，群众欢呼，市场供应比以前转好，早点亭如雨后春笋。房子问题也正在准备解决。匆此　并致

敬礼！

晚　世辉　十月卅一日

1979年12月22日

萧殷老师：

十二月十七日手书奉读。

您的健康情况真使人担心，陈国凯同志最近来信说，他身体情况也不好，需要休养，说你们俩都是"最轻量级运动员"，这样下去怎么行呢？不想吃东西，我有一个经验，每天吃一瓶发酵的酸奶，既滋补，又可增加胃口，还能发胖长肉，您无妨试一试。不知广州有酸奶卖没有？不吃东西是绝对不行的，内燃机没有油，这部机器怎么开动得起来呢！

您的书②，我问过罗君策同志，他说今年七月就付了型，现正在印刷过程中。今天又问过出版部，他们的答复是明年第一季度出书。编辑部不能控制出版过程，发稿后，什么时候出书，完全由出版部门掌握，说不上话。这种不正常的状况，恐怕一时还不能扭转。

韦嫈③同志的稿件，我的确是看过，但十几年过去，内容已记不清楚了。这部稿子的质量，在我脑子里没有留下较深刻的印象，大概属于一般。如果她不大力修改，有所提高，此类旧稿，通过恐怕有一定困难。另外，我在小说南组，她的稿件属小说北组，分工分得很死，我如果硬拿过来看，有的人说不定会说怪话。我有一个想法，是否韦嫈同志直接找找君宜同志，如果君宜同志亲自看看并表个态，那就好办了。不知您以为如何？

陶萍同志和萌萌均好？祝

健康！

晚　世辉　十二月二十二日

---

① 1978年10月，吴德被免去北京市委第一书记职务，由林乎加接任。

② 即前函所称《论生活、艺术和真实》第四版。

③ 韦嫈（1922—　），原名张月琴，江苏常州人。曾任张家口华北联合大学干部，中国作协创作委员会秘书，天津作协专业作家。艾青前妻。

1980年9月6日

萧殷吾师：

《作品》编辑部寄来了您的论文集，又在《人民日报》上读到您关于编辑的文章，作为您的学生，作为编辑，都是又兴奋又高兴的，以后还要好好学习。

陈国凯的爱人小纵来京，也带来您的信息。小纵这位同志，可能有点神经过敏，我和她坦率地说过，据我了解，陈国凯同志对她的感情是真挚的，不是容易动摇的人，请她放心。

《代价》虽未出书，反映已经很热烈，但报刊上至今未发表评论。我写了一篇几千字的评论，从南到北，经历了《羊城晚报》《光明日报》《工人日报》，都拒不发表，畏如狼虎，可见"官"方并不支持，真是怪事。您如果有工夫，无妨看看，写篇论文给《人民日报》，看看他们发不发！如果当编辑的有许多苦衷的话，那么最大的苦衷就是被夹在"官"方和读者之中，工作中感到某种压力，对文艺创作的前途，觉得有些茫然，对自己的工作，不知是功是过？

您的健康大概大大好转了吧！看到您在报刊上发表文章，除了文章本身以外，我们想到的就是这一点，所以感到很欣慰。

我一切均好，只是有点高血压，睡眠一直不太好，已露出老年的种种迹象，五十多岁就这样，真是没想到。徐刚①同志要我去文学讲习所当教导主任，我心中把握不定，我并不想当官，又不是党员，但出版社人事关系复杂，编辑工作又十分繁重，挪动挪动也许还有好处，但我心中下不了决心。您觉得我应该怎样？能否给我拿个主意？专此并颂

大安！陶萍同志均此。

世辉上 一九八〇年九月六日

---

① 徐刚（1924—2018），笔名余星，天津人。毕业于中央文学研究所。中国作家协会文学讲习所副所长，鲁迅文学院副院长。

1982年3月25日

萧殷吾师：

尊著①收到，万分感谢！

经常挂念吾师的健康情况，从小罗②同志那里得知您的一些近况，但愿您多多注意，保重身体。我因工作繁重，对师长和朋友也很少联系问候，万望见谅。

我最近也发现患有冠心病，但尚系初期，也得注意了。

陶萍同志可好。甚念！ 敬祝

大安！

晚世辉　一九八二年三月二十五日

---

① 当指《给文学青年》，湖南人民出版社1981年12月版。
② 小罗，指罗君策。

致卢宜1通（另函1通）

卢宜，1961年毕业于北京医科大学医疗系。北京积水潭医院内科主任医生。曾任职北京大学医学部第四医院。参与编写《骨质疏松症》《临床护理药理学》等。

1979年12月16日

卢医生：

你好！来信已收到，知道你已妥收《习艺录》①一书。在北京时蒙你多方关照与治疗，非常感谢！因"红霉素"注射过量，胃口很坏，不仅在北京时不思饮食，就是回到广州也不能吃什么东西，一直卧病在床，到十二月二日，忽然又发高烧，不得已，又被送入省人民医院东病区。医生说我体质太糟，要我下决心认真治疗一段时间。看样子，一两个月大约不能离开医院。

积水潭医院的服务态度给我留下了良好的印象。回广州那天，当我从汽车走下来时，一个穿花大衣的同志马上扶着我走上机场台阶，而且一直把我扶到候机大厅。当时我还以为他是广东代表团的人，他还积极为我找温暖的休息室。我一问再问，才知道他是积水潭医院的医生，我们除了表示尊敬之外，都十分感动！你一定知道他是谁，是内科的医生，一定请代我们向他致以谢意和敬意！

有一位苏湘②同志，是继我之后进积水潭医院的，由于他病未愈就动身回广州，回

---

① 萧殷自京返穗后，曾将《习艺录》寄赠卢宜。
② 苏湘（1919—1979），江苏无锡人。中国摄影家协会广东分会副主席，广州人民美术出版社副社长。

来只十余天就去世了。顺告。祝你工作顺利!

握手!

萧殷　十二月十六日
于广东省人民医院东病区二〇一室

附卢宜致陶萌萌（1984年8月15日）

萌萌同志：您好!

答应寄一篇怀念萧老的文章，今日总算写好了，给您寄去，您看后在文字方面再给我修改一下，因我文字水平有限，有感情有记忆，就是不能恰当地表达出来。

我仔细在家中寻找，只找到一封萧老的第一封信，今给您寄去，其他信难以找到，非常遗憾。

问候您母亲好。收到来信，请速回信，谢谢! 祝

安好!

卢宜　一九八四年八月十五日

怀念萧老

我与萧老是在第四届全国文代会期间相识的。那是1979年11月，是粉碎"四人帮"后，首次召开的全国文代会。盛况空前，全国著名的文学技术骨干，云集北京，萧老是广东省代表团成员，住在第四招待所。

当我们巡回医疗时，看到他清瘦的身影，听到他阵阵咳喘，在询问病史时，知道他患支气管炎已多年。这次他从温暖如春的祖国南方，来到已是严寒冬季的北方，旅途劳累和气候的突变，使他的病情加重。在交谈时发现他对自己的病并不在意，讲不出自己有何种不适，只是说有点咳嗽、喘，一心想着工作，想参加好这次会议。他很健谈，在谈到文学艺术时，他两眼炯炯有神，滔滔不绝，我们听起来也觉得津津有味。我们叮嘱他按时服药，并定时给他打针，在坚持治疗的同时，他像其他与会者一样积极参加各种会议，有时到人民大会堂听重要报告，有时参加分组讨论，晚上还看精彩的文娱节目，对他来说，这些节目或电影不仅是为了娱乐，更主要是鉴赏评价这些文艺作品。紧张的会议使他已虚弱的身体再也难以支撑，终于1979年11月3日因高烧由急诊以慢性支气管

炎合并感染而住院，按规定代表住院可以受到某些照顾，但他拒绝照顾，和普通病人一样，住在大房间，食用一般饭菜。住院期间每日输液、打针，行动不便，进食与大小便都有一定困难，但他总不愿意麻烦护士同志，尽量自己去做。病房医护人员都觉得他平易近人，愿意护理他。因他惦记着大会，烧刚退，仍咳喘仅住四天医院就坚决要求出院，出院时医护人员对他都不放心，叮嘱他多保重。出院后他仍抱病工作一直工作到文代会结束。因他年迈体弱又咳喘，离京时我们送他到机场，依依惜别，我们深切感到他用毅力参加了这次会议。他回去以后，经一段治疗身体稍康复，曾给我写来了热情洋溢的信，以表示对我们感谢，以后他又送给我两本他自己的著作《谈写作》《习艺录》，我把它们视为最珍贵的礼物，收藏起来，认真阅读，认真学习。我为自己能结识这样一位老作家而高兴，他给我写过几封信，每一封信都是哲理性强、文笔流畅，读后都有很大收益。

去年得知他与世长辞的噩耗，非常震惊，非常难过，他那崇高的品德、对工作高度的责任感、严于律己的精神，将永远铭刻在我们记忆中。萧老虽然与我们永别了，但他留给我们的精神财富，将永远激励着我们前进。

北京积水潭医院内科卢宜
一九八四年八月

致鲁迅1通(附散文诗《变》)

鲁迅(1881—1936),原名周树人,字豫才,浙江绍兴人。曾任北京政府教育部佥事、厦门大学教授、中山大学教授等。著有《呐喊》《彷徨》《野草》等,五四新文化运动主将之一。关心扶持文艺青年,是青年作者的良师益友。萧殷曾于1934年、1936年两度致函鲁迅。

1934年9月6日①

鲁迅先生:

在中国的作家中,您是我最敬爱的一个。因为您是站在被压迫大众的解放运动最前线的一个人。

正因为我敬爱您,所以我特地请您批评我的作品。这篇《变》是我最近写成的散文诗。本来拟投到附近的报纸副刊里去,但是,一想到那些充满了灰色内容的副刊,与那些思想糊涂的编者,不禁就令我胆怯起来。无疑的,这样内容的散文诗,必然地不容于那灰色的雾围里。

《变》的主题是叙一个一向不明阶级意识而受着欺骗的青年的觉悟底过程。和潜伏着的革命情绪的力量之伟大。(这样说法,也许不对。先生看了,自然明白。)可惜我

---

① 此函存函封:"上海福州路四三六号文化生活出版社收转邓当世先生,广州郑寄,九月六日。"邓当世为鲁迅笔名,据称"邓"取"通"之谐音。原稿现藏北京鲁迅博物馆,录自周海婴编《鲁迅、许广平所藏书信选》(湖南文艺出版社1987年版);《鲁迅藏同时代人书信》(孙郁、李亚那主编,张杰编著)收录影印件。

的写作技术太不成了，请先生在回信里一一加以指正！！

如果先生认为略加修改之后可以发表出来，那么，请先生也不妨修改一下，并请介绍到前进的杂志里去发表出来。这是我的希望，也是我的要求。

末了，向先生致一个革命的敬礼！

崇拜您的人　郑文生谨上

九月六日

通信处："广州、石牌、中山大学、第八宿舍、莫柱孙[①]"转。

附散文诗《变》

一个美丽而静谧的夏天底下午，我愉快的伴着一朵野花躺在一块凉快的青草地上。

轻微的凉风，象处女的辫发那么地软绵绵的，把那些浓绿的树林都吹拂得袅袅的，有如那些陶醉在华尔兹的旋律上的舞女那么地把身腰摇摆着。

蔷薇似的阳光，吻着鲜绿的叶尖，吻着辽远的紫青的远山微笑着。小鸟儿在绿林里歌唱，蜂蝶们在花丛中舞蹈。——啊啊！这世界是何等和平而美丽！

我愉快的躺着。一块美化了的花影，投到我的身上。令我感到一种难以形容的欢悦。于是，有一种抑制不住的微笑，便浮上我的唇边。

（远远的天边，仿佛有轻微的雷声。但是，谁去留意它呢？）

愉快的笑声，溢出了我的唇边，粉红色的花朵开在我的心上；还有，还有更美丽的梦，会开在有月亮的夜里。

这时，我的肢腰经轻风吹软了，瘫瘫的，仿佛是躺在天鹅绒上。（云外的雷声，更吼得厉害了，轰轰地。我终于在这样的环境里入梦了。于是，我失掉了灵魂。……

轰！轰！轰！

一阵震天撼地的雷声，陡的将我美丽的梦粉碎了。我出奇的擦了擦眼睛，最后，我竟惶惑地惊跳起来。

——呀！怎么世界会变得这样？

天空早已布满了浓重而漆黑的云块了。风，已成了一个勇敢的战士，勇猛的，在

[①] 莫柱孙（1916— ），萧殷好友，毕业于中山大学生物系，曾任职于地质矿产部、广东省地质局。

地面上怒吼起来。许多残余的东西，都给扫荡了。雷电，时时在山顶上迸出灿烂的火花来。

丛林，仿佛要倒塌了，很厉害的摇撼着，哀叫着。

青草，颠覆地动摇着。

地上的小石子，滚动着。破屋瓦，给打落了；墙角边的苍苔也在一边发抖。

接着，是一阵雄浑浑的、高壮的雨声。那雨点，像豆子一样，密密的横扫过来。于是，一切都震撼了，吼叫了。仿佛还有雄壮的呐喊，勇敢的冲锋："杀呵！杀尽一切阻挠社会向前发展的恶势力！"

风，跟破屋顶撞击着。雨，和不平的地面决斗着。雷电在山顶上怒吼着，呐喊着。

灿烂的火花，在这不平的地面上爆迸了！

啊！好悲壮的暴风雨呵！

我抖索地蜷伏在一个树林底下，偷看着。我看清了一切。但同时我却又心痛着，我悔恨我在过去失掉了的灵魂。

——啊！我明白了，我不能再受欺骗，不能再在梦中！我这么叫了一声，便毅然的站起来，勇敢的奔向前去。

——啊啊！从此，我认清了我们的路了！

真名——郑文生

通信处——广州、石牌、中山大学、第八宿舍、莫柱孙先生转。

致《鲁迅日记》注释组1通（附来函2通）

1975年，人民文学出版社"鲁编室"根据毛泽东对周海婴来信"立即实行"的批示，计划编撰《鲁迅全集》和鲁迅著作单行本的注释，将注释工作分配给各高等院校，根据老中青"三结合"创作模式，组建阵容庞大的注释队伍。复旦大学《鲁迅日记》注释组由此成立。

1978年4月13日①

鲁迅日记注释组：

真佩服你们的调访精神，居然把一封查询"萧英"的信函无误地送到我的眼前，而且还直接寄到我家里，实在感谢。

读了来信，看到鲁迅先生的日记中的那个条目，立刻勾起我的回忆。当时我住在广州中山大学一个同学宿舍里，由于一脑子的问题，亟想向鲁迅先生请教，便于十月五日（或六日）写了一封五六百字的信，并附上一篇散文。过了十天以后，我几乎天天盼着先生的复信，不幸，我没有收到复信，却在报上看到先生与世长辞的噩耗。

我一九一五年农历八月出生于广东龙川县佗城，一九三六年在龙川县民教馆管理图书，同年八月离龙川到广州，住中山大学，一面参加救亡活动，一面写小说。这半年由于蒋介石势力渗入广东，白色恐怖加深，斗争尖锐，于是我暂时放弃小说的写作，把全力投入杂文写作中，对国民党的腐败统治进行无情的揭露和讽刺。

---

① 此函未署名，当为底稿。

在这（一九三六年）之前，我用"郑文生"的名字发表小说。这时为避开国民党书报检查官的注意，用"肖英"笔名发表杂文。以后一直用这个名字，一直至一九四六年。

我写给鲁迅先生的那封信，详细内容已记不清楚，根据我当时的处境、我的活动以及我的心境，大概不出如下几点：（一）我当时已不能在广州发表文章，只能利用香港《珠江日报》（反蒋的桂系报纸）发表反蒋杂文，但常遇"开天窗"（即编者将一些重要的文字删掉，代之以□□□……），很恼火，可能把这种情况向鲁迅先生汇报。（二）为了斗争，需要把自己的武器磨得更锋利，所以我几乎每日都细心学习鲁迅先生的杂文，这封信中可能向先生提出一些杂文的写作问题。（三）当时我已参加"广州文学艺术界救亡协会"（原名记不清，是文艺界抗日统战组织），每周都展开一些活动，很活跃，人数越来越多……可能将这些向先生汇报。

附去的稿子是散文，题为《温热的手》，大意是一个正在彷徨苦恼的青年，遇到一个较有经验的革命者，并受到启发和鼓舞……细节已很模糊。

四月十三日

附来函

1978年4月3日

萧殷同志：

我们复旦大学中文系鲁迅日记注释组承担了《鲁迅日记》（1928—1936）注释部分。因年代久远，当年与鲁迅先生交往的一些人颇不易搞清，只得求助于各位老同志。"日记"上曾提及一人"萧英"，我们在调访中，据一些同志回忆说可能是您，故今不揣冒昧相烦，谨望指教。

现将《鲁迅日记》上有关条目录下：1936.10.9"得萧英信并稿。"

请您老回忆一下，这里的萧英是不是您？如是，根据注释体例，我们须知道：您的出生年月、籍贯、当时的职业、身份、笔名、化名、信的内容及稿件体裁，稿名、内容

等。专此布复，即颂

春祺！

复旦大学中文系
鲁迅日记注释组 四月三日[1]

1978年4月26日

萧殷同志：

您好！惠函敬悉，感谢您的支持。

您的原名是什么，望来信告知[2]，另附一份"人名"不详条目，请抽空看一下，提供些线索。阅后仍掷还，印数不多，我们还得转之其他同志看。顺颂

春祺！

复旦中文系
鲁迅著作注释组　一九七八年四月二十六日

---

[1] 此函加盖"复旦大学中国语言文学系革命委员会"公章。

[2] 萧殷复函中称1936年前用"郑文生"的名字发表小说，但未说明是原名，故注释组又来此函。

致罗海清49通（附来函3通）

罗海清（1915—2007），广东龙川人。1942年6月于广东勷勤大学肄业，先后任教于龙川县佗城小学、龙川一中、佗城中学、龙母中学。1979年11月再回佗城中学任高中数学老师，兼任数学科教研组长，直到1983年退休。曾任龙川县政协委员。

1973年7月23日

清兄：

别后不觉已二旬，但未接到你的来信，不知近况如何？甚念！幸读到自盛①甥来函，知降压素已收到，猜想你已平安抵达故乡，大概不会生病吧？

你在广州期间，几乎每日都素食，不仅吃不到什么营养品，甚至比在乡间吃的还粗糙，每思及此，我和陶萍都很过意不去。但有心无力，用钱也不易买到可口的东西，奈何！自七月一日起，这里的农资市场停止了，除规定的供应之外，别的副食品更不易买到了。

你走的那天，收到怀金②一封信，因无什么重要内容，所以决定不把信转回去。

郑真③、刘成锦④于你走后都曾来过，他们原不知你走得那么快，大约都计划外出去玩玩。

---

① 罗自盛，萧殷三姐的儿子。
② 罗怀金，罗海清之子。
③ 郑真，萧殷堂弟，广东龙川人。
④ 刘成锦，萧殷同乡，长期协助其办理家庭事务。

又及：萌萌①最近可能回来度暑假，但关于调她回穗的事，尚无可靠的消息。葵葵②的机关最近动员他去上大学，最后如何，尚待分晓。

带来的酸梅，日见枯干，大概没有什么希望了，木本夜来香只剩一枝，依然是那两三片叶子。前天我到王匡③家里，原来他院里有一大丛木本夜来香，正开花，我剪来数枝插在瓶里，其味比不上藤本的清幽。如想培植，以后可从他那里剪枝来插。水横枝除一株因根部腐烂得太多，剪除后只剩下上面一小半。其余三株都长得很好。茉莉依然如故，可能已经稳定，今后可能继续吐芽发叶。你带去的几样花草，大概都生长良好？

抄去的陈老及主席④的词，据人家说也不是真的，究竟真假，很难确定。

近来我请省人民医院任如台中医来看病，服药一星期，初见疗效，但药物不齐，连极普通的药，医院也没有，在街坊药铺就更加买不到了。每次都缺少两三味药，不得已，也只能这样对付下来。

我这里的一切都像你在时一样，陶萍也如此。据说雪梅于九月要下乡插队，我们又得为物色保姆而操心了，祝你

健康！

萧殷　七月二十三日

1974年1月22日

海清兄：

来信已收到一个多月，因为忙于年终总结，最近又忙于审阅三部毒草小说⑤，几乎把我所有时间都占去，这些毒草是寄来《广东文艺》的稿件，每部都十余万字，内容很恶毒，攻击新思想、散播黄色趣味，可以说都是一些与我们新社会唱对台戏的东西。虽然这些稿件没有发表，但这个作者的反动思想不能置之不理。所以现在赶着去审阅，提

---

① 陶萌萌，萧殷长女。当时下放徐闻县广东省五一农场。
② 肖葵葵，萧殷长子。当时在轻工设计院工作。
③ 王匡（1917—2003），广东东莞人。广东省委常委、候补书记、中共中南局委员、宣传部部长，国家出版局局长，新华社香港分社社长。
④ 分别指陈毅、毛泽东。
⑤ 毒草，当年对有违主流价值观文学作品所贴标签。三部毒草小说，情况不明。

出意见，就是为了反击。

文化思想领域（包括文艺领域）的基本路线教育运动已开始了，主要是反回潮，反"今不如昔"的谬论。批资产阶级世界观及修正主义文艺思想，反对不正之风（如走后门）、树立社会主义作风，批各种歪风邪气。我们的年终总结就是按这种精神进行的，但还不深不透，准备从二月份起，继续发动大家揭问题、揭矛盾。主要不是整某些个人，而且通过斗争提高阶级、路线斗争的觉悟，这是十分必要的。

近来，我的健康略有好转，常去上班。还有三部长篇小说的原稿摆在桌上，来不及阅读，这都是准备修改后出版的作品，每部都在三十万字以上，要对付它们，还得有很多时间和很大的精力。

有五部新的故事片，从春节起将开始放映，以后，电影、戏剧可能会逐步多起来。

你的胃下垂好些没有？望续服蔡医生的药。

广州今年的花市，据说规模很大，花色品种很多，但我未去看，也不打算去看。

趁我的侄子启光回佗城，顺便给你写几个字，并祝

春节愉快！

文　一月廿二日

1974年8月20日

海清兄：

昨天收到你十五日来信，知你已回校。同时又知你自己处方医病，而且尚有效果，这确是一种办法。在求医困难的情况下，依靠自己摸索病的规律，自己试着处方，有时确能收到奇效，因自己病情最了解，对某种药物的反应也是最清楚。"久病成良医"，说明病者只要懂得一点医学知识，对自己的病不是不能医治的。"实践出真知"，但用药须慎重，对无把握的药物，不轻易采用。

肺气肿患者，肺部不痛，稍一活动，容易发生气喘，尤其是早晨。严重时，上气不接下气，胸部有压迫感。冬天早晨有时有一刹那的断气感觉，急欲解开胸扣，其实是无用处的，这是肺部缺氧现象。所谓肺气肿，实际是肺部伸缩力减弱，呼吸量缩小，于是肺部空气不多，故稍一活动，便感气促。普通药物是服用氨茶碱（扩张气管之用），使呼吸稍稍通畅，但这不是根本办法，治本是增强体质，恢复肺部功能。

我自四月来温泉①不觉住了四个月，再住下去大概还是如此，经医生同意，决定本月廿五日出院。以后来信请寄梅花村。出院后，大概也不可能经常上班，如有工作可能还是送到家里来处理。

　　骆维治②已无什么印象，估计他下月中旬来广州时，我可能还在广州，这半年，我大约不会出差。广州批林批孔③还在进行。现转入儒法斗争史的学习，以后如何联系实际还不清楚。

　　温泉的夏天，还不如冬天那样宜人，既闷热，蚊虫小咬又多，室内如蒸笼，户外却处处是小咬的骚扰，很是难受，同时疗养院的伙食很不合胃口，我疗养四月只增加体重五两，这一次体重没有减轻，就算大幸。七二年我在这里住半年，竟减轻七斤，所以现在我无论如何不愿再逗留，坚决离开疗养所。

　　有空望来信！

　　在这里，培养了两枚水横枝和一棵"酸梅"。但因这里长期以来有人搞这两种东西，所以形状可观的不易找到，只找到几枝直通通的，聊胜于无。

　　祝你健康并工作顺利！

萧殷　八月二十夜于温泉

1974年9月9日

海清兄：

　　五日来信收到。我出院后继续在家休息，机关的同志来探望我，都说还是同四个月前一样瘦，不见有任何变化。的确是这样，这次疗养没有什么收获。

　　水杨梅是什么样子？我已弄不清楚。在温泉时有人挖来一枝小树，他们称它为水杨梅，我有点怀疑：叶无光泽，似比水横枝差得多。你如能在寨角找到枝丫苍劲的，不妨弄一两枝来，水横枝或水杨梅都好。

　　你有牙痛宿疾吗？用"两面针"（又叫"入地金牛""野花椒"）治牙痛有神效，

---

　　①　指从化温泉疗养院。
　　②　骆维治，广东龙川人。任教于马鞍山钢铁工业学校（马鞍山钢铁学院、华东冶金学院、安徽工业大学）。
　　③　1974年1月18日，毛泽东批准中共中央转发江青主持选编的《林彪与孔孟之道》，"批林批孔"运动遂在全国开展起来。

它的特点是：小叶柄和叶的中脉两面，均有小钩刺，生长于山野及灌木丛中，药用根，根皮黄色，尝之有持久的麻舌感。将根挖来后洗净切片晒干，然后用九十五度酒精泡浸，愈久愈佳。用时以吸管吸出两滴，再加蒸馏水四滴。用药棉蘸上置于痛牙处，即刻止痛。因麻辣味太强，故需两倍或三倍的蒸馏水冲淡，以防刺激牙根神经。我已给牙痛患者治过多次，均有效，有的半年不再有牙痛。你发现土茯苓能消肿止痛，很有价值，我抄在本子上，将来也准备试试看。

最近黄烈①同志给我请来一位专治肺气肿的医生，据说他医愈了不少的病人，该医生也认为我的哮喘症可以治好，于是我同意他来医，前天已在胸部埋了线，现在他每天下午都来注射穴位，十天为一个疗程，据说两个疗程就能治愈。结果如何，等待事实来分晓。

最近中央有指示，要以两广文艺界为重点展开一次批林批孔运动，以取得经验推向全国。两广文艺工作，长期以来被林贼死党和爪牙所操纵，干了不少坏事，这次进一步揭批，确实十分需要。将来在报上，你可以看到运动的一些眉目。

龙母②似乎没有什么特产，香菇之类的东西大概也没有。广州的情况你是知道的，连青菜也不丰富。龙川的东西也不多，不要勉强为我买东西。

葵葵今年本来可以上大学，他的单位积极推荐他，但当检查体格时，发现他有慢性肝炎，因而便去不成了。现在积极医治，看看明年有没有机会。陶萍问你好！祝

健康！

九月九日③

1974年9月14日

海清兄：

二日来信六日就收到，随即把鸡心椒种子播在花盆里，且每日都洒点水，可是到今天仍无发芽的征候，不知什么原因，照理八天时间应该出芽了。

有机会参加学习班，是有益的，但对你的健康，却不能不多少受些影响。今后如能

---

① 黄烈（1915—1987），原名黄清荃，广东龙川人。八一体工大队队长，八路军120师体训队队长。中国足协、篮协、排协副主席。

② 龙母，地名，位于广东龙川县中部，当时为公社，现为镇。

③ 此函未署名。

开"私膳",大概是必要的,为了健康,这是不得已的事,但实事求是,不必有什么顾虑。

我近来有点湿热,痰盛、咳嗽,头晕,不思食。这一来,四肢又软瘫无力。因此参类暂时不敢服用,服些"葶苈子""法夏""冬瓜仁"一类而已,待湿热清除后,才能服用补品。给维治的信还未寄,以后再看吧。

那些作风恶劣、假公济私、趣味低级的人,是不会有好下场的。尽管他们在一段时间内能为所欲为,甚至趾高气扬,但历史是无情的,尤其是在无产阶级专政时代,这些损人利己的恶劣行为,终逃不出革命人民的清算和惩罚,你在会上所接触的仅是一部分,其他地方又何尝不是如此?经历多年反复,使我更深刻明确了一个信念:那就是坚信马列主义、毛泽东思想始终要胜利。尽管有些跳梁小丑用"形而上学"或"实用主义"对马列主义、毛泽东思想进行歪曲,乃至猖狂一时,大有压倒一切之势,但是我始终坚信,他们这一套只是暂时的,人民不会被蒙蔽,历史最后会撕开他们的狰狞鬼脸,到那时,毛泽东思想的光辉光芒又复温煦地照耀我们的心田。于是历史将大踏步前进,事物将按辩证唯物主义的客观规律迅速发展。毛主席和党中央最近发出不少指示,有如一盏一盏的明灯,这使人预感到,那些跳梁小丑趾高气扬的日子不会太长了,他们的无法无天的反马克思主义的气焰也不会不遇到对抗,当然斗争不会一帆风顺,但我们坚信,毛主席的革命路线以及战无不胜的毛泽东思想一定会最后胜利!

于是我胸怀坦荡,充满信心。身体虽衰弱,但我不断工作,只要不影响健康,我不但坚持看长篇原稿,也想写点短文。

中秋将至,你们园内的桂花大概不久将馥郁飘香。

萌萌已于九月十日回农场,葵葵已决定上大学(到广东化工学院学制糖专业),已报到,明日就搬去,陶萍一切如旧。

祝你健康!

文生 九月十四日

1974年9月26日

海清兄:

维治二十三晚来,带来桂花糖、土茯苓、糯米粉、黄果头及水杨梅均收到。黄果头尚有绿色叶，估计问题不大；水杨梅已无叶，大约要浸一段时间才会发新芽。后者我未栽培过，不知有什么特点。

维治在我家吃了便饭，因有其他客人谈得并不多，他廿四日准备去佛山，说回来再来坐。

我后来写的信，可能现在已经收到。关于酸梅的事，以后如可能时，请为我培养一两株。准备种在浅盆中，所以不宜根太深、干太长。

我仍在家中休息，一次也未到机关去。黄福佑曾给我医治了半月，效果并不似他所说的那样"灵"。早晨仍气促，体质依然虚弱无力。情况既然如此，急也无用。只抱着"既来之则安之"的达观态度，现在除静心休息外无他途。最好能到各地去走走，可能对改善体质有些好处，但现在却连走动也感到吃力，奈何！

广州比较平静，不似传闻中的浙江、武汉、贵州等地那样混乱，据说有些地方两派还进行武斗。相比之下，广州的确好得多了。现在强调上层建筑（意识形态领域）的阶级斗争，这是社会发展中所不可避免的规律。在教育、文艺领域中，这种斗争更加尖锐和复杂。

葵葵本来决定上大学，因最后发现他有慢性肝炎没有去成，他现在只半日上班、半日休息。陶萍依然如旧，没有好转也没有恶化，也在家休息。散居在全国各地的老战友，近数年来逐渐减少，这是自然规律，悲伤也无用。

匆匆祝好！

萧　九月廿六日

1974年10月6日

海清兄：

三日来信收悉。维治去佛山后没有再来，可能已回鞍山①。可惜那晚另有客人在，无机会畅谈，甚以为憾。

他所带来的水杨梅及栀子，现无甚变化，旧叶已凋尽，新叶尚未绽出。根据这株栀子的样式，恐不宜在花瓶中培养，只好将它置放在一个"钵皮"里，因其根部横生。今后拟用小石覆盖，一来较为美观，再则也可以固定枝干。广州通常的所谓"水横枝"

---

① 骆维治任教于马鞍山钢铁工业学校。此处鞍山当为马鞍山之误。

者，全系由栀子栽培，由水杨梅培植的却不多见，可能因其叶不似栀子那样油亮之故。

你此次挖的酸梅，不知高度如何？六七寸左右最理想。如太高，同时枝梢如无"特异"之处，希望在新芽吐露之前，将枝梢剪短，因盆浅，太高了反不相称，不知你以为然乎？

今年广州太热，现虽已接近"寒露"，仍炎热如盛夏。即在楼上，也汗流不止。只有晚间，阳台上才有些微凉风，这时如果有张"大食懒"①，确是一种享受。你已做好，不胜感谢！托人带来时，千万将梅花村具体位置交代清楚，免得司机同志来回苦寻。

莉莉②还没有来，可能还在中山？

陶萍于九月底去茂名看她妹妹，同时在那里找个中医诊病。估计再过半月才能回穗。

我极少外出，平日除应酬来客外，只有偶尔读点非文艺的闲书。药是每日必服，但很少到医院看病。所有宿疾都依然如旧，有时重，有时轻，但无法根除。

你的胃病如何？是否好些？

坐着也流汗，不能多写，祝你身体健康并工作顺利！

萧　十月六日夜

1974年10月21日

海清兄：

十三日曾收到你的信，知道你的胃病又严重了，使人不安。不知入医院没有？这里所谓治胃病有经验者，只是蔡松涛③这类医师而已，现在看来，似不如十年前了，可能由于年纪老矣，于是诊断不准确，治病也不灵验了。

今天上午正好一个海军战士（荃荃的战友）来看我，听见楼下电铃响，他争着下楼去开门，我等了六七分钟，他才抱着一张竹床回来。只看见你的信，未看见那位司机同志。车是停在梅花村大门外，那个海军战士听说送来竹床，便即与司机同志去取。以致

---

① 大食懒，粤语，意指好吃懒做者。此处指躺椅。
② 罗莉莉，罗海清女儿。
③ 蔡松涛，广州中医师，曾在德政路开私人诊所。

未能招待司机同志,实在抱歉!请将此情况转告亚孙伯,幸乞原谅!

竹床所用之竹,很好,大概今后不会生虫。前年托人在老隆定做的两张躺椅,因用的是春竹,现已生虫,难以收拾。可惜这种竹床只宜于躺下休息,却不便于半倚半躺着看书,是美中不足。前见梅县做的一种,偶一看式样完全一样,但他们把上半幅做成活动的,可高可低,既可躺下休息,也可半躺着看书或谈话。

龙母的主副食品,虽比广州的价钱稍低,也贵得可以了。据说全省各地都差不多,比龙母还便宜的大约不多。

二十二号台风对三角洲及湛江地区的晚稻损坏得相当严重,据说甘蔗也受到极大损害。这次台风在广州也出现八九级大风,有些树木被刮倒了。我们阳台的晾衣塑料绳全部被刮断,小花盆被刮翻。凡藤质的花草均被吹折。广州尚且如此,海滨地区便可以想见。

水杨梅已开始吐露嫩芽,但大部枝丫可能干枯,栀子看来枝丫尚绿,但尚未吐露新叶。

我遵照温泉潘医生嘱咐,从广西买来三对蛤蚧,他把它看成是治哮喘的圣药,可是我服后,不仅哮喘不见减轻,血压倒高起来了,现在低压竟达到一百四十,是相当危险的。据说低压超过一百二十,就随时有脑溢血的危险,更可怕的,我对此高血压并无什么感觉,如果不量血压便一点也不知道,便照样外出活动与照样从事脑力劳动,其实,这两种活动都随时可能导致脑出血。现在只好暂停服用蛤蚧,改用复方降压素,但后者不易买到,而以前流行的降压草药如草决明(仔)、豨莶草之类,因太寒,已不适合我虚弱的体质。

有一种叫作"火炭母"的草药,对胃肠很有效。它是生长于河边草地上,蔓生,有节,茎红色,叶互生,椭圆形,叶脉紫红,上面有人字形紫斑纹。药用全草,鲜的二三两,加一两辣蓼煮水,可先试服一两次,如有效,继服三四次。我患肠炎时服用有奇效,你不妨试试。

匆匆祝好!

萧　十月廿一日

1974年11月10日

海清兄：

　　信悉。你的病如此严重，要积极治疗，如动手术，千万不要在普通卫生院。因为万一出现差错，手术后的后遗症，比动手术前的病痛更麻烦。既然张海浪①叫你来广州，你还是来吧！本来在大医院也不一定每次手术都有保证，但在负责医生指导下或亲自动手，却是保险的。如无地方住，可来我处住，寒假时我家虽然可能拥挤些，但勉强是可以住下来的。为避免风言风语，最好不要说住在我处，对任何人也不要说。对那些捕风捉影、随意歪曲的人，过去已吃过苦头，现在不能不加强提防。

　　经服药后，我的血压已趋向正常，但很不稳定，药物一停，复又上升。血压又高，影响冠心病的发展，加速冠心病恶化。近两年来死于心脏病的老战友已经不少，突然死亡的则更多。患这种病的人随时都有"突发"的可能，而医生也毫无办法。

　　听说所培植的酸梅已发幼枝，可见培植这类植物不很困难，但在此时际，千万不要触动它，稍微动摇，新芽极易枯萎。待它根部生长牢靠，然后带土挖起，移植才有把握。

　　木炭，是前年谢发旺②运来，五十多斤，且全部松软易碎，也不耐烧，所以自去年以来，再没有麻烦别人买这类东西。如果在龙母能买到耐火的杂木木炭，希望带两袋来。如果是松脆易碎的，就不必要麻烦了。如送东西时，希望司机同志把车开到门前，其实也不麻烦，因梅花村内的马路四通八达，用不着"倒车"（即把车头转过来），只绕一下就顺路出梅花村了。前次送竹床时，如不是那位青年战士去梅花村口去取来，我就毫无办法，如阿姨在家，问题不大，但我们这个保姆是常常外出的，这一点希望转告亚孙伯，并向他致谢！

　　硫酸钡在广州也不是容易买到的，前半年我记得有人因医院无硫酸钡，长期无法透视肠胃。所以，还是从现在起好好注意补养休养，到体质较好时，索性就来广州动手术。同时，你也可以与张海浪医生联系。匆匆，

祝健康！

萧　十一月十日

---

①　张海浪，龙川人，1956年毕业于湖南湘雅医学院，广州中山医学院著名脑外科专家。1982年移居香港，后任职于澳门镜湖医院。

②　谢发旺，龙川县佗城镇（公社）工作人员。

1975年1月10日

海清兄:

十一月底收到你的信,本来想即刻给你写复信的,因我患急性肠胃炎,躺了一段时间,以后又因体质虚弱,走动与用脑愈来愈感到困难。到十二月卅日,我正在给你写信,只写了个开头,机关就派车来送我到人民医院速诊室看病,我本来不想去,车既然来了,只好去看看。谁知医生一看,却要我进医院留医,时已下午五时半,便毫无准备地被送入医院。现在住院十二天,每天检查,心电图已做了两次,血也查过几次,但现在还不知道结果。我提出要求出院,可是院方没有答应,还不知要住到什么时候,现在的病症主要是哮喘与血压太高。胃口也不好,却是次要问题。

十二月卅日我写信时,原是劝你于寒假来广州动手术。昨日张海浪来医院看我,听他谈的,情况似乎与从前有所变化,他说现在动手术医院不能提供血浆,如需要输血,必要由亲朋供血,于是张医生主张你在龙川医院动手术,他已答应直接写信告诉你,并介绍你去找龙川医院所熟悉的医生。

躺在医院里十分无聊,家里每日都有人来探病。

听说龙川现在改造山坑田方面做得甚为出色,创作室有个女同志去看了一段时间,回来向我谈了些动人的情景,除外,还去了两个青年画家,可能绘了些素描回来。将来如身体好,也准备回去看看。

祝身体健康!

萧殷

一月十日夜于省人民医院东病区

1975年3月20日

海清兄:

二月廿七日来信于三月二日收到。在收到你这封信之前两三天曾寄出一信,未知收到否?

春节期间,海浪医生来过,我又将你的情况告诉他,希望他介绍你到龙川医院他所熟悉的医生处看看。最近他已接到你的回信，他力主你自费到老隆①动手术。否则，就来广州动手术，如其长期受病痛折磨，反不如自己花点钱，以绝后患。张医生认为手术极简单，但要住院三周左右，住院费一百五十元上下，其他费用不会很多。在住院之前和出院之后，可住在我家里，就好办了。现在你到龙川医院检查过没有？那里的医生有何意见？如龙川医院能开刀当然最好，如不行，希望断然来广州动手术。

我前一段身体很虚弱，常常突然发高烧，但至今未查出原因。近来，因天气转暖，略有好转，如能继续保持下去，准备到郊区走走，借此活动活动，换换空气，也许有助于恢复健康。但现在的气候还很不稳定，大部分是阴雨天，晴朗日子却不多。

荃荃已从海南复员回来，现正等待分配工作。萌萌的调动，还未落实。事情不断变化，真伤脑筋。

陶萍的病仍如旧，时好时坏，极不稳定。因此仍在家中休息，怀金最近给她来了一封信，以为她已上班，这消息不准确。以后怀金如要向《广东文艺》投稿，请直接将稿件寄给编辑部。现在对于稿件处理与从前不同：从下到上，一层一层处理，可发的稿件才送到总编室，如寄个人则很不好办。送至总编室吧，只会增加负责人的为难，送到下边吧，人会说这是寄私人的稿件而拒绝接受。而我自己一年多不看编辑部的稿件了，因为病，他们怕影响我的健康。

你说的"溃疡散"②，广州没有这种药。既然那个医生把它说得那样"灵"，你给骆维治写封信，估计他那里能买到。医肺气肿，没有特别灵验的药物，除氨茶碱、息喘灵之外，还有一种"气喘气雾剂"，当喘得厉害时，向口腔喷点药雾，可临时减轻，但对治本无什么作用。

你种的三株酸梅已发新芽，可见已无问题，将来有机会希望带来。由维治带来的黄果头日见枯干，原有的叶已凋落，希望不大了。春节做"元宵"（即汤丸）用了你送来的桂花糖，孩子们吃了都十分高兴，说要"谢谢海清叔叔"！到秋天，桂花盛开时，希望能收集一些，可用淡盐水浸着。

有空望来信，望珍重！

萧殷　三月二十日

---

① 老隆，广东龙川县城。

② 溃疡散，处方药，成分包括枳壳、沉香、炙甘草等，有消炎、收敛、生肌之功效，用于外伤。

1975年4月30日

海清兄：

　　读怀金来信，知你已于廿四日动了手术，不知现在情况如何？疼痛现象谅已停止？如剧痛继续，可能还有问题，希随时与医生商洽，设法救治。动一次手术不容易，最好能一次根治，以免后患。

　　我近日似有所好转，主要原因大约是天气逐渐转暖。湿度下降，无疑是肺气肿患者最有效的"良药"，所以哮喘减轻，行动也不那样困难了。

　　何时出院？希望告诉我！盼望趁此机会好好在山清水秀的寨角①静养一段时间，待身体较好时再来广州玩玩。来广州时有三十路公共汽车由车站直通梅花村。不似以前那样周折了。祝你早日
恢复健康！

　　　　　　　　　　　　　　　　　　　　　　　　萧殷　四月卅日

1975年5月7日

海清兄：

　　你四日中午离开老隆之前寄出的信，今日收到，知你已顺利地动了手术，切除了隐患，为你庆贺。已开刀十余天尚没有不良的反应，看来大概不会有什么变化，不过以后食欲要十分注意，胃腔已缩小，食量就不宜多，能少吃多餐最好！不易消化的食物在一两月内都不宜进口。以后估计会逐步好起来的，这是值得高兴的事！

　　待体力稍微恢复，可来广州住一段时间，前次由怀金转你一函，你可能还未读到，我曾提到由汽车总站到梅花村有三十路汽车可通。到广州总站后搭乘三十路公共汽车，到梅花村落车，十分方便，绝不会像前次回佗城时那样周折了。无论时间早晚，都有车可通。

　　荃荃已分配到广州汽车制造厂当钳工，他对新岗位还满意，只是相距太远了点。原以为有三十三路车直通，讵料距三十三路总站还有一大段路，以他步行的速度，要走四十五分钟，等于由梅花村到文德路的距离，因此只好坐火车回到火车总站，再由总站

---

①　寨角，8月21日信中又称礤角，龙川地名，罗海清家乡。

乘三十路车回梅花村。所以他每早五点多离家,晚七点半才能回来。好在年轻力壮,辛苦点倒是一种极好的锻炼。葵葵的单位在盘路,上下班骑自行车,半小时左右可到,比他的弟弟舒适得多了,不过他对他的工作(描图)不很满意,认为太单调了。萌萌仍无调动的可能,已快廿六岁了,令人焦急。

佗城那种茉莉还能找到否?广州的茉莉都是那种小花的,也不香。比起佗城的"千层茉莉"来,差得远了。如能弄到,哪怕一小株也好,只要以后能发展,小点不要紧。再有,龙川的黄糖不知能买到否?这里的片糖很差,既肮又不香,而白糖每月只半斤,怎么节省也不够用。如果农资市场无糖出售,那就算了。

现在的广州,已十余日不见太阳,每日下午还照例下一阵急雨,气候有点潮湿,不少病人都不舒服,遇到这种天气,我便感到气促,行动也感到困难。

陶萍问你好!希望你好好在家中静养,争取早日恢复健康!

握手。

文生　五月七日

再有一事,我家开了一个旁门,在靠榕树一边,有台阶上二楼,不再走大门了。怕你晚上到,摸不着门路,顺告。

1975年5月21日

海清兄:

最近来信收悉,知你出院后身体恢复很快,颇为欣慰!如体力能支持,能于本月底或下月初来广州最好!

我近来因天气已暖,身体稍有好转,当然这事只是比我身体最坏时相对的说法,比起一般健康的人来,仍然是病人。保姆已走,现在每天做饭的家务事,都要由自己承担。由荃荃、葵葵下班时带来一点蔬菜,陶萍也不能不担任买菜的任务。我只在身体较好的情况下,偶尔到菜市去走走,近两月,广州几乎每天下一场雨,有时倾盆大下,据说到本月下旬(今天刚进入下旬)广州可能有一场大洪水,西关一带可能被淹,不知确实否?东山地势较高,影响估计不大。今年东江水情如何?大概雨量也不小?

木本夜来香是什么样的?它与藤本夜来香有什么差别?是否适宜于栽于我的阳台上?只要枝干不太大就行。

龙川能否买到木耳？这东西在广州已多年不见。但你不必专门去找，遇到有卖的顺便买一点。其他有什么土产？我也想不起来。

桂林茶是上等品，大概也很贵。其实，你去年春给我两斤龙母茶就很好，味道也不错。广州茶店红茶多、绿茶少，所谓绿茶就是极贵极贵的龙井茶，且茶味甚淡，冲一次水就不能饮了。

离别佗城已十来年，乡情渐渐淡漠，印象也慢慢模糊了。估计那里也会有些变化，但别人谈得极少。

海浪只不时来一趟，他十分忙迫，常常一动手术就七八个小时，幸好他身体健康，否则真难顶得住。

陶萍一切如旧，她问你好！

匆匆，祝你早日恢复健康！余事面叙。

握手。

萧　五月廿一日

1975年8月21日

海清兄：

信悉，知你一切尚好，至慰。磜角这个环境，山清水秀，鸟语泉音，真是个理想的休养场所，如果能适当地做点体力活动，你的身体定可康复。

近日广州炎热异常，树梢不见一丝风影，空气灼热得使一切东西都滚烫，即使静坐在室内也汗流浃背，实在难受。虽这么热，但医生都劝我服用参茸，据称由于体质太虚，如不趁暑天补补元气，到秋天就难办。

这一热，却把三株水横枝烤死了，开始时嫩叶焦黄，接着连枝茎也变黑了。其他花草大都枯萎，连架上的丝瓜也干焦了……从这些，你就可猜想到今年广州酷热的程度了。

鸡心椒或米椒的种子，望给我收集一点，放入信封寄来。门闩做好后，请交高涧大队刘均新（是我的外甥，又名新苟）①，据说他可能九月来穗。

关于木本夜来香，我是晚八点去看的，气味浓，有点触鼻，你带来的那株已枯干，

---

①　刘均新，萧殷五姐的儿子。曾任龙川县劳动局局长。

待弄到花盆时，准备到王匡同志处剪几株来培养。

萌萌已于七月廿三日回穗，这次是出版社替她请的假，共四十天，主要任务是要她回来修改一篇儿童文学作品。现已改完，出版社决定把它收入儿童文学作品集子《木棉花开》①里边，月底即付印，估计十月能出版。萌萌正在写作另一篇散文，尚未写完，但关于调她工作问题现在还无头绪，前门办不成，后门又无路，实在令人心烦。

文艺界最近盛传毛主席关于活跃创作的指示，各文艺单位正在讨论，猜想今后可能逐步活跃起来。电影或小说创作估计以后会渐渐出现新的局面。我因身体不好，没有外出活动，教育方面的情况，可能也有新的做法，但正式文件未到，很难把内容告诉你，毛主席近来对文教十分注意，也谈了不少意见，看来，崭新的、朝气蓬勃的局面不久之后将出现。

骆维治的通信处是否告诉我？我准备请他买点红参。

故乡有什么新情况，望来信谈谈。陶萍问候你，并祝你
健康！

萧　八月廿一日

1975年10月8日

海清兄：

信悉，知你身体近日有些好转，甚慰！

前十天左右，因湿热服用"葶苈"之类的凉药，弄得四肢无力，全身瘫软，不思饮食，使家人发愁。盖体质虚弱，寒药已顶不住，近来服用温补药物，方始逐步好转，勿念。准备再过几天写信给维治，请他代买点红参。

鸡心椒又播了一次，这次出芽了。前几天早晨广州突然刮起十级台风，瓜棚被彻底摧毁，幸花盆抢搬入室，才得免于毁灭。梅花村十一棵大树被刮倒，市区倒树纵横，满街满巷碎玻璃，损失很大。

葛南照②兄托人带来六块"天麻"（共约二两多），说分一半给你，现将他的信转你。待有人带时再给你带去。刘均新一直未来过信，只是自盛来信时说九月间他要来广

---

① 《木棉花开》，陆笙、陶萌萌等著，广东人民出版社1976年2月版。
② 葛南照，萧殷佗城中学同学，当时在四川省邮电系统工作。

州，也不知他什么时候来。

你说的猫钩篮，我很需要，小猫又被偷走了，近来老鼠太猖狂，任何食品都难免鼠咬及蚁蛀。

匆匆祝好！

文生　十月八日

1975年11月17日

海清兄：

信悉。

我的外甥刘均新无来过信，不知他今年来不来广州，现学大寨运动这么红火，估计今年抽不出时间来。因此你托他带的门闩，今年也不可能带来了。他如果元旦或春节能来，天麻准备托他带去，这东西不好买，而我现在已暂时不服用它。留一点，只是以备万一而已。这一年来，佗城的人似乎很少来广州，也许有人来了，但我没有看见。

维治同志已回信，说最好的红参（一百元以上的）现在缺货，66元、75元一斤的可以买到。我已去信请他代买66元一斤的就行了。估计最近会有信来。

鸡心椒到现在还未播成功，第二批播种的虽然出了一些苗，但刚出几天就不见嫩叶了，初以为是蜗牛吃了，后来才弄明白，原来是麻雀啄去了。现仅留一小株，我已移入窗内，以防麻雀伤害它，但长得很慢，现还不到一市寸高。你如回碐角，希望再给我采点鸡心椒籽，以备再播。我种的那盆五彩椒在国庆前后成为我阳台上最引人注目的盆花了，同时长出五六十棵椒，红、黄、紫、青、白各色俱全，叶茂枝盛，十分好看，味很辣，可代辣椒用，你如要，下次信里装些籽给你。

我培养的水横枝，今年全坏了，开始时叶黄，接着枝亦枯了，不仅今年新培养的全枯了，连前年培养的那两株也枯了，可是别人从我这里拿去的却无恙，我怀疑是自来水药味浓，根给损伤了。那两小株千层茉莉依然如旧，未枯萎，也未长大。这里泥土太差，肥料又不够，是我阳台上的盆花日益衰败的根由。过去，市面上可买到花泥，现在这玩意儿似乎已绝迹了。

调萌萌的事，现在仍无把握。前不久，省创作室派人到湛江去招收学员，可是该农场政治处不肯放人，说现在缺少教师，不能随便外调。萌萌改的小说，出版社已决定采用，收集到一本叫《木棉花开》的儿童文学集中，大概年底将出版。最近她又写了一篇散文，她写作基础是有的，也有一定的文字水平，可就是调不出来！

陶萍于上月底搭公共汽车，因汽车急刹车，把她猛烈震倒扑地，头部、腿部都受伤了，当时就送入医院急救，现内部淤血未散，还得每日到医院去照红外线。真是多灾多难！我还是如此，时好时坏，不能外出，只有时看看旧书。

你近况如何？需要什么？望来信！

握手！

文生　十一月十七日

1976年2月×日

海清兄：

仿佛很久未通信了，我十二月廿七日入医院，一转眼，已足足过了两个月。这期间，我已记不清楚曾否给你写过信。

经过两个月的治疗，肺气肿感染已减轻，我本来打算下月转到从化温泉疗养院去休养，医生也基本上同意了，但由于近来气候转冷，肺气肿感染现象有反复，于是医生表示要待病况较稳定之后才能离开医院，这一来，大概还要在省人民医院再住一段时间。

维治已把半斤红参寄来，且已开始服用。前次维治说给你寄去一些白参（即生晒参），不知服用否？如疗效好，我也准备委托他买些来，希望将服用效果告诉我！

前一段，我与湛江市委第一副书记共住一室，他见我胃口不好，劝我服用砂仁，据说阳春县出产的砂仁最好。有一天，我与他在院内草药园圃散步，他指着一丛砂仁告诉我，我细细看了一阵，似姜叶，有点姜辣味。这东西，我曾在佗城上高涧背后及下西山等地见过，我们那里似乎有人叫它为"缩砂"。在寨角附近，一定有这种植物，取其果，服后可开胃，提气，煎时用砂仁三个、红枣五个、圆肉三个，三者煮出味后，放入一个鸡蛋（鸡蛋不要煮得太熟）。这位书记已出院，他说将寄一些来，我准备试试看。

你近况如何？身体是否好些？

广州今日又冷起来，"雨水"已过，温度表竟下降到摄氏十度，是往年所没有的，十二月九日开始的那场奇寒，是广州五六十年所罕见的，白天温度降至二三摄氏度，就是在佗城我似乎也没有遇到过。我的病忽然发作，就是由这种奇寒引起的，现在对于冷空气，不能不格外提防。

匆匆祝好！

文生　于省人民医院东病区[①]

1976年4月3日

海清兄：

出院后，在家里接到你三月廿五日来信。我今日上午到了从化温泉疗养院，住在第三疗区。一人住一间房，还算安静。这里的医生与护士的熟人多，所以生活上、医疗上比较方便。估计至少也要住到六月底才能出院。

在医院时因常服消炎片（如红霉素、四环素等），食欲大大减退，我的食量原来就很小，服消炎片后，每顿只能吃一两饭，来到从化，打算晚饭留一个馒头，准备在睡眠前吃，如无菜，就冲点炼奶加可可，或买点蜂蜜来送食，力争增加体量增强体质。

待维治将白参寄来后，即汇钱去。

陶萍问起你托人带来的党参是从哪里买的，她认为这种党参质地较好，疗效较大，我记得你去年来信中似乎说是你女儿[②]从甘肃买来的，不知我记得对否？如果方便，请你女儿代我们买一斤来，以后再汇款给她，如何？

你动手术后身体日益好转，这是令人鼓舞的消息。我也开始学着在睡觉前吃些东西，这里是有这条件的。一人一房，煎煮炒蒸都不会妨害别人。我相信，可加快入睡，又可增加体重，这两者都是我亟待解决的问题。如有效果，体质定能改善，肺气肿定能逐步减轻。

来信寄"从化、温泉疗养院、三疗区"我收。

其他情况以后再谈。因刚入院，检查较忙。虽刚离开省人民医院，来到从化却又须重查血、大、小便，又要重做心电图等，今日动得多，血压又高了，一百二——一百八，把医生吓得伸出舌头，但我毫无感觉，可能是自己已习惯了。匆匆祝一切顺利！

握手！

文生　四月三日夜

---

① 此函未署日期，根据信中内容及下函可推知写于1976年2月27日左右。

② 罗莉莉与丈夫骆士漪在甘肃省张掖甘冶地质队工作。

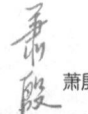

1976年6月3日

海清兄：

　　来信早收到，近来我变得懒于提笔，因上午忙于各种理疗，下午为增强抵抗力要按时下河去游泳，到了夜晚很是疲乏，躺下就懒得动弹了。我来温泉已两月，经医生精心检查与细心治疗，情况确有好转。去年底入人民医院急救时，当时病势相当险恶，经两整天输氧及一周多每日四次注射消炎剂，肺气肿感染现象才逐步减轻，但体质极差，连在床下走动都十分困难。我当时迷迷糊糊，但不少朋友及领导同志却得到危急消息，都来医院看我，大概都以为我很难度过这一关了。都愁容满面，有些年轻女孩子甚至热泪涔涔……但我很平静。过了两个月，病况逐步减轻，且依靠拐杖又能走路了。现在，比起当时来，又不知好多少倍了，医生、护士及病友们看见我的健康逐步恢复都向我祝贺，都说："你比前一阵好多了！"每个阶段都听到同样的声音，这说明病况逐渐减轻，健康逐步恢复。我自己也很高兴，也值得向老朋友告慰。估计还要在温泉住一个半月或两个月才能离开疗养院。

　　你的牙镶上没有？健康如何？望珍重！岁数老了，体质日趋衰弱，这是自然法则，甚望善自调养。

　　《水浒》①出版社给萌萌送了一部，是作为稿酬送她的。她去年写的三篇文艺作品都被采用了，两篇被收入专集出版，一篇刊于六月号《广东文艺》，但仍在五一农场教小学，因那里不肯放人，至今没法调回。

　　陶萍仍如旧，健康情况似不如去年。

　　今年天气反常，低温阴雨时间过长，庄稼受到很大影响。温泉的数千株荔枝，今春花繁叶茂，看来是个荔枝丰收年，但谁料，四月底一场暴雨，竟把荔枝蜜与今年的荔枝全摧为乌有。祝你健康！

握手。

萧殷　六月三日于从化

---

　　①　《水浒全传》（全三册），上海人民出版社出版，广东人民出版社重印，1975年12月第一次印刷，定价2.95元。

1976年10月19日

海清兄：

很久未写信了，原因很多，最主要的是在温泉把肺功能弄得更衰弱了，加上住在新楼，上午东照，下午西烤，因此下午及晚上都无法坐下来，自然更无法写信了。由于医生的无知，乱来，肺功能愈来愈弱，伸缩力越差，呼吸量越来越小。不得已，我坚决于八月底出院，现在家里休息，同时另请了一位军医院的医生来治疗。慢性病，不能心急，即药能对症，恐怕也只能逐渐见效。

回来不久，毛主席不幸逝世①。我们追随他数十年革命的人，自然万分沉痛，真不知流了多少泪水！之后，有一批野心家妄想夺权，篡改主席指示，但很快被以华国锋同志为首的党中央粉碎了②，这批十多年来无恶不作的民族败类已成了无产阶级专政的对象，这消息像春风一样，吹到哪里，哪里就一片欢腾！许多人为庆贺这一胜利而举杯畅饮。据北京来人说：北京的酒几乎被买光了，在广州虽未亲见畅饮者，人人心情舒畅却到处可见。仿佛是一块压在胸上的顽石落下了，大家都嘘了一大口闷气，畅快地露出笑容来。昨日为庆祝华国锋同志荣任党中央主席及军委主席，广州几十万人游行，百万以上的人参加会议，我因病未参加，今日报纸可能会有消息。不仅广州，昨日全国各地都庆祝游行。这是一大胜利！是关系国家前途的伟大胜利！因而，这几天，我的心情也特别好！来访的同志无不笑容满面。

你近况如何？旧病未复发吧？望注意健康！

估计今后的教育工作可能会好些，那些极左的做法大概不会继续发展下去。也可能不会很快改过来，但将来是一定要改的。

萌萌已发表了三篇作品，但她的调动问题还无头绪。葵葵去学军，已有三周未回来过。权权每星期回来一天，但也不在家。因此，只有我和陶萍两人守在家里，什么事都得靠我们自己，体衰多病，行动困难，实在难处不少。

以上是上午写的，下午韦国清③同志在中山纪念堂做报告，就是报告"除四害"的

---

① 毛泽东于1976年9月9日逝世。

② 1976年10月6日，王洪文、张春桥、江青、姚文元被捕，史称"粉碎四人帮"，又称"除四害"。

③ 韦国清（1913—1989），广西东兰人。上将军衔。解放军总政治部主任、中央军委常委。1976年任中共广东省委第一书记、广东省革命委员会主任。

问题,所谓四害就是江、王、张、姚四人,现称为"四人帮",是一批耍阴谋,妄图篡夺党、政大权的民族败类,现在已隔离审查,其中有一个历史问题很严重,是里通外国的家伙,不久会公布详细材料。

今天报告是厅局级以上干部听的,明后日将逐步往下传达。到将来,全国人民都会知道。

除掉这四害之后,党的优良作风和光荣传统将会慢慢恢复转来,像现在那帮家伙那样横行霸道的作风,必然将受到反击。

今日五千多干部听报告,每人都听得扬眉吐气,心情舒畅。

一些被这班败类压制的电影,如《海霞》①《创业》②等,这两日又在电视上出现了,一些为他们捧场的电影销声匿迹了,他们同伙人数不少,民愤大的都抓起来了,文化部、教育部的某些他们的爪牙也抓起来了。

信就写到这里吧,不要告诉别人,只让你心中有数。

祝好!

文　十月十九日晚

1976年11月26日

海清兄:

信已收到月余,近来人客特多,上下午及晚上都有人来闲谈,谈的题目不外是"四人帮"的各种罪行和奇闻,此外,每星期我也回机关一两趟,或看文件,或开会。两星期还得抽一天到"一五七"军医院③去看一次病。这一来,事情仿佛比以前增加了。现在年纪一老,做什么事都不似从前那样利索。写信也是这样,桌子乱七八糟,仿佛不是从事写作的人的桌面,有同志看见我这桌面,竟慨叹起来:"'四人帮'把一些善于写作的人,打击得连写作习惯也没有了,写作环境也破坏了!"一天只能给朋友写一封信,不像从前那样一提笔就连写几封信了。所以有些来信压很久才复,原因就在这里。

你说的罗其风同志至今没有来过,他在哪个单位工作?是否常住广州?

---

① 《海霞》,北京电影制片厂出品,改编自小说《海岛女民兵》。1975年8月上映。
② 《创业》,长春电影制片厂拍摄,于彦夫执导,1974年上映。
③ 解放军第一五七中心医院,位于广州市沙河梅花园。

我准备明日就给维治写封信去。据郑真说，韶关有个单位希望他回来工作，不知落实到何种程度？郑真说想趁机到韶关去活动一番，希望能活动出一个结果来。我去信的目的是请他代买半斤红参（如白参质量好，也望买半斤白参）。

据说谢发旺于十二月份可能来一趟广州，桂花糖可托他带来。这种东西在广州绝对不能搞到的，所以十分珍贵。

阿彬的事，我早已劝其独立自主，既廿五六岁，还依靠别人生活，怎么行呢？我们于"文革"后收入减少三分之一，而东西又涨了价，每月收入仅够维持一家支出，许多药品都要自费，经济就更加紧张。这种困难情况说给他听，他也不听的，以为这是假话；第二，我们都到了六十以上，疾病又多，不少同志上星期还看见，这星期忽然开追悼会了。特别是患心脏病的，患血液病的，就更是时刻处在死亡线上。随时都可以"去见马克思"的。估计我不可能再活几年，如他依靠，当我一死，他依靠谁呢？我的几个外甥都靠自己，都生活得不错，还盖起房屋。至于他结婚，我不管，我们自己结婚，生孩子从未请人吃过饭，更无什么排场可讲。他向我一开口就要一百元，真是莫名其妙！也许他以为我的钱很多吧，其实他完全想错了，我们现在的事已经够多了，哪有精神来管这些闲事！

最近传来一首叶剑英同志写的《悼念周总理》，写得很有感情，我们这些南征北战、出生入死的老将领比"四人帮"派到文化部霸占着……①

伟人长睡，巨星中天坠。哀乐低回，灵车百里众相随。云葬铅灰，天路迤逶，不见总理归。足顿胸搥，肝裂心碎泪纷飞。建党勋奇著，创军功殊伟。二万五千里，征伐披甲盔，破重围。重庆不惧临危，陕北大军指挥，荡涤污秽。大河上下尽朝晖！万隆大会立新规，赴苏斗修魁，针锋相对，真理高奏凯歌曰：斥刘林魅鬼，江山色不褪！反霸连五洲，驱蒋复席位，五洲震神威（一说"八亿振风威"）。运筹帷幄端平一碗水，安定团结国生辉。不知劳累，谈笑谐诙，献毕生精力，鞠躬尽瘁，青史永垂！三拜长跪，心往神追，痛忆教诲，学品德高贵，奋臂遗志遂。

——叶剑英：悼念周总理

陶萍问你好！祝

健康！

萧殷　十一月廿六日

---

① 此处疑有缺失。

1977年1月15日

清兄：

一月二日收到你寄来的党参，质量不错，我们十分感谢你！

为什么一直未写信给你？主要是由于天气：从十二月下旬以来，气温一直下降，气温一低，我就咳嗽加剧，痰增加，哮喘气促，十分难受。前年、去年，就因发病而进医院过元旦的，今年为争取在家中过年，防止肺气肿感染，用尽了各种方法，除不外出之外，室内生了个炉子，增加室内温度，但还止不住哮喘，最后不得已，只好躺着不起床，虽然很难受，但肺气肿没有发生感染，因而避免了进医院，算是万幸！今年冷的时间特别长（据说北京今年也特别冷），至今已阴冷了二十来天还没有转晴的征候。但气象局一位同志刚来说：大寒（二十日）过后将转暖了，但愿如此。

因为老躺在床上，一切行动都不方便，更不能起来写信。因为，书桌上的来信越堆越多，只有等天晴后才能伸出手来处理了。

"四人帮"被逮捕后，文艺界人心大快，通过电视，这个星期来，北京每晚都有文艺晚会，是悼念周总理的。许多被压了十年的节目又出现了，这类节目将一天天多起来。还有一些老人（诗人、作家）也以新的面貌出现在群众之中。他们的新作品受到欢迎。……这说明情况一天天好转，被压制的力量重又得到解放。

我受到多方的怂恿与鼓励，决定也拿起笔来，前年就打算写一部《创作论》（三十多万字），后见"四人帮"胡作非为，称王称霸感到气候不对头，只好把写作计划收起，免得又被抓住辫子。现在，"四害"已除，应该是我们为人民贡献力量的时候，趁这有限的晚年，争取时间把《创作论》写出来，是最大的心愿，也是众多读者青年所期望的。这部稿是一段段、一小篇一小篇的，可独立发表，打算写一节就发表一节，准备最初只在《广东文艺》《广州文艺》发表。以后扩而广之，到明年也许拿一部分到北京的刊物去发表。待全部写完（也许七九年下半年），才考虑整理出书。因而现在编辑同志不断来催稿，都希望在今年第一期刊物发表我的文章。但由于天气，我连信也没有写，哪里能写文章？希望快点天晴，我也很想尽快动笔。

骆维治已将红、白参寄来。红参很不错，但这种白参，原叫白糖参，是抽过原汁的参渣，用白糖水煮过的，这是一位"老北京"说的，认为这种参的作用极微。我想买白参，原是想买生晒参，据说生晒参是不蒸不煮，不抽水，功力很大，比红参还好，但现在东北也不易买到这类生晒参了。我入冬以来，几乎全靠一些补药维持，体质差，一切都不如过去了。

怀金曾来过一封问候信，我不回信了，见他时，可顺便将近况转告他。他在思想上进步迟缓，因而在文学上也无什么进展，许多像他于六十年代写作的青年都逐步成熟了。

陶萍问候你好！匆祝

健康！

萧　一月十五日梅花村

1977年2月8日

海清兄：

近况如何？好久未读来信了。我近来又因天寒，差一点又被送入医院。因为天气一变，肺气肿就易受感染，一感染，病势就严重，到了这个时刻，你不愿意也不行，非得送进医院不可；一到医院（门诊部），医生就更坚决了，前年，去年元旦前的情况就是如此。所以此次看见气候转冷，即刻十分留意，除在室内增加一个炉子外，有时竟整日卧床不起，这样算把元旦混过去了，但未料到，在立春快到之时，竟会突然严寒起来。在这之前，大约有一个星期比较和暖，我趁这点时间匆促给《广东文艺》《广州文艺》各写了一篇短文，正打算给北京《人民文学》写篇文章的时候，天气变了，因此，我只能在炉前静坐不动。

今天收到莉莉寄来的一包北芪，半月前收到一包党参，药品虽不是最好的，但还可以服用，在广州根本无法买到。最近，别人介绍我服用"猫肺炖罗汉果"，说是减轻肺部闷塞现象，服后亟须接服党参、北芪汤，每日当茶饮。莉莉寄来这些药，正应我急需，非常感激。曾去信希望把药价告诉我们，因今后须长期服用，不是短时期的。另外，我写信问莉莉，甘肃现在能否买到"枸杞子"。这味药也是我常需的。

陶萍每周回机关几次，因心脏病无法按时上班。萌萌仍在农场未归，原说要回来过春节，但现在似乎又有变动。葵葵到雷州一家糖厂去"开门办学"，已一月余，春节可能回来。荃荃（现改为权权）准备三月初到广东工学院机械系汽车专业学习，是他厂力推他去的，今后的大学可能学到一些东西吧？

"四人帮"被打倒后，大家高兴一阵，可是现在似乎有点沉闷起来，大家也弄不清楚是什么道理。总的看来,一切都会渐渐好转。"四人帮"称王称霸的时间太长,其影响甚深,不是一朝一夕所能肃清的,需要时间,需要工作,甚至也需要斗争。

你近况怎样?病未复发吧?

趁今日家里安静写了这封信,希望注意身体,注意健康!

萧殷　二月八日

1977年2月26日

海清兄:

今天收到你寄来的党参,像这样的党参在广州是不易买到的,这里的人服用这类药的太多了,药店一摆出,一两天内就抢购一空。加上莉莉寄来的党参,一两个月内大概够用了。以后需要时再麻烦莉莉和士漪。在春节前,陶萍曾打算给他们买两三斤广东水果糖寄去,可是完全没有料到,春节前什么也买不到,饼干和糖果完全绝迹,后来从内部了解到的情况,原来今年从港澳回来过春节的有三十万人左右,十二万人过境,十八万人在广州度春节,为防止外流,节前根本不出卖,到春节才放出一些,但质量极差。从去年开始,糖便紧张,外省半年只供应几两糖,有的根本不供应,这一来,质与量都差了。以后如遇到较好的水果糖,打算买点寄给他们,广东人离开家乡吃不到糖,其滋味我是尝过的。

我于春节前,一连服了五次猫肺炖罗汉果,当时疗效显著,痰少了气顺了,行动也轻松了。可是只服五次,还没有断根,一时又找不到猫肺。所以不久痰又多起来。现在我到处找人设法找猫肺,如能再找十来个,而且连续服用,效果一定更好,这增加了我的信心。现在虽还有些痰,气也有点促,可精神好得多了。春节前后我曾在匆促中给《广东文艺》《广州文艺》写了三篇短文,三月号四月号发表,是谈创作问题的。其他报刊也来催稿,可是一时无法应付。天暖和了,今后可能会好些,我打算继续写下去,计划写一部三十多万字的《创作论》,《广东文艺》发表的就是那本书的片段。这些情况大家听了都很高兴。

你的桂花糖(糖占95%,只很少的桂花)和一塑料袋虾米,由刘南焕带来,勿念。看广告,佗城木偶剧团在文化公园演出,但他们没有来我这里。

你每日流鼻血一次,应注意。过去我听说团栀子(黄果)根一、二两,水煎服,是专治鼻衄的，你不妨试试，大概不会有什么副作用。

萌萌未回来过春节，据说三月初可能调回来，还不知可靠否？

陶萍问你好，并祝你健康！

殷　二月廿六日

1977年4月14日

海清兄：

好久未写信了，你近来情况如何？春节前，我服了几个猫肺炖罗汉果，除了痰，人顿时轻松得多，但半月后，痰又恢复，经研究后始知用量不够，对我这个肺气肿大约至少要连续服用十五个猫肺，才可能把肺功能的常态恢复过来。但猫肺很不易找，冬天还好，入春以后，劏猫的就越来越少了。现仍托人到处设法，有时找不到也拿点兔肺来代替，但作用不如猫肺显著。

由于报刊不断来催索，自二月下旬以来，不得不拿起笔来，到现在已写了五篇，三篇是给《广东文艺》的，分别刊于三月、四月、五月号上。一篇给北京《人民文学》的，另一篇是杂文，在《广州文艺》发表，但报纸的一篇也未落实，虽常来催，但有心无力！

三月中旬陶萍给莉莉寄去三斤糖果，不知收到否？现在还未接到她的来信。三月下旬，莉莉寄来的党参、北芪已收到，并且即刻给她复了信。勿念！

萌萌于三月底调回广州，是由中专招回来的。据说去师范学习，真是莫名其妙！但能回来就好，下去八年半，回来还读中专，不知有人考虑过这样培养人才是否会有成效？

现在，我们家到星期日，全家五口人都齐全了。这是六八年以来所未有的盛况。葵葵、权权到高要县去参加抗旱劳动，前日才回来。据说农村今年的苍蝇特别多，每个下去劳动的人都拉肚子。高要县这样，清远也是这样。龙川据说没有这么多苍蝇。广州的苍蝇比去年多得多了。这是"四人帮"破坏的必然结果；现在全国性的卫生运动将开始。最近听了"中央工作会议"的传达，以后一切都会逐步好起来的，毛主席的革命路线将顺利贯彻执行，前途一片光明。邓小平同志一定会出来，只是时间而已①。看来，

---

① 1977年7月17日，中共十届三中全会通过《关于恢复邓小平同志职务的决议》，恢复其政治局常委、中共中央副主席、中央军委副主席、国务院副总理等职务。

时间也不会等得太长。教育工作也逐步回到轨道，听说以后大学招生除从工农兵招收外，也直接从高中招收，都要经过考试①。

陶萍问你好！祝健康！

萧　四月十四日

1977年5月25日

海清兄：

又一个多月未写信了，这段时间身体倒还平稳，没有患病，只是常常要外出参加一些会议。近来，大家要我抓《广东文艺》的理论评论稿件。除开会外，审阅来稿的时间比前增加了。这个月我差不多未写什么文章，六月号《广东文艺》我就没有供稿。今天下午写了一篇《人物和故事》，也是《创作论》的片断，准备在七月号《广东文艺》发表②。几乎有五六个刊物来催文章，由于身体衰弱，只能勉强应付一部分。其余部分只好婉言谢绝！

第三、第四期《广东文艺》已于前数日寄给莉莉，因第三期前一阵买不到，故这一次是两本合寄的，谅她不久可以看到。其余两本，我已寄给天津及上海两个战友，没有多余的了，你可看可不看。

去年曾托人买来一些凉粉草，"文化大革命"之前，我曾做过凉粉，现在，连用多少粉、多少草、多少碱，都全忘了。是否请你打听一下，凉粉如何做？草、粉（米粉？还是面粉）、碱的分量各多少？望来信告诉我！

去年下种的"鸡心椒"，现在已长到一尺高左右，但还未开花？不知正常否？种鸡心椒要注意些什么？

近来，每日都下雨，插秧之前却长期干旱，现插秧时节已过，却天天下雨不止，真令人徒唤奈何！

萌萌已回来，现尚未确定念书还是工作。陶萍一切尚好，她问候你并祝你健康！

匆匆

---

① 1977年9月，教育部在北京召开全国高等学校招生工作会议，决定恢复停止十余年的全国高等院校招生考试，以统一考试、择优录取方式选拔人才上大学。

② 萧殷《人物和故事——〈创作论〉片断》，发表于《广东文艺》1977年5月号。

握手。

萧殷　五月廿五日晚

1977年7月30日

海清兄：

　　快两个月未给你写信了，你大概已放假？本来前数天曾打算寄一本杂文集《抽剑集》①给你，是讽刺"四人帮"的辛辣杂文，广东人民出版社出版，我已包好，且已贴上邮票，但临时一想，你可能已回佗城，书寄到学校怕你收不到，所以未投寄，现仍搁在桌上。这本书，一出版就被抢购一空，大概很多人很久都未读到讽刺性杂文了。又想寄到佗城农林中学，但怕因放暑假而被人拿走。

　　这两个月，我一篇东西也未写，原因是琐事太多，来人太多。白天的时间都在谈话中消耗了，入夜，蚊子多得很。今年，屋边建筑高楼，工地储水池大量繁殖蚊虫，梅花村被弄得污秽不堪。在榕树旁前后耸起两座高楼，一座八层，一座六层，将西面的太阳遮去。夏天倒免去西晒，但冬天，一到下午四点钟，太阳就被遮住了。由于蚊子多，连白天也很难静坐下来，因此写东西的可能反而越来越少了，虽然好几家报刊都来催稿，但无法对付。

　　三中全会②公报一传到广州，全市立即鞭炮齐鸣，比什么春节都欢腾！邓小平副总理出来了，大家都在电视上看见他，有人说他瘦了，有人说他年轻了。经几个晚上看电视，才看清楚。他并没有瘦，而是显得更精明、更健壮了、更结实了。大家都十分高兴，认为中国有希望了。

　　六月底—七月初开了一次全省创作会议，据说八月间还要继续开③。上一次只有八九十人参加，下次可能扩充到数百人，各界可能都有代表来。七月初我在会上做了一次发言，下一次大概还要讲点什么。

　　鸡心椒原来开了很多花，后来叶子有点不正常，似有小虫，只结了五个辣椒，现在

---

①　《抽剑集》，秦牧等著，广东人民出版社1977年6月版。

②　三中全会，指中共十届三中全会。1977年7月召开，通过《关于恢复邓小平同志职务的决议》。

③　1977年9月23日，广东省文艺创作会议在东方宾馆召开，标志着广东省文联正式恢复活动。

有三个快变红了，可是其余的枝叶总不正常，不知什么原因。种子已有了，到秋天，准备再播种。

你身体很好，我听别人也这样反映，这是值得庆贺的！我还是那样瘦，主要是不吸收营养。但精神还可以，勿念！

今年广州热得特别早，也热得出奇，虽然寒暑表只升到36摄氏度，但却使人流汗不止，竟有两个晚上热得无法睡眠，这是我在广州从来未遇见过的炎热。近来虽然有点雨，但闷热异常。据说除佛山地区增产一亿斤之外，其他地区的粮食都减产。龙川情况如何？粮食如减产，将影响人民生活，这是使人担心的。

葵葵、荃荃两人在大学念书，下星期将放暑假，今年萌萌也在家，全家五口都齐了！这是一九六八年以后少有的团聚！

陶萍的身体比去年稍好，她每早都到烈士陵园去运动，家里或外面许多事都靠她主持，而我因常气促，行动不便，极少外出。

陶萍问你好！匆匆祝健康！

握手！

萧殷　七月卅日

现决定将《抽剑集》寄到横街生产队罗怀金转你，今日寄出！

1978年1月20日

海清兄：

来信收悉，我最近较忙，会议很多，还要写稿，尤其浪费时间的是来人多，每日上、下午都来人不断，陶萍在门口贴了几次"启事"：请同志们下午来，因上午需要工作，但没有用处，来人到了门口，哪能不按电铃？这样弄得疲于奔命，成天都忙于应酬。于是，不仅文章写得少了，连一些该回复的信，也抽不出时间来处理。

文联及作协恢复活动后，我们更忙了，会议也多起来。最近，我们讨论了形象思维问题，报纸也希望发表这方面的文章，我已分别给《南方日报》及《广州日报》各写一篇，《广州日报》昨日已发，《南方日报》也许星期天发表。

前次腊了十斤腊肉，还有五六斤粉丝，钱大概不够吧？还需要多少钱？望来信说一声。如现在还没有腊猪肉，就不要腊了！因为钟永华[①]同志在武汉给我腊了一些猪

---

① 钟永华（1940—　），笔名柳鸣，广东龙川人。武汉军区政治部文工团创作员、专业作家。

肉，可能春节以后托人带来。立春以后，天气日暖，而且是雨季，腊肉不能久放，腊多了，也吃不完。但如果你已经腊了，那就托人带来吧！但用了多少钱，望一定告诉我，以后打算汇给你。

郑真前两日来信，说他可能于春节期间带两个孩子回佗城去住几日，不知能否成行，恐怕到月底才能确定。

罗莉莉要我们买陈毅同志的诗集①，已寄去很久，但未接来信。我每寄书，她都未来信，收到了没有？令人惦念！她也可能收到了，大概以为她收到了就无事，但她不知道现在寄东西常常丢失。

你写来的佗城灵岩的通信地址，因未即刻抄起，现竟找不到，希望下次来信再写来。回佗中的事有无头绪？念念！

我正在校阅《习艺录》校样，春节后可能就出版。匆匆祝健康！

陶萍祝你好！握手。

萧殷　一月廿日

1978年9月20日

海清兄：

好久未写信了，除了病痛折磨之外，杂事又纠缠不已。虽然有时也静坐一阵，可是心乱如麻，想到许许多多的事都等着去做，可是因为太多，反而无从下手，结果总是做不完，而第二天又来了一大堆……于是，待办的事越堆越多，可又没完没了。加上有时病上十天半月，这种情况就愈来愈严重。

在这种生活中，不仅不能写什么东西，连信也抽不出时间来处理。

九月上旬广州文联召开创作座谈会，邀我和陶萍参加，去西樵山②住了一段时间，十六日下午才回来，因此徐日进老师未晤面，带来的麦乳精、奶粉、花生仁等均收到，勿念！

---

① 《陈毅诗词选集》，人民文学出版社1977年4月第一版。

② 西樵山，位于南海县（今佛山市南海区）西南部，广东名山，景区风光旖旎，号称有七十二奇峰三十六奇洞，又有众多历史人文景观。

本来以为你暑假要去马鞍山①的,不去也好,今夏长江流域热得出奇,是四十多年所未有,南京、上海都热死了不少老人。仅在上海医院里就热死了很多老年病人,是以前少有的。你如果在那时经沪、宁也是够受的!幸好没有去!

肺气肿不见好,且容易感冒,也最怕感冒,一感冒就会引起肺气肿感染……每到这地步,就非进医院不可了。这次在西樵也两次感冒,幸被急救,才免于感染,勉强完成了任务……给到会的同志们谈了三小时的创作问题,没有辜负大伙的期望,幸甚!

习书记②于七月—八月初曾到汕头、梅县、惠阳地区了解情况,也曾到龙川。龙川留给他的印象最坏,他说:"全县没看见一辆手摇拖拉机,在全省是少见的。禾苗生长情况,农村建设情况,也是很不像样的……"据《南方日报》负责同志说,报社收到大量反映龙川问题的来信,他们准备整理上报……上述情况只能听听,不必外传。

陶萍问你好!

握手。

文生　九月廿日

1978年9月30日

海清兄:

前晚结束了省文艺创作会议,昨日一早才回梅花村来。会议八天,大家都弄得十分疲乏,日夜的日程都排得满满的,连一点空隙都没有,因此,全省的作者虽然大部分来参加会议,但个别接触谈心的机会却极少,龙川的代表五人曾来找过,但只草草谈了一阵。我在会议发了言,这是按省委指定的题目讲的。最后吴南生做了总结,大家都很满意:今后开放的书籍(老作家的书)和电影可能会逐渐多起来,我们过去出版的书,很有可能重新改编出版;另外,文联和作家协会等组织将恢复,稿费也可能慢慢恢复;……这都是好消息,今后文艺状况可能慢慢好转。

回来后读到你的来信,知道你托陈业训③同志带来四只鸡,十分感谢!近来广州的

---

① 马鞍山,在安徽省东部,毗邻南京。罗海清欲往探访老友骆维治。

② 习书记,指习仲勋(1913—2002),陕西富平人。时任广东省委第一书记。1978年7—8月先后考察惠阳、梅县、汕头地区21个县。

③ 即陈业驯,罗海清连襟,龙川县商业局干部。

副食品愈来愈紧张了，最近连农资市场也不能买到东西，这种市面仍被禁止，看见卖鸡鸭就抓，不知为什么？等陈同志来时，我们一定热情接待他，但不知他何时来广州。到天冷时，请你设法请陈业训同志为我们腊十斤、八斤腊猪肉，用点烧酒和酱油就能腊好，并不麻烦，如他无时间，你是否可动手？去年别人从北京带来腊肉十斤，节省地吃了一个冬天，今年无人去北京，只有依靠你了！有困难没有？望告诉我！待到"冬至"前后再动手还不迟，不要急！有些司机很难说话，托带东西时，要托可靠的、老实的司机同志，并麻烦带到梅花村来，因为我们这里无别人到市内去取东西。

碌角环境如此优美，确使人向往！梅花村年来大兴土木，吵闹异常，在我们旁边已耸起两座大楼，一个六层，一个八层，工地蓄水池长期不换水，蚊虫繁殖迅速，因之，室内日夜不得安宁，城市生活越来越令人烦恼。奈何！将来有可能时，真想回来静养一段时间。

陶萍问候你！祝你健康！

殷　九月卅日

1979年1月2日

海清兄：

准备托阿娥带一点"比目鱼"给你，这是一个解放军送来的，市面上不易买到。去年我到珠海时曾买过一点，可切成薄片，煎或炸都可以，煎到松脆就很香，是一种珍贵的咸鱼。如喜欢吃，以后还可以设法去买。另一包墨鱼、一包鱼仔。墨鱼可煲排骨花生汤。

南丰县在江西，该县产桔，名叫南丰桔，很小，样子很普通，但很甜。前次葵葵出差，带回两三斤，现将桔核留下来，请播种一些！佗城气候接近江西，估计一定能种好！先播一些桔苗，然后再分种。这种桔子于一九五〇年曾出现于北京市面，人们看见它那样子，连问都没人问，可是等尝到甜头后，只一摆出立刻就抢购一空。以后"南丰桔"很有名，销路也很好。

另外准备送给你一本月历，如秀娥带不去，打算再托谢发旺同志带去，事多怕忘记了，先写好这封信。

萧殷　一月二日

1979年3月10日

海清兄：

　　来信收悉。这半年来忙得不可开交，加上有时患病，所以不仅写文章的时间少了，连写信的时间也通通被挤掉。我不时想到你，但是却没有时间写信。

　　十二月召开了广东省文学创作座谈会①，周扬、夏衍、林默涵、张光年、李季、韦君宜都应邀参加，会议开得很成功，对全国都有影响。周扬的发言《人民日报》已刊出②，还要在《作品》登载，林默涵同志的发言，第四期《作品》也要发表。一月份，我为了赶紧给上海文艺出版社改编一本《谈写作》（共二十余万字），躲到二沙头的体委招待所住了半个月，陶萍陪我一起去，在生活上她可以帮助我。因为在家里成日都来人不断，根本无法写什么东西。平日在家工作，因来人不断中辍，所以做得很慢，有些事甚至做不下去。去年九月间，我偷空把一本《谈生活、艺术和和真实》改编了，也是二十万字左右，已交北京人民文学出版社。这两本书，大约于今年下半年才能出版③。

　　看见刘士魁、徐阳春、骆开源、李永川诸长者请代问好！我也很惦念他们，一些地区的"土政策"确是害人不浅，以后大概不会这样了。我们文艺界的各种怪现象也不少，但我们在刊物上，报纸上进行斗争。你不斗他，他就斗你，所以我们文艺界绝不放松这条战线的斗争。《作品》上一些杂文，正是对此而发的。看党中央的形势，情况越来越好，当然不是没有困难，总的是向好的方向发展。

　　龙川在这十余年被翟成民④之流破坏得太严重了，据说他现在任潼湖农场党委书记，他如不彻底转变立场，将来够他受的，他不要以为离开了龙川就逃脱了罪责。欠了债总是要还的，现在他自己不清算，将来人民是要跟他算总账的。这也是历史规律。

　　调回佗中的事，你看有没有把握；如果实在需要我帮忙，我可以直接给黄儒林⑤同志写封信。

---

①　1978年12月5日至16日，广东省文学创作座谈会在广州胜利宾馆召开。

②　周扬讲话题目为《关于社会主义新时期文学艺术问题》，发表于1979年2月23日、24日《人民日报》。

③　《论生活、艺术与真实》于1980年2月由人民文学出版社出版；《谈写作》后改由湖南人民出版社于1980年6月出版。参见萧殷1980年6月18日往函。

④　翟成民，龙川县委书记，惠阳地区公路局局长。

⑤　黄儒林，曾任龙川县法院院长、龙川中学校长、龙川县人大常委会副主任。

你在佗城的屋基被人强占,将来佗城大队应负责解决。强占者应退回,如他本人有困难,大队应负责解决。这是关系政策问题。即使大队无力解决,公社也应出面。不过,趁此时机,你最好先将问题提出来,否则,时过境迁,将来他们反而说你没有提出来。你现在提出来,肯定不可能很快解决的。这若干年,平平白白给家家户户(在城市也一样)增添了不少的麻烦和困难,人们都有怨言,但为了国家,为了全体人民,大家都能顾全大局。但是党中央却抓得很紧,各种错案、冤案、假案的平反,正体现了中央的这种精神。

等广梅铁路通车后,我才可能考虑回龙川"去看一看"的事。现在一来事忙,二来有病,三来乡情淡薄(这主要是由于翟成民之流破坏的结果),暂时还不可能有这样的计划。

佗城原来是一个花城,尤其是民间有育花的习惯。现在快绝种了,可叹!但如有人注意这方面的培育与恢复工作,还是有希望的。近年来,广州各种花的品种也大大减少,过去许多有名的花,连花市也看不见了。其原因是同样的,都是"左"倾思潮的结果。

陶萍问你好!匆匆

握手。

萧殷　三月十日

1979年7月9日

海清兄:

六月十五日来信,最近才读到,因我去新会住了一个多月,原是去参加创作会议①的,但后来病倒了,那里领导人非常关心,一定请老中医给我治病,那里的中医院办得极好,老医生也多,他们精心给我诊病并治疗,很有疗效。原定七月中北京要开全国文代大会,故七月初不得不赶回来,谁知文代会又延期,一说九月开,一说十月以后开。

自五月中旬以来,我一直忙乱不堪,那时参加省委常委扩大会议,到下旬为《作品》编务忙了一周,接着又到新会去,现在仍然忙乱得很,不但负担着《作品》杂志,而作家协会的全副担子都压在我肩上,来人多,会议多,待审的文件多,还有编辑业务……几乎整日都无空暇。特别是近几天,气温很高,坐着也流汗,连写字也感到困难。

---

① 1979年5月,广东省作协在新会圭峰山举行创作会议。

今天，我决心给黄儒林同志写封信，对于调佗中事请他帮帮忙，大概不会置之不理吧？

你们放了暑假没有？三四月间，士魁①兄曾来过，后来听说他病了，六月因我去新会，便无消息，现在不知他回佗城否？

见到怀金时，请他不要将我的住址随便告诉他人。外人找到机关来问住址，守门人都拒绝回答的。这增加了很多麻烦。

陶萍问你好！专颂

暑安！

文生　七月九日

1979年8月31日

海清兄：

我六月在新会住了一个月，八月又到顺德大良去开了一个文艺界的座谈会，会议消息《南方日报》已发表，谅你已看见？

见谢发旺同志，据他说，你已正式调回佗中。我想这次的消息可能是可靠的，我确实给儒林同志写了一封恳切的信。

七月间接士䴡、阳春②两兄来信，因来信只写梅花村，未写门牌，故在邮局耽搁了两天，同时他们未写出通信地址，使我无法给他们回信。今日又收到士䴡兄来信，说阳春兄继续在佗中任教，而士䴡兄却落得个"残生日日闲"的结果，实在令人难过！龙川的教育事业落后到如此地步，难道当局者连一点"复苏"的想法都没有吗？刘来信中曾问我与海浪、其初有无致函公社及佗中。我自去大良后并未与海浪联系，更未联名致函佗中。此种"传说"不知来自何处，应加以警惕！——请将以上情况转告士䴡、阳春两兄。

四月以来，文艺界的斗争激烈，这是中国政治形势的反映。我于月中曾给《文艺报》撰文一篇，大约九月才能与读者见面，本月十七日在《广州日报》发的短文，见到否，这都是参战的文章。十月初，我大约要到北京参加第四次"全国文代会"。顺告。

---

① 士魁，指刘士䴡。参见刘士䴡来函。

② 徐阳春，萧殷同学。参见徐阳春来函。

匆匆祝好!

握手。

萧殷　八月卅一日

1980年1月26日

海清兄:

　　廿二日来信,今日我在医院读到。到北京的第五天①,因气候不习惯就卧病了,一因年老了,体质虚弱,再不适应北京那种严寒的天气,二是长期住在温暖的南方,一旦到了北京,自然很不习惯。病后被送入医院,注射了大量"红霉素"和葡萄糖,医生们最怕转成肺炎,虽防止住了,但因"红霉素"太多,却把胃口搞坏了,不仅在北京不能吃什么,即十七日飞回广州后,也不思饮食。由于体质太弱,便一直卧病在床,到十二月二日,忽然又发高烧,遂又被送进省人民医院东病区。至今已住院近两月,除退烧外,痰喘与胃口依然如旧。现在每餐只能吃一个小馒头,连一两饭都吃不下。进院时是三十八公斤,现在依然是三十八公斤,你可想象我是多么单薄了!

　　你所谈的那些不愉快的情况,恐怕不只是一人一事,这种作风现在还存在,可见"四人帮"流毒之深。这两天广州传达了邓小平同志的讲话,特别强调党的传统作风。无论是哪个阶层,正风和邪气的斗争都继续着,党中央强调:这类人如总不改,不久将来可能遭到"整顿"。到那时,那些人大概会尝到"滋味"的。党不会让这些家伙胡作非为下去!

　　黄儒林同志、张继元②同志请代问好!前周我给继元同志补寄了一本《习艺录》,他大概收到了吧?

　　自去年下半年起,我努力卸去《作品》主编的职务,其实八月起我已不看稿了。直到最近,组织上才算批准,这算卸了一个大包袱③。今后我可能有更多的时间写文章了。暨大、中大还兼着教授职,事情也不会少。匆匆祝好!

萧殷　一月廿六日

---

①　萧殷于1979年10月28日抵达北京,参加中国文学艺术工作者第四次全国代表大会。

②　张继元,曾任老隆(龙川)师范学校校长兼佗城中学校长。

③　秦牧1980年1月起接任《作品》主编。

1980年6月18日

海清兄：

五月十八日来信早收到，今日已经是六月十八日，整整过了一个月了，大概快放暑假吧？广州热得厉害，每日摄氏32度，是体质变了呢？还是干燥得难受？每天坐在家里，都感到气促难受。肺气肿的病，自去年到北京患病后，一直没有全好过，北京医院说我已发展到"肺心病"，由于肺的负担重，心脏受到很大威胁，于是心脏也受到损害。现在已明显感到，比起去年来，气促的现象更经常了。稍微活动一下，便感觉受不了。在省人民医院期间，每顿勉强才吃一两饭，体重只有三十八公斤。到新会后，我改吃鸡脚、猪蹄、鹅掌代替猪肉，饭量已由一两上升到一两多，以至二两，体重增加到四十公斤，所以仍然很瘦。老朋友重逢，无不惊叹我消瘦的。为此，陶萍费尽了心思，但毫无办法。

《作品》主编的职务，我已推掉，现由秦牧接管。只有时必要的会议去参加外，一般情况我极少外出，可是从全国各地来的编辑、客人等还是不少，几乎每日都有一两批。来约稿的很多，但由于写稿的精力与时间减少了，能满足他们需要的却很少很少。但来的很多，总得应付一下，所以有时也写点短稿。可是我从来未像现在那样痛切地感到"有心无力"，也从未感到对"无力"会如此痛苦！

你经常头痛，希望认真检查病因。你来广州后，曾一度有好转，我们都为你高兴，谁知不到两年，身体又急剧衰退下来？放暑假后希望把可放下的事都放下，尽量安排一个宁静的环境！两度为房屋事，使你在精神上和物质上的负担太大了。对周围一些不如意的事和人，暂时最好不理会它们，如对"一个奇怪的××"，让它猖獗去吧，有一天，它会受到应有的报应的。

两个大学（中山和暨大）都兼有职务，只去讲过几次学术问题，平常根本不可能去。最近，他们又希望我去谈谈，看七月初有无可能。

陶萍于本月十三日带葵葵去北京了。她离北京已二十年，回去一方面看看姥姥，一方面也去探望一些老朋友。葵葵在工学院化学系制糖专业毕业后，分配在糖纸公司工作，这次到北京，是为了工作出差，也顺便探望亲戚。大约七月上旬母子才会归来。

七月间，我的《谈写作》将出版，是湖南人民出版社出的，都是根据过去的几本旧集子重编的，出版后，将寄你一本。在龙川除你和继元同志以及图书馆叶送青①同志外，没有寄别人。过去写的六十多万字的评论文章，只剩下这两本了。

有空来信，信寄到佗中是否能收到？匆匆

祝健康！

萧殷　六月十八日

1980年7月10日

海清兄：

权权刚大学毕业，还没有分配工作，恰巧均新②外甥来穗，可趁空车回佗城看看。特介绍他来探望你！

广州近来热得可怕，连早上都流汗，是数十年少有的炎热。我不如去年，但还是很忙乱，上星期到暨大去谈了些问题，下星期又要去珠江制片厂③讲创作。各地来信来稿就更多了。匆匆，顺颂

暑安！

萧殷　七月十日

1980年9月10日

海清兄：

昨日我才从深圳④回来，相隔十一年，深圳的面貌完全变了，满街是汽车，高层建筑增多了，与外资合营的工厂很多。我们曾参观了一些，生产力很强，生产速度极快，比我们原来的生产水平高得多了。农村收入也极可观，达到安居乐业的地步，几乎没有闲人，连夜晚也做一些可以拿到额外收入的工作，因此，那些徒然浪费时间的无聊活动（如打扑克、打麻将、赌钱等）完全没有了。这是特区，是走在前边，摸索前进的

---

① 叶送青，龙川县车田中学副校长。

② 均新，刘均新。

③ 珠江制片厂，指珠江电影制片厂。

④ 深圳，原为宝安县。1980年8月26日，全国人大常委会通过由国务院提出的《广东省经济特区条例》，深圳经济特区正式成立。

地方，其中也可能还遇到困难或曲折，但其成功的部分，显然是我们"美好远景的榜样"。明日一早，还打算到珠海①去一趟，两天就回来。我本来不想去了，但许多同志都表示："你如果不去，我们也不去了。"不得已，只好再去看看。估计九月十三日可回到广州。

我和陶萍准备十八日去龙川，我们已做了准备。主要是想到梅子坑②住一段时间，看对肠胃有无疗效。在佗城只住两三日而已。如果车子没有准备好，迟两日也可以。

匆匆祝

健康！向儒林等同志问好！

萧殷　九月十日

不知萌萌告诉你电报挂号否？我一时也未找到，来电可写："广州，作品编辑部，萌萌。"

1980年10月10日

海清同志：

天快凉了，请把我们那提包衣服托来人带回！

我们准备在这里住一段时间，如有疗效，决定明年再来！

匆匆祝好！并颂

健康！

陶萍、萧殷
十月十日于矿泉治疗所

1980年12月1日

海清同志：

趁（谢）发旺同志回乡之便，托他将"含笑"及"四季米仔兰"各一株带回，请即刻种上，明年长好后再分株。

---

① 1979年，珠海县改珠海市，1980年经国务院批准成立经济特区。
② 梅子坑，位于龙川县黎咀镇，以出产矿泉水闻名。

酒已收到，勿念！谢谢你们！待用完后一定将坛子送回。

我回来后，吃饭比从前好些、饭量稍有增加，唯肺气肿仍如旧，痰还是照样多。服了从龙川带来的药方，也无疗效。

每日来人很多，须赶写的东西也很多，但时间太少。

叶书记到汕头开会，没有到广州来，顺告。

我近来很少外出，但极容易疲乏。

祝你健康！并祝丽娜、巧巧①均好！陶萍问候你们！

萧殷　十二月一日晚

1980年×月×日②

海清兄：

来信收到，回龙川事，现尚未做出最后确定。五月中，本拟与一位姓陈的矿泉专家于六月份到龙川梅子坑去走一趟，无奈陈同志忽然病了，终未成行。

据说龙川的矿泉对肠胃病很有疗效。我这一年来由于在北京医院注射了太多"红霉素"，胃口很坏，饮食量大减。今年上半年住人民医院时，竟一餐吃不下一两饭。体力日衰，进一步影响了心脏。现在，每早就感觉胸闷，呼吸不太舒畅，动一动，就觉得气促难受。只好静坐。不仅早上不能……

梅花村的邮政编码是：510030。

1981年3月24日

海清兄：

来信收阅，一切知悉。近来，我痰喘转趋沉重，常觉缺氧，气闷，不知何故？但汕头文联于四月想邀请我与陶萍去走走，五月湖南也请我们游湘并讲学，盛意难却，只好应邀；但到时能否成行，还取决于届时的体力如何。

菊花来广州已两月，由于我家的事情复杂，来客又多，十分琐碎麻烦，按菊花的体

---

① 丽娜、巧巧，均为罗海清女儿。
② 此函缺页，无落款。

力与经验，大概很难应付下去。半月前，因月经过多，也影响健康，陶萍即带她到医院看病，已看过三次。因考虑菊花体力不支，准备介绍她到陶萍的妹妹家里。她那里有奶奶做饭菜，又有大饭堂，在石油化工厂内，买菜也方便，比在我家轻松得多。只要她想学技艺，奶奶很会做菜，可以学到不少本领。此事，已与吴生（陶萍的妹妹）商量好，过两天她有小汽车进广州时，便可把菊花带去。在黄埔，也不算很远。

听说，士馗兄已回佗城中学代课，甚慰。黄儒林同志等六七人去海南岛参加刘平[①]同志的追悼会，过广州时，曾来闲叙，据说于三月已调出佗中。

怀金来信及《佗城文艺》已收到，我现在还无时间，以后有闲时再说。一因身体不佳，二因评选全省短篇小说这两天就要开会，但我未读完作品。

陶萍问候你们，她给李娜[②]寄去的刊物，收到没有？怎么那位李老师将我送给佗中师生的杂志私吞了呢？这是不应该的！匆匆祝
健康！

萧殷　三月廿四日

1981年5月20日

海清兄：

昨日曾在匆促中给士馗、阳春两兄复了一封短信，因行色匆匆，杂事又多，实在无法畅谈。今早八时半，我与陶萍从白云机场起飞，一直在一万公尺以上飞行，虽则下面是厚厚的云层，但上面却晴空万里，阳光灿烂，到十时五十分，准时到达北京[③]。文联有人来接，一切都很顺利！勿念！

大约廿八日坐火车到朝鲜，是去参加朝鲜文学艺术同盟大会，可能六月中旬便可回来。

看样子，今年可能没有机会回乡了，因事情太多，要到中大和暨大去谈文学问题。本来，长沙文联和汕头文联都邀请我们去休息并座谈，现因去朝鲜，都成为泡影，因为六月下旬以后，长沙的炎热是难以忍受的，去汕头可能性较大，但中山大学与暨南大学

---

① 刘平，生平待考。
② 罗李娜，罗海清女儿。
③ 1981年5月20日，萧殷从广州飞北京，欲参加中国作家代表团出访朝鲜，后因病未成行。

都急着催我去做学术报告。这一来，今年回佗城的打算，大概有些困难。冬天可能有些空暇，但那时佗城气候又不太合适，奈何！

□□李裕老师将我送给佗城师生的图书想吞为己有！这是很不好的。希望学校查一查！因考虑到佗城中学生见不到什么杂志刊物，顺便带回一些以满足于万一。谁知有人竟把我这片心意加以糟蹋，是可忍孰不可忍。

菊花在吴生（陶萍的妹妹）家里工作很安心，因吴生也住医院，所以菊花常到医院来，比起从前，她的确开朗得多了。但身体还是不好，月经太多，已托荃荃的女朋友赵彦带她到医院去看病。

关于给李娜寄书的事，原来是准备托谢发旺带的，一次是因陶萍忙乱，忘记了，又一次，陶萍没有看见他，所以一次也没有寄过，将来有机会再说，勿念！

北京的气候与广州差不多，但因体力不行，也懒得出去逛街。陶萍大概要在这里住二十天，准备等我回国后一起回广州。匆匆祝你们全家老少均好！

萧殷　五月廿日午于北京

1981年10月11日

海清兄：

两封信都收到了，因为一直住在医院，胃口一直不好，身体非常衰弱。说我"日见好转很快就会出院"之说是误传，事实上，医生说我在医院住半年也有资格，据说入院的人比我的体质还要好些，所以医生一直不同意我离开医院，但最近医生为什么改变了口气呢？原来这里要在天台上加筑一层楼，工程已开始，吵闹得难以忍受，几乎每一个锤都像打在自己心坎上，对于肺心病实在不好，医生也感觉到这一点，所以同意我暂时离开这个环境，找个安静的地方去静养。梅花村正南，筑起一座八层楼的大厦，不仅南风被堵塞，阳光也被挡住了，不适宜居住，很想到暨南大学去住一段时间，但现在都还没有决定。

读来信，佗中新校长曾新传同志似乎决心干一番事业，内心很欣慰。佗中是一间很有名的中学，龙川一中的毕业生都把它当作母校。去年回去一个月，给我留下的印象实在太坏了。如不迅速改变，不仅学校校风不堪设想，连这间学校能否存在下去，都使人担心。

待我回家后，再给佗中写横额，勿念！

彭学模①曾找我们二十多同乡吃饭，张道隆②老校长也出席，他今年已八十岁，好像四十多岁的样子。他当年严格领导川中，树立了良作学风，造就了不少优秀人才，确是立下了丰功伟绩。他当时向我说，徐阳春、刘士馗水平很高，是龙川难得的人才。但为什么现在不正式任用刘士馗，我没法理解。我到湖南时间，张道隆校长曾来我家看我，未遇，甚憾！

李娜天天给我送两次饭来，很听话，她是否很安心？我还未问过她。陶萍像对女儿一样对待她，也很体谅她，她们似乎很融洽。

握手！

萧殷　十月十一日

1981年12月5日

海清兄：

我住院四个多月，至今仍未能出院，因痰太多，肺部炎症太严重，加上食欲太坏，每顿有时连一两食物也咽不下，遇到可口的东西，还可勉强吃一点，碰到不想吃的东西，连塞都塞不进去。我自进院至今，都是从家送饭菜来，医院的菜（似乎都是肉类），根本无法咽下，家中也做不出可口的东西。所谓食欲很差，连水果都不想吃。

佗城公社委员会要我写几个招牌，本来早就想写，但这里只能找到破笔，现勉强写成，奉上，请转交。给佗城中学的也一并奉上，请转交曾校长。因在医院里只能借到一支破笔，只能写成这个样子，很觉歉疚。我的字本来就是这个水平，这里有些刊物封面字、单行本封面字也是我题的，还有不少人（也有上海人）经常要求我写条幅，但我只少数满足他们的要求，免得出丑，大部分没有交货。

我很想出院，更想到佗城去，但作家协会党组和省委一些同志，因龙川太远，怕临时感冒引起其他急病，无急救条件，表示不同意走这么远。但其他地方我却犹豫未定，真不知如何是好！

李娜还是每天都来医院，等人来了，再让她到深圳去，勿念！

---

① 彭学模，萧殷同乡，龙川一中1928级校友。
② 张道隆，1929年9月接任龙川县立第一中学（原称龙川中学）校长。

陶萍问候你和巧巧！

萧殷　十二月五日于医院

1982年6月7日

海清兄：

　　我仍旧体弱多病。自三月至四月中，又卧病了一场。每日头昏低烧，痰多气促。整整在床上躺了一个多月，到四月底才逐步好转。以后可以坐起来，但仍不能外出。其实我从离开医院之后，至今没有下过楼，因稍一走动，就气促难受，因之，我已谢绝一切社会活动，连别人的宴会也不参加，至于会议就不用说了。

　　这次发病的原因，主要是太疲劳了。因为三月初我曾接到两个出版社的通知，都说要重版我的评论集，希望我对两书校订一遍。这两本书，共三十多万字，校订一遍谈何容易！在这同时广东省又决定出版十本中年作家的小说集，其中两本一定要我写序。不仅如此，《特区文学》①（深圳出版）又要我的"回忆录"，我只对录音机讲了一遍，由别人去整理。不料，这一大堆事情，只完成了一半，就病倒了。体质一年不如一年，工作越来越缓慢，所谓老牛破车，此时才正尝到了它的滋味并深刻领会它的含义了。

　　你要我写条幅，现在家中很凌乱无法动手。准备搬家后，把字债都还清：除你之外，上海和这里的一些朋友都向我提出同样的要求，无法谢绝，只好现丑。给"龙川矿泉治疗所"的招牌，已于一月前写出寄黄梅同志，请他转交，未知收到否？方便时，请代问一声！

　　曾给佗城文化楼寄了书和刊物，如石沉大海。匆匆祝
健康！

萧殷　六月七日

1982年10月22日

海清兄：

　　我于十月十一日在暨南大学召开了研究生毕业论文的答辩会，结果研究生之一获得

---

　　①　《特区文学》，陈国凯主编，1982年1月创刊。

了硕士学位,另一名则被否决。在完成这件事的第二天,我即回梅花村,而且直接住进梅花村四号二楼。到十七日(星期日)才请一批年轻力壮的小伙子来搬了家。但楼下住户,把正门入口处改为客厅,通道被堵塞住了,从此不能由正门出入;不得已,只好由后楼通过小院落进出。可是这个小后院却被隔壁新建的省委档案局的工棚占据着,原来据说他们还打算在我的小院落盖一个永久性的单车棚,我们坚决不同意,绝不能把别家的后院作为自己的单车棚,此事还在交涉中,尚未最后解决。因为后门被工棚掩盖住,来找的人很不方便,甚至很困难。现在前门虽不能出入,但是信箱还是挂设在前门,因后门被掩盖,别人不易看见。

在暨南大学时,一直热得难以忍受,且小咬很多,连午睡也睡不安稳,可是梅花村四号二楼未空出来,只好忍受着。一直到中秋节过后,他们才有部分人搬到军区去,故于论文答辩会一结束,便急不可待地搬进来。这里的环境与空气都比三十五号好得多,但我的身体却衰弱得多了,常感到气闷,有时甚至呼吸困难,说明肺心病越来越沉重了。

在暨大时,因事给叶送青同志写信,我以"驻京及驻穗同乡"回乡之后都"议论纷纷",我列举了一九五二年才算工龄和因丢失了邹振东的档案,反而不派他工作……两件事,认为这与中央政策不符……但至今已月余,毫无反应。

你近况如何?一切都顺利吧?见到阳春、士馗两兄时请代问好!他们生活得尚可以吧?念念!

待做的事很多,但身体一天不如一天,令人心焦!心急又何用?只有徒唤奈何!

出版社叫我编《萧殷自选集》[①](共约五十万字),在暨大时已将序言写完,可是现在却连选编的精神都不够。半年以来,为找我三十年代在《广州民国日报》[②]的副刊《东西南北》上发表的小说,几乎请北京、上海的友人遍找各类图书馆,都未找到,大部分都是残缺不全。正处于绝望境地,华南师院的同志[③]却向我报了一个意外的好消息:在一九三五和一九三六年的《东西南北》上,找到了我十九篇小说。我希望他再翻翻一九三三年和一九三四年的,可能还能找到一些。香港的报纸现在一份也未找到,因

---

① 《萧殷自选集》,1984年4月由花城出版社出版。

② 《广州民国日报》创刊于1923年6月,次年7月由国民党特别市接管,10月收归国民党中央宣传部。

③ 指邹育根。

此，当年的杂文都无踪无影。华师的小说如能影印出来，当然会给我编《自选集》一些方便。

李娜好吧？陶萍和我都盼望她工作顺利，成长得更快！

匆匆祝健康！

萧殷　十月廿二日

1982年12月12日

海清兄：

信悉。我已病了一个多月，虽不断服药，但至今仍未痊愈，痰照样多，而且咯出极困难；胃口又很坏，几乎不想吃东西，于是体质愈来愈糟，精力越来越差了，连吐痰也要出一身冷汗。堪虑！

庆才①兄曾来过，谈到他在佗中时的愉快心情，十分高兴，准备明年夏天再回去住三个月，约我也一起回去。我也很愿意，不知道到那时身体如何，如能成行，将是人生中一大快事！希望能如愿！

我体质太差，本质是虚寒，但有"实热"，所以不受补，因此不能服用红参之类的补品。

现在已对药物不抱什么希望，把希望寄托在食物上。每天，我都亲自写一张菜单给秋菊，但常常不能如愿，有些东西买不到，有些菜做不出来，即使做出也不是理想中那样的滋味，如酿豆腐丸，原料当然不理想，做的技术也很有关系。如果你能从佗城带来做好的酿豆腐丸，那太好了！希望能找到来穗的人！如不便带酿好的豆腐丸，即使能带两三斤豆腐片来，也是极其珍贵的。

学校不搞庆祝活动，完全正确！形式主义的东西太泛滥了，主要应学习传统的好精神、好学风！

"文革"后，"走后门"之风太猖獗！几乎到处都是，各级各层都氤氲着这种秽气，实在可恶！但你不送礼，亟须解决的问题他也不给你解决。在这种情况下，只好暂时屈就，希望李娜的问题能解决！巧巧在竹园宾馆的工作已被赏识，希望继续努力，争

---

① 刘庆才，萧殷同学。

取改正[①]！但在那里采访的记者，我不认识，《羊城晚报》的工作人员很多，绝大部分都不认识，奈何！

陶萍向你和李娜致候！祝健康！

> 萧殷 十二月十二日
> 于梅花村四号二楼

附来函

1977年8月9日

文生兄：

我近一个多月来经常头痛，痛时，头脑不灵，甚至走路时似欲晕倒。前些时间我看见梨子上市，才想起医治这种病的一条药方，就是用梨子、陈皮加冰糖水煎服。我连服了七八天以后，已见奇效，这两天已没有头痛的感觉了。

近来药物很缺，医生开药常用代替品，这样一来，有时会出问题。我校有个50多岁的老师，因感冒，医院给他注射了两支"穿心莲"，不满一周，这位老师，头发尽落，变成了一个秃子。看此可怕的情况，一般患病的人不愿到当地医院去看病了，宁可服些成药，成药也买不到时，就自找草药医疗。

我校已于前月15日开始放暑假，共45天，县委规定全县中小学教师应下乡劳动25天。在这段时间，我和几个年老的教师则留在学校，管理农场的收管种和招生等工作。今天下乡的老师已经回来，我准备明天回家休息，19号就要回龙母参加中小学的教师学习班，26号又可回家度假，直至月底。

你前月30日寄来的书信，已由怀金转来，《抽剑集》，我回到佗城后将可见到，我已有三个月的时间没有回家了，明天极须回去一趟。

因旱灾，龙川早造可能是减产，各公社仍未统计落实，佗城公社早已报了减产，自由市场猪肉仍是2.8元一斤，生油每斤3.2元。

邓小平同志出来，个个都感到欢欣鼓舞，改变教育落后面貌对他抱有极大的希望。"四人帮"把教育部门搞得乱七八糟。学生文化程度很低，基础知识很差，这种不能不

---

① 改正，疑为转正，转为正式职工。

变的情况，一定会变。

现寄来辣椒种子一小包，这种辣椒，果实大而多，又是粗生。

回到佗城后，谅有新的见闻，到时再给你写信，祝你和陶萍同志身体健康！

海清　八月九日夜

1977年9月18日

文生兄：

寄来的《抽剑集》已经看阅，你在《人民文学》发表的文章我也看过了，打倒"四人帮"以后能看到不少被"埋没"了的老作家的文章，无不感到高兴。在龙母也可以经常看到已解放出来的影片了，放映《东方红》《洪湖赤卫队》《董存瑞》等歌颂革命英雄的影片时观众争着买票，每场都是满座。

我的襟弟陈业驯（李联英的爱人）在前月调到县商业局当运输股股长，他那里有几辆汽车经常来往于老隆广州之间。在暑假中我本想托他带四个家养的鸡给你，不料两次去访他都没有遇到，据说是到广州去了。这事只好交给我小孩去办理，今天我也给陈业驯写了信，如他到广州去，一定会把鸡带去。这四个鸡每个约有斤半重，据说他不放心给司机带去，宁可推迟一下，他去广州时顺便带来。

陈业驯是党员，广西人，解放战争时，他就参加了游击队，解放初期他和李远林同志一起调到龙川工作，直至现在。今后你们要从家乡带点什么，或买点东西，可告诉我或直接告诉他。他是比较可靠的而有活力的人，我家用的自行车、衣车都是他帮我购买的。

为了提高教育质量，我校对老教师比较重视了。本学期我除担任高二年级三个班数学教师外，还兼任数学科教研组长，并要我给本公社初中班的小学教师上数学课，以提高他们的业务水平。工作量负担很重，但又责无旁贷，于是接受下来。

你和陶萍同志最近身体怎样？如有可能，在适当的时候希望你们能回家乡休养一段时间，久居都市的人，如能到乡间闲散一下，对身体一定是有很大益处的。

在暑假中我在家里住了十多天，因那时身体不太好，所以哪里都没有去，只是在家休息。我的家位于白云山麓，坐北向南，四周芭蕉、翠竹环抱，虽是盛夏，清风穿林飘水吹来，倒觉凉快。且屋后侧有一支冬温夏凉的石泉，泉水流经石池，既可方便洗涤又可调节气温，黎明时在家里可听到深山画眉婉转歌唱，悦耳动听，使人心怡神旷。有此环境度暑，还是安静适宜的。

我近来没有什么病情，勿念。祝你和陶萍同志身体健康。
握手！

海清　九月十八日

1978年1月26日

文生兄：

前些时间看阅《南方报》[①]知你在病中，我一直惦记着你，顷接来函知道你的近况，我才解除了顾虑。

昨接县革委通知，要我在28日到惠阳[②]去参加地委召开的统战会议，据说参加会议的是六十年代初期被县委选定为县内高级知识分子的人员，会议时间三天，2月1日我们将从惠阳返回龙川，那时我校已经开始放寒假了，所以我将在佗城下车，不再回龙母了。

我准备在家住15天，大约在2月15日返校，我在家的通信处是"佗城公社灵岩分销站"。

郑真同志能在春节期间回来，我表示热烈欢迎，到时我准备接他到磜角去玩玩。

莉莉每次收到你的东西时都告诉了我，并要我代她向你致谢。

我正赶办学期结束工作，明天准备先回家去看看，后天到县报到，28日由县革委包车送我们到惠阳去。

你要在家乡带点什么，请告诉我，以便将来托郑真同志带去。他回来后将来返广州时，看看能否搭上商业局的车辆，从中可以节省一些费用。

我已托李联英代我腊好了与过去数量相同的一些猪肉，看来值得托人带给你。这事我已托陈业驯同志办理，估计在这几天可以收到，祝你和陶萍同志身体健康。

海清一月二十六日于老隆

---

① 即《南方日报》。
② 龙川县时属惠阳地区管辖。

致罗怀金9通（附来函3通，另函1通）

罗怀金（1941—2022），广东龙川佗城镇人。萧殷同学罗海清之子。先后任龙川县佗城公社文化站干部、镇政府办公室工作人员，编印《佗城简报》260多期。1993年调《河源日报》任记者。编著有《萧殷的故事》。

1973年1月9日

怀金：

  几乎近一个月来，我没有处理过一封来信，尽管来信愈堆愈高，只能忍心地搁在一边。因为我们忙于机关工作的年终总结，最近来又开始机关批修整风①，上午到医院治病，下午及晚上都要参加各种会议，你住在乡间，大概很难知道这种忙乱以及这种忙乱的心情。

  你最近的来信，昨日才收到，迟到的原因是你把"梅花村35号二楼"错写成"梅花村二楼35号"，幸好送信同志十分负责，反复探问，最后才送到我手上。记得你以前就这样错写过，想不到这次又重复一次。你的《山乡恋》也是相隔半月后才收到的，因为是"欠资信件"，在邮局压了十余日，然后才送来一张通知，叫去邮局领取欠资信件，二十多张稿纸，你仅贴八分邮票，你怎么连这点常识也不懂？每封信都规定一定分量，超重了就要补贴邮票，否则，不但要补足邮票，而且要耽误很长时间。这类"欠资信"邮局规定不送上门，一定要自己到邮局去领取。以后希望再不要重复这种蠢事。

---

  ① "文革"中政治运动之一。1970年11月16日，中共中央发出《关于传达陈伯达反党问题的指示》，"批陈整风"（对外称"批修整风"）运动由上而下展开。

诗已读过。《山乡恋》写得散乱不堪，既无中心，也无连贯的情绪。你似乎很注意每句诗的用字造句，但无贯穿全诗的脉络。青年下乡的各方面都写到，但都似蜻蜓点水，激不起一点波浪。《礼物》《雨中》《春耕曲》都写得十分勉强，诗味不多。《农讲所三颂》只有《火炬颂》还有点意思，本拟请创作室①诗歌组同志去看看，无奈因他们被临时任务拖住，根本抽不出时间来看稿。你这样急于求成，大概是你十余年来写不出像样作品的主要障碍。对于诗，你不要只从别人诗中去吸取"灵感"，而应老老实实深入生活实践，多花功夫去学习劳动人民的思想感情。像现在那样只从语言文字上下功夫，是不可能有什么结果的。

我今晚本来没有时间写信，因看你信中流露出焦急的心情，只好简单地写点意见，供你参考。匆匆祝好！

萧殷　一月九日晚

1973年7月11日

怀金：

来信收到，因为身体不好，所以没有及时给你写回信，你父亲的来信也收到了，他的问题获得解决，令人欣慰。

关于你父亲的复职问题，恐怕还得你父亲自己去问问。我不可能专为此事给龙川县文教负责人写信，因为他们与我并不熟悉，一贯也无私人关系，现在只好暂时等一等，待有适当机会时（譬如他们有人来广州时）我顺便提出，倒是很自然的，也不会有什么副作用。现在这类事要特别慎重，只要有一点风声传出，就可能变成满城风雨，说不定下次运动一来，又成为被"揭发"的材料，怀金对这一点要牢记。在这方面，我吃过不少亏，虽然自己做的事是符合党的原则的，但有人撇开具体条件、环境，孤立地把它提出来，并且加以歪曲，另做解释，上纲上线。常常弄得自己有口难言。我不是怕事，但有些事却不能急，要等待时机。

你有志于文学，这本来是好的，但不能把文学作为向上爬的敲门砖，也不能把它作为牟取名利的手段，而应当从无产阶级利益出发，因而不但在政治上应有明确的方向，在感情、情绪上也应当符合革命的需要。这就需要改造世界观。否则，你观察、概括生

---

① 萧殷时任广东省文艺创作室副主任。

活,刻画人物形象以至安排情节,都会发生问题。世界观如不改造,在读书时只会以旧的陈腐的目光去汲收一些腐朽的渣滓。既然如此,怎么能够创造出好的作品呢?学习,要学根本,不要满足于皮毛的模仿。希望你继续努力,将来还是有希望的。

匆匆祝好!

□□□① 七月十一日

1974年5月26日

怀金:

前后两信均收到。因血压高,我于四月间来温泉疗养院休养。除服中西药外,每日都要进行各种理疗,如超短波、直流电游子导入等。经一个多月治疗,体质有好转,但肺气肿依然如旧,医生正想方设法为消除病痛做出最大的努力。

前信你谈及李某的反映,这纯属恶意造谣。我这里每天来人不断,上至中央级部长,下至司机、工人及郊区农民,我的谈话语调与接待方式,几乎全是一样,但谁都没有如李某那样恶意的反映。记得他们来到的那天下午,我在机关参加了一个下午的会议,回到家已精疲力尽,当他们来到时,我亲自冲茶倒茶,一直陪着与他们谈话,因不是讨论专题,所以谈话不断改换话题,并即叫保姆为他们做晚餐。当时已八点,买不到东西,把家中仅有的十多两腊肉和一斤荷兰豆全拿出来,这在广州已不算"薄待"。后来我听人说,李某对我招待他们吸"劳动牌"香烟②很有意见,他当时大概知道,在市面上连最劣等的"大钟""珠江"香烟都买不到,我的"劳动牌"还是请人家走后门买来的,这种人以一种莫名其妙的欲望和可鄙的观点来歪曲别人,并到处散播,可谓恶劣之至!以后只能敬而远之。

我想,可挡也可能受到类似的歪曲反映的影响。我不想解释。我的为人谁不知道?难道这些恶意诬蔑能改变别人对我的印象?"山中人自正,路险心亦平"!

广州各机关的批林、批孔、批黄③及其同伙的斗争,正在轰轰烈烈深入发展,经群

---

① 署名处被涂抹。
② "劳动牌"香烟,上海卷烟厂著名产品,源于"老刀牌"。下文"大钟"是广州卷烟二厂产品,"珠江"是广州卷烟厂产品。
③ 黄,指黄永胜(1910—1983),原名黄叙全,湖北咸宁人。上将军衔,中央政治局委员,解放军总参谋长。林彪亲信,曾任广州军区司令员。

众揭发，这些家伙已原形毕露，彻底清算他们罪行的日子已经到了。

我每日早六点到山间散步，上午进行理疗和注射，中午有时去游泳，下午则在室内休息或聊天，晚饭后，又去散步，目的是配合医生治疗，争取早日恢复健康，以期将来为党做更多的工作。

曾接你父亲来信，他已知我在温泉养病。

匆匆祝好！

萧殷　五月廿六日

1974年6月4日

怀金：

五月底曾寄去一封信，那封信大约还未到达，你就离开佗城了，今天收到你从广州写的信，知道你曾到我家。

五月十五日—五月廿二日，我在广州逗留了一星期，谢发旺到达广州时，其实我正在广州。我在温泉大约还要住一两个月，你父亲如暑期要来治病，希望七月上旬写信来联系，我很可能于七月下旬出院。

现在温泉疗养院招待所住得很拥挤，萌萌廿七日来看我时都挤不进招待所，所以最近凡想来的友人，我都谢绝了。

我寄到佗城的信，曾谈到李某的恶意诽谤，望你不要外传，连卓①也不要转知。知我者众，这些宵小妄图诽谤是达不到目的的。

希望你平日多读点历史、哲学，再认真钻研一下马克思、恩格斯、列宁的著作。只在文艺作品上兜圈子，是很难提高思想水平的。因思想水平不高，观察生活和表现生活，都只能停留在表皮上。当然对历史或哲学，都必须用毛泽东思想去分析去批判，不能无批判地全盘接受。边读书、边联系斗争实际写点笔记，是大有好处的。

匆此布复，祝好！

萧殷　六月四日

---

① 卓，指卓可珰。

1974年7月2日

怀金：

读了你六月廿九日来信，令我莫名其妙。可珰①同志向你所说的那些事，我一样也未听说过，这可能又是流言蜚语所造成的结果。六月十五日，我曾回到广州，第二天，谢发旺同志来玩，但绝未谈到这类毫无根据的事。

关于做家具的事，我曾一再向可珰同志表示谢意，感谢他为了这事花费不少时间和精力，现在我仍然怀着同样的心情，希望卓不要被一些热衷于搬弄是非的人所左右。

做家具的钱已汇去了，家具何时能到手？我自己无法决定。等着吧！估计总有一天能收到的。我真后悔，当时根本不该拿这类琐事去麻烦一些熟人和乡亲。

我肯定七月底不能回广州，因医生不同意我出院。因我暑假时不在广州，我家的保姆也不喜欢人多，建议你父亲暂时不要来广州了。温泉的招待所每人每天一元多宿费，加上来回车费，钱就不少了。

治动脉硬化及高血压的药，因各人体质不同而采用不同的药，我现在服用的，主要是"复方降压素"（用于治高血压）及"益寿宁"（内附一小瓶"芦丁斯片"），还服"六九一一"和"心得宁"。芦丁斯片有软化作用，"六九一一"和"心得宁"是专治冠心病并降低"胆固醇"的。

谢谢你的帮助！因一些琐事而麻烦你们，我感到内心不安。

匆匆祝好！

萧殷　七月二日

前信也收到了，勿念。（我去寄信时，刚巧看见这封信。不要丢失。）

1975年2月27日

怀金：

两次来信及最近由陈进洪同志带来的家具（两个书架、一个书桌）已收到。你两个妹妹也见到，由她们带来的鸡、牛筋糕、糯米粉均收到了，谢谢。以后不要带东西来，

---

①　卓可珰（1940—2021），广东龙川人。早年入读暨南大学，从学校入伍。龙川县文艺创作组创作员，罗怀金的文友。1979年定居香港。

你们也不富裕，留着自己用罢！在广州买东西虽不易，但我已很习惯过简朴的生活。当晚他们（五人）来到时，已八点钟，临时叫阿姨给他们做了一顿晚餐，只有点腊肉和荷兰豆，别的东西都没有了。天太晚，菜市已关门，只能做到这样的招待。丰盛是谈不上的，但在城市已经不简单了。过去不少司机同志来，我们都招待吃饭，只有一次因我不在家，某个司机来时未能好好接待，是一大憾事。

《投入战斗》一诗，我收到后就交给编辑部诗歌组，请他们审阅决定。过去，我很少将寄给我的稿件转给编辑部，除非是我认为十分完美的作品，一般都是提了意见寄回作者。为尊重编辑同志，我们领导干部很少把认为可用的稿件交给编辑部，免得编辑们误认为"领导先决定，只叫他们去发排"，违背了稿件由下到上、逐级决定的原则。以后你们如想投稿，请直接把稿件寄给编辑部。这次，我听说批林批孔稿件太少！离开常规将诗交给诗歌组，经他们审阅后，认为"达不到发表水平"，昨日已送来，现将原稿寄还你。

关于诗的问题，我们觉得问题很多，几个对诗歌较有研究的同志，常常对新诗有些异议。毛主席早就提出应在民歌与古典诗歌的基础上来发展新诗的形式。但在创作实践上如何来贯彻毛主席的教导，似乎做得很差。有些诗脱离了中国人民群众的咏唱习惯，既不注意诗句的隽永，也不注意"意境"的创造，读起来平淡无味，甚至不能给人留下一点印象；有些诗，是拘泥于民歌的形式与曲调，但缺乏雄浑的气魄，表现不出时代的精神，最值得注意的，是在内容上大同小异，既无独创性的构思，更无适于独创构思的形式。前月，我很想写篇有关诗的意境的短文，后因病未能执笔。希望你和可珰对这个问题好好探索一番，并努力做些尝试。对文学创作，一定要经过一番刻苦的探索与实践，并不断总结经验。否则，较好的作品是产生不出来的。当然这里有个大前提，那就是对社会主义的热情与对群众斗争的丰富感受。

你们最好有时也学习写点散文，现在十分需要抒发无产阶级感情的散文。对于这类散文，应以写诗的严肃态度来抒写，文字虽然不要求押韵，但每篇散文应内含着葱茏的诗意。

书架，我已摆上了书籍，不想安玻璃门了，因每个书架四块玻璃，现在在广州买玻璃不仅不易买到，而且价钱也贵得惊人。如花钱安上玻璃门，比在广州买个新书柜的价钱还要贵。书桌是半成品，抽屉没有做完，还要请木匠来加工，但现在要请木匠比去买个新书桌还要困难。有客人来看了，都很奇怪，说我为什么用松木做书桌、书架。松木极易变形，又容易长白蚁。我哑口无言，我原来也未料到在山区竟会用松木来做家具。

做家具的事，花费了可珰不少时间和精力，实在过意不去。现在，不管质量如何，总算有放书的地方了。请你转达我对可珰的谢意。

来信说，家具还差五十元，前三日已由邮局汇给可珰，估计他已收到了。

我春节后，一连发烧一个多星期，因肺气肿感染，体质更衰弱了，近来稍好，决定每日下午到办公室去办公。现运动已进入高潮，编辑部人手不够，所以工作更加忙迫。虽有点疲乏，但还是坚持参加工作。

给谢发旺①的日志，烦转交。匆匆

祝好！

萧殷　二月二十七日夜

1976年3月5日

怀金：

二月廿六日来信收到，估计我在这前后寄的信，你也收到了吧？

书桌、书架虽有不足之处，基本上我们还是满意的，可珰为这事花费了不少精力和时间，我是明白的，他的苦衷我也已有所闻。现在希望你再一次代我表示歉意和谢意。

活动床，已做出来，就请你去看一下，是什么木料？是否完全照尺寸做的？只要你和可珰认为差不多，就托人带来吧？

顺便也请你看看那个衣柜，大概不会是松木吧？尺寸高低如何？望来信告诉我。我对木料是外行，书桌书架是否用的是松木，我半信半疑。不过我们几位同事，都肯定是松木，还说他们是来自老山区，对这点简单常识叫我不用怀疑。

近来比较忙，每日下午几乎都要到机关去转一圈。此次运动是有领导的，因而领导班子的成员，对于运动的每步进展，都须研究，都得引导。身体虽不太好，还是坚持工作。但写信的时间就少了。

你要学习资料，准备寄些去。

关于诗和散文的问题，你们考虑过没有？匆匆

祝努力！

萧殷　三月五日

---

① 谢发旺，龙川县佗城镇（公社）工作人员。

1979年3月17日

怀金同志：

　　我很忙，只能给你写几行字。事务太多，来人不断，时间实在太少，奈何！

　　你来信要我"帮帮忙"，可是你写满一张纸，都连什么问题也未说清楚。叫人怎么帮忙呢？什么居民籍？为什么派出所不肯办？什么理由？……我一点也看不懂。我长期住在城市，已十余年未到过农村，尤其"文化大革命"之后的农村情况，我更是摸不着头脑。老实说，佗城的派出所，我也不认识一个人。光凭我写封信去，人家会理睬吗？十来年的剧烈的、复杂的斗争，你仿佛没有经历过，否则，你为什么把事情看得这么简单？政策为什么总不能落实，难道是少数人的行为吗？想得这么皮毛，看得这么简单，不但处事做人会碰壁，搞创作也只会失败，请你好好想一想！

萧殷　一九七九年三月十七日

1980年8月16日

怀金：

　　来信及诗稿均收到，因我身体不好，一般来稿都转到编辑部或转给编辑同志，由他们负责处理。

　　自去年文代会后，初，我在北京病入医院，以后身体情况一直不太好。去年十一月从北京回来，十二月初住省人民医院，三月初又转到新会县中医院去住了一个月。大半时间都在医院中度过，体质远不如从前了。

　　你的诗已转给《作品》编辑部诗歌组，他们会合理地处理的。勿念。

　　匆匆祝努力！

萧殷　八月十六日

附来函

1977年10月12日

萧殷同志：

　　凡是听说你的文章在哪个杂志上发表就设法弄到那个杂志来看。为你感到快慰和高兴；你又振奋起革命精神，焕发了革命青春。你又露面了，多少人见了有久别重逢的欣喜感觉。我在心里祝愿您：延年益寿，再多活几年，再多活几年；呼吸着那么好那么新鲜的政治空气，也许还可以出人意料地多活十年廿年。说实在的，关心你的人都为你的健康问题担忧啊！……

　　《创作论》不会难产吧，愿孕育了多年的胎儿一个个快快出来、出来。可不可以对一些有影响的作品和电影写写评论？也许人们对你都这样期望？

　　我写了两篇小说想寄给你阅。不知有空无？

　　有关省文艺会议的文件能否寄来学习？祝春风得意！

怀金　一九七七年十月十二日

1981年9月12日

萧殷同志：

　　我一直在怀念着你，几个月来不见你在报刊上露面，这不祥的征兆表明你又受着病魔的纠缠。七月初我去广州，没见着你，很觉惆怅。回来后，公社几个领导都问起你的情况，我不敢将真情流露。幸好那只给我一场虚惊。大家都盼望你回来，一月望一月，一天望一天。九月，是你去年的归期，今天中秋节，更使我们想念你和陶萍同志。回来吧，别让我们望穿秋水！

　　我会谦虚、谨慎，不辜负你的希望！

怀金　九月十二日

1982年6月25日

萧殷同志：

你寄给"文化楼"的两本书，我都收到了[①]。消息传出后，这两本书就一直没在图书室里停留过。大家知道是你写的，都争相传阅。本来早应写信告诉你，但打听到你总是处于病中，怕给你带来精神劳累；另一方面我也着实忙得不可开交，我觉得要写信给你要在很平静的时候。

自去年一月到文化站后，我勤奋地工作着。我意识到不努力搞好工作，随时都有被淘汰的可能。我不能辜负您和叶书记的希望。更要紧的是我认识到文化站工作是党的工作，是社会主义的事业；党既然把这个担子放到我肩上，我一定要挑起来。一年多来，我出力、出心神，把全部光阴都用于搞好文化站的工作。说实话，我现在只爱我的工作，爱我的事业。仿佛一切个人的东西都可置脑后。别休想来转移我这个扑在工作上的心。

一年多来文化站有什么成效呢？图书、报纸向广大读者开放，谁都可到这里借书看；配合党的中心工作，配合农事，做好宣传工作；文化站门前的宣传栏每日出二三期，持之以恒；正常地开展各种文体活动；举办了几次大型的展览……

因此，几月来，吸引了中央、省、地区各级首长和外地兄弟单位来视察、参观（最近省文化局副局长郑达曾来过一次）。

如果说有成绩，我个人只是起了螺丝钉的作用。离开了公社党委和上级有关单位的指导和支持，就寸步难移。我觉得，这点成绩只是59分（仅是59分），要争取60、70、80、90分。其实，文化站的现有基础、条件，和所谓取得的点滴成绩，离人民群众对文化、娱乐方面的需要，还很远很远。其中的学问大待研究。

同样，对我个人来说，离一个文化站专职干部应达到的合格条件，我还差一大截。我要努力提高自己的思想修养、技能和业务水平，我愿做个知识方面的涉猎者、贪婪者。

现在，我多想看见你啊！我想念你，又怕想念你，一想起你，我就为病魔缠身的你而感到心如刀绞。我想，要是你没有病痛该多好！病魔死抓住你紧握着笔的手，使你无法让活跃的思维在稿纸上驰骋。我用焦急的、渴望的眼神望着你，盼望你"论金沙

[①] 萧殷1982年6月7日致罗海清函中称："曾给佗城文化楼寄了书和刊物，如石沉大海。"此函当是回应。

洲"①式的、带着精辟见解的论文从你脑中接踵飞泻出来……你几次说回来都没回来，只听楼梯响不见有人下来。有一次，我们还到城北去等候你呢，多失望，不见那流线型的小车把你载来！明年十月一中校庆，将有许多校友回来参加盛会，那时如果你能回来多理想！真是"人生几何"。我如近二月有机会出差到广州，将一定拜会你！

今年，我开始梳理自己到文化站后所做过的工作（包括经验教训），逐一概括集中，把它们写成文章，寄给地区文化局"群众文化消息"。至今已刊出两篇。还准备组织几篇。文学作品写不写？有愿望，但暂时难挤出时间来。我回忆走过的历程，透视社会，有各种现象、各种人物在心中涌现，有时冲击着我，像咬着我的心。我的体验太多了。总觉得有满肚子的素材。那样的材料以后能否制成成品呢？高尔基称"文学是人学"②。什么时候"人学"才在我笔下产生呢？

我的"转正"③问题已于六月十一日晚公社党委会上正式通过了。好容易赢得了今天，我须万分珍惜。从农村"跳"到文化站，现在已转为正式（公社的）文化站专职干部，何时才能"跳"到国家的公职，以实现我的"三级跳"？我相信，很快会有那么一天。因为这问题不仅仅是我一个人的问题（目前大部分文化站人员还不是"公职"的），这关系到社会主义文化事业，关系到精神文明的建设。

你最近会搬家④，不知迁到何处？据陶萍同志写信给我父亲说，搬家时将处理一批旧书，问文化站要不要。当然要！不管什么样的书总有好处。能否将书邮寄？要多少钱？我已将这消息告诉张志君副书记，他也很高兴你寄书给文化站，并要我代他向你表示谢意和问好。（你会记得起他吧？）

现在天气很炎热，对你的病很不利。敬望分外注重身体，静心养病。早些天，从《羊城晚报》看到你的《读吕雷的小说》的文章，很觉得沉甸甸的，这样短小精悍的文章有分量——这样的感觉如同看了你其他一些评论文章那样的感觉。我想，多少新起的作家需要你这样的指导啊！但是，你的病……

很久没给你写信，一旦写起来，觉得有许多事要对你讲，使信拉长了，耽误了你大好的时光，费你心机，我心情不免惆怅和难过起来……

---

① "论金沙洲"，指对于逢小说《金沙洲》的讨论。

② 1957年，钱谷融《论"文学是人学"》一文说，高尔基曾建议把文学叫作"人学"，意即优秀文学作品必须塑造出个性鲜明的人物。

③ "转正"，意即转为公社文化站正式专职干部。

④ 即从梅花村35号二楼搬回梅花村4号二楼。

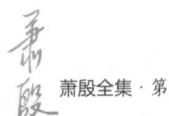

干好工作，绝不辜负你的期望。这，是我对你的最大安慰和报答。祝病情好转！

怀金　一九八二年六月廿五日（端阳节）

附罗怀金致陶萌萌（1978年10月20日）

萌萌同志：

感谢你对我的热情帮助！

感谢编辑同志认真细致的负责精神！

读了你的信，我欢欣鼓舞！也受很大鞭策！

我已于本月十五号给《作品》寄去三篇稿：《杨辛昌和夫人》（小说，7000多字）、《阳扬和真珍的事》（修改稿，7000多字，较原稿减了一万多字）、《旱天雷》（讽刺短剧）。不知收到否？我是寄挂号的。我不急了，你也不用为我着急了。因为我相信编辑同志的认真负责，因为我相信你的热心和诚意！我放心了。

我积累了很多生活素材，我将努力地不停顿地写下去。我绝不半途而废。我不弃前功。

我是"孤军奋斗"的，就是写的东西自己看自己修改，身边没有人指点。所以就希望你并通过你争取编辑部同志的帮助。当然，你父亲对我的不断帮助教育，不但过去、现在而且将来都起着不可估量的作用！

很快就要秋收冬种了。这个农闲时期，已写了那三篇东西，劣等也算自慰了。拟写多一两篇。如能写得出来，也同样寄《作品》。让我与《作品》对个象吧。它办得越像样了，我热爱它。就全国范围来说，它够得上三名内吧？

秋收冬种开始后就要暂且搁笔了。当麦子长上一尺长以后，我有两三个月任这支笔驰骋了。

我不想多说什么了。透过拙作可了解我；我通过它们与编辑同志讲话。

对你父亲的健康，我总是提心吊胆地挂念着。看这9、10《作品》两期没有他发表的文章，我更悬念着他！祝

进步！

罗怀金　一九七八年十月廿日

致罗君策13通（附来函8通）

罗君策（1940— ），1965年毕业于暨南大学，同年进入人民文学出版社工作，先后任校对员，中国当代文学、现代文学和古典文学编辑。主持编辑过《全元戏曲》《中国古代小说史料丛书》等大型丛书。萧殷《论生活、艺术和真实》编辑。

1980年1月26日

君策同志：

　　元月十二日来信，我在省人民医院收阅的。我由北京回来①后，由于"红霉素"打得太多，胃口给破坏了，不仅在北京不思饮食，连回到广州也不能吃什么。因体质太弱，一直卧病在床，至十二月二日，忽然又发高烧，脉搏很快，不得已又被送进医院，至今已住院快两月，除退烧之外，胃口与痰喘都没有什么起色。现在还住在医院里，什么时候能离开医院？还不知道。

　　出版部这么大的权力，实在令人莫名其妙！既不知道书的内容，又不调查读者的需要，纯从主观出发，瞎编一个出版目的，不是主观主义是什么呢？在"文化大革命"后，这种不从实际需要出发的情形，不仅在出版部门发生，别的部门也同样发生，这就不能不令人深思了。

　　在"艺术"和"生活"之间空半格或加一个顿点，你既然经过力争还是无济于事，那就算了！我多年来所出版的书，没有一本是符合我的审美要求的。在权力上扭不过他

---

① 萧殷1979年底曾赴北京出席第四次文代会。

们，只有认输！我不会怪你，少其①同志更不会怪你的！请放心！

我在医院期间，曾把解放后写的散文、小说编成一本《月夜》（一九五八年，曾在北京出版社出版过），准备交广东人民出版社出版！昨夜写了"后记"，谅这两三月内可与读者见面②。《论生活……》出版后，请按计划寄我两百本。匆匆祝你好！

握手！

萧殷

一月廿六日夜于省人民医院

1980年4月27日

君策同志：

信已收到几天了，因等书寄到后，才好写信给你，故拖迟了几天。前几天由样书室寄来的三十本《论生活》已妥收；今日又收到你亲自寄来的八包，我当即拆开一包，是二十本一包，共约一百六十本。连同样书室寄来的，总共收到一百九十本，勿念！

这次，你费了很大气力！占了你很多宝贵的时间，实在很过意不去，现一并向你致谢！

一九八〇年出版《图书目录》（部分），收到了。以后看需要再寄款去，看样子，我可能买一些古典作品。

龙世辉同志可能还在湖南，估计五月初会到达广州。

像《论生活……》这样的书，出版社是否赠阅？在文化界赠给哪些人？如有，请顺便查一下，如不送就算了。因我打算寄赠一些！如出版社赠送，我就不多此一举了。

近日很忙乱，不多写！有空望来信，祝好！

萧殷　四月廿七日③

---

① 少其，赖少其。

② 萧殷小说集《月夜》，广东人民出版社1980年第二版。

③ 罗君策注："一九八〇年手信，五月廿八寄出，下署月份有误。"

1980年7月18日

君策同志：

来信早收阅了，因为近来广州奇热，整日流汗，身体很不适应，而且工作又忙乱，有时需要到一些地方（如当代文学学会①、暨南大学、珠江制片厂）去谈创作问题，有时要应急写一些文章（如最近给《人民日报》及《编余漫笔》赶写短文），加上各种各样的来稿来信，便忙乱不堪，穷于应付。以致这么久，也抽不出时间给你写信，请原谅！

世辉同志此次来广州，只谈过一次。第一次他来时，我正和美国人林培瑞（Perry Link）②谈话，没有见到，只有第二次才天南地北谈了一两个钟头。许多话都来不及交谈，不料他竟回北京了。

这次出版《论生活、艺术和真实》，花了你许多精力和时间，特向你致谢！但此书很快卖光了，好些人写信给我，但我有什么办法？此书的稿费，除扣除一百二十元书费外，另汇来二百六十多元，总共三百多元，差是不坏的了③。

你近来忙些什么？身体如何？有空望来信！

握手！

萧殷　七月十八日

1980年9月20日

君策同志：

来信早收到，迟复的原因是常闹病，而且杂务忙乱。我自己也很难有头有绪地说清楚我是如何过日子的。总之，从早忙乱到天黑，不是应酬来人，就是阅读来信来稿，不是到单位开会，就是其他场合出席座谈会之类……只有夜晚临睡之前，躺在床上能有点时间读点书。至于写东西，不仅挤不出时间来，精力都被这些琐事分散了。整日忙忙碌

---

① 1980年6月16日，中国当代文学学会在广州召开次学术讨论会，会议由中山大学、华南师范学院、暨南大学和广州师范学院筹办，会长姚雪垠专程与会。

② 林培瑞（1944—　），美国汉学家。1979—1980年访问广州，时任洛杉矶加州大学（UCLA）助理教授。

③ 原稿如此。

碌，晚上一想，却空空洞洞。有时自己也感到"虚度时光"，但无法改变。自己对文艺的想法很多，但不能像从前那样勤于动笔了。记忆力、分析力和表现力，都今不如昔。奈何！

来信所谈颇有同感，只抓新作品，几乎抛开重版书是不应该的。有价值的中国古典作品和外国作品很多，但现在我们能读到的，却太少。有一些都不易见到。最近我到深圳特区去了一趟①，顺到沙头角（一条中英街，一边是香港商店，一边是我们的商店），看了看那里的新华书店，发现了许多中国出版的外国名著，如《堂吉诃德》②等，可是我在广州却未看到，怪哉！

《论生活、艺术和真实》，广州未见到，据说上海也买不到，但我自己却收到许多读者的来信，希望在我这里买一本。不幸，我这里不是书店，当然只能使他们失望。一个作者只能尽自己的努力去写作，却毫无能力去满足读者的需求。这大概也是一种"长官意志"的苦果吧。

我和陶萍明天就到我家乡龙川去，那里的矿泉水据说对肠胃病有疗效，我长期胃口极坏，一餐吃不了一两饭，所以决心到那个矿泉疗养所去住一段时间，如有疗效打算多住些时间，如无疗效，半月就回来。

《谈写作》一书，在湖南出版，买来一百多本，一下子就被人要光了。只印五万册，不易再买到。我现在向湖南出版社探询，如能再买数十本，打算送你一本。如果出版社无存书，这愿望只有等待将来了。匆匆

祝你一切都顺利！

萧殷　九月廿日于梅花村

1981年2月6日③

君策同志：

介绍谢望新同志与你认识，以后希望你们成为好朋友。

谢望新同志在《南方日报》负责文艺部的文艺评论工作，在评论界是个活跃分子，

---

① 萧殷于1980年秋率广东省文艺理论批评家参观团访问深圳。
② 《堂吉诃德》（上、下册），塞万提斯著，杨绛译，人民文学出版社1978年版。
③ 罗君策注："此信由望新带交，应是一九八一手写。"

几年来写了不少较好的评论文章与报告文学。这次到北京，主要是参加《文艺报》召集的中篇小说评选工作。

去年七月在湖南出版的《谈写作》一书（印五万册已售完），现又决定再版；《论生活、艺术和真实》据读者来信到处买不到，不知出版社有什么打算？

关于我的近况，可问谢望新同志。匆匆

祝好！

萧殷　二月六日

1982年1月28日

君策同志：

元月八日信及书两套均收，谢谢！

去年我竟有八个月在医院度过，自去年四月进院到今年一月十六日，几乎都在病痛中过日子。其中除五月底在北京住了十天（准备出国访问），六月下旬到七月下旬在长沙活动并住院二十七天外，其余八个月都在天天服药、注射、输氧中过去的。这一次，依然是肺气肿，不过比过去更加严重了：痰壅、气促、缺氧，加上胃口不好，是这次病情的特点，于是体重日益减轻（现在只有三十七公斤），体质愈来愈虚弱。由于长期受到肺气肿折磨，肺部已无什么弹性，因之，连上一层楼的气力都没有。在室内，甚至拉拉抽屉也会使气促难忍，呼吸困难。我深知，越不走动，身体会越坏；但稍一走动或稍用点气力，就气促不已，虽不断喷射"肾上腺素"，也没有用处。最近出院，也并不是由于病愈，而是发现病势在恶性循环中发展，因每次痰喘严重，医院就注射（或吊输）抗菌素，但此类药物对胃口刺激甚烈，每次注射，食欲就下降，甚至勉强才能咽下半两食物。这样，抗菌素的积极作用一点没有出现，而它的破坏作用却充分地发挥了，也就是说，想消除痰喘的目的没有达到，厌食却愈来愈严重了。为此，我只有再三要求出院。

现在各条战线上都出现类似的怪现象：只要赚钱，不顾社会主义利益。有些出版社，为了赚钱（为了发"奖金"），竟把一些低级趣味的、庸俗不堪的书籍印刷一百万册以上，而对于一些新创作（尤其是诗）却冷若冰霜，都拒之门外。其次，对理论书籍，出版社与新华书店都加以歧视（或者说，由于他们不懂读者的需要），不仅不愿意重版，也不愿意宣传。我看到这种情况，不禁感到心寒。如果不是已近残年，我也不想继续尝此"闭门羹"和"歧视"的滋味，而把有限的精力转去写小说。如果人学出版社准备继续把我那本书搁到一边，我打算收回版权，请你转达我的意见，并希望将结果告诉我！此书只印了一万册，少得令人惊异，但读者不断向我来信索书。我哪里有书呢？我的学生在纽约买到我三本书，唯独看不见文学出版社印的这一本。

新春佳节，我尽说些难听的话，但有什么办法呢？现实如此，我如何能强作欢笑？匆匆祝你
春节快乐！

萧殷　一月廿八日广州

1982年2月19日

君策同志：

二月十二日来信刚收到，知道《论生活、艺术和真实》将于近期重版[①]，如释重负。近两年来，曾接到无数的读者来信，要求代买或寄赠该书，但我毫无办法，我既不是新华书店，也不是出版社，拿不出一本书来满足读者的要求，只有徒唤奈何！在社会上人们一再希望多关心文学青年的成长，呼吁作家和理论工作者切实辅导初学写作者，但当人家辛辛苦苦，甚至冒着风险为青年写些辅导性的文章时，书店和出版社却冷若冰霜，仿佛有意让文学青年空躁急。书店难道可以置之不理吗？联想到这几年大家（包括一些领导人）对文艺理论的冷淡（特别是与创作成果对比起来，更加明显），许多同行痛感到费力不讨好，有的人甚至打算改行，改写小说、散文……也不见得会比写评论更难些。

下一步怎么办呢？技术性的加工肯定需要的。即当时许多词及语汇的使用，现在未必都合适，希望你先加以斟酌，做出记号，然后由我最后定稿，如果时间来不及，你就争取先发下去吧！我现在没有人帮我做"外围性"的工作！千万不要麻烦这些同志来代劳，我不敢麻烦他们！也不敢依靠他们！这些同志常常把他们自己估计得过高了。现在，我只打算，有力量时就自己动手，连执笔的力量都没有时，就完全不写。我发现，由自己直接写比由别人记录会节省更多时间和精力。

---

① 萧殷《论生活、艺术和真实》，人民文学出版社于1980年2月出版，此处"重版"指重印。

上述这段话,请不要向任何人泄露(老龙①当然可例外),因为这里包括了多少痛苦的挫折和痛苦的教训。

近日身体不好,但遇到暨大的研究生要写毕业论文,不能不审阅。其中有些莫名其妙的观点,却使人瞠目结舌,但我必须忍耐地读到底,并且还要写些令人不悦的眉批。此外,一些中年作家正打算出版小说集,他们都不约而同地希望我写序言。写序言,要读作品,还要动笔写……但按我现在的体力与精力是应付不了的,可是无论如何,一两篇总得"答应"下来,因而校阅《论生活、艺术和真实》现在还抽不出时间,"有心无力"是我目前心境中最大的苦恼!匆匆

祝好!

萧殷　二月十九日

1982年3月16日

君策同志:

接到你的信后,曾即复了你一封信,想已收到了吧?最近来,我的身体虽然还是依旧,但由于工作需要,不能不连续工作。广东出版社今年要出版十本广东中青年作家的小说集,因此需要我写序的人不少,由于支持不住,不能不婉谢,但一两篇是不能不写的,吕雷小说集的序言,已交稿②。在这同时,程贤章代我记录整理的《三十年代广东文学运动史资》,又要加工修改。同时《论生活、艺术和真实》和《习艺录》两书都要重版,不能不重读一遍。接到你的信后,我把《论生活、艺术和真实》翻阅了一次,其他各篇只改了个别字句。唯《论"赶任务"》一篇改了不少,因重版时是在第四文代会之前,到文代会时,才改"为政治服务"为"为人民服务""为社会主义服务"。文章的原来内容已经反对图解政策,反对图解概念,反对从表面配合表面,从形式配合形式。但"为政治服务"这个观点还流露出来。这一次,我把这观点改了,题目也已改成《文学任务与所谓"配合中心"》,因涂改的地方多,怕你们看不清,所以我又抄写了一遍,准备不日寄上,勿念!

---

① 老龙,指龙世辉,1978年重回人民文学出版社工作。
② 萧殷为吕雷小说集所作序言,曾刊载于《羊城晚报》。

给你和龙世辉同志各奉赠《给文学青年》一本,另挂号寄上,请查收!其中有一篇《典型、本质、形象与图解政策》,错了二三十处,我只对两个原则的错误用红笔改正之外,其他词不达意的段落,都来不及更正了。湖南出版社决定在重版时重新排版。

由于健康比去年还差,我决定以休养为主,连作协的日常工作也不拟参加了。暨南大学带研究生的事,第一期今年暑假毕业,以后,我决定再不管这个工作了。

你五月是否到海南开会?陶萍顺问你和龙世辉同志好!

握手!

萧殷　三月十六日

1982年4月30日

君策同志:

寄《论生活、艺术和真实》①时,我还沾沾自喜,以为能负担这么重的工作,而没有垮台,很觉欣慰。谁知,寄信给你的第二日就病倒了。这次病与过去不同,整日头昏低烧、痰多气促,不仅不能起床,连看报也无气力,一些未完的工作〔如对《习艺录》的校订,校对《三十年代革命文学活动的一个侧面》(我口述,程贤章整理)的回忆录等〕,只好搁到一边。整整躺了三个多星期,前几天才开始坐起来。这一次卧病,体质搞得更虚弱了,现在每日大部分时间休息,只能做一点轻微的工作。

《论生活、艺术和真实》一书进行得怎样?你估计什么时候能够出书?全国解放后我的主要精力都放在理论工作上,可是费力不讨好,远不如从事创作的顺利。打算今年再出一本小书,以后再也不搞文艺理论了。

你何时来广东?各大学的理论工作会议②已开过,当时我正在卧病,不仅不能出

---

① 指《论生活、艺术和真实》书稿。

② 1982年3月28日至4月7日,全国高等学校文艺理论研究会在广州召开第三次学术讨论会。

席,反而劳驾王西彦①、王元化②、孔罗荪③、侯民泽④、张孟恢⑤跑来看我,实在抱歉!海口会议什么时候开?对这类会议我一向不感兴趣,况且疾病缠身,也无力参加。

  陶萍问候你!匆匆祝

顺利!

萧殷 四月三十日广州

1982年7月12日

君策同志:

  七月来信今日收到,你没再来的原因⑥,我已知道,只听说北京来电催回,却不知是什么具体原因。我近日似乎更不舒服,炎夏逼人,加上正面那座障壁那样的高楼,不仅南风被阻隔,晒到高楼的炎阳还反射下来,不但呼吸困难,简直令人窒息。真是难受!但搬家又遥遥无期,去年省委与军区已批准我搬回旧居(梅花村四号二楼),但由于扯皮的人太多,至今未能搬成。说是七月份能搬迁,可谁能知道哪一天能实现?

  同意你将"客里空"⑦的注释删去,这样处理是合理的。但愿这本书能早日与读者见面,前年只印了一万册,供不应求⑧。我这里收到许多读者的来信,甚至把钱寄来托我买书。读者明明需要这类书,我自己为写这类书吃尽了苦头,可是出版社和书店却很冷淡,令人寒心!

---

  ① 王西彦(1914—1999),浙江义乌人。中国作协理事,作协上海分会副主席,《现代文学》主编。

  ② 王元化(1920—2008),湖北江陵人。国务院学位委员会学科评议组成员,上海市委宣传部部长。

  ③ 孔罗荪(1912—1996),原名孔繁衍,上海人。《文艺报》主编,中国作协常务书记,《文学月报》主编。

  ④ 侯民泽(1927—2004),又名敏泽,河南渑池人。《文艺报》理论、编辑组组长,《文学评论》主编。

  ⑤ 张孟恢(1922—1998),笔名任谷,四川成都人。北京三联书店编审,《译文》《世界文学》杂志编辑。

  ⑥ 6月6日,罗君策曾随杜埃登门拜访萧殷。参见罗君策来函。

  ⑦ "客里空",苏联话剧《前线》中的角色,原文意为喜欢乱嚷、好吹嘘的人。1944年,延安《解放日报》社论批判"客里空",要大家引以为戒,"客里空"因此成为弄虚作假文风的代名词。

  ⑧ 《论生活、艺术和真实》1980年版印数为20000册,1983年4月重印增至31000册。

怕你惦念，先写这封短信。匆匆
祝好！

萧殷　七月十二日

1982年10月16日

君策同志：

又四五个月不见面了。自七月下旬一直到十月十二日，我都住在暨南大学，一方面在华侨医院治病，一方面为了研究生毕业论文的答辩会。十月十一日召开了论文答辩会，结果研究生之一获得了硕士学位，另一位研究生却被否决，只同意毕业而已①。此事一办完，第二天我就搬回梅花村四号二楼。但前门被楼下住户堵塞住，后小门外原有一个小院落，但却被新建的省委档案馆霸占着，在小院落盖了个火房和工棚，弄得我无门可出入。凡来找的人，都找不到后门，因火房把一切都隔开了，不仅来找的人很困难，连邮件也无处可投递，因为连后门的标志也没有了，叫邮递员把邮件投到什么地方去？所以你回信时，千万请寄"广州、文德北路、中国作家协会广东分会"我收，千万不要寄到梅花村来。此问题解决后，再写信告诉你明确的通信地址！但谁知道什么时候能解决呢？不讲道理的事太多了，领导机关又不出来正视这种反常现象，奈何！

《论生活、艺术和真实》一书，应该快出书了吧！三月交稿，到现在已过半年，如再拖延，说明文学出版社完全看不上这本书，以后，我得有点自知，绝不敢再向文学出版社寄稿了。前年出《论生活、艺术和真实》时，只印了一万本，比起一本平常的小说来，相差几十倍。领导上空喊重视文学评论，但印数如此可怜。如何向读者解释？

这本书不管出不出，请把《论赶任务》（修订时，我已改过题目）这篇修订稿给我设法寄一份来！因为这里要出我的《自选集》②，我准备选入这篇文章，请大力协助！

望回信！来信由广东作协分会转。匆匆祝

工作顺利！

萧殷　十月十六日

---

① 分别指游焜炳和林华忠。

② 萧殷正在编辑自选集，后由花城出版社出版。

1983年3月29日

罗君策同志：你好！

　　我很长一段时间以来一直在病中。一月份急性发作，被送入医院抢救。经过这一段的治疗，现已脱离危险。但身体十分虚弱，现仍住在医院里，卧床养病，无法行走，亦无法看书写字。因此也就一直不能给你写信，此信亦只好让秘书代笔①。

　　近三年来，暨南大学聘请我任兼职教授，带两位文艺理论研究生。其中的游焜炳②同志毕业后留下来当我的助手。他的毕业论文《论典型性格是个多样性的统一体》于去年十月份答辩通过，被授予硕士学位。现将该论文寄给你，看能否推荐给《新文学论丛》③编辑部看看。因为我考虑一般的文艺刊物不宜采用这样的长文（《文学评论丛刊》④拟采用其中的第二部分第三节，即"勇于善于表现性格矛盾及其发展过程"）。若编辑部认为需要再做些整理或修改，请你转告或请他们直接告诉我或游焜炳同志。我与游焜炳同志的地址都是"广州梅花村4号二楼"（这是我的新家）。

　　你近况如何？做些什么工作？忙吧？祝

　　工作顺利！

萧殷　三月二十九日于医院床上

1983年5月30日

罗君策同志：你好！

　　来信收到。正像你所估计的那样，接来信的前两天，收到了贵社寄来的重印书⑤。闻知这还是你们组除高校文科教材而外的第一本重排书，我真有说不出的感谢和高兴，有便时请代向你们组及总编室的同志表示我的谢意。

　　我的身体十分糟糕，四月六日勉强出院，四月二十八日又急性发作，神志不清，又被送往医院抢救。吊瓶吊了整整一个月，前两天才停止。现身体十分虚弱，一点力气都

---

① 此函由秘书代笔，萧殷签名。
② 游焜炳，暨南大学文学硕士，此时任萧殷秘书。
③ 《新文学论丛》，1979年创刊，人民文学出版社出版。
④ 《文学评论丛刊》，1978年创刊，中国社会科学出版社出版。
⑤ 指《论生活、艺术和真实》。

没有,真没办法。我看你现在工作那么辛劳,真希望你能从我身上吸取教训。我这一身病就是在当年繁忙的编务工作中得下的。你一定得自己注意休息,注意营养,照顾好身体。现在年富力强,劳累了挺得住,但因此患下慢性病,老来就毫无办法了,悔之莫及了。望切切记住。

广东作协拟创办《文学评论报》(暂名)[①],要我任主编。我恐怕只能提出些原则性的意见,无法做具体工作了。力不从心哪。湖南出版社出的《萧殷文学评论选》也已印出,并寄来给我了,顺告。

我现在确在专心治病,很少考虑工作,谢谢你的关心。祝
健康!

萧殷　五月三十日(秘书代)

附来函

1978年10月23日

萧殷同志:近好!

信及书稿均收到了,勿念。

九月下旬,曾阅读了您给龙世辉的信,本拟及早去信。但从信内得悉:您的身体一直不很好,工作也较为繁忙。同日,我把这些情况反映到了组内。为了减轻您的劳累,又能使您的集子早日出版,组内曾考虑过:意欲请北大或其他文学单位,按您已拟好的篇目,进行集子的选编。此事因迟迟未决,我的信也就自然欠下来了。我想:您是能原谅我的。

现在,稿子寄来了,不但我个人,就是全组都是极为高兴的。

我的手头,尚有一些别的工作,估计十一月初才能完成。尔后,就集中力量搞您的集子。这个集子,经过了您的仔细审阅和修改,估计工作量不大。但经过多重手续,大概仍需十二月初才能完结。所以,我欲把发稿时间定在月底,这样,如果工作过程中遇到特殊障碍,也有一个回旋的余地。当然,如果各方面顺利,提前交稿,那是最好不过了。

---

① 后更名《当代文坛报》,1983年11月3日创刊。初为报纸,1986年6月起改为月刊。

这个集子，我想力争在五月份出书。

以上打算，不知您认为怎样？

两个封面题字，都写得有特色。我们都赞同您的想法，发稿时，将随稿一并送美术编辑室设计封面。

还有一个个人想法，供您参考：前些日子，《南方日报》发了一篇关于你的报告文学①，读后感触很深，也很受启发。因此，我想在这个集子后把该文附上，不知您认可否？如果您同意，我将直接找君宜请示。

秋去冬来，敬候安康，不蒙幸甚。专此敬陈，并盼来示。遥祝

撰安！

君策敬草　五月二十三日②

1979年9月25日

萧殷同志：近好！

书，及信均收到。谢谢您。

封面我又跑了美编室，正在外设计中。我正想努力争取年底出书，作为学生、责任编辑，不管哪个角度，我都希书能早日出来。然而，有时事力不从心，有些事是鞭长莫及的。——这点，您大概会体谅我的。

封面示意图一到，就寄出。

丁玲的地址是：友谊宾馆、东北区、二单元、十七号房间③。——您的地址只少了个"二单元"。——她一直住在那里，精神尚好，我们最近还有同志找过她。二十多年的折腾，活着就是一种胜利，至于所浪费掉的巨大损失，但愿能成为将来中国文艺界的深切教训。

文联已决定在十月开会了④，不知您来否？北京近日天气不好，冷热不均，白天与

---

①　指《寒凝大地发春华》，1978年9月3日载于《南方日报》，作者谢望新、李孟昱。

②　此函邮戳为1978年10月26日，萧殷注："10月30日收，31日复。"根据内容，并参考当年9月25日龙世辉来函、10月18日萧殷往函，可断定"五月二十三日"当为"十月二十三日"之误。写于10月23日，26日寄出。

③　参见萧殷致丁玲函。

④　指第四次文代会。

夜晚温差太大；据说广州天气也不太好，望注意保重。匆匆敬复，遥祝

安康！

君策敬草　九月二十五日

1980年3月31日

萧殷老师：近好！

　　半个多月前，本想动手给您去信，奈因赶发《文学三十年》的书稿，信拖了，而且一拖就半个月，谅！

　　《论生活……》一书，本拟计划一季度出书，二月初，我担心有变，到出版部了解了一次，果不出所料，不知哪个环节拖了一下，发印计划在二月底才送厂，因超过20号，工厂只能排在三月份发印。不过，总算是有点盼头了。过了几天，编务办公室又通知我，要为《文学书阁》（一个宣传书籍的小报）写关于该书的稿子。终于，出书有望了，四月见书，总不会成问题，心情算是安定了。

　　本来，这一切应成定局，然天不从人，好事多磨。今早上班（因送孩子上幼儿园，每星期一我是九时到班），桌面上摆上崭新的《论生活》一书，我是喜悦的：因为样书出来了。第一本书出来，大批出厂就指日可待。但拿起书本一看，心却凉了大半截（如果您看到，也会七窍生烟），为什么呢？封面可以说是一塌糊涂，在这信里，我也难于写清，特草两示意图，以说明问题①。

　　正确的样子，就是文代会②我拿到四招所给您过目的样子，现印出这样的德性，真叫人哭笑不得，也是一个较大的事故。因此，我已立即通知了出版部，要他们停止工厂印装，也没有在样书通知单上签字（因签字后就正式印装，直发书店，不再过责编手了），然后找责任美术编辑（但可巧他出差了），我把书拿给其他美术编辑看，他们由于业务敏感，也一眼看出了封面的错误，也和我一同到出版部门提出问题。尔后，除君宜外（她外出了），向经管我部工作的两位副总编和部主任、组长都详细地汇报了情况，要求工厂赔偿损失，并尽快地把书印装出本。至于情况如何，大概只能看后两天的努力了。

---

　　① 下附图四幅，分别为正确的封面、封底，及错误的封面、封底。大意错将封面垂柳印于封底，且封底题签者"赖少其"错印于封面。

　　② 指1979年11月，萧殷赴京参加第四次全国文代会期间。

为了这一差错,我今天算是紧张地奔跑了一天,书当然还是会按预想出书,可是又起码得等一小段时日,真使人有望穿秋水之叹!

　　十年浩劫,处处得以顽强表现,此书出版过程,亦可见其一斑。因此,我无法再拖延此信,只能详情以告,望老师海量!并希老师万勿生气,保重身体。我将全力以赴,务使此书早日如愿面世。

　　《当代》今年一期已出版,我已通知了他们给您寄书,地址也给他们写了,不知他们寄出了没有,如收到后,请您能在方便的情况下告我一声,寄刊物常常有收不到的。

　　匆匆直陈,盼请保重是幸!敬候
安康!

君策敬上　三月卅一日夜

1980年8月14日

萧老师:近好!

　　本信收到好几天了,忙于校样,未能即复,谅!

　　《论生活……》一书,本在定印数时,就很不摸市场的"行情",奈何责编甚至出版社也无权发言,这是既不科学,又没有道理的事情。您手头无书,这是必然的。就算我们编务组,前两天还到我组"讨"了一本(这样,我组存书,也就只剩下一本了)。这说起来应是个令人生气的"笑话"。

　　党委前段在总结去年出书工作中曾谈道:去年只顾抓了新创作、出新书,以求满足社会的渴望,因而忽略了抓重版书。……对此,我们觉得:有影响、有读者的书,在今年应该安排重印。但看来总结得太迟,今年纸张已很难安排,故近日在订明年计划时,我组已提出要重版几部已出版过的集子,其中,老师的《论生活……》一书已列在其中,至于"衙门"的"官商"怎样,一下子尚未能作复。但是,像《论生活》这样的集子,现在是这么供不上市场的需求,这点,我们组是坚持的。他们也应该在实践中看到。

　　老师的书,是面向青年的,是新中国成立三十年来唯一的而又很有特色的集子。——这就是我们认为必须重版的主要原因。至于决定情况如何?将另行函告。匆匆敬复,并候
撰安!

君策　八月十四日

1982年3月26日

萧老师：近好！

信、书均收悉。太谢谢您了！

您身体这样差，还负担了那么多工作，这着实让人担心。我能理解您的心情。是的，十年的动乱，夺去了多少人宝贵的、应该能做出很多很多事情的时间；现在，您很想很想做更多的工作，以弥补那十年的损失。但逝者如斯，如之奈何？写作、参加各种社会活动和日常杂七杂八的工作，还要复别人的各种来信、带研究生……这些没完未了的事情，对一个年过花甲的健康人来说，都是沉重的负荷，况复您身体本来就差呢？因此，我诚恳地希望您放开这些，安心地保养身体，力所能及时写些文章就可以了——劝人少做工作，这对于当前"四化"好像是一种不调和的谐音；但我觉得我有责任唱这个谐音。我相信老师会理解和原谅我的。

前两天，我到秦兆阳①同志家里（我正在为他搞一个文集），他因眼的白内障而影响工作。从他的身体谈到您的身体，他说您太善良、心太软。我想大概是这样，您的工作就越来越多。他还说，您什么信都复。真的，这怎么受得了啊！又怎样复得完啊！所以，我想，一般的来信，您是不是就不要复了。我相信，只要了解您身体状况的人（现在，只要能翻翻您最近这本集子的人），是能体谅您的；如果连这也不能体谅的没有良心的家伙，您又何必白费这一番苦心呢？

您说集子内有一篇文章做了大修。我想，只要不增加页码，估计不会有多大问题；但我至现在没收到。不知您是否想等我到穗时给我。然而，我却想在五月前把您的集子再版的工作和秦兆阳的集子的付印工作都完成，然后再赴穗开会。因此，如改好了，就请寄给我；如暂不成，待我到穗时取来亦可。

五月份我决定陪毛承志②到广州。您信中问及的会议不知是哪个会议。本来，去年底暨大要开港台文学会议，我是计划去的，但会议延到现在仍未有音信；本月在广州召开的文艺理论会，没有给我们发请帖；而我亦希把手头工作告一段落才离京，故未行。五月，海南师专将召开现代文学的会议，故拟计划一行；而南方的当代文学研究会的年会六月底将在湖南衡山举行，因此，可能的话，就参加两个会议。如不成，就从海南到

---

① 秦兆阳，中国作协书记处书记，《人民文学》副主编，人民文学出版社副总编辑。

② 毛承志（1928—　），江苏镇江人。《文艺学习》《人民文学》编辑，人民文学出版社文艺理论组组长、当代文学二编室主任，群言出版社副总编。

广州，拜拜老师、会会朋友就算了。

您近日来信都较长，我想象老师一定是很费劲的了。其实，这些信，由陶萍师母或蒙蒙（名字没记错吧？）①代笔就可以了。这样，您可以省点劲儿。

白木耳是很滋补的，不知您是否服用？

每年一季度我都较忙，因为工厂印书也要排队。同信寄上老龙②信一封。匆匆。问陶萍师母好，敬候

撰安！

君策敬上　八二年三月廿六日

尊著昨天才收妥，故复信迟了几天，谅！

1982年3月29日

老师：近好！

前几天给您一信，想已收到。

刚收到惠来的《论生活、艺术和真实》一书的修订本及稿子和信，怕您担心，特函告。

来信谈及：如此负荷之工作量，仍然能安然度过。说明老师身体尚正常，可喜。但细想之余，仍望老师今后别负荷过重，不知老师以为然否？

赴穗前，我将把此工作完成，以慰师友之望。匆匆，专此。敬候

撰安！

君策敬草　三月廿九日

1982年7月7日

萧殷老师：您好！

六月六日随杜埃同志到您家小坐后，想不到竟再抽不出时间到您那里了。本来，那天造访的原意，只是想先报个到，以后再抽时间到您那里去，汇报一下书的重版进程和工作情况。怎知以后忙于开会，北京又来信再三催促返京（参加评定职称的工作）；最

---

① 确实记错，应作萌萌。
② 老龙，指龙世辉。

后不得不匆匆返京。

这次返穗,未能再次拜访老师,亲聆教诲,委实遗憾之极。敬请老师原谅!

《论生活、艺术和真实》一书,在五月初旬已完成了重版发稿的工作。书中改动处,除一些由于编排原因未能改动外,其余均按老师所要求做改动或增删。未能改动之处,为"客里空"一词的注解增补。本来,增一条注解,并非难事,但后来发现,增加而后,动的页码太多。这样,不但费时费工,而且易于引起新的错误(错排或行次的颠倒与漏行)。因此,考虑再三,觉得"客里空"一词并不是异常难懂的词语,一般文化人,包括较多的青年读者还是能理解的,所以就自作主张把注释删去了。这点,希能得到老师的谅解。

现在,书稿已在工厂内进行工作,短时间内大概还不好催促。待过一段日子,了解到确实的工作进程,便将函告给您。

在广州时,听杜埃同志说,您近日会搬家[1]。不知现在搬了没有?我这信,只能按老地址写,我相信您是能收到的。此信发后,如长时间听不到您的消息,我将通过《作品》的易准[2]重写一信给您。

回京后,工作积压了很多,再加上评职称的会议也很多,所以信候迟迟,谅!

这次返穗,我是第一次到您家,觉得您精神尚好,内心是高兴的。但我又感觉到,您的生活好像太清苦了点。我觉得您还是应多多保养,无关的事、信,甚或使人不高兴的作品评语是不是少写或不写,这不是怕得罪别人,而是省点精力,多多调养,不知您认为对否?

广州已入盛夏,暑气蒸人,常人都觉寝食不安,料想老师会更不好受。敬希老师能强饭加衣,不必过分俭朴。匆匆,顺问师母好!

专致,并候

撰安!

君策敬草　七月七日

---

[1] 指搬至梅花村4号二楼。

[2] 易准(1931—2006),广西北海人。时任《作品》副主编,后曾任《当代文坛报》主编。

1982年11月17日

萧老师：近好！

很对不起，这封信写迟了，劳您悬念。望谅！

收到你的来信，就立即和出版科联系，据答复云：正在厂里。尔后，我参加了一段脱产学习（学十二大文件）；回社后，领导又相继学习文件去了，想把信给他们看看，才给您回信，怎料一拖就几周过去了，真是时光似箭啊。

对您集子的重版，社里看来是重视的。重视的标志是今年第一本安排的重版书；但问题又来了，为什么又迟迟未见书呢？原本现在我社抓书的出版周期，不知什么环节不畅，出版周期由二百多天至三百多天，现在却变成了四百天以上。这种情况，真使人哭笑不得而望穿秋水。因此，这两天通知，明年要出的书，还一定要在十一月前发，十一月前发不了稿的，明年是无法出书的，这真使编辑们不知如何是好。

编辑和作者一样，总是希望发稿后就能早出书的。但编辑常常发稿后，很快处理完校样，那么就一直等到都有点淡忘了才见到书面；至于作者，等的时间自然就更长。这样下去，出版事业不知怎样才能发展。

印数的问题，也是您来信谈及的。就这本集子而言，面向青年，应是很为社会所需的，我们组内也是希望多印的，意见（包括前几年要出版的意见）提了好几次，但社内无法解决。因为什么时候出版和印多少，均受制于发补所。出版社自己重版了，或印数增加了，发补所概不负责发行，这样，哪一个出版社敢违抗这"经济规律"呢？上有像那些不怎样的"演义"之类的书，才大概能渠道畅通。这真是太令人伤心的呢。

老师的书是很有社会价值的。情况如何，我想，老师大可不要为此生气而有伤身体。至于书的重版，我将在社内勤催促，使其早日成书好了。

中国之今日，要办一件事情是很困难的，望老师放宽心怀。

我在京尚好。冬日将临，祈请老师保重。问师母身体好！匆匆，专此，并候

安康！

学生君策敬草　十一月十七日

不知您已搬家否？是否仍住在林立楼群的"盆地"之中？念念。——这事确实使人生气。可是，除了"岂有此理"之外，又有何法？此信仍寄"广东作协"。

致罗沙1通

罗沙（1927— ），原名罗光泽，江西赣县人。著有诗集《海峡情思》《东方女性》等。曾任广东省作协理事，广东人民出版社文艺编辑室副主任，花城出版社诗歌编辑室主任。

1982年7月×日①

罗沙同志：

我本来打算到番禺大岗公社去休息，因交通不甚方便，医生和机关都不同意我去，只好于星期四（七月廿二日）搬到暨南大学招待所来，现住该招待所一〇二房，有南风，比梅花村好得多了。

你住在石牌，但不知你的具体地址，无法直接通知你，还得把信寄到出版社去。

《海韵》②如发给我稿费，请你代领，并希望你有便时顺便带给我！

你要找回《纪念周总理的诗选》③，因搬家，把书籍都包扎起来，因太乱，一时还没法找到，待搬家后再找吧！乞谅！至于《论述事诗》却无一点印象。在这以前借的中外诗集，记得全还给你了，但却记不得有一本《论述事诗》。待搬家一起寻找，如找出来，一定奉还。匆匆

握手。

萧殷　暨大招待所一〇二号房

---

① 此函无日期，据内容推断写于1982年7月。
② 《海韵》诗歌杂志，广东人民出版社（花城出版社）出版，罗沙主编。后更名《青年诗坛》。
③ 疑指《天安门诗抄》，人民文学出版社出版。

致罗源文2通

罗源文（1928—2005），笔名祖琛，广东南海人。毕业于华南人民文学艺术学院文学系，后在中国作协文学讲习所第四期学习，时任广东省委宣传部文艺处长。曾任《文艺新世纪》《南国》杂志社社长兼主编，广东现代革命作家研究学会副会长。

1982年8月15日

源文同志：

你好！由于梅花村住所今年热得难熬，特于七月底躲到暨大来避暑。这里虽然较通风，但嘈杂得惊人，常常不能得到应有的休息；招待所的伙食也很贵，无法长期维持。看来，这里也不是长住之地，希望待暑气稍敛之后，回梅花村去。在此种情况下，便产生了一种无家可归的惆怅心情，你会感到奇怪吧？

自省委批准我搬家之后已快一年了，可是由于各种无法理解的原因，至今仍不能搬家。这种情况请你负责转告陈越平[①]部长，希望采取更切实的措施，争取能于最近搬迁。

据白蚁防治所调查，认为梅花村三十五号的内墙已被蛀空，已急令楼下住户从楼梯旁边的房间搬出，据云随时都有坍倒危险。看来楼上也同样危险，希望引起有关方面重视！

天气太热，又体弱多病，心境又不好，匆匆祝好！并颂

暑祺！

萧殷　八月十五日

---

① 陈越平（1914—2012），广东东莞人。曾任《南方日报》社长、总编辑，时任广东省委常委、宣传部部长。

1982年9月2日

源文同志:

  匆匆写了这个报告①,不知妥当否?请你即上交处理,争取早日解决。

  我老住医院,疾病又不见有起色,很焦虑!不时看见一些逝去的病人,不无感触!

匆匆祝

工作顺利!

萧殷　九月二日

---

  ① 罗源文注:"'报告'是指要求解决迁回'文革'前住梅花村四号,落实住房政策的那个报告。此信写的时间是一九八二年。罗源文一九八五、十、五。"

致骆世昌2通（另函1通）

骆世昌，广东龙川人。1963年毕业于龙川佗城中学，前往新疆生产建设兵团农五师八十九团工作。得到萧殷鼓励，在《新疆文学》发表小说《途中》等作品。1985年调入深圳宝安中学任教。

1979年5月14日

世昌同志：

　　来信早收到，款最近也收到了，勿念！

　　我今日下午要到省委去报到，从明日起一连参加半个月的会议，怕回来又忙别的事，故匆促中给你写封信。

　　我在这里不仅负责主编《作品》月刊，而且还承担着作家协会广东分会的全副担子，十分忙碌，可是身体又不很好，常患病，所以平日极少外出。除不得已的会议之外，我很少外出。可是，家里来人多，来信来稿多，虽然各方催稿甚急，但因时间少，写得极少。

　　你要的书，在广州也不好买到，我准备请暨南大学中文系的同志们去想想办法，类似《古文观止》《唐宋词选》等，这里恐怕也很不容易找到。我将托他们去找，找到了，就寄给你，请你不必来催。

　　我去年出过一本《习艺录》，是谈创作的，早已卖完了。据说以后将重印，待重印后再寄给你。

　　我心脏不好，写字抖索，身体比五八年在佗城时差多了。但精神尚可，勿念！

陶萍问候你们一家人！匆匆祝

平安！

萧殷　五月十四日

于梅花村35号二楼

1982年6月6日

世昌同志：

　　来信及第五期《新疆文学》均收到，我即刻读了你的作品《途中》。这篇习作确如你所说，还不善于结构小说，更不善于揭示其内在意义的社会根源。就整篇文字来说，写得还流利通顺，没有文理不通、词不达意的毛病。从开头到结尾，也有吸引力，能使人一口气读下去。这是应该肯定的。但是中间写男旅客喜爱金鱼一大段，似与这人物的性格无关，也就是说，写这人做好事并不是非写金鱼不可，这里没有因果关系，相反，你在习作中只注意那男女旅客做好事，却不注意什么条件、影响去促使他们做好事。也就是，你只写了他们的好性格（好品质、好作风……），却忘了描写促使他们行动的典型环境。

　　前年我回佗城一趟，主要是到黎咀矿泉治疗所去治胃病，前后在龙川住了四十天①，十一月就回广州了。回到佗城的前一晚，恰巧骆开源②不幸去世了，我即刻送了花圈，还叫文教办同志去参加追悼会，这可能有些好影响，人们说："三十年来，也没有开过这样隆重的追悼会！"刘士尫、徐阳春、李永川等的问题没有解决，我特请他们来吃饭。今年据说佗城中学已聘刘、徐为正式教师，永川先生已正式恢复了工作。

　　我去年住了八个月医院。五月本来要出国访问，但到北京后，胸部忽肿起一块，医生疑为恶性炎症，故又回来，以后一直住医院。

　　前年曾给你寄了一本《月夜》（我的散文、小说散文集），收到没有？

　　匆匆祝好！陶萍祝你好！

萧殷　六月六日广州

---

① 1980年10月，萧殷、陶萍曾在黎咀矿泉治疗所疗养。

② 骆开源，龙川县车田中学教师。

附骆世昌致陶萌萌（1986年8月14日）

萌萌同志：

您好！我是去年从新疆调回深圳市宝安县西乡中学工作的佗城人骆世昌。因先父骆梅生是萧殷叔同学好友，故少年时代我在佗城常得到萧殷叔的教诲，并受他的影响对文学产生了爱好的。在新疆工作的时间，也和萧殷叔有过书信往来。

蔡运桂等老师因写《萧殷评传》之故，曾来信要我提供这方面的材料。虽然殷叔曾希望我能成为继他之后的佗城又一位作家，也虽然他在我处女作发表后，曾热情地写信鼓舞并提出过相当精当的评价意见。但我在文学上起步很晚，成绩平平，在新疆只是《绿洲》文学的一位不显眼的中年作者。加之搬家时没保留萧殷叔的信件，所以自觉提供不出什么有参考价值的东西。但萧殷叔五十年代六十年代回佗城的一些事，每当我一想起来就心潮难平，趁着暑假我写了这篇《萧殷和佗城》，原打算写好后，给陶萍阿姨看看，交特区报①戴木胜同志处理的。但上星期我堂哥骆世浆到我家，说陶阿姨已北上，前天罗海清老师的女婿从佗城来，又告诉我说，贺朗同志到佗城去充实《萧殷传》的素材，这几天，我又看到了贺朗同志在特区报登出的部分文字。所以，我就改变了主意，把文章寄给你。不一定要在什么报刊上发表，能给贺朗同志或蔡运桂老师的写作当个参考就好。

我的创作档案、作协会员关系虽从新疆转来了省作协，但因与广东的生活间隔了22年，一时还写不出什么东西来，只能写点小说在特区的报纸上发发。

祝安！

骆世昌　八月十四日

望能来封便信，地址：深圳市宝安县西乡中学。

又及：我与萧殷叔的通信，只找到夹在书页中的这一封，现也一并寄上。供参考。时间好像是七八年的了。

---

① 指《深圳特区报》，戴木胜时任该报副刊编辑。

致吕雷3通（附来函1通）

吕雷（1947—2015），原名吕小坪，笔名李海新等。祖籍广东惠东，出生于重庆。先后入读中国作协鲁迅文学院、北京大学中文系作家班。著有小说集《云霞》《浪尖上的信笺》等。曾任广东省作协副主席。

1979年3月9日

吕雷同志：

　　寄来小说《血染的早晨》①（我把"染血"改成"血染"）已读过，改得比第一稿深刻得多了，一些不够清楚的地方，也改得鲜明了。已将稿子转给《作品》编辑部，建议他们采用。估计至早也得五月号才能发表出来。因为四月号已发稿。

　　曾有人说《文汇报》的《枫》②与你的小说差不多，但我未读过《枫》，不知到底如何？据编辑部主任说，这篇小说"无论在主题、人物形象（特别是人物的内心世界）都比《枫》深刻、丰满"。估计发表是无什么问题了。希望你继续努力，力争多写些题材尖锐的短篇小说！

　　我在茂名的讲话谅已整理完毕，希望尽快寄来！因我修改时还需要花费很多精力的。

　　问你爸爸③好！祝你

努力！

萧殷　三月九日

---

① 《血染的早晨》，吕雷著，刊载1979年《作品》杂志。
② 《枫》，作者郑义，刊载1979年2月11日上海《文汇报》。
③ 吕雷之父吕坪，时任广东省茂名市委书记。

我离茂名到湛江时，在小车上受了凉，回来病了十几日，幸现在已好转，勿念！见锡洪①同志，请致候！

1979年8月3日

吕雷同志：

小刀和信已收到，谢谢你！小刀很好用，我主要是用来切削"鸡眼"，试了一试，比那种"不锈钢"小刀锋利得多了。很解决问题，再一次向你致谢！

写了几篇不成功的小说，没什么奇怪。千万不要着急！我很同意你"钻"到生活中去，多了解人，探索人的心灵世界；同时力求弄清这种心灵与他们所处的环境的关系……所谓典型环境与典型性格的关系。年轻时代应把主要精力放在练本领上、练基本功上，不要"一切为了发表"！当然，在深入生活过程中要不断进行实践，——不断把零碎印象及偶然现象概括、深化；不断把分散的零碎的生活素材创造成完整的、有个性、有气血、有思想、有生命的形象。——在这过程中，如有较满意的作品，当然应当拿出来发表。

当年纪尚轻时，多走走，多看看，尽量打开眼界，增广见闻。对于充实自己，为创作打下深厚的基础，是很有好处的；进到我们的年龄，体力逐步衰退，想多走多看，也不可能了。所以，你应特别珍惜这段深入生活的时光。

我比去年更差些，除肺气肿外，似乎心脏也有了问题。匆祝进步！

萧殷　八月三日

1979年9月30日

吕雷同志：

《人名录》收到，谢谢！

文化馆寄来的小样②，已收到。因一直忙着别的事，始终没有整理它，高州那次谈话，也没有整理出来。

---

① 何锡洪，茂名文化馆及《茂名文艺》负责人。即吕雷来函所称老何。

② 指萧殷茂名谈话记录小样。参见何锡洪来函。

现在什么事都一样,如果让别的事跑到前头,什么事都得丢开一边,茂名与高州这两次讲话也是如此。我七月才离开新会,八月又得去顺德开会,现在准备参加全国文代会,忙得很!

如果你们还需要,望来封信,准备回来后再抽空整理。匆匆祝好!

萧殷　九月卅日

附来函

1979年3月12日

萧伯伯:

您好!

接到您的亲笔回信,我很激动。为我这个初学者的一篇小习作①,您花费了这么多的心血和精力,真是感人至深!我今后一定牢记您的教诲,努力学习,力争多写些题材尖锐的短篇小说,希望您以后继续给我指导和帮助。

接到您的信后,我又将《血染的早晨》做了一些修改,修改稿主要是增写了关于糖的故事。以前您曾谈到,那在街上买一颗糖的情节似乎与故事关系不大,有游离开来的感觉,但又涉及一般群众对武斗的态度问题,不能不要,所以我在修改稿中加进了十年前小哥俩追捕凶犯时曾互相推让过一块糖果,小斌宁愿挨饿也要给哥哥留半颗糖的情节,并让他在后来买糖时引起回想和憧憬,以及被枪毙后手里还捏住半块糖让他哥哥看见更为悲痛,等等,不知道这样用"糖"把整个故事穿起来,这篇小说是否会完整些?街上买糖的情节与中心故事游离的弊病能否通过这一改动后得到克服?也有人提出意见,说这样改太牵强巧合了,显得不自然不可信,到底修改后好还是原来的样子好,我自己也拿不定主意,好在修改幅度很少,还是请何锡洪同志把这修改稿带到编辑部,请您和编辑同志决定吧。

文汇报的《枫》,我是在把稿子呈送您批阅以后才看到的。《枫》写得很感人,文笔也很美,这是我远远比不上的,至于情节上与我的习作有相同之处,我也有此感觉,不知道为什么有此雷同。也可能"文化大革命"中兄弟相残、情人对垒的事到处都有的

---

① 即吕雷小说《血染的早晨》(原名《染血的早晨》)。

缘故吧？不过，我觉得《枫》的主人公卢丹枫和《血染的早晨》的侯小斌是两种不同的类型。卢丹枫是把"四人帮"那一套误认为是真理而狂热信奉的红卫兵，她至死不悔、最后坠楼自尽，而侯小斌，则是在吃尽苦头之后，从狂热转为彷徨、怀疑最后产生了醒觉的萌芽，开始有了点独立思考，但"四人帮"的魔爪却把这萌芽扼杀了！（"四人帮"最狠毒就是不准青年独立思考！）我想这还是有典型意义的。因为"四人帮"那一套到底不是真理，不可能把那么多的热血青年蒙蔽得那么彻底。"文革"中，很多狂热的青年在遭受挫折后都理解到，在武斗中视死如归的人与刘胡兰为真理献身是有本质上的区别的。每次大型武斗后不少最狂热分子都变成"逍遥派"也证明了这一点。不知道我这种看法对不对？

您在茂名的讲话已整理好了，由老何同志专程带上省面交给您，我写了一篇学习您讲话内容的体会文章，据说在《茂名文艺》第一期发表。

知道您的病情已经好转，我们大家都感到欣慰，万望您好好保重身体，为文艺的百花盛开的春天做出更多更大的贡献。

好了，一写就长了，又打扰了您宝贵的时间。祝
一切都好！

吕雷　三月十二日

致吕蒙23通（含黄准，附来函10通）

吕蒙（1915—1996），原名徐京祥，浙江永康人。书画家。早年入读广州市立美术学校，从事抗日救亡活动。曾任新四军政治部宣传科长和文艺科长。中国美协上海分会副主席，上海人民出版社副社长，上海美术出版社社长。

黄准（1926—   ），浙江黄岩人。吕蒙夫人。影视作曲家，毕业于延安鲁艺戏剧系，曾为《青春万岁》《红色娘子军》等多部电影作曲。

1971年7月11日

吕蒙：

七月六日收到你寄到广州的信，七月七日又收到你直寄来连山①的信。后一封信附的照片也收到了。现将我这次回干校前，在广州烈士园②照的一张照片寄给你们，这张照片比我本人精神些，也似乎不像我本人那么苍老，但"两鬓皆白"则一目了然。

用丝瓜汁治哮喘的方子，收到信后即到菜班去接洽丝瓜汁，第二天，就弄来一瓶，已试服过两天。但不知要服多久？什么时间服饮最好？望再打听一下。

我的哮喘症（肺气肿）用各种方法治疗过，连各种"去氢可的松"（激素）也服用过，都不见疗效。初早晨喘得很难受，现发展到呼吸困难，常感到胸部压迫感很严重，仿佛要断气似的难受。我现在住在山下民房里，每日要三次上班，而连队却在半山上，

---

① 中共中央中南局机关五七干校，在广东省连山壮族瑶族自治县上草公社。1969年3月，萧殷下放此干校五连劳动，驻地万里坪。

② 即广州起义烈士陵园，为纪念1927年广州起义而建。

也就是说，每次上班都要走一段斜坡路，这个斜坡在健康的人看来，根本不算什么，可是在我却变成一道难关。每走到斜坡就呼吸急促，胸部闷塞。前一阵，我本来只上半天班，现因运动进入紧张阶段，所以不能不三次上班，虽很难受，但没有旁的办法，只好拖下去。估计运动到八月可结束，但我们到八月能否离开这里还不知道。前半月，收到肖洪达①（他现在广东省革委会办事组当副组长）来信，说省革委会想调我去搞理论工作，政工组负责同志已批准，只等组织办批准了。我现在从自己的身体条件考虑，觉得理论工作也不胜任，如果再加上"一天三班"的紧张生活，怕支持不下去。所以我并不着急，叫去就去，不叫去就拉倒。按照自己的体力与精力的实际情况，恐怕"退休"是最实际的。

广州美协的人，自"文化大革命"后中断了来往，一直到今年五月参加"批修整风"②学习班时，才见到关山月③、杨秋人④（两人都是原广州美院的副院长）和黄笃维⑤。杨纳维⑥未见到，忘了打听他的情况，在"文化大革命"时，曾偶然听到：他病得十分严重，腰直不起来了。一九六二年，我知道他患类风湿关节炎，腰脊弯曲，不能直立，走路已很困难。至于黄新波⑦，据说血管硬化到危险的地步，现在广州家中养病。医生已背后嘱咐其家人，千万不要让他单独外出，只要跌一跤，马上就有死亡的危险，但他自己还不知道，像平常那样乐观和爱开玩笑。写信给他可写"广州市，东风二路，音美新村"。这是原来的名称，现在是否叫"音美新村"，我就不清楚了。关山月、杨秋人、黄笃维等都还在英德文艺干校。他们与陶萍在一个干校，写信可寄"广东

---

① 肖洪达（1918—2005），广东潮阳人。中央军委办公厅主任，中纪委副书记，中南局宣传部副部长。

② "批修整风"即"批陈整风"，始于1970年11月16日中共中央《关于传达陈伯达反党问题的指示》。

③ 关山月（1912—2000），广东阳江人。国画家、教育家，岭南画派代表人物。广东省文联副主席，广东省美协副主席。

④ 杨秋人（1907—1983），又名杨工白，广西桂林人。画家。广东省文联委员，广州美术学院副院长。

⑤ 黄笃维（1918—2004），广东开平人。早年入读广州市立艺专。美协广东分会副主席，《广东画报》主编，广东画院副院长。

⑥ 杨纳维（1912—1982），广西藤县人。版画家。美协广东分会副主席。

⑦ 黄新波（1916—1980），广东台山人。版画家，早年参加左联。广东省文联副主席，美协广东分会主席。

省，英德，横石塘，文艺五七干校"。

卢文新①，据说在长沙，湖南军区司令部，任副政委。我还未写信给他。我本来也希望他帮助我的第二孩子参军的。

至于王兰西②，一直听不到什么确凿的消息。六七年谣传他投水自杀未遂，这大都是谣言，不可靠。六八年听说他自杀了，不知确实否？但从此再未听到他的任何消息。

关于过去的情况，我记得也不多了。陈也苹③我一直未见过，只是常常听你提起她，好像她在一间学校教书，她生小孩时，曾请你去代过课。至于她的丈夫我更不知道了，你常说到一个姓朱的，是不是她的丈夫？方树民④，我听你说是在社联小组认识的，不知我记错了没有？抗战后，他在南市⑤公安分局工作，住在南市什么地方，我未去过，具体地址不清楚。方与严希纯⑥的关系较密切，在"防护团"，方不太出面，什么事都是由严希纯来谈的，譬如当时防护团大队长郑某，不时来防护团宣传慕沙里尼⑦伟大之类的谬论，他讲过后，严就找我们数人（你、我、张建甫、谢锋、蔡仁元等）⑧到旁边那座小楼去谈，指出郑某谬论的反动实质，要我们各找熟悉的团员加以"消毒"。这些事，方树民都是知道的，但由严希纯出面来做。至于蔡仁元，就是在防护团认识的，他与严希纯原来就很熟，而且是同乡关系（都是贵州人），当时严希纯、蔡仁元，我们都是住在二楼一间大房子里。我们到武汉后参加"七政"⑨，是由严希纯介绍

---

① 卢文新（1916—1993），江西宁都人。少将军衔，湖南省军区政委，广州军区工程兵政委，广州军区后勤部副政委。

② 王兰西，即王阑西（1912—1996），原名王之坎，河南兰封人。左翼作家，少将军衔。广东省文教部长，广东省副省长，文化部副部长，对外文化交流委员会副主任。

③ 陈也苹，生平待考。

④ 方树民（1910—1996），即方仲伯，四川万县（今重庆万州）人。抗战期间担任李公朴秘书，与萧殷共事。云南省政协副主席，云南大学党委书记、副校长。

⑤ 南市，指南昌市。

⑥ 严希纯（1879—1965），原名严傅，贵州印江人。致公党中央常委兼副秘书长，全国政协常委，1937年，萧殷在其直接领导下参加第七战区抗日宣传工作。

⑦ 即墨索里尼（Benito Mussolini），意大利国家法西斯党党魁。

⑧ 蔡仁元，即韩念龙（1910—2000），曾任外交部常务副部长。张建甫，参见下函；谢锋，生平待考。

⑨ 七政，即七政训练班。又称第七战区司令长官司令部战地政治工作委员会。1937年成立，黄诚任书记。

参加的，严希纯与吴秋影①（七政、政治部的干部，当时是很进步的，你还记得有狄超白②、吴大琨③也在七政吗？他们都在政治部工作）很熟。后来我从南昌回到汉口时，陈同生④来找我，记得是吴秋影带他来找我的，可见吴秋影是个很进步的人，也可能是共产党员。这次对我这段历史的调查，据外调同志说，严希纯当时是地下党员。

听说，方树民于五七年已被划为右派分子。其他情况不明。

情况就谈这里吧？你还想起什么问题，也告诉我。

今晚不开会，没有上山去，所以有时间写信。这里白天热得很，坐着也流汗不止，幸好到晚间较凉快，到下半夜则非盖棉被不可。

有空就来信，以后千万不要中断联系了。我的生活如有变动，一定写信告诉你，希望你也如此。

匆匆祝好！

萧殷　七月十一日晚于连山

1971年8月1日

吕蒙：

十九日来信收悉。可是这两天，我全身疲软无力，疲乏得老想瞌睡。前两天还发高烧，从昨日起烧退了，但浑身还是十分难受。原因是上星期几个同志约我到深山去采药，不巧遇上了一场大暴雨，既未带雨具，又无地方躲避，整整淋了一个多钟头，衣服湿透了，山风又大，冷得直抖索。回来后，虽未发大病，但几天来都疲软无力，忽冷忽热。说明自己的身体太虚弱了。估计再休息两天会好转的，勿念。

黄准在鲁艺时，我是有深刻印象的，记得一九四一年夏，我从太行山回到延安，住

---

① 吴秋影，生平待考。

② 狄超白（1910—1978），江苏溧阳人。《抗战周刊》主编，后创办《文化月报》。1954年春被任命为中国科学院经济研究所代理所长。

③ 吴大琨（1916—2007），江苏吴县（今苏州）人，东吴大学肄业。曾任全国救国会宣传部总干事，编辑《救亡情报》。经济学家，中国人民大学经济学院教授。

④ 陈同生（1906—1968），四川营山人。中国青年新闻记者学会（"青记"）理事。上海第一医学院党委书记，上海市委统战部部长，上海市政协副主席。

桥儿沟①鲁艺文学创作组。她最小，十五六岁，虽未说过话，但经常看见她。只在那里住了一个多月，以后我到中央研究院去了，所以以后见面的机会就少了。她决定下乡生活，不知地点确定了没有？如来广东，大概会有机会见面。估计我到九月以后，可以请假回广州休息一个月。原以为八月运动将结束，现在看，大概不可能了。陶萍已调回广州分配工作，七月廿六日已出发到茂名去参观，接着据说还要到东莞参观，也不知参观多少时间，估计八月下旬将回到广州，因那时广州要召开一次规模很大的创作会议，她是一定要参加的。据她来信说，领导上大概是叫她搞创作，但分配到哪个具体单位，现在还未确定。（七月廿八日写）

因为太疲乏，廿八日未能把信写完。今天是"八一"，准备把信续写下去。

读了你这次来信，才知陈同生已自杀②，严希纯已病死③。我一直以为严还健在，你说他在"文化大革命"前病死，而且还是从报上知道的，可能是在我出国期间④病死的，否则我一定也能从报上看见消息。同生同志一直对我很好，我到延安时，他还把一位烈士的毛衣送给我（那位烈士在被杀害前，把毛衣交给他的），要我继承那位烈士的革命遗志。回想起这些，心里感到特别沉痛。张建甫就是张棣赓⑤，又叫张莫东、张狄耕，五〇年我在西安碰见他，还是那个老样子，当时他在文联工作，以后未听到他的信息。还有梁建勋⑥呢？他在上海防护团与我们在一起，一同到武汉，一同到（七政），记得他和你一起与鲁自成⑦到皖南去的。解放后，我好像听你说过，他在华东某部队，不知现在还有消息否？如能找到他，请他协助孩子们参军，恐怕比请卢文新帮忙更便当些。

我已服了几百CC的丝瓜汁，但未见明显疗效，本想继续服用下去，可是我们菜地里的丝瓜已经给剪光了。本来种得就不多，这样一取汁，"完"得就更快。现在准备到

---

① 延安城东桥儿沟村，是中共六届六中全会和延安鲁迅艺术文学院旧址。

② 陈同生在"文革"中遭受迫害关押，1968年1月26日死于隔离室中，被定为"对抗审查，自杀身死"。

③ 严希纯因病于1965年9月29日在北京逝世，享年67岁。

④ 萧殷于1965年5—6月出访苏联及东欧。

⑤ 张棣赓（1914—1957），原名魁祥，笔名狄耕、莫东等，山东莱州人。1939年入延安鲁艺学习，曾任剧团编剧、导演。陕西省文联副主席、剧协副主席。

⑥ 梁建勋，曾留学日本。归国后参加抗日运动，曾任新四军政治部文艺科绘画组长。

⑦ 鲁自诚（1893—1969），浙江绍兴人，中共情报人员。曾参加国民党中央训练团，国民革命军第三战区副参谋长、皖南游击司令部（新四军外围组织）司令员。

别的连去看看，如能搞到，打算继续服用。

据说上海新出了一种"鸡眼膏"，可能时，请顺便探问一下。我脚板下长了四个"鸡眼"（每只脚长两个），是一九三九年在太行山时被不合适的硬鞋摩擦起来的，以后逐步严重。到一九五〇年，在北京医院开过刀，但不但没有割掉，一拆线，鸡眼又长回去。以后，我几乎使用了"中外古今"药方及治疗方法，英国、西德、日本、美国的"鸡眼膏"都用过，但没有一点用处。这种鸡眼长在肉里，如像一个极硬的小萝卜，还有根须。这些根须一直伸到骨缝里，接触着神经。所以偶而碰着鸡眼，不仅鸡眼本身痛，由于它接着神经，使整条腿酸软得难以支持，以致摔倒。六二年，曾用水杨酸腐蚀来医治过，这种腐蚀法本来是较有效的，每星期腐蚀一次，每次可腐蚀去一分厚皮肉。但因为我的鸡眼长得时间长，根须长得太深，腐蚀一次，根像黄豆那样大，再腐蚀一次，根像绿豆那样大，连腐蚀四五次，都还是看见几粒像小米那样大的根须。护士看见一片都是红色的好肉，只有几粒根须，都不敢上药了，说这样腐蚀太痛。只停了一个多星期，大鸡眼又复原了。今年二月，我请了一个医生开刀，他细心地切除了整个鸡眼，认为把根须都割干净了，但刀口一长严，鸡眼又长出来。可见这东西多么难治。后来有个医生告诉我，说上海出了一种鸡眼膏，贴几次，可以把里面的根须都拔出来。有人长了三十多年的鸡眼，也用这种鸡眼膏治好了。不知上海现在能不能买到？去问时，要说明"长了三十多年的，根很深"，如能拔除这样的鸡眼，希望为我买二十贴来。这信写得非常啰唆。请耐心看。

祝好！

萧殷　八月一日

1971年11月3日

吕蒙：

好久没有给你写信了，你近来情况如何？

十月上旬，组织上决定我到疗养院①休养，批准同我一起到疗养院的，共八人，不是接近六十岁，就是体弱多病者。这一方面体现了党对老干部的关怀，同时我估计，这大概也是一种退休的过渡。十月十二日，我回到广州，首先参加了一个短期学习班，听

---

① 指从化温泉干部疗养院。参见下文。

了中央的重要传达，学习结束，即去医院检查了身体，除原有老病外，又发现高血压和动脉硬化症。现在只在家里等候通知，随时准备动身到从化温泉疗养院。据说疗养一期是三个月，如一期不够，可以继续延长。我估计到从化，至少要住上三个月到半年。

陶萍已具体分配编文艺刊物①，上月廿八日已出差到梅县、潮汕两地区去物色稿件，大概本月中旬会回广州来。广州的文艺工作，上面抓得很紧，但人力似乎很不够，有点经验的人似乎更少。不少同志希望我出来工作，但都担心我的身体，其实我对这一行，也不似从前那样有兴趣了。现在决定好好休养，希望把身体搞好，至于工作，将来看健康情况如何再考虑。

最近，郑真②同志可能又要去上海，我的孩子葵葵也打算跟他到上海去一趟，大概在上海逗留十天。

你提到书，我的情况大概跟你一样。一九六六年八九月间，由于破四旧③，红卫兵到处搜抄旧文化，当时对这次运动不大理解，遂把藏书五六千册及数十张唱片，还有字画等，都毁了。现在回想起来有点后悔，想翻阅一下过去的东西，却什么资料都没有了。真可惜！

看来信，知道你还住在原来的寓所，我下干校后，广州的家搬了两次，房子越来越小，现在住的，除两张床及一张桌子外，几乎在放不下什么东西，连来三个客人坐都坐不下去。现在，我不想提出什么要求，反正晚上有个睡觉的地方就满足了。到将来，也许会解决的。

广州还很热，中午的阳光如像炎夏，但广州比从前美丽得多了。到处绿树成荫，百花飘香。虽节气接近立冬，这里还像春天那样青翠欲滴。

少其有消息么？

请向黄准问好！匆匆。

来信寄：广州、东山区、农林四横路一号。

萧殷　十一月三日

---

① 指《广东文艺》，拟于1972年复刊。

② 郑真，萧殷堂弟。

③ 1966年6月1日，《人民日报》社论《横扫一切牛鬼蛇神》提出："无产阶级文化大革命"要破除一切"旧思想、旧文化、旧风俗、旧习惯"，是为"四旧"。8月18日，毛泽东等在天安门接见来自全国各地的群众和红卫兵，林彪号召广大红卫兵"破四旧"。北京红卫兵迅速行动，城内路标、字号、古玩、文物均成"四旧"，被任意查抄、涂改和砸毁。此后"破四旧"运动波及全国。

1971年11月14日

吕蒙:

　　来从化前,曾在匆忙中写了一封信,因提前上车,连短信也没有写完,便出发了。十二日上午九时半,准时到达从化温泉干部疗养院。这里是南方有名的休养胜地,每年冬季都有不少中央负责同志来这里过冬。环境极好,风景幽美,河西是宾馆区,河东是疗养区,但站在桥上,两边的房屋,除少数大楼外,百分之九十的建筑物都看不见,全都隐藏在园林之中。疗养区几乎全部建筑在一大片的荔枝园里,每栋房屋都相隔二三十丈的距离,且有画墙隔开,各自成为各具风格的庭院,因此环境十分宁静。每幢房屋只有三四间房间,每间房间,都设有温泉浴室,窗外是荔枝林及各种花树,但阳光灿烂,而且每个庭院都有铺满天鹅绒草的草坪。我们每人住一间房,上午治疗,下午及晚上都自由支配。

　　来信可寄:"广东省、从化、温泉干部疗养院、第三疗养区"我收。

　　估计在这里至少要住三个月,这期间,还可以随时回广州住几日。这里的荔枝蜜是有名的,你如要,将来给带几瓶去。

　　郑真、葵葵谅于十日晚到达上海,希望葵葵于廿日左右回广州。关于他的参军问题,今年的希望似乎不大,但有几个部队同志答应继续设法。

　　关于治哮喘的药,常常因人的体质不同,所产生的疗效也各异。我试了不少药,但都不见效。你说的"姜胆片",我已托人去找。勿念。

　　顺问黄准及孩子们都好,祝你健康!

萧殷
十一月十四日于从化温泉疗养院

1972年1月1日

吕蒙:

　　明日郑真赴上海,顺便请他带去四罐椰子酱,这是萌萌从湛江托人带来的,正逢郑真赴沪,机会再好也没有了。

　　我在温泉疗养院休养已一月余,但肺气肿不见好转。廿九日回广州度元旦,四日或

五日回疗养所去。估计疗养一期（三个月）不能出院，也许会延长到四月底。

从一堆照片中，选了三张照片送你，作为纪念。我们一家五口，常常各分东西，很难有机会聚在一处，现在算是最好的，有三个人在广州。

听说小萌、小微①很爱吃水果糖，现在顺便带去一点。

今日元旦，来人很多，现已入夜，才有时间写信，但许多事不知从何谈起，拿起笔来，反而感到无话可说。

陶萍在编《广东文艺》②，本拟一月出版，但看现在情况，恐要延期。看来，现在编文艺刊物，比以前更吃力。

广州美术界的情况，仍然像我八月间在信中写的那样。新波血压高至二百多，关山月、黎雄才③在作画，黄笃维在搞工作。美术界中人，问题太大的不多，全都解放。但有计划的、规模较大的创作，似还未开始。

其余情况，由郑真面叙。祝你和黄准均好！

萧殷　七二年元旦之夜

1972年1月23日

吕蒙：

来信已收到十多天，住在疗养院按理是很空闲的，可是每天却又好像过得忙忙碌碌。有时去理疗，有时同一些病友聊天或散步，有时到山边去采药，有时还到商店去看看。因为大家都无聊，都想解解闷，因而大家互相影响、互相妨碍。时光虽然过得很慢，但却不能坐下来写信。

来疗养院转瞬已七十多天，但疾病与体质都不见有什么进步。再过二十多天，第一期的疗养时间已到期，估计医生不会让我离开疗养院。血压与动脉硬化的情况虽有好转，可是最折磨我的肺气肿却没有丝毫减轻。医生对这种病似乎没有什么办法，再这样住下去，大概也不会有什么疗效。不住疗养院又住到什么地方呢？在这什么都不稳定的

---

① 小萌、小微（小薇），吕蒙与黄准子女。
② 《广东文艺》，1972年2月试刊，不定期出版。1973年1月定为月刊，3月起萧殷任主编。
③ 黎雄才（1910—2001），广东肇庆人。画家、美术教育家，岭南画派重要人物。美协广东分会副主席，广州美术学院副院长。

时节，只好听之任之，直到工作安排定了为止。

谈到干部政策，我和你的心情几乎完全一样。偶然听到一些，但都是小道新闻。属于这方面的规定或情况，从来听不到正式传达，当然更看不到文件。在这里疗养的病人，绝大部分是过去的领导干部，虽然都老弱了，但还不甘心退休。现在都飘飘忽忽，怀着等待安排的心情。

你现在出来搞版画创作，是好事，说明领导上还记得你是个创作人才。至于将来干什么，现在何必想得太远！

葵葵的参军问题还没有最后解决。答应帮忙的人不少，但都没有得到可靠的落实。今年广州决定不在机关招兵，所以麻烦很多，最后结果如何，现在一点把握都没有。

陶萍在文艺办公室参加《广东文艺》的编辑工作，一日三班，几乎连洗衣服都抽不出时间。从表面上看，她的健康状况好像还不错，但血压也高，且容易疲劳。本来听说今年一月，第一期就可以出版，后因封面画定不下来，以致延期。不知现在封面画定稿没有？

你前些时候说的"姜胆片"，不知现在能买到否？这里也有人给我介绍这种药，可是广州不见有这种药出售。去年寄来的"鸡眼药膏"，已贴过多次，每次只脱去薄薄的一层，看样子，也不能除根。

黄准的血压高，是否与心脏有关？如果是心脏病引起的，有一种日本出的"救心丹"可以试一试。我曾给陶萍的妹妹买过两瓶，据说效果很好。这种药在香港可买到，如需要，我可托人去买。另外，在草药中有一种"豨莶草"，在干校时，我见一位女同志服后血压下降的事实。这种草药在草药铺可以买到，用干草五钱，水煎服，只服三次就能见效。不妨试一试。

郑真不知回广州否？

前天已进入大寒季节，可是这里却热得出奇。夜间连棉被也盖不住，只好把三面窗户都敞开。白天，只穿件夹衣就可以了。上海大概已很冷了吧？

祝你和家里老少均安！

萧殷　一月廿三日

1972年4月11日

吕蒙：

　　好久没有给你写信了。起初想等你收到"姜胆片"后再写信，等收到"姜胆片"后，又因事回广州去，最近才回来，因而一拖再拖，到今晚才提起笔来写信。

　　"姜胆片"，因现在正服用疗养院的药，不敢同时服用，所以还没有试用。结果如何，以后再告诉你。我的哮喘症如进疗养院之前一样，一点也没有减轻。不过再住疗养院似乎用处也不大，拟本月底就出院，回广州去继续看病和休息。此事还没有跟医生谈过，但估计不会不同意的。

　　我们单位的军管小组负责同志，最近来疗养院征求意见，问我们愿退休还是愿工作。我明确表示：不退休，希望尽快分配工作。我说身体虽然弱与多病，但我希望工作，也能工作，看给什么工作、怎样工作。如果整天在体力上折腾来折腾去，我是吃不消的，在这点上的确不如青年人。如果单从这方面来看我，可以说，已成废物。但我自己不这样看。体弱是一方面，但还有另一方面：我有三十多年文化工作经验，特别是长期的文艺工作经验，有正面经验，也有反面经验，经过"文化大革命"的总结，我认为其中许多经验还是有用的，对发展社会主义文艺是有用处的，我应当贡献这点经验，运用这点经验进行工作，因而，我应当工作，而不该退休。我表示，我可以做辅导创作的工作，也可以做分析研究创作问题的工作。如文艺界不需要人，我可以到大学去担任文学创作课。军管小组负责同志答应把这些意见反映给省革委会，叫我听候分配工作。我出院后打算继续治病和休息，也许还要等一段不短的时间才会具体分配。现在省革委政工组下面的文艺办公室，单副主任就有七八位（但没有一个是原来弄文艺的）。我估计到文艺办的可能性不大，但大学中教创作课的，却很缺人。因为过去的大学从不教创作，现在开设了这门课，却找不到人来教。我对此并没有很多理想，只是驾轻就熟而已。反正在现阶段，退休不是时候，与其被潦潦草草地"退"出去，不如勉强做点工作。做几年再说，到了实在不能工作时，也就心甘情愿地"休息"了。

　　你的情况如何？分配了工作没有？黄准的血压情况有好转否？望来信时顺便谈谈。我近来的血压很不稳定，忽而七〇——三〇；忽而一一〇——六〇。也闹不清是什么原因，疗养院也满不在乎。黄新波的血压，高压常在二百三十以上，但他也满不在乎，整天还是乐呵呵的。陶萍的工作单位最近搬到黄新波住的"湖边新村"，她几乎每天都能看见他。新波的地址是："广州、人民北路、湖边新村，七号。"关山月、杨纳维都住那里。

祝全家老少平安！

萧殷　四月十一日

郑真最近据说又出差到四川去了。

以后来信寄："广州，东山区，农林四横路一号。"

1972年5月20日

吕蒙：

来信已从广州转来，我还没有离开疗养院。与我同来疗养的其他六位同事都出院了，唯有我仍被留下来继续疗养。原打算四月底同大家一齐出院，但经医生会诊，认为我体质较弱，血压又不稳定，肺气肿也无显著好转，一定要我再疗养一段时间。我估计到六月中旬，大概可以出院了。

关于工作问题，自前次我们提出意见以后，据说已将我们的要求上报省革委会。五一节我回到广州时，听到一些领导谈，我的工作已考虑安排了。有的说，据可靠方面消息，准备叫我到省革委会文艺办公当副主任。知道这消息的人似乎不少，我想大概有点根据吧？不然何至于传闻这么广呢？但至今尚未跟我正式谈过，不知什么缘故，也可能因我还住疗养院？总之，工作大概是要安排了，而且很可能还是搞文艺工作。我本来只想尽自己所能干点什么轻微工作，但根据目前的舆论，似乎还可能被安排到领导班子里，这无论从体力或本领来说，都是吃力的。现在只好听之任之，等担上担子再说。

广州文艺界的知名之士，现在还未解放的只有欧阳山和周钢鸣，后者历史情况复杂，恐还要等一段时间。欧阳山在历史上没有什么重大问题，估计不久之后可以解放。但解放的人，出来工作的很少。据一份报告说：广州知名的文艺界人士共59人，现在调出来工作的只有6人，还有53人没有分配工作。这是各条战线中落实政策最差的，也是被人认为最糟糕的一个方面。医院方面的技术人员及专家，出来工作的较多。总之，不论哪条战线都似乎比文艺界好一些。

我们干校最近又解放了一批十三级以上的干部，其中有些人很快就分配了工作。原中南局宣传部部长王匡①，从六六年被打成修正主义分子，到最近也解放了，而且同时恢复了组织生活。但还有一些与"五一六"②有关系的，恐怕还要审查几个月才可能搞清。

黄准从江西收集的秘方，我准备试试。但估计"川贝母"不易买到。其次，贝壳一对，到底多少分量呢？

黄准需要柠檬，我一定设法去弄。这东西在广东本来很多，但近几年广州市面上却很少看见，不知弄到什么地方去了。现在离采摘时间还早，估计一时不易弄到，准备写信到乡下去问问。同时我也写信告诉郑真，要他在佛山也留意采买。郑真前一阵又出差到四川去，五一前才回到广州，我还未遇见他，他打算于六月初来温泉玩几天。

有空就来信，祝你们一家都健好！

萧殷　五月廿日

1972年8月4日

吕蒙：

来信收到，知道你与黄准的近况。我于六月三日离开疗养院，在家中继续休息。最近已分配了我的工作，是到省创作室做副主任。这个"创作室"相当于过去的省文联，内分文学、美术、戏剧、音乐等组，分别由黄笃维等同志任组长。除刊物编辑部外，主要任务是搞创作和辅导青年创作。由于我的身体差，很少上班去，只在家里看看稿子。工作似乎还未上轨，创作也是不知如何去进行。各有各的想法，似乎一时也不易统一起来，只好耐心等待。

关山月已去北京数月③，他是专为驻外使馆绘画的，每个使馆绘一幅，他大概半年也绘不完。黄新波决定分配到广东人民艺术学院④担任领导工作，初他表示不愿去，最后组织上硬要他去，半月之前，他已赴京看展览会，现仍未回穗。

---

① 王匡（1917—2003），广东东莞人。曾任广东省委常委，中南局宣传部部长，国家出版局局长，新华社香港分社社长。

② 1967年，北京出现极左组织"首都五一六红卫兵团"。1971年2月，中共中央成立联合专案小组，清查"五一六"分子，运动波及全国，被严重扩大化，数百万人蒙冤。

③ 1972年6月，关山月和李可染、李苦禅、黄胄等受外交部委托，到北京为中国驻外使馆作画。

④ 广东人民艺术学院（1969—1978），由广州美术学院与广州音乐专科学校、广东舞蹈学校、星海音乐学院合并而成。

陶萍仍在编《广东文艺》，已出版四期，是试刊性质，只在省内发行，所以你们没能看到。老实说，我一期也未看过，不知内容到底如何？据说明年一月开始正式出刊，向全国发行。《广东画报》①听说明年一月也出版，每期据说四十面左右。

我的房子问题还未解决，本来打算自己出钱去租几间房子，但真未料到，找了一个多月也找不到。房子紧张到如此程度，是出乎我的意料。最近进一步落实干部政策，房子问题也可能有解决的希望。

上星期，有个医生给我搞来一个胎盆，据说这东西对治哮喘很有效。我一向怕吃各种怪物，这次为了治病，硬着头皮把它吞下去了，结果却出乎我意料，至今已六七天，早上的哮喘大大减轻了。准备请人继续去要，如能因此把哮喘治好，真是谢天谢地。

王匡夫妇回来后，我曾见过几次，他们也谈到那天夜里你们到任艺家里的情况。老朋友能一处相聚，真使人羡慕。田蔚②已决定到外国语学院当副主任。王匡的工作则还未最后宣布。因他现在还在治牙。据说，他可能去中大，也可能去中山医学院。

许多熟人因"文化大革命"都中断了通信，韩念龙③也是其中之一，早就想写信给他，但又觉得无话可说。

葵葵没有参军，现在仍在家里，已设法从兵团调他回来，组织上也已同意，但不知广州市安置办公室能否帮忙。萌萌最近回来度暑期，她在兵团教书，现每天抽时间到友人处复习钢琴，大概到下月初才会回兵团去。

郑真已由佛山染整厂调至佛山纺机厂，仍负责生产方面的工作，每逢放假就来广州玩一天。他说柠檬最近可搞到，我叫他暂买四五斤，以后需要，可继续送去，有个跑沪广线的列车公安人员，常来往于上海、广州之间，以后准备托他带柠檬去，其他东西也可以托他带去。他的名字叫周克永。

祝你和黄准及孩子们都健康！

陶萍嘱笔问候。

萧殷　八月四日

---

① 《广东画报》，1958年创刊，1973年复刊。后更名《城市画报》。
② 田蔚，南下干部，曾在邯郸新华广播电台和武汉人民广播电台工作，任编播科长。
③ 韩念龙（1910—2000），贵州仁怀人。外交家。外交部常务副部长，中国共产党中央顾问委员会委员。参见韩念龙来函。

1972年9月7日

吕蒙：

最近来信收到，知你已安排了工作，同时知道少其已宣布解放，虽然这是意料中事，但听了还是很高兴。今天我已给少其寄了一封信，估计他的身体一定很坏，但能支持下来已经很不容易了。

我每日照旧坐在床边看稿写字，以床为桌，以小木箱为凳，这种工作方式，在五七干校确很普遍，但在城市却不多见，而我居然天天如此，而且还不知道要继续到什么时候。前一阵，风传被占的房屋将退出来，于是有人发出乐观论调："房子问题一定可以解决了。"但时间又过去快一个月，不但不见解决，而且也不见腾退。中央已有文件，但不知根据什么理由不执行。

创作室把收到的一些长篇小说原稿都送到我家里，要我提出修改或处理意见。过去我在北京时也曾做过这类工作，但现在新见到的所谓"长篇小说"，既没有能留下印象的人物，也没有较合理的情节，几乎处处都是语录，每个人说话都像报纸社论那样，可是通篇没有多少生活气息，更没有个性。对这样的"作品"觉得难办。修改无什么基础，退回去吧，又怕人说你要求太高。文艺作品，一定是宣传品，但不是所有的宣传品都是文艺作品。

这月下旬，我和陶萍大概要到清远县去参加创作会议①，主要是讨论修改一些短篇小说，不是每县都有人参加，而是选择一些写出有基础的作品的作者来参加，为期约一个月。

广东的美术界情况也不见得好，一次，我们听了美术组的情况汇报，创作室的美术创作人员共只十来人，可是其中有七八个老弱病残，不能做什么工作，剩下年青力壮的人就寥寥无几了。但他们要担负展览会的布置等工作，甚至连运送画幅也要他们去做，而展览会又多，这个刚结束，那个又开始，简直是疲于奔命。这一来，哪里还有什么时间进行创作呢？现在他们的房子问题还没有解决。总之，困难重重。创作问题是个复杂问题，恐怕要经过一段不短的摸索过程，才能逐步走上轨道。

电影，这里似乎还谈不上拍故事片，连像样的小说都没有，哪里会有电影剧本？这玩儿，我间接体会极深，被卷入去，没完没了，想结束，结束不了，想不干，又不放

---

① 广东省创作学习班于1972年9月下旬在清远举行，萧殷做长篇讲话，阐述创作规律。

你。除非先有大量的好小说可以选择，才可能摆脱这种局面。

陶萍仍早出晚归，忙得很，幸好尚能勉强支持，就是万幸了。匆祝
你和黄准都健康！

萧殷　九月七日

1972年9月14日

吕蒙、黄准：

广州的水果摊，至今还不见柠檬上市，估计秋、冬两季也不会公开出售柠檬。这种水果过去买的人不多，几乎整个下半年都能见到，不知是什么原因，今年却如此缺货！最近我们通过一些熟朋友，从内部买到四五斤，适逢周克永同志明日赴上海，特请他带去。周克永同志在广沪列车上工作，经常往返于上海—广州之间，以后大概还是要麻烦他。

我和陶萍决定十七日坐船到清远，在那里，省创作室要召开一次会议，讨论、修改一些作品，估计会议要开一个多月，但我不一定参加到最后。葵葵仍留在广州，他暂时不会有什么变动。匆匆祝你们一切都好！

握手。

萧殷　九月十四日

1973年1月22日

吕蒙：

两信均收到。我曾两次看见周国瑾①同志，一次他说还抽不出时间去问大提琴的事，一次他说已托人去问，但还没有结果。看样子，也不是那么容易似的，我当会不断提醒他，希望他以最大努力去争取买到。

葵葵的户口，从六月初活动起，经过各种曲折，到十一月才正式迁回广州。等户口问题解决了，参军也开始了，招兵处几次问我们孩子参不参军，我说好不容易把孩子调回来，还参军干吗？决定到工厂找工作。谁知有了户口，找工作也不容易，也要有"后

---

① 周国瑾（1921—2005），广州人。广东省文联副主席，作协广东分会副主席。

门"。我们长期在文化圈子里，在工厂哪有什么门路？一直拖到十二月下旬，还找不到一点头绪。这时，省委有传达全国粮食会议决定，说从七三年一月起，冻结吸收新工人。这一来，使人更着急了，但又什么办法，最后自己决定；实在找不到工作，就叫葵葵在家里学习……原来，一听年底冻结，不仅我们找工作的很紧张，凡需要人的工厂或机关，也同样紧张，因为一过元旦，他们也招不了职工了。廿七日晚，忽然市安置办公室通知葵葵去报到，说有几个单位（工厂和机关）急需要人，葵葵回来，高兴极了。原来轻工业设计院还没找到描图员，欢迎他去参加工作，这个工作比前半月分配的要好得多。这是我们和葵葵都没预想到的。现在，葵葵早出晚归，高高兴兴参加工作了。我们算了却了一件心事。现在，萌萌的问题还待设法解决。

陶萍因长期看稿，眼眶神经发炎，常常作痛，最近医生要她休息，一边到医院去治疗。一个月的病假快过去，病情还没有基本好转。估计可能还要延长休息时间。如实在不行，以后只有不干这种"靠眼睛"的工作。

关山月回来了，据说再不回北京去，他的身体比前好得多了，面色白里透红，在五十来岁的干部中是罕见的。黄新波的工作还没解决。省委成立了宣传部、组织部，我们创作室却丝毫不变，据说是省文化局直辖下的一个单位，真莫名其妙。

以后来信，请写"广州、梅花村三十五号二楼"，因门牌改动了。

据说最近能买到柠檬，黄准服用柠檬后，高血压是否和缓些？如需要，望来信。去买，带往上海，都无问题。

我自己仍和往常一样，平日很少去上班，只去开重要会议时才偶尔去一次，许多工作都带回家里来做。近来，看稿件的数量较多，别的工作，我很少去管。半年来，我的血小板减少，常常疲乏不堪，开始还弄不清什么原因，经检血后才证实。现每日都服用维生素C和维生素K。年龄越来越老，病越来越多，抵抗力也越来越弱了。

部队的戏剧会演[①]，现在正在广州举行，我一次也没有去看过。一来票不容易弄到，二来剧场太远。

陶萍问候你们及孩子们都健好！

萧殷　一月廿二日

---

① 1973年1月，全军专业宣传队（广州片）文艺会演在广州举行。

1973年7月14日

吕蒙：

你好吧？好久没有接你的来信了！这两个月来，我的血压极其不正常，低压经常保持一三〇上下，高压只一六〇，与低压太接近，这是一种危险状态。从四月底起，医生就嘱咐我全休，说必须休息，否则就随时可能发生脑溢血的严重现象。不得已，只好服从医生的劝告，安静地在家里休息。机关的工作只好暂时搁到一边。这两月来，我服用两种药以医治高血压：一是用红果片①（或叫山楂，北京叫山里红）泡水，加糖，味酸甜，每日饮一两杯。二是用草药"草决明籽"②，浸水，当茶饮。后者据说是日本传来的验方，很见疗效，黄准不妨也试试。这两种药很容易买到，又很便宜。北京经常有红果片出售，估计上海也能买到。几毛钱一斤，够吃一月余。"草决明籽"，草药店、中药店都能买到，每次三两钱，用滚水冲泡，当茶饮，不限量，我现在用的"草决明"，还是一位朋友从上海带回来的。

我服用这两种药后（可先选其中一种，不必两种同时服用），血压情况已见正常；但常服治血压的药，容易把身体弄虚，因治血压的药大都是凉性的，散发性很强，身体容易趋向虚弱，全身无力，因此，同时吃点中药是必要的。前一阵，我很虚弱，四肢无力，后到中医学院服用内含"枸杞子""党参""红枣"之类的中药，身体与精神都有好转。最近人们说我胖些，体力也较前有起色，这是值得告慰的。希望黄准也试试。另外，北京出产的"冠心片"，对于高血压和冠状动脉硬化都有效果，每瓶一元八角，一五〇片，其成分主要是藏红花和川芎。是北京"中药一厂"的出品，这种药片，据说没有什么副作用，能活血、化瘀。也不妨试试。

最近有一位青年作者回上海探亲，问我要不要带什么，我曾托人去买柠檬，但据说存货已售完，无法买到。别的东西又来不及准备，因此什么东西也没有带去。

"十大"③快召开了，大家准备宣传工作，也给我出了一个题目，准备写篇短文，谈点感想。估计还有一段时间，所以现在还没有动笔。

你忙些什么？黄准最近身体如何？望来信顺便谈谈。

---

① 红果片即山楂片，药用价值较高，泡水可活血化瘀，降低血脂、血压，同时可健脾开胃。
② 草决明又叫作决明子，草本植物种子。性偏寒，味苦，可清肝明目，降低血压、血脂。
③ 中共第十次全国代表大会，1973年8月24日至28日在北京召开。

想叫萌萌考大学，但不知兵团放不放。现还没有接到她的信，估计投考的可能性不大。葵葵在轻工设计院工作，倒很安心，但他的单位却叫他报名投考大学工程科系，他初中也未读完，数理化基础差，他也报名，准备"陪考"，但录取的可能极小，即名落孙山，他也不会感到"遗憾"的。萌萌的情况可不同，很想投考，却没有机会。最近我遇到几个支农知识青年，素描绘得很好，想投考美院，但公社与县却不推荐，反而推荐一些基础差的青年去投考，如何提高学生的学习质量！

陶萍因患心绞痛，也全休了一段时间，现在已好转，但还不巩固。

上海文艺界有什么消息？"十大""四届人大"①以后，可能会有些新决定吧？你听些什么新闻？

匆匆祝你们与孩子们都健康！

祝老人们都健康！

萧殷　七月十四日

1974年9月27日

吕蒙：

我由温泉回来已一个月，白白住了四个月，一点疗效也看不见，体质还是同去之前一样虚弱，肺气肿照样每晨折磨人，血压虽低些，但那是靠"复方降压素"强压下去的，药一停服，血压马上又上升。冠心病虽则无多少感觉，但医生认为我的冠心病比陶萍还重。现在只好在家继续休息，什么事都放到一边。机关我一次也没有去，到发工资时，叫葵葵去跑一趟。而机关的人见我毫无起色，都叫我好好休息。去年还看些原稿，提提意见，现在我连这个工作也不敢沾边了。身体实在太糟，似乎是到了"风烛残年"，几个月来常常听到这样的噩耗：某人早晨还在活动，早饭后突然死亡了；有人刚才还在听报告，一回到宿舍忽然伸腿了。这些都是心脏病患者，太高兴或太忧愁都可能引起病的发作，而且可能在意料不到的一瞬间死去。现在我和陶萍都抱达观态度泰然处之，这也许会有点好处。黄新波同志的达观精神是值得效法的，数月之前，他回到他久别的家乡，吃得好，玩得欢，什么"胆固醇"要忌食，等等，他都不管。结果回来一检

---

① 第四届全国人民代表大会，任期为1975—1978年，其间只于1975年1月召开过一次全体会议。

查，血压倒低了，胆固醇反倒正常起来，你说怪不怪！他最主要的一条是乐观，他认为他的病重，早该死亡了，现在活下来的岁月，据他的说法是"额外的"，所以他非常高兴，每多活一天，他就认为"多赚了一天"。这样，他的病倒不见恶化。前一阵听说他将从"广东人民艺术学院"调回文艺创作室①，但至今却无什么动静。

葵葵本来决定上大学，但最后因发现他有慢性肝炎而没有去成②，他倒没有什么精神负担，现在每日还是快快乐乐上班去工作，同时请医生治疗。萌萌还在建设兵团教书，一时恐怕很难回得来。曾想过各种办法，但兵团不肯放，毫无办法对付，陶萍前几天到茂名去看她妹妹，大约国庆以后才回广州。

广州很平静，一切都极正常，虽则秋分已过，这里还是繁花似锦，百花飘香。中秋节近，暑气渐消，以后也许会更好过些。

王兰西同志常来坐，据说最近他可能出来工作，但到什么机关好像还未完全确定。肖洪达的孩子已于北京去世，他于前数月已回到广州，身体与精神比前差多了。

问黄准同志好！希望她注意健康！

握手！

萧殷　九月廿七日

1975年3月10日

吕蒙：

好久未通信了，主要原因是身体不好。春节期间，因天气忽然转冷，肺气肿感染了，一直烧了十余日，不但每日体温三十九摄氏度多，而低压也达到一百三十度以上。服了很多药，注射了不少针水，病才逐渐好转的。接着，接受一次委托，审阅了两部长篇；最近，只要体力能支持，就坚持下午到创作室去上班，主要是参加批林批孔运动。因是领导成员，不但要研究运动进展情况和问题，还要带头批，带头联系实际。所以很忙。到晚上回来已经四肢无力，什么事也懒得管了。

上次给你写信时，曾在市面看见一些柠檬，打算隔天就去买，谁知两天之后，竟一

---

① 黄新波1975年调任广东省文艺创作室副主任。
② 萧殷1974年9月9日致罗海清函也谈到葵葵上大学一事："发现他有慢性肝炎，因而便去不成了。"

个也看不见了。过去，这种水果上市，总能摆一段时间，现在高血压的病人多了，以柠檬水来降压的人也多了。这是我未预料到的情况，真后悔我当时没有买。黄准如需要，我再向出口公司打听打听，不过存在出口公司的水果，都是冰镇的，买来后很容易腐烂，上次你来广州要的那些，是经过冰镇的，估计带回上海时已烂了不少？

陶萍的心绞痛，从十二月来曾发作过两次，经急救，才转危为安。可是经这两次发作，情况愈来愈差，稍一行动或稍阅读点什么，就出现症状，不是胸闷，就是四肢麻痹。不得已，只好安心在家休息，一些医生似乎也毫无办法。

批林批孔运动，广州完全按中央精神进行，进展很正常，学校、工厂、机关都没有出现大字报上街的现象。市面也极度平静，生产照常进行，学校照常上课（半日），我们的刊物照常出版。省委抓得紧、抓得准，是主要原因。

你们大约也很忙，有空望来信！陶萍问你们全家都好！匆匆祝

平安！

萧殷　三月十日

1975年8月13日

吕蒙：

很久不通信了，身体如何？黄准和孩子们都好吧？你从桂林回沪后，以为你还要到其他地方主持工人画展①，没有写信去。以后我一直身体不好，除四肢无力外，五月间又突然患脑血管痉挛，不仅右脑剧痛，同时左边上下肢也麻木了，初疑为脑出血，经检查后才确认是脑血管病挛。六月从远方找来一些"天麻"，六月底脑痛现象才消失。最近由省人民医院一位中医治疗，他认为我体质如此衰弱主要是由于肾虚，经服一月余中药后，体质有些微好转。准备继续请他医治，如秋天病势不恶化，冬天就会好过些。

陶萍这半年来较平稳，虽不能按时上班，但每周都到机关去走几趟。荃荃（老三）已于三月从海军复员回来，现在广州汽车制造厂当钳工，早出晚归，忙得很。只有萌萌仍在徐闻农场，尚无调回的头绪。她最近给出版社寄了一篇小说，出版社已决定编入短

---

① 1975年1月起，上海市美术创作办公室举办工人画展，先后在南昌、桂林、长沙、西安巡回展出。

篇集中①。这孩子对钢琴也有点基础，但六年多未摸过琴，可能已经生疏。兰西同志想帮忙把萌萌调至外资系统，但尚无结果。

广州今年很热，在梅花村室内都经常保持摄氏三十二度，市中心就更炎热了，那里人多房挤，流汗不止。文艺界无甚新消息，最近除集中力量抓几个电影剧本外，有时议论议论毛主席最近关于电影《创业》的批示②及有关文艺的五条意见，因无正式文件，所以还未组织讨论。关于这些，谅你早已知道。

肖洪达同志前数月已晋升广东省委常委，现分工抓文化工作。我因行动不便，已很久没有看见他。王兰西同志倒常见面。

八月三日，西江两客船相撞，四五百人遇难③。因是暑假期间，不少人爱游览七星岩名胜，加上马鞍煤矿（在肇庆附近）又是学大庆的先进单位，全国各地来参观的人络绎不绝。据说这次遇难的绝大部分都是去参观和去游览的，前周把捞起的尸体集中在几处，由亲人去认尸，尸体鼓胀，臭气熏天，不仅难以辨认，反而把认尸者吓晕。中央有关单位已派来工作组，原因何在，正在调查。

匆匆。祝你们健康！陶萍附笔问候！

萧殷　八月十三日

1976年6月1日

吕蒙：

由笃维带来的色甘酸钠已收到。关于这种药，我于四月底已接到朱微明④来信，说此药用后会引起支气管痉挛。四月下旬广州同志也告诉我不能用这种药，我的主要问题是气短、缺氧，色甘酸钠只对过敏性哮喘有效。曾即刻写信告诉微明，希望她不要再买这种药了。不知为什么她没有把这些转告你，又害得到处找。我知道你的时间不多，不愿占用你的时间，所以我一直没有把买药的事告诉你。现在既然买到，只好放着，但人

---

① 广东人民出版社1976年2月版《木棉花开》一书收入陶萌萌小说《大勇和他的弟弟》。
② 1975年7月25日，毛泽东批示影片《创业》编剧来信："此片无大错，建议通过发行。"
③ 1975年8月4日凌晨，两艘同属珠江航运公司的"红星"客轮在珠江容桂水道蛇头湾河段相撞沉船，造成432人罹难。
④ 朱微明（1915—1996），原名朱秀全，江苏无锡人。记者、翻译家。上海市委宣传部部长彭柏山的夫人。

们都怕引起支气管痉挛，谁也不想试用。

唐云①的画，那就不要提了，不做使别人为难的事。他的心情是能理解的。你看见他时，请代问好！六四年他曾请我吃了一餐上海菜，一转眼，十多年了，有时也想念。

我来温泉已两月，估计再住一个半月到两个月就离开这里。由于医生对我的身体状况及疾病很熟悉，现在着重在改善体质上用药，全局不改善，局部是不会好转的。他们认为我体质太差了，如体质增强，肺功能就容易恢复。头痛医头、脚痛治脚，反而可能延误病痛。我每早五点就到河边散步，做深呼吸，力争扩大呼吸量。下午就下水游泳，增强抵抗力，防止感冒。看来，近来有很大好转，体重虽只增一公斤，但走起路来有点力了，精神也好多了。医生护士及病友们都说我的情况改进得很快。值得告慰！

广州一向都很平静，现在仍然如此。只是去年冬天冷得出奇，一连五六日都是零上四五摄氏度，在北方这是冰点以上不算什么，可是在广东就奇寒了，冷得大家哇哇叫，竟连百货店的棉衣、毛衣及棉被都争购一空，入春以来，阴雨连绵，春寒长久留滞，该插秧时节，依然又冷又雨，插秧上又烂了，烂了再补上，又烂；直到清明之后，竟插三次，天气才放晴，但谷种已耗去二三亿斤。这一次补插总算活了，但生得并不理想。谷雨前后是荔枝花盛开时节，也是蜜蜂最忙之时。今年温泉数千株荔枝树花繁叶茂，一看就认定是个蜂蜜、荔枝的丰收年。四月底，天气晴朗，荔枝花间闪着荧荧蜜汁，蜂正忙着吸蜜（荔枝蜜是蜂从花间直接吸蜜汁，不同一般采粉、酿蜜过程），只晴一周，村里就有大量荔枝蜜出售，花开正旺盛，蜜汁正多的时候，忽然于一个傍晚来了一阵大雷雨，把正开、刚开和将开的荔枝花摧毁得干干净净，不仅大量的蜂蜜化为乌有，今年的荔枝也全都完了。我们这些住在荔枝林里的疗养员无人看了不叹息。

萌萌仍在雷州半岛一个农场里教小学，曾多次去调，基层却不肯放人。近一年来，萌萌自己写了四篇文艺作品，三篇已被采用，一篇正修改。你说她寄的文艺刊物，可能是儿童文学集《木棉花开》吧，其中有她写的一篇小说，另两篇散文，一将收入《春满南疆》散文集内，一将刊于六月号《广东文艺》②，开始写的三篇习作，都被采用，确不寻常，想调她的单位很多，基层还拦阻着，我和陶萍为此事费尽心力，但毫无结果。陶萍身体尚平稳，勿念！黄准同志好！

萧殷　六月一日于从化

---

① 唐云（1910—1993），号侠尘，浙江杭州人。美协上海分会副主席，上海中国画院代院长。萧殷曾托吕蒙向其索画。

② 陶萌萌儿童文学《呵，生机勃勃的树苗》载《广东文艺》1976年第6期。

1976年10月22日[1]

……胜利[2]而举杯畅饮，因此北京出现了三种现象：（一）酒被买光了（据说近两天已有大批老酒运到）；（二）鞭炮被买光了；（三）住疗养院的病人都自动出院了，说四害一除，病都好了。关于江戏子[3]的传说更多，可能人民对她恨之入骨，所以传说都带着浓厚的浪漫主义色彩，夸张得令人恶心。

今天开始广州人民游行，锣鼓声、鞭炮声和打倒这些家伙的怒吼声连成一片，据说市中心到处是"打倒"他们的标语，还有许多大幅漫画。明天、后天将继续游行。人们很少怀着这样愉快的心情来游行的，比普通在战场上打了一次大胜仗还要愉快的心情。四害已除，国家有救了，我们坚决地拥护以华国锋[4]同志为首的党中央！从此文艺大约也有搞头了。几年来，他们所提倡的，都是为他们篡党夺权制造舆论的东西，根本与毛主席的革命现实主义与革命浪漫主义相结合创作方法背道而驰的。估计文艺以后会出现繁荣的局面。

家中人如常，萌萌仍在徐闻。匆匆祝好！

萧殷　十月廿二日

1976年11月12日

吕蒙：

来信收到，近来陶萍和我都常常叨念着你。看见苏振华[5]同志到了上海，又从电视屏上看见上海人民反"四人帮"的大游行，我们都松了一口气；相信你和黄准也都松了一口气。正想写信去，竟先收到你的来信，看了信封上你的笔迹，陶萍就高兴地喊起

---

① 此函缺首页。

② 胜利，指"四人帮"被逮捕。

③ 江戏子，指江青。原名李云鹤，山东诸城人。毛泽东夫人。曾任中央文革小组代理组长，中央政治局委员。1976年10月被捕。

④ 华国锋（1921—2008），原名苏铸，山西交城人。中共中央主席、国务院总理、中央军委主席。

⑤ 苏振华（1912—1979），原名苏七生，湖南平江人。上将军衔。中央军委常委，上海市委第一书记。

来:"吕蒙来信了,来信了!"像接到喜讯一样,大家都抢着看信。知道你们一切如常,如释重负!

"四人帮"对广东很想插手,但插手不进来,纵然搞不了小动作,只能有几个爪牙有时蠢动一下,并搅不起风雨。可是在思想上、在所谓"理论"上,却摆不脱他们的干扰,甚至大受其害……

我八月底离开温泉,整整在那里住了五个月,在那里,院部规定星期二、四下午要学习一小时,而我又是支委,不能不"领导"学习。我从来未对这类任务这样头痛过,学什么呢?要根据上面规定的题目来学,如"驳限制资产阶级法权要有基础""从民主派到走资派",批三株大毒草之类,但上面不给材料,不得已,我们几个支委遂决定从报上选文章念,念完就算,如找不到文章,就"自学"。有个别积极分子嫌这样念报无意思,主张念后进行讨论,我们说,我们也同意,但希望大家把问题提出来,最好书面提出问题,下次我们一定组织讨论。那些积极分子自然不提问题,于是我们照样依旧念报。这还是好的,另外不少人,在学习时则大谈小道新闻或者交谈社会上存在的问题,如走后门之类的问题……这种情况到处一样。这是一种应付差事的态度,这样能怨谁呢?你一定要这样干;大家却又想不通,既无力抵制,也不肯盲从,只好如此敷衍了事。在这段时间,我们就是这样过来的,心情很沉重,幸好"四人帮"在广东的爪牙不多,压力不算很大,因此,我们除设法敷衍之外,有时还有兴致欣赏温泉的园林,甚至有闲情去注意荔枝丰收。

从这些情况看,你便可以知道在"四人帮"猖狂时广东是处在一种什么情况下,干部的心情又是如何了。

现在广州的情况大大改变了,工人、农民、干部、各行各业的人都像抛掉心头的巨石,积极性突然提高了,生产一下子出现了新面貌,连商店一向态度不善的服务员也变得十分和气,乐于助人了。市面的大字报极少,但巨幅漫画甚多,有一些寓意深刻,讽刺辛辣,于是观者如堵、途为之塞。我们创作室也准备创作一些漫画,但更重要的任务,是要我撰写批判"四人帮"所喷放出来的谬论。因此我有时也回办公室去看看。

自十月中旬以来,我精神好得多了,心情这样轻松愉快,似乎是年轻时有过。记得比较确切的,是一九四九年二月,当我军举行"进城式"[①]时,有过这样的愉快心情。以后,似乎越来越少,反而心情越来越感到沉重,有时甚至是郁郁不乐。

---

① 1949年1月31日(正月初三),北平宣告和平解放。2月3日,解放军举行入城仪式。

黄淮好吗？身体情况如何？陶萍近来比较平稳，虽未每日按时去上班，但星期二、四下午能回机关去参加学习了。孩子至多每星期能回来一次（萌萌仍在农场未调回），许多事都靠陶萍去奔走。她也是够吃力的了，但有什么办法！

立冬已过，但这里还是和暖如春，白天只穿长袖单衫就行了，我们小阳台上的四季米兰正在盛开，香气醉人；茑萝像红五星似的开放得正灿烂。

你身体好么？有什么计划？

王兰西同志常来闲谈，他和我一样，有时很忙，有时闲散。有时很高兴，有时沉闷得难受。大概许多人都如此，不仅我们是这样，是一种客观存在的反映吧？

有空望来信！匆匆

祝你全家安好！

萧殷　十一月十二日

1977年5月5日

吕蒙：

由林榕立[①]同志捎来的两包糖果早收到，半个月未写信，我也很难说出一个明确的理由来。我是不会偷懒的；说很忙吧，我也用不着按时去上班，从外表看，我成天都在家里。可是实际上，从早到晚乱糟糟，很难静下来或坐到桌边。除有时需要到机关去开会，或到省委听传达之外，极少外出，连东山也一年多未去过，可是每天来客都无一日阙如。有来串门的，有农村来的，还有文学爱好者来"拜访"的。有保姆时还无所谓，遇到没有保姆时，一些来客光顾到谈话，却不知家里还没有人做饭，等客人一出门，马上即进厨房当炊事员。广州不仅肉类供应紧张，有时连青菜也很少，而孩子们都不在家，无人帮忙，结果由陶萍对外（包括买菜），我负责屋内事务。这是在身体较正常的日子里，遇到患病就麻烦了，真没想到，我们进入老年时代竟过着这样的生活！

前一阵，我乘兴写了几篇短文，分给《广东文艺》《广州文艺》《广州日报》《人民文学》等，但给《人民文学》那篇[②]被砍削得残缺不全、不三不四，我本不想发表，但这一次留点情面，以后就坚决不再供稿了。这种作风令人莫名其妙，自己不懂，反而

---

① 林榕立（1935—　），上海《学术月刊》编审，上海海外华人经济研究会秘书长。

② 指《是"革命英雄"，还是内奸典型？》一文，载《人民文学》1977年第4期。

说别人搞错，问题出自对毛主席一段话的理解，即《毛选》横排袖珍本823页有关政治和政治家的那段。他们以为我当"艺术形象"来理解，他们说这是误解，应把这里的政治家理解为"文艺作者"，他们这种理解只有使人莫名其妙，其实我把这里的政治家当"革命干部"来理解，根本未扯到"艺术形象"，这一来他们把主席这段话删去，把我在文中发挥和连用这段话的意见和文字都删去，本来是有破有立，但被删之后，只剩下骂"四人帮"的话，我正面阐述英雄形象的段落没有了，本是一篇纪念《讲话》①发表三十五周年的文章，现在却变成一篇不三不四的杂文。我已将原稿保留起来，准备将来编集子时，还用我原来的文字。

春节以后不久，李一哲一伙已被逮捕，定案为现行反革命②。据说，他们与外国、中国台湾联系不少，寄了不少东西（材料）出去，除他们三个人之外，还有一些与他们牵扯在一起，其中包括一个省委宣传部的副部长。至于那份大字报，上级印发过，供批判用，是一九五五年发的③，去年我离家住院八个月，一些零零碎碎早已无影无踪。其实，这一伙的主要问题，估计不是那张大字报，还有其他更严重、更反动的行为。这是一件小事，比它更大的有所谓"龚卫文"事件，这个名字是一伙野心家出大字报时的集团代号，有省委委员、省委常委、市委常委，都是"文革"以后出来的人物，还有一两个"老干部"当他们的后台。其中有些人直接与"四人帮"联系，目标是搞垮省、市委，取而代之，连以后省市要员，各部、委要职都已准备好名单。揪出这伙家伙，广东人心大快，如像揪出"四人帮"一样。

萌萌已回来，但尚未具体分配。陶萍一切如旧，身体比去年稍稍平稳。

两个男孩都在大学念书，每星期只回家一次。

黄准同志从新疆回来没有？祝她身体健康！

广州已很炎热，比往常，这里春末，应该还有点春寒余意，可是现在热得整日冒汗。天旱，至今还未下过大雨，插秧季节已过去，可是每县大约都有三分之一以上的田地未插上秧，夏收将大成问题，这是今天就可以猜想到的。大家干劲很足，信心也很大，可是这半年的困难大家准备接受熬煎。

---

① 指毛泽东《在延安文艺座谈会上的讲话》。

② 1974年，广州街头出现署名"李一哲"的大字报，是郭鸿志、李正天、陈一阳、王希哲的共同笔名。四人于1977年3月2日被捕，1978年12月30日获释。

③ 当为"一九七五"之误。南方日报社曾印发《反对无产阶级专政是李一哲反动大字报的要害》小册子。

有空望来信。

握手。

萧殷　五月五日

1977年12月21日

吕蒙　黄准：

　　来信收到，我近来一直忙着开会，在"东方""流花"几家宾馆里，一直住了二十多天。文联及各协会（作协、美协、音协、剧协、舞协）恢复活动后，会议更多了，这半个月，还参加政协会议，真有点滑稽。好在会议不算太紧张，否则，恐怕支持不了。

　　吕蒙可能已从山东回到上海，身体如何？希望黄准注意劳逸结合，既然一忙了血压就高，就得注意！血压长期高，对心脏损害很大，不可等闲视之。陶萍这两年注意吃水果、蔬菜，早晨注意散步，情况有些好转。

　　唐云同志的画，希望去催催！我在电视上看见他与程十发①等六位上海老画家在北京故宫作《百花争艳》的第二天早晨，就给老唐写了一封信并向他索画。一直未接他回信，以为他留在北京未归，半月前，接少其来信，他说在上海看见唐云，唐云要他写信时，向我致候。既未提及我的信，也未提及索画的事？是未看见我的信，还是把这件事忘记？我的信是寄到"江苏路46弄五号三楼"，没写错吧？

　　我在这里既任文联副主席，又任作协的副主席，以后《广东文艺》（也可能恢复过去的刊名《作品》）的主编任务，又将落在我肩上。我要求配几个助手，否则，体力与精神都难以支持。在抗击"四人帮"方面，广东的作家及美术家是齐心的，态度也甚鲜明，现在加上一个新上任的省委副书记吴南生②同志，他痛恨"四人帮"，素来与美术家、作家有来往、有感情，他自己也喜欢写作，因而对文艺工作有深刻了解。这一来，上下一心，将来定能闯出点东西来。文联恢复后，大家心情愉畅，今日下午要去开会，讨论筹备元旦的诗歌朗诵会，（主要朗读十七年的作品，以批"文艺黑线专政论"）。开了很多会，信件压了一大堆，赶这两日有空，加紧写复信，所以都不能谈心。匆匆，

---

①　程十发（1921—2007），上海人，海派书画大家，人物、花鸟画独树一帜。曾任上海画院院长。

②　吴南生，广东潮阳人。曾任广东省委书记（那时设第一书记）兼任深圳市委书记，广东省政协主席。

祝你及黄准和孩子们都好！陶萍祝你们元旦快乐！

萧殷　十二月廿一日

1978年3月19日

吕蒙、黄准：

在医院里读了你们的来信，并且尝了鲜美可口的绿豆糕。几乎每次都是一样，我们单位的一位好心肠的秘书长（女）①，每见我劳累了、消瘦了，就派车来送我到医院去看病，而每次看病的结果都被"扣留"下来——住医院。从七四年来，三次住医院我都无精神准备，每次都是诊断后强留下来的，这一次又是如此。多次住医院，现在连这股气味我都讨厌，但有什么办法呢？陶萍的意思是希望我在医院可以躲开客人，其实只是空想。时间一长，来人又多了。至于工作，还是像在机关里一样多，因挑着《广东文艺》主编的担子，稿件还得审阅，组稿得来征求意见。有些活动（比如对某些会议表态的谈话），新闻记者照样到病房里来采访或录音。哪里躲得了？

北京、上海……的刊物的催稿信，急如星火，我的力量有限，只能量力而为，对这一点因远在天边，倒好对付，他急我不急，只是写写复信而已。

这次住中医院，用中药医治，副作用少些，也似乎有点疗效，现在最头疼是痰多，仅就这一点，西医就毫无办法，中医的花样似乎多些，据老大夫说可以治好，但谁知道对我是否有效？由于肺功能太虚弱，肺的伸缩能力大大减弱，呼与吸都困难，因此行动不方便，上坡更困难，于是登山涉水就与我无缘了。黄山，恐怕只能想象而已，此生大概没有"亲临其境"这种清福了。

《习艺录》下月可能出版，到时一定寄你们一本。

小微年纪尚小，希望继续努力，明年再试！葵葵学制糖专业，今秋毕业；荃荃学汽车专业，才念了一年多。……

几次想写信向唐云致谢②，却一拖再拖，见面时，请致意并问候。陶萍问你们都好！

萧殷　三月十九日于医院

---

① 指徐楚（1924—　），广东五华人。曾任广东省文联副秘书长、作协广东分会秘书长。

② 向唐云索画历时甚久，至此结束。

1982年4月19日

吕蒙、黄准同志：

读少其在沪写来的信，知道你的病况有好转，已能行动自如，甚为高兴！盼望继续好转，以期恢复健康！前不久寄上一本《给文学青年》[①]，大概收到了吧？身体日衰，只能偶尔写点短短的"千字文"，长篇大论已无能为力。

去年我前后在人民医院住了八个月，但胃口始终很坏，长期只能勉强咽下半两（每餐）食物，哪里能不日益虚弱？哪里还有什么抵抗力？而肺部又常常感染，每逢这病发作，医生总爱注射抗菌素，但积极的治疗作用却不见，而副作用却十分明显——就是厌食，不思食。既然如此，反不如回家来好过些。因而，经过一再要求，医院答应我于今年一月十六日出院，到三月中旬到四月中旬，不幸又卧病了二十多天，几乎天天头晕、低烧，直到这两天才好些，今日我开始坐起来。勿念！体力一年不如一年，确已到了"风烛残年"的阶段，说不定忽然一阵烈风刮来，残烛就突然熄灭。这是规律，也没有什么可怕的！

现在力求平静，尽量休息，但逼稿的，寄作品来的，要求写序的……还不少；可是力不从心，我已尽力婉辞。陶萍已不去上班，大部分精力被我的琐碎事情占去了。她还好，比我稍好些。

黄准忙些什么？祝她顺利！

握手。

萧殷

八二年四月十九日于广州

附来函

1977年3月8日

萧殷：

来信前天收到。我也是在想你怎么许久没有信来，莫非又去疗养院了？前些日子新

---

① 《给文学青年》，湖南人民出版社1981年12月版。

波、笃维①来沪，问了他们，说你的身体还是老样子，并且能动笔写文章了，又觉得宽慰了一些。

你所说的生活过得"又紧张、又空虚"的情况，我们也多少存在。每天一到办公室，就人来人往，有来谈创作的，有来征求稿子的意见的，有来闲聊的，熙熙攘攘，我们的创作办公室②就是这样"办公"的。他们说简直像个"交易所"！这是好现象，说明我们还有点群众，也有点权威吧？但也不能做多少正经事了。还有过往的客人，送往迎来，也实在占了不少时间。除此，就是开会了！上海的会议与所谓学习之多，也是惊人的。正常的情况下，白天两个半天学习，还有两个晚上！即使是天气如此热，也照样"大干"！回到家里的情况就同你差不多了，每天晚饭后总担心今天有谁来，如果无人来，就觉得是一大幸福了。而来了人，多半是没有正经事的，有的还得给他找旅馆、买车票之类的。这些都是小事，但办起来也很难，因为手续繁多，还要开后门，而许多事又往往都得自己去办，我们又无能干的办事人员，家里小孩也派不了用场。因此到了"家"，也得不到休息，经常说今天可以早一点睡了，但意想不到还是有人来，因此每天都总要弄到十一点以后才能休息上床，实在是精疲力倦了。有的老画家在门口贴上一张布告："上午不会客"，看了后很是同情。我看你也不妨写张试试。否则，既不得休息，又不能做点事，太成问题了！

你所说的运动和文艺座谈会的情况，都和这里很相像。这里开了半个月的座谈会，就是许多老熟人欢聚一堂，——"四人帮"在时，同在一地也互不来往，也不讲真话，现在大家见面了，也觉得很亲热、很新鲜，增加一点团结的气氛，至于解决什么问题呢？似乎也很少。

巴金③是个很好的同志，"文化大革命"中我们四个协会都在一起——靠边，劳动。但也是互不讲话。他的住址是：武康路113号。就离我家不远。办公地点是：人民出版社翻译组（在铜仁路）。

黄准上个月去了一趟新疆，到了帕米尔4000公尺以上的高原，离巴基斯坦只有20公里了。从上海出发，算是从东边到了最西边了！但那个电影今年不拍了，现在又接了另

---

① 指黄新波、黄笃维，广东画家，吕蒙老友。
② 指上海市美术创作办公室，"文革"期间为上海市美术创作领导机构。
③ 萧殷往函提及请巴金为《作品》供稿事。参见下函及巴金1977年8月29日来函。

一个任务——是梁信写的《特别任务》①，她在这个月15日就要乘飞机到广州。到时她会来看你们。她说有许多人托她到广州买凉皮鞋，不知你是否有后门可以介绍？

我患结石（肾部），前些时半夜到医院看急诊，现在吃中药，今天上午又要去看病，所以能抽时间给你写信了。我下礼拜可能去四川，因有上海画展在成都展出，他们邀请我们去峨眉玩。但能否走得成，还不一定。

问全家好！

吕蒙　三月八日

1977年5月8日②

萧殷：

今天是八号，礼拜天，外面下大雨，无客人来光顾，黄准又不在家，所以是难得的清闲。黄准在时，她的客人多，一来人，我也几乎得作陪。真是无聊之至！但又无法回避，因为大家总还是熟人。客人不在时，黄准就忙家务事，她忙，你也得跟着转。所以也是无法安身。这种莫名其妙的"忙"，就把所有在家的时间消磨光了！

"文化大革命"后，我们也只有半个阿姨帮忙，她一人担负六七家的买菜、洗衣等任务，所以我们也得分担许多家务事。两个小孩，是天之骄子，啥事不管，有时甚至喊也喊不动。特别我的女孩子，娇气十足，又不懂事。男孩子已分到科学院有机化学研究所，学电工。最近似乎在谈恋爱，一下班回家，挂包一放就不见人影。你所说的情况，正有点相似。我建议你们还是找个保姆，否则真是太糟糕了！

我是整天上班的。美创办是个小机构，只有十余人，但事情并不少，样样事情都得大家分着搞。创作，今年还有三个展览的任务，一是5·23，一是8·1——5·23已近结尾，8·1的创作还很艰巨。接下来是想抓一抓实用美术，因为上海是工业城市，在实用美术方面，这几年来也给"四人帮"破坏得不像样了。6月份则去四川有个展览交流，我们4月份去四川，他们七月份到上海举行一个版画展。最近，5·23，市里还要举行一个

---

①　《特殊任务》，上海电影制片厂出品，于本正、徐纪宏执导，梁信编剧，马冠英等主演，1978年上映。

②　此函缺页，无落款。函封落款署：上海吕寄8/5。萧殷注：5月10日收，我5月5日寄出一函，谅在途中。

大型的文艺座谈会，有600人参加，我们这几天正在准备一个美术界的发言稿。会议准备开一礼拜至十天。本来我打算在5·23画展之后去皖南老区写生，现在又去不成了。

黄准还在新疆，前几天接到来信——是从喀什市发出的航空信，邮程就走了十多天！那里还不是她们的最后目的地，看地图，那里已是中国的最西边。是在帕米尔高原上，靠昆仑山脉，近克什米尔和中苏边境了。来信说那里的景色和风俗人情都与汉族地区不同，就如身临巴基斯坦了。

据说黄笃维等已来上海，他们将去安徽，可能是老赖①邀请去作画的吧？我还没有见到他们。

社会主义国家的民主是个大问题。这问题不能得到正确解决，社会主义国家迟早就要变质。所有制问题解决了，按逻辑说人民是主人（工、农、革命知识分子），如果他们的民主权利得不到保障，对领导人不能有监督批评罢免之权，那么他们算是什么主人呢？在此情况之下，又算是什么社会主义国家呢？民主—集中—专政，摆好真是不容易啊！

1977年9月3日

萧殷、陶萍：

黄准这次到广东，能见到你们，她很高兴，我也很高兴。老同志见面，一次少一次了。我虽然不能来，但你们能在一起谈谈，我也就如身在其中了。

我的情况，黄准会和你们谈的。但我的心境她未必谈得清楚。这十年来，一切都处于不安定之中，在"四人帮"未被揪出来之时，中国实际已经变色，种种的倒行逆施，令人灰心丧志，感到有背我们几十年来参加革命的初衷。所以，生活，就如行尸走肉，真是没有多少意思了。现在华主席一举粉碎"四人帮"，抓纲治国，确实是代表了广大人民的心愿。因此——虽然时间已晚，但心里重新又想做一点事了——我不想负什么责任，这些事别人比我高明。我还是想恢复搞点绘画创作，虽然，这也不会有什么成就了，但似乎这是一番心愿。这就是我今天的思想状况。能否成为事实，这也还要客观上的配合。

巴金的地址我已经告诉你了，你收到吗？上上礼拜我在公共汽车站碰到他。他说，

---

① 老赖，赖少其。

还没有收到你的信。他已经满头白发,老婆也去世了①,但他还是个认认真真的人,现在翻译赫尔岑②的著作。

祝健!

吕蒙　9/3

附信请转黄准。你也可以了解一点我家的情况。

黄准住广东迎宾馆四号楼208室,电话32950。

1977年10月×日(黄准附函)

萧殷、陶萍:

你们好!

我去北京参观50周年和9.9画展③,在京匆匆溜了一圈,比黄准还先回上海。北京比以前多造了些房子,从外貌看,与前差不多。但见到老同志,精神面貌好多了,粉碎了"四人帮",确实是除了大害!

黄准在广州给你们添了不少麻烦,也叙了旧,是很有意义的。同时,也使我了解到你们的一些生活近况。特别你们两个都是病号,我总觉得你们得请一位较能办事的保姆,可以使你们减轻一点生活琐事的负担。同时,还希望你们多注意锻炼身体——早晚多散散步,也许对你们的身体会有点好处。

萌萌也多年不见了,所说户口还未解决,这是怎么一回事?今年大学是普遍招生,自愿报考,是否可以去一试?

吕蒙

我在宾馆临走时,送我一盆兰花和一盆米兰,米兰还是在培植阶段,只有五寸高,不知该怎么才能养活?现在栽在砂中,不知是否要放泥土?并是否需要加养料?有便请打听一下,指教。

黄准　又及

---

① 萧珊(1917—1972),巴金夫人。原名陈蕴珍,浙江鄞县(今鄞州区)人。1944年与巴金结婚,曾任《上海文学》《收获》编辑,1972年8月在上海病逝。

② 赫尔岑(1812—1870),俄国哲学家、作家,被称为社会主义之父。著有《往事与随想》等。

③ 1977年8月1日,"庆祝中国人民解放军建军50周年作品美术展"在北京举行。

1978年7月30日

萧殷、陶萍：

  好久未给你们去信了，不习惯拿笔头的人，也就懒于写信。今年上海的天气热，几乎超过了广东和北京，一天工作效率不高，回到家就昏昏然，几乎什么事都不能做了。昨天是陈同生同志的追悼会①，我已给你送了花圈。追悼会是在龙华举行的，十分隆重。到处挂满了花圈，他的爱人张逸诚同志，现在这里戏剧学院工作。追悼会的消息大概今天已见报。不久前佛山的曾生②同志曾来过我家，我这个人十分健忘，如果他不说是你弟弟，我已经不认识他了。他谈到了你们的一些情况。不知你现在是否已经出院？据说陶萍也住在医院。这种住院的滋味我还未尝过。但愿你们早出院，出院后也少见客。回想"文化大革命"中无客上门，真也是难得的清福。赖少其一家现都在上海，他的一个小女儿有些神经不正常，在医病。他们住在东湖招待所23号。他们与我相反，是很好交际的，整天宾客盈门——我看了都难受！听说萌萌已有了工作，这也省了你们一件心事！我的小薇一心想考大学，去年未录取，今年又来了新规定：技校毕业生要劳动两年才能报考，而且要专业对口。她学的是钳工，但考的是文科（英文专业），并不对口。这样就等于取消她考试的资格了。但她仍在自学英文，十分用功，也会英文打字，据辅导老师说她现在的英文有大学水平。我的男孩子在有机化学研究所当电工，他干脆什么也不学，是十足的"读书无用论"的中毒者。黄准从广东回来后，已去过长春——她借调在东影为一个电影作曲，回来不久，昨天又乘飞机去西安，还要到延安收集陕北的音乐素材。大约八月下旬回上海。我仍在美创办——但已改为美协，工作还未上轨道，因为组织机构还未定下来，工作也不好办。这里各协归文联领导，可能与广东直属省宣传部不同。

  前一时期听说北京文艺报要调你去工作，是吗？我看身体不好，还是不动为妙。我们也做不了多少年工作了。北京住房紧张，许多部局级干部（如陈荒煤③等）都还住旅馆，也是够不方便的。上半年，我也有去北京的念头，他们也希望我去，但北京情况复

---

  ① 陈同生，四川营山人。中国青年新闻记者学会理事。上海市委统战部部长，上海市政协副主席。1968年被迫害致死，1978年7月举行追悼会。

  ② 曾生，指郑真，萧殷堂弟，在广东佛山工作。

  ③ 陈荒煤（1913—1996），原名陈光美，湖北襄阳人。早年参加左翼戏剧家联盟，曾任教于延安鲁艺。历任中南军区文化部部长，文化部电影局局长、文化部副部长。

杂，尤其美术界，以致这次都不能恢复美协，我也已取消这个念头了。最近听说王兰西心肌梗塞进医院，还不知现在情况。

祝早复健康！

吕蒙　七月三十日

1979年3月17日

萧殷、陶萍：

　　回到上海又半个月了，每天忙忙碌碌也不知干点什么，最近是为四届文代①推选代表忙着开会，和为右派、错案、冤案等平反改正落实政策等。一般说政治上平反改正都已做了，但房子问题、工作问题等许多都还难以落实。真是问题成堆！最近市委宣传部又找我，要我兼上海画院院长之职，上海画院有70余创作干部，外政人员也占一半，共有140余人，思想极为混乱，从来没有搞好过。我如果去，也是代人受过！所以我们还未答应②。但看样子，他们似乎也是对我落实政策，我的意见是至少我不能兼两头，总得放弃一头，有点时间搞业务才行。结果如何，现在还未最后定下来。

　　这次能够在广州再次见到你们，虽然还是时间匆匆，后来又弄到住进了那么一个鬼地方。进出也不方便，但总算又见了一面了，也该算是件愉快的事。不过时光流逝，比起上次见面，我们又都老了！心里也不晓得是什么滋味。

　　萧殷的级别工资，总该已解决了吧③？这里连资本家的钱也退了，我们干部反而不能解决就太说不过去了。就是我从你处回到招待所的那天晚上，习、杨④两位都还坐在我的前排看电影。我想干部的一些区区小事，应该是不费他们太多的时间的吧？

　　这里的理论务虚会，我没有参加，但我看了简报，提了不少尖锐的问题，从1957年以后，一条"左"倾机会主义路线已是很清楚的了。本说全国的务虚会，本月初召开，现在推迟了，我估计有些问题还难揭开、难表态。

　　香港的一些杂志，这里很难看到，比广州还要闭塞，你们如有看过了的，随时寄来

---

　①　第四次全国文代会数度推延，最终于1979年11月1日在北京召开。

　②　1979年，吕蒙复出担任上海中国画院院长，时年64岁。

　③　1966年，萧殷从文艺三级降至行政十三级，月工资减少100余元。所欠1万余元工资直到他去世才补发。

　④　应指习仲勋、杨尚昆，时任广东省主要领导。

几本来！如能预定，则请给我定一份（不论哪一种，由你们决定）。

赖少其已恢复省委宣传部的职务，兼省文联①。

黄准已从长春返沪，但糖尿病未愈，高血压也时高时低。

盼望来信！

五月或六月文代会你能去吗？如身体不行，就不去也罢！如经上海，望先电告！

吕蒙　三月十七日

1981年1月17日

萧殷：

很久没有给你写信，上次萌萌来也没有带信去，这情况是可以想见的。我虽然已出医院②两个多月，可以说基本恢复，但至今手脚仍僵化、麻木，手写几个字就吃力得不得了，脚不能出远门，言语模糊……进展很慢，现每天仍在吃药、推拿、针灸，但也很少效果。这里现在是严冬，也许有影响，因此想到从化来疗养，广东已由黄准和关相生③联系，代表难受④，但这里还要卫生局批准，手续十分麻烦。如得批准，我过春节后，约二月十五日即可来广州。

想不到后半辈子还得了这病，寄出来的书都收到了，但未全看。老赖也在这里开了画展，还不坏……只有我什么也没有留下……

黄准二月去香港，小薇月底到旧金山进艺术学院，大概学电视导演。香港是亚洲作曲家会议。

你今冬没进医院吧？陶萍好吗？匆匆不尽。

吕蒙　一月十七日

---

① 赖少其恢复安徽省委宣传部副部长职务，兼任安徽省文联主席。

② 吕蒙于1980年4月27日突患脑溢血。参见黄准致萧殷、陶萍函。

③ 关相生（1924—　），时任广东省委副秘书长。

④ 原文如此。

1981年2月15日

萧殷、陶萍：

　　这次来休养①，我们又是见面匆匆，小萌已回广州，不知他到你处没有，他还想趁此机会到桂林去玩，现桂林机场在扩建，他可能乘机去南宁转车。

　　此地风景很美，但我的手不听使唤，画了张速写，看了使人伤心。俱往矣……一切令人心灰意懒！

　　此地晚上很静，一个人很感寂寞！如有可读书报，不妨寄点给我，另外我上黄准的当，以为到此都要穿病人衣服，所以除随身一套外衣，未带其他，望即寄你小孩的单裤一条，以便可以替换。旧的即行，不过不要穿不上。

　　我住疗养院一病区四号房402号，近食堂。

　　希望能恢复得快些，再谈。

　　黄准下月初至香港，开亚洲作曲家会议，回来时也许过广州，我的女儿小微已去美国学习。

　　祝好！

吕蒙　八一年二月十五日

1982年4月17日

萧殷、陶萍：

　　你们经常寄书或信来，我却以病为借口，总是信也不复，其实与懒也不无关系。但又似不是。我想我现在已几乎成为半残疾人了，看不出有什么好转。稍做一点事就感到疲劳，写字也慢得很，有时想到还不如一下子就×气②倒也罢了。

　　在我这样的情况中，我居然从二楼搬到九楼C室了，这里照亮得多，视野也阔多了，应该说比你的居住好多了。……但我也有限的高兴罢了。似乎这一切都即将过去。……

　　写到此又搁笔了，也不知为什么。昨晚与儿子吵了一场，他总出去，好像外面是遍地黄金似的，真是不合时宜的想法呀！今年他已经廿七岁了，也不想成家，难道真的有

---

①　吕蒙于1981年2月至广东从化温泉干部疗养院治疗。

②　×气，原稿如此。

着"代沟"吗？总而言之，是"四人帮"的遗毒呀！

每次来广州总也匆匆，以致什么话也没有说，今后恐也更少了。

少其来过，本想调来上海，但进上海确比什么都难，冻结，冻结。人口①比什么都要难死了。

你身体好些吗？春天已较暖了。对你的气喘会有好吧！

吕蒙　四月十七日

1982年4月28日

萧殷：

收到你的信了，我前一个时候曾写给陶萍和你，想也可以收到了。少其在这里时，那时我确实较好，但最近半个月来，因拉肚子、后来又感冒，左脚的行动就大大后退，萎缩加深，走起路来，一颠一拐的更厉害了，一阵风就可以把人刮倒似的。心情也就特别不好，对于好转失去了信心。我心里老在想着你那幽暗的房子——不如以前开阔明亮了，前面的建筑挡住了你的视线，就似乎挡住了你的呼吸——为什么不搬一搬呢？……老在想这些莫名其妙的事情。大概也是很不容易吧？风烛残年，确实就是这么一回事吧？少其还说你要写回忆录，你的笔还不残，记忆也比我好，我倒很愿意看见你还能实现。比给青年的写作指导可有意思多了。我也预备写，拟了些题目，都是些有趣的小事，没有革命的大道理，（也不知道它在哪里？）谈起来也许是一场"伤感"！用现代话说，也许就是"信仰"危机……但我现在写字很困难，所以始终也未动笔。倒是对于画画，还是有点兴趣，虽然我的手对于画画也是同样不利的。——有时就只有叹气！

祝你早出院。陶萍均此。

吕蒙　四月廿八日

黄准在浙江尚未回来，中央电视台要拍个《蹉跎岁月》②，请她作曲，五月中旬又要到云南的石林去了。又及。

---

① 人口，疑指户口。

② 电视剧《蹉跎岁月》根据叶辛同名小说改编，蔡晓晴导演，郭旭新、肖雄、赵越等主演，拍摄于1982年。主题歌《一支难忘的歌》，叶辛作词，黄准作曲。

致潘耀明5通（附来函1通）

潘耀明（1948—　），笔名彦火，福建南安人。曾任香港《海洋文艺》编辑，明报出版社、明窗出版社及《明报月刊》总编辑兼总经理，香港作家联会执行会长，香港艺术发展局艺术顾问。

1979年9月1日

耀明兄：

　　信及八月号《海洋文艺》①均收到，谢谢！剪报和照片两张也收妥，勿念！

　　我们握别②不久，即到顺德大良去开了一个五六十人的文艺界座谈会。会议探讨了目前文艺领域中的极左思潮问题，《南方日报》已有报道，谅你已看到？这个争论大约还要继续下去，因为极左思潮还继续存在，而且还继续起着破坏作用。我估计，到十月上旬全国第四次文代大会时还会接触这类问题。

　　你下次回穗时，欢迎你来闲叙！你的散文集还来不及拜读，因为最近一个多月，实在太忙乱了，至今桌上堆着成百封读者的来信和来稿，加上一些必要的会议，几乎再抽不出什么空暇来，以后一定拜读的，请原谅！匆匆祝好！

　　握手。

萧殷　九月一日

---

　　①　《海洋文艺》，香港中华书局主办，吴其敏主编，1980年停刊。

　　②　1979年8月3日，潘耀明（彦火）与陶然、海辛、杜渐（李文健）、黄海浪、原甸等香港作家六人访粤，专程拜访萧殷。参见李国柱致萧殷函及潘耀明来函。

其敏①兄请问好!

1979年10月19日

耀明兄:

来信及照片均收到,谢谢!你这次回来会晤时间虽短,但留给我的印象却极深。据说春节间间,广州、香港文艺界将有一次见面盛会,地点可能在深圳,不知你听到否?但愿那时际,我和你都能在深圳重逢!

你给我一家照的相片都很好,大家很满意!不幸的,许多朋友都喜欢"陶萍和我合照的"那样。寄来的两张都给朋友"硬要"走了。为弥补这个缺陷,你能否在方便时给我放大一两张?

第十期《海洋文艺》刚收到,还来不及拜阅,顺告!

再过十天左右,我和欧阳山等要去北京参加全国文代大会,约半月后回来。吴其敏先生和罗承勋②等十三名港澳作家已被中国作家协会吸收为正式会员,香港方面谅已接到正式通知。匆匆祝好!陶萍问候你!

握手。

萧殷 十月十九日广州

1979年10月27日

耀明兄:

你好!前上一函,未悉收到否?曾请加印(放大)"我与陶萍合照"的那张照片二张,想已收到。今日陶萍才知悉我的信已寄出,原来她希望你把她的照片(她单人照的共两张,她要的是那张比较近距离的,照得比较大的那一张。后面两个瓜也比较清楚的),放大(按原来放的那样大)两张给她。她认为近年来给她照的相片,这次照得最好,她十分满意,特向你致谢!并向你表示敬意!

---

① 吴其敏(1909—1999),广东澄海人。《海洋文艺》主编,著有散文集《阑夜》等。

② 罗孚(1921—2014),原名罗承勋、笔名柳苏。广西桂林人。《大公报》记者,《新晚报》总编辑。著有《北京十年》《罗孚文集》等。

明日——十月廿八日，我将和广东代表团飞北京参加文代会，大会于十月三十日开始，开到什么时候还不清楚，讨论什么问题为重点也不清楚，反正到了北京就清楚了。回来后，再给你写信！今天还要召开出发前的全体会议，相当忙乱，恕我不能多写！

　　来信寄："广州、东山区、梅花村三十五号二楼陶萍收。"

　　陶萍向你问好！祝你一家平安！

握手。

萧殷　十月廿七日

1979年12月15日

耀明兄：

　　我现在坐在省人民医院病室里给你写信。我到北京第三天就病倒了，曾住医院五天，以后一直未能参加会议，每天都躺在招待所，上、下午都有许多老朋友来看我，听到许多在文代会上听不到的新鲜消息。中间我只参加过中国作家协会理事会的一次会议，到十一月十七日与大家飞回广州。

　　因在北京注射了大量的"红霉素"，高烧虽然压下去了，但什么东西也不能吃，回到广州后仍卧病在床，食欲极差，每日只能喝些"流汁"，这样体质受到很大损害。到十二月二日，又忽然发高烧，不得已，入了人民医院东病区，直至今天，我仍然只喝些"流汁"，还不能吃饭。病区李主任向我说："这一次要下决心，好好修理一下！"看来，一两个月不能出院。来信仍可寄梅花村三十五号二楼，也可寄："广州、中山二路、省人民医院、东病区201房"我收。

　　你寄来的照片都收到了，大家都十分满意！非常感谢你！

　　答应给湖南出版社编一本五六十年代的旧作《谈写作》，本来十二月就决定交卷，现因住院未能如愿，心里很焦急，但也无可奈何！

　　请代向吴其老问好！并祝他老人家健康长寿！遇见陶然兄时，请代问好！并将我近况告诉他！谢谢！

　　陶萍问你好！

握手。

萧殷

十二月十五日于东病区201室

1980年3月1日

耀明兄：

　　廿日信敬悉，对你的诚挚关怀，表示深切的感谢！我已于二月十三日离开医院，但并非病愈出院，而是病况毫无起色，我要求转院治疗。痰喘与胃口依然如旧，体重仍像入院时一样，还是三十八公斤，体质之虚弱便可想而知了。我决定后天（三月三日）就到新会县中医院去，去年六月曾在那里住过一个月，各方面都有些办法，我准备再去试试看。

　　你的《泰山散记》，许多人都看了，并且予以好评。大家都认为这是深入研究及细密调查的结果，并非一般记游，所以都给予极高的评价。可惜，因我住医院没有看到，现在又忙于琐碎事务及应付来客，至为心歉！偶翻港报，见兄文章不少。趁此多才年华，希望多写些！

　　第一期《海洋文艺》已收到，顺告。今晨听到中央五中全会①公报，令人兴奋！陶萍仍在家，她向你问好！匆匆祝一切都顺利！

萧殷　三月一日于广州

附来函

1979年10月15日

萧殷先生：

　　日前在穗小晤，相叙恨短，将来当再觅机会，亲聆教益。自穗返来后，是《海洋文艺》发稿期，因为我们人手阙如，所以是很紧张的，延至今天才写信给您，请见谅。

　　在穗为您一家照的相片，已冲晒出来了，随信附去，请查收，照得不好，合请见谅。近期的《海洋文艺》收到吗？最近正抽空看阅您的《习艺录》。匆匆，即颂
文祺！

潘耀明谨上　十月十五日

问候陶萍姨及您的女儿等，未另。

---

① 1980年2月23日至29日，中共十一届五中全会在北京召开。

致钱钺1通

钱钺,读者。通信地址:上海重庆北路十一弄一号。

1978年7月14日①

钱钺同志:

寄给萧殷同志的短信已收到,他因病正住医院,不能亲自处理来信,尤其有关买书的来信。

关于《习艺录》②,广东人民出版社只印了二万五千本,听说有一部分已运到上海,你到书店去看看,也许可能买到。广州书店早已卖完,这里无法买到。匆复。

《广东文艺》编辑部

易准同志:请将此信稿抄一份寄出!地址是:上海重庆北路十一弄一号钱钺同志收。

岑桑③的文章已阅过,希望把《光明日报》及《人民文学》的文章看一看,再考虑一下,看要不要写条"编后"?

萧殷 七月十四日

---

① 此函为萧殷手稿,请易准其抄写后以《广东文艺》编辑部名义转寄钱钺。易准7月15日注:"已抄发!"

② 萧殷《习艺录》于1978年3月出版。

③ 岑桑,广东人民出版社社长兼总编辑,《岭南文库》丛书执行副主编,作协广东分会副主席。

致屈燕新1通（附来函1通）

屈燕新，文学爱好者。通信地址：云南昆明合成洗涤剂厂。

1977年8月15日

燕新同志：

你七月五日寄出的信，我七月廿九日才收到。这封信由云南寄到北京，又由北京转到广州，途中至少经过四五千公里①。收到你的信时，我却正在患病，待病稍愈，又忙着开会，学习党的三中全会文件，因之，到今日才抽出时间给你写信，请你原谅！

我已十多年未提笔写文章了，不是无东西可写，而是被"四人帮"压得没法写，只要你说几句话或写几行字，他们的爪牙就凶神恶煞地一闷棍打过来，这滋味，我已尝够了。因此我想，如其这样，还写它干吗？我也深知青年的需要，也知道年轻人需要具体的辅导，可是，你一谈创作规律，一顶"修正主义"的帽子就扣上来，因而只好痛苦地沉默。现在"四人帮"已被铲除，我的健康情况虽比十年前差多了，但愿尽自己的一点绵力，把自己长期积累的一点心得写出来，希望能对青年写作者起点启发作用。从前，我写过《论生活、艺术和真实》《与习作者谈写作》《鳞爪集》等四五个小集子，现在都绝版了，这些过去的东西，现在已没多少意思了，但愿今后能写出一些比从前较有用的东西，这只是愿望，谁知道能不能实现？

你说的那种"一看开头就知道结尾"的作品，乃是"四人帮"的"三突出"所造成的恶果。那种作品脱离了生活真实，完全根据他们篡党夺权的政治需要而胡编出来，是

---

① 屈燕新来函（即下函）寄"北京《人民文学》编辑委员会转萧殷收"。

一批反动透顶、无聊透顶的货色。你们不喜欢它,是理所当然的。

你的朋友说:"你痛恨阴暗的事物……就用与它相反的事物去表现……,如恨贪污,就写大公无私……"你认为这会减少战斗性与艺术性。对的,不能为了"恨"就去写"爱",这样片面去写,什么也表现不出来,正确的方法是通过斗争去描写,比如"公"与"私"的斗争,只有把"为公忘私"的人物,和"自私自利"的人物的性格都写得栩栩如生,并把性格的矛盾(情节)都合情合理地表现出来,最后让"公"战胜"私",现实生活的真实面貌才能深刻地表现出来。正如你所说:"生活本身不就是光明战胜黑暗吗?"这是生活规律,任何片面的解释都是不正确的。

写作,要从生活出发,不要从概念出发。要在三大革命实践中多观察、多思索,把具体、生动、有意义的现象、细节积累起来,这是习作者应做的第一步。如何表现,这是个复杂问题,不是几句话说得清楚的。希望多练习、多研究,分析别人的好作品,从中摸索出规律,当然,同时也可以读些作家们写的创作经验之类的文章。至于教科书,那是谈一般文艺知识的,据我所知,很少有能起辅导写作作用的教科书。

我很忙,身体也不好,匆匆复此信供你参考。读者寄来的信很多很多,一般的我都不回信(事实上也不可能),只见你所提的问题比较真切,所以乐意跟你谈一谈。你问我做什么工作,我是在广东省文艺创作室工作,所写的文章大部分在《广东文艺》发表,顺告。匆匆祝你努力!

萧殷　八月十五日于广州

附来函

1977年7月5日

萧伯伯:

您好!并代我向您的诸位亲友问好!虽说我从未见过您,您也不认识我,但我却在戴着红领巾的时代就认识了您。

至今,我还清楚地记得,我最初爱上文学是由于您的《与习作者谈写作》。很遗憾,我看完您的《与……作》两集后,社会上产生了那次较大的动荡("文化大革命")。环境使我的思想受到了影响。学习写作的念头渐渐地被遗忘了。

直到1972年，我参加了工作。少年时代的爱好才在工厂里得到了发展，我开始不分时间地看书，因我认识到已经晚了。但青年的幼稚和害羞却阻碍了我的进步，我什么书都看，就是不去请教别人。突然，我感到尽管我努力，但仿佛我是在停滞不前。这四面群山环抱的环境和工厂一个月放两回假的环境，几乎断绝了我与外边的联系。厂里又无人喜爱文学。一切宣传都取材于报刊，我多么渴望着能再次见到您的《与习作者谈写作》这本著作和老前辈们的教育呵！

可直到如今，我托的人也不少了，找到的各类书籍也有几十本，就是找不到引我喜爱文学的那本《与习作者谈写作》的著作……前天，几个月才到一次的《人民文学》上刊了您的文章，我高兴极了，心里也踏实多了，我多么希望能再次见到您的著作。我想，总有一天，您的心血将回到我们青年一代的手中。让我静静地等待着吧！

但我已等了这么久，还不见您的著作。因此，我才决心把我在探索过程中遇到的问题向您谈谈，请您指导指导。

萧伯伯：我已在自觉向不自觉的生活中注意了几年。发现人们除去看一些自觉喜欢或打仗的小说外，再就是看一点古书，但大多数人都不爱看"文化大革命"后的作品，问起来，总是这么几句话："有啥看头，一点不真实""生活并不如此，看了还嫌眼睛累呢""看什么，一看开头就知道结尾……"因此，我认为小说最好是把整个时代集中地反映出来，让人们自己去评价什么是崇高和伟大、什么是卑鄙和渺小。这样，在选取素材和组织情节时，就应较注意真实的生活和工人们切身的利益，他们所希望、所赞成的一切！您说对吗？

有一天，我问一个朋友：痛恨阴暗的事物，应该怎样表现？他回答说：您恨什么，就用与它相反的事物来表现……意思说：如果恨偷窃，贪污，就写大公无私。如恨敌人，就写我们想象中的英雄。通过实践感到：如果那样去写，在最小程度上会减少作品的战斗性和艺术性。本来很好的情节，都废掉了。为什么不能直接描写阴暗而要躲躲闪闪？问题在光明的东西最终是否战胜了阴暗的东西。难道世界不是矛盾的，难道生活当中一切都是光明的。画需要有阴影来衬托，而文学却……其实，生活本身不就是光明战胜阴暗吗？我想问问您，到底应该怎样去表现？

还有，多看一些别人的作品好呢，还是多看一点教科书、小说作法之类的书好？
萧伯伯：我发现自己不会观察生活，应该怎样练习和生活。请原谅我打扰了您。请速回

音。此致

祝您身体健康！

学生：屈燕新　一九七七年七月五日

（注）萧伯伯，您有多大年龄了？如果可能，请把您的相片给我一张。

致汝浩1通

汝浩，待考。

1982年8月21日

汝浩同志：

因为气候太炎热，而我的住所又成了危楼（已被白蚁蛀空楼板），不得已，于七月下旬来暨南大学暂避暑气，因此，你八月二日来信耽搁了。可能你已回武汉，但我还是将信寄到玉林去。

去年，我整整在医院住了八个月，十年浩劫期间，曾遭受可怕的折磨，肺气肿越来越严重，现已发展成肺心病，体质愈来愈坏，不仅经常气闷，而且四肢无力，连走动也愈来愈困难了。但待做的事很多，要写的东西和待编的书都不少，但感到力不从心，奈何！

你这样努力是有成果的，希望继续下去！你的书稿出版社决定了没有？如果像你说的那样，估计被采用的可能较大。但不管如何，踏踏实实，戒骄戒躁，正如你所说，重贡献、轻享受；只有脚踏实地、埋头苦干方可成就事业，而吱吱喳喳地叫喊，是一无可取的。

如你最近过广州，我可能还住在暨南大学专家招待所，到九月下旬我才准备回"东山区、梅花村三十五号二楼"去，但省委已决定我搬新居，只是现在还不能确定具体的搬家日期。来时，可打电话问作家协会（三一八五一、三〇〇五〇），他们会知道我的近况的，匆匆

祝好！

萧殷　八月廿一日于暨大

致沈仁康2通（附来函1通）

沈仁康（1933— ），江苏常州人。毕业于北京大学中文系。曾任《中国青年报》编辑、记者。1961年底调中国作协广东分会，任《作品》副主编、广东省文学院副院长，专业作家。

1974年1月25日

仁康同志：

收到你的长诗不久，我就读了三分之一，后因忙于年终总结，近来又赶着审阅几部所谓"粤词剧"的东西，花费了不少时间，一直到除夕之前，才结束了这项工作。这两天，趁春节晚间的一点空暇，才将《山花烂漫》读完。诗在我这里耽搁这么久，很觉过意不去，请原谅！

我对这部叙事诗的总印象是好的，尤其是其中一些情景交融的诗句和章节，给我留下了美好的印象。其次，反映上山下乡的主题，是切合现实需要的，对于青年知识分子，无疑将起鼓舞的作用。再次，你过去写抒情诗时就表现出来的诗味隽永、带有民歌（信天游）风格的长处，依然保留在这部叙事诗中，这都是可喜可贺的。

但是，另一方面，我认为还有不足之处。这也许是我的偏见，愿提供你做参考。我以为叙事诗应该有情节、有较完整的人物形象。虽然不能与小说相提并论，但既然是叙事情，就不能没有起伏的情节。所谓情节，就是人物与人物之间的关系、矛盾和冲突的总和。因而，要把情节写得合乎情理，就不能不认真刻画人物的性格。这方面，普式金、涅克拉索夫的叙事诗①大概还有点参考的价值吧？

可惜，云涛、支书、艾艾、金柱等，都没有给人留下比较鲜明的印象，只是一些模糊的影子，这显然是不够的。尤其是作为这部长诗的主人公——云涛，像现在表现的那样粗线条，只有先进知青的一般特征，而没有她自己的个人特色，是很难突出这个人物形象的。其次，你只让她遇上一些困难，让她在困难面前经受考验，这本来是不错的，但你疏忽了通过考验同时去刻画她的精神面貌（或内心世界），这样，不但不能使人物形象丰满、鲜明，而且显得十分表面。

叙事诗，只叙写了一些事件的过程，而且平均使用笔墨，没有高潮，起伏也不多，显得平板，缺乏引人入胜的章节。

如果有情节、有人物，而且人物有鲜明的个性特征，那么情节的发生、发展及结局就不会一般化，即除了反映规律的一般性，同时也能反映出规律的特殊性。也就是通过事物的特殊性反映出事物的一般性。而现在这样的构思，似乎显得太一般化了。不知你以为然否？

关于叙事诗，我还有一种看法。我以为在叙事诗中，凡是深入写人的精神状态，写人物的历史，写环境气氛，甚至写人物的对话等，都与写小说的手法不同，不能照直叙写，而应该以抒情的手法来表现。可以说，好的叙事诗，每段每节都是完美的抒情诗。你在这方面似乎已经注意到，但还不够。

有些用字似乎还欠推敲，我画了红线，供你参考。

我读得很粗，考虑也不周到，这点读后感，只供参考，其中还可能有错，请指正。
匆匆祝
春节好！

萧殷　一月廿五日

还有两部长篇小说原稿等着审阅，你的短诗集大约要拖延一段时间之后，才能抽出时间来拜读。顺告。

---

① 普式金，通译普希金（1799—1837），俄国诗人、小说家，著有诗体小说《叶甫盖尼·奥涅金》。涅克拉索夫（1821—1877），俄国诗人，著有长篇叙事诗《俄罗斯妇女》等。

1974年6月26日

仁康同志：

　　来信早收到了，感谢你的关怀和祝愿。接到过不少同志的来信，都流露出与你同样的感情和希望，我很感动，感到强烈的阶级热情。我应该更好地把身体养好，争取为党、为无产阶级多做几年工作。这两三年来，常常感到一种难以形容的焦虑，用一句简单的话来说，就是常常感到力不从心。自开始学习文学一直到现在，不觉已四十多年，有正面经验，有反面经验，经过"文化大革命"的总结，自己的认识水平确比从前有些提高，尤其是在文学创作规律方面更是如此。曾打算用短小杂记形式，对创作实践中一些体会最深的问题做些探讨，以每篇一千字左右，写它六七十篇[①]，但由于体质日渐衰弱，有心无力，我真担心这样美好的计划，最终成为泡影。

　　这里的医生和护士都竭尽全力为我们治病，每日都服药、打针并理疗。但在我身上却不见显著的疗效，尤其是胃口似一天不如一天，因此体质没有什么改进。看来，到七月下旬医生不会让我出院，虽然三个月的疗期已满。我每早晚尽力多散步，除外，不能做其他活动，游水本来是很好的，无奈我脚板上的四颗"鸡眼"，使得我无法下水。广州的运动[②]情况如何？这里十分闭塞，除偶尔听到一点小道新闻，几乎什么都不知道。来信时，望谈点新消息。

　　看见韦丘同志请代致候。遇到李门[③]同志也请问好，曾做了一个稀奇古怪的烟嘴，很别致，准备送给韦丘同志，匆匆祝好！

　　　　　　　　　　　　　　　　　　　　　　　萧殷　六月廿六日

---

① 即《创作论》写作计划。
② 指"文革"后期的"批林批孔"运动。
③ 李门（1914—2000），笔名欧文，广东三水人。剧作家。广东省文联副主席，广东省文化局副局长。

附来函

1977年9月15日

萧殷同志：

出发前本拟去您家坐坐，后来因为匆促，没有去成。

我们出发已经一个月有余了，这次顺西江上溯，在广西到了南宁、梧州、百色、桂林、河池等地，现在在东兰县（昨晚到达）。这里是韦拔群①烈士家乡，1924—1930年，农运很发达。

广西比广东供应，好得不可胜数。我们在贵县，走了一趟农贸自由市场，猪肉每斤1.10元，小母鸡1.20元，鸭0.60元，公鸡0.70—0.80元一斤。广东近年来农村政策不知怎么搞的。广西看来文艺方面的条条框框也少一点：南宁上演《李双双》（彩调）；桂林同时演《骄杨》（歌剧）、《蝶恋花》（桂剧）；河池前不久演出《补锅》《游乡》《打铜锣》（改编为桂剧）。特别是河池地区所演，使我们感到意外。

在桂林漓江饭店，经理姓白，他说与您有过联系，您帮过忙，写信给周光春同志，代他们搞了50吨水泥。他很感谢您，要我们代问好，并说盼望您到桂林走走。

一路来，另一感想是："四人帮"垮了，那一套文艺"理论"打倒了，但时间太长、影响太深：一是不易清除，年轻人更不好办，社会、领导也还要惯于用"四人帮"一套看问题、提意见；二是清除了一些，又不知立什么才对。不要"三突出"了，好像主要人物也不要了；不要第一号的完美无缺人物了，好像高大的无产阶级英雄也不要了……当然前者是主，后者是次。但两种情况都有。目前十分迫切需要对马列主义文艺理论的正确阐述。联系到您的工作，感到特别有意义。多少年来，形象、典型、艺术创作规律没人提了。两结合是怎样回事，也没有人阐明了，文艺理论的启蒙工作，好像还得从头来过一次。特别对年青一代。对文艺与生活的密切关系不认识，所以只靠编故事，而缺少生活气息（情节可以编，生活气息浓烈的细节无法编，只有到生活中去寻找、概括）。

我们三人到桂林后，韦丘同志回广州开会了，想您见到了。我们继续由东兰→遵

---

① 韦拔群（1894—1932），广西东兰人，壮族。农民运动领导人、百色起义领导人，红军第七军第三纵队司令员、第二十一师师长。

义→重庆→汉口方向前进。估计10月1日后可到武汉。到时，韦丘同志可能由广州到武汉会合。我们的剧本，将是不易的事，多磨的事。我们尽力而为吧！

天气开始秋凉了，盼您特别小心，千万不要再发。

听说，今秋广东出版社拟发排您的理论作品，盼望它早点出世。

不多写了。陶萍同志一并问好，不另。

沈仁康　九月十五日东兰县招待所

致宋永平11通（附录1件）

宋永平，本为河北农民，20世纪50年代初被中国作家协会聘为勤务员，派驻颐和园云松巢，负责接待前来休养的作家和干部，因此与萧殷结识。

1953年9月5日

宋永平同志：

　　好久没有给你写信了，你身体健康吧？我们与二姥娘都常常想你。我七月底，痔疮又患了，整整躺了一月，到八月底才好了。陶萍的疙瘩还未完全好，现在在门诊部电疗。

　　我因脑病，决定到颐和园①去休息几个月，准备九月初就搬去。不过需要有个人来帮忙，希望你能来北京，与我一起到颐和园去。如果你身体好，希望你接到这封信后，即刻搭火车来北京。可先到二姥娘那里。

　　来时，请把户口带来。衣服、被子也带来。

　　这次到颐和园，只我一人去，你只和我做伴，事情不会忙，你也可以休养。我可以给你包一份饭，同时可以给你一些零用钱。

　　如不能来，希望马上回我一信。

敬礼！

萧殷　九月五日

---

① 颐和园云松巢，有房屋数间，当时中央特批给中国作家协会作为创作休养地。

1953年9月6日

宋永平同志：

　　昨天，曾给你寄去一封信，不知收到否？

　　那封信，是要你来北京帮我做些工作。如果你的身体好，希望接到这封信后，立刻就动身来北京。

　　我因脑病，需要到颐和园去休息，我一个人住在颐和园太不方便，所以希望你来做伴，我们一起在听鹂馆①包饭吃，事情不会太忙，这样，你也可以休养。同时，我还可以给你一点零用钱。

　　我的那所房子已买好②，不过房东还没有搬走，二姥娘和葵葵、荃荃等还仍旧住在礼拜寺十三号。大约再过两个月后，我们可以搬进新房子去住。

　　你来时，希望把户口带来，被子也带来。

　　到京后，可先到二姥娘那里找我。

　　最后，希望快些来！我正等着你。因为你不来，我一个人是不愿搬到颐和园去的，那里太冷清。但现在住在作家协会，又太闹，没法休息，急着搬进颐和园去，请你快些来！最好能来北京过中秋节！

　　祝你好！

　　　　　　　　　　　　　　　　　　　　　　　　萧殷　九月六日

1953年12月10日

永平同志：

　　来信收到。最近我们很忙，忙于开会，忙于修理房子，因此，没有很快地给你写回信。

　　我们的房子，现在弄得更好看了，火厨修好了，天天都可以洗澡。葵葵和荃荃到处乱跑，比起礼拜寺十三号，有更多地方可以让他们玩耍了。

---

　　① 颐和园听鹂馆，原为慈禧小戏院，民国后成立食堂、茶座。1949年后听鹂馆饭庄被指定专门接待中央首长和外国贵宾。

　　② 在北京东城区南小街赵堂子胡同八号，参见下函。

我们的身体都不健康，陶萍已搬回来住。

姨姥姥已回到天津，又新雇来了一个较年轻的保姆。

你现在怎样？参加了什么工作没有？请告诉我们。

在村子里，一定生活得很好罢！明天夏天，如果我有时间，一定到你们那里去看看。

你在颐和园照的相片已印出来，现寄给你。如需要底片，以后也可以寄给你。

如果愿意来北京玩，你随时都可以来，我们这里总有你住的地方。

葵葵还常念叨着你，这孩子话多极了。天天都爱来北屋子玩几个钟头，我们给他放唱片和开收音机，他对音乐的兴趣又恢复了。萌萌[①]还是两个星期回来一次，长得更高了，懂的事情也更多了。

二姥娘也常常想念你，不知你现在怎样。

来信可直寄："北京、东城、南小街、赵堂子胡同、八号"我收。

祝你健康！

敬礼！陶萍问你好！

萧殷　十二月十日

1954年1月9日

宋永平同志：

寄来的花生及芝麻和古瓦，均收到，谢谢你。

我虽然在养病，但仍然很忙，忙于开会和写文章。因为许多人都来找，不写又推辞不开。

这一个多星期，北京一直严寒得很！西北风像刀子似的刮着，我们都很少出去。葵葵和荃荃总是在屋里玩。我给萌萌和荃荃订了一份《小朋友》画报[②]，每月出版两本，邮局按期送来，萌萌和葵葵都非常喜欢看。葵葵变得更爱听故事了。可是他还是不喜欢吃饭，每到吃饭时，他就玩。叫他吃，他只很勉强地吃一点。这孩子这样下去，将来身体一定不会很健康。萌萌和荃荃的身体倒挺好的。每天晚饭后，他们都到我屋里来玩，

---

① 萌萌，萧殷长女，此时在上幼儿园。

② 《小朋友》周刊，上海中华书局1922年创办，1953年改由少年儿童出版社出版。

要我开留声机或收音机。屋子大可以跑,比礼拜寺胡同要好得多了。

陶萍的身体仍不好,正在休息。

我竟一次也没有到苏联展览馆去参观,现在已经闭幕了,多么可惜。你要是看一次就可以增加许多见闻和知识,可惜你也没有看。

竹子种上了没有?会不会活?我们弄的那块绿苔现在很好,到春天大概就会发绿了。两棵柏树都活了,现在摆在北屋的窗台上。

你能动员家里人卖余粮!这是很好的,应继续努力!记住,要时时刻刻记住革命事业,千万不要只为自己个人的利益。《被开垦的处女地》①读完了没有?

祝你健康!二大姥问你好!

握手!

萧殷　一月九日

1954年5月3日

永平同志:

你近来身体好么?甚念!

我于三月初离开北京,到广东来休养,住在家乡②,天天到周围山野间去游玩,这里好玩的东西很多,有透明的水晶石,还有方方整整的雪白的方解石。我拾了不少,准备带回北京去。再有各种各样的喷香的花朵,和奇异好看的花木,我也准备带一些回北京去,如桂花、昙花等二三十种,应有尽有。但不知带回北京后能不能种得活?

我由颐和园带来的藤萝种子,已经出苗了,长得很壮实。

由北京带回来的雪里红,也长大了。我们准备将雪里红和萝卜接种,即把雪里红的嫩苗接到萝卜茎上。这样,萝卜的味道一定可以变好,而雪里红也会更好吃。你不妨试试。

由颐和园带去的竹子,不知种活了没有?希望告诉我!

广东农民现在普遍用月光花和红薯接种,结果,红薯长得很大,每一条红薯都增加

---

① 《被开垦的处女地》,苏联作家肖洛霍夫长篇小说,孟凡改写,中国青年出版社、开明书店1951年12月修订第一版。

② 1955年5月,萧殷趁休假之际回乡,在老家龙川佗城逗留半个月。

二十六倍重，比如原来只二斤的，接种后就变成每条五十二斤。可惜北方没有月光花。我认为喇叭花可以和红薯接种，接种一定可使红薯产量增加。接时，可以先把红薯苗种上，若十几日以后，就可以剪些肥壮的（三四寸长）喇叭花接上去。先找一些麦秆，剪成一寸长左右，套到红薯茎上，再将红薯茎用小刀破开，把喇叭花苗的茎削扁削尖，然后将喇叭花茎接到红薯茎上，再将麦秆套上，这样就接好了。最好在每株红薯上插到棍子，使苗爬上去，听说这样苗可以长得更好，红薯会长得更大。希望你试一下，这是增产的好方法。其方法，请看看上面绘的五个图①。祝你好，

握手！

萧殷　五月三日于广东

我大概要六月初才离开广东回北京去。

来信寄："广东、龙川、佗城镇、竹园里、萧殷收。"

1955年11月29日

永平同志：

来信收到，我将你的信念给二姥娘及孩子们听，他们都很想念你；特别是葵葵，他还记得你领他在颐和园到山上去玩的事情，又问："宋永平叔叔什么时候来北京？"

萌萌还是两个星期回来一次，到明年暑假之后，她就要上小学念书了。葵葵已上托儿所，早上去，晚上回家来，他已习惯了。茎茎还留在家里，大概到明年也要上托儿所去，现在茎茎什么话都会说了。

我从广东带来的花，都长得很好，这两天，巴兰还开出两朵花，房间里放出一阵阵喷香的香气。到明春，其他各种花都会开花，现在已绽出花蕊来了。含笑、鹰爪、夜合、墨兰等花，确比桂花更香，没有人不喜欢闻的。

现在，我参加中国作家协会"青年作家工作委员会"的工作②，很□□□□明年四五月间，我可以抽出一两个月的时间到农村去走走，也很可能到你们□□□□□时候，看看你们村里的合作化运动的情况。你觉得怎样？

陶萍很忙，她现在正在写一篇文章，所以抽不出时间来给你写信！

---

① 萧殷于信笺天头绘制五幅图，分别为：将红薯茎破开、将牵牛花苗削尖、用麦秆套上破开的红薯茎、将喇叭花苗插入红薯花茎、用麦秆套上插入处。

② 1955年10月，中国作家协会普及部改组为青年作家工作委员会，萧殷担任副主任。

有空闲时,希望你把农村里发生的小故事写给我,譬如在并社时所□□□□□纠纷或斗争,或者关于一些人的事情,都可以写下来。以后来信时,最好多□□□□□儿,这对我更有好处,让我能在下乡之前就了解许多生动的故事和人物。

不多写了,我还要去开会哩。

祝你健康!

萧殷　十一月廿九日

1955年12月18日

永平同志:

来信收到。知道你要参加垦荒队,不知上级批准没有?

明年四五月间,我决定到农村里去住两个月,打算看看农业合作化的情形。为了方便,我打算到你们村里去,你觉得怎样?因为我考虑过,有个把熟人,要了解情况要有许多方便。第二,有熟人,也不至于太寂寞,希望你也想一想,看方便不方便!

希望你把农村里一些生动的人和事写出来,寄给我!并且希望多写些好人和好事。你不必太拘束,有什么事就记下什么事,要记得详细、记得生动!你说先写出挨了几次打的王区长,也可以。但希望你写得详细一些。

其他,如小小的故事、某个人有些什么特点,也可以零零碎碎地写下来。

我是把这些作为材料看的。有了这些材料,等我再下去看时,就有个头绪了。

我仍然很忙。每星期到中医研究院去看一次病,经治了一个多月,脑病已比从前好些了。

陶萍、二姥娘向你问好。葵葵也问你:"宋永平叔什么时候来北京?"

匆匆祝你好。

握手!

萧殷　十二月十八日

1956年1月2日

永平同志：

信收到。我决定四月间到农村去，这已经没有什么问题了。你要我于春节前后下乡去，却是不可能的，因为从现在到三月底，我有许多工作要做，只有四五月才能调出一些时间到农村去。

我是很想到你们村里去看看，因为你在那里，我可以得到许多方便。我下去的主要目的，是想了解一些斗争情况，了解一些新和旧的斗争，特别是斗争中的新人物。我打算住在乡间一边了解情况，一边写几篇文章。你村里大概很方便吧？

如确定到你们那里，我一定会先写信告诉你的。我可能先到保定去，然后再给你写信。你不必来接我，以免耽误生产。

这两天正是新年，北京很欢乐，"少年儿童宫"①又开幕了，各处都有各种各样的展览会。你在乡间大概也很快乐吧！

萌萌在家里住了几日，今天下午回托儿所了。葵葵也于明日早晨回托儿所去。这几日孩子们都在家里，闹得乱哄哄的，把北屋里弄得满地是碎纸片……明日大概可以安静些了。

祝你好！

萧殷　一月二日晚

1956年2月5日

永平同志：

来信收到了。知道你和郭素珍于廿七日结婚，我们都很高兴。不识字是不要紧的，结婚之后，可以教她，她自己也应该参加夜校学习，年纪轻轻的，学什么都好办。不要三五年时间，她就会变成有文化的人了。

你写来的故事，我早已收到了，写得很好。以后希望多写些！

这篇故事所以好，是因为你把大龙这个人物的思想、爱好、脾气和感情等写出来

---

① 1956年1月1日，北京市少年宫正式成立。少年宫位于景山之北，由前清寿皇殿建筑改建而成。

了。以后写故事时，应当更加注意描写人物的思想、脾气等，只有这样，人物才写得生动。

除描写落后人物之外，你还应当多写先进的人物。

要多写，写多了，就可以写出好作品来。

我到底到哪里去，现在还不能决定。总之，也可能到你们那里，也可能到广东。如时间短的话，我就可能先到你们那里，因为在路上不用花费很多时间。到了乡间，我不但看，同时还要写作，谅你那里有地方住吧？

今天立春，北京天气渐渐和暖起来。我们家里的水仙花和桂花开得很旺，蟹爪兰和含笑也开了很多花。到四五月间，各种花都要开了。

过几天，我有空到东安市场时，准备买个本子寄给你，希望你把故事都写到本子上，并且希望你把本子写得满满的。到时候，再希望你把本子寄给我。如我四月间能到你那里，那就更好了。

祝你们都好！

萧殷　二月五日

1956年8月31日

永平同志：

最近来信收到，我们也常常惦念着你。

陶萍已去上海，现在还没有回北京来，大约还要二十天才能回来。

我是八月间才离开广东的，回来时是坐飞机回来的，南方今年大丰收，那里的雨水必很正常，当飞机飞到华北上空时，看见几条河都汹涌着滚滚的黄水，我才知道北方在闹水灾，从广州到北京，只飞行了六个钟头，当日下午四点钟就到了北京。在广东住了三个月①，身体比从前好得多了。

到北京只住了一个星期，我又到保定去参加河北省青年业余写作者会议，在保定时，本来想去看你，但因水灾汽车不通，所以我没有去。我整整在保定住了九天，前几天才回到北京来。

---

　　① 1956年上半年，萧殷向作协提出到农村搞创作，回广东三个月，其间住佗城半月，完成小说《月夜》。

萌萌、葵葵、荃荃都很好。明日萌萌就上小学了，葵葵每日一早就到托儿所去，晚上回来，身体也还好。荃荃也在作协托儿所，两星期回家一次，他又胖又黑，身体非常结实。二姥娘的身体也好！

你写了几十篇日记，好极了！希望你继续写下去，写完了就寄给我！这次我到保定时，省里的负责同志都希望我能到河北省去生活一个时期，如明年有假期，我大约会抽时间到河北省去看看。

二姥娘问素珍好！匆匆祝你

健康！

萧殷　八月卅一日，北京

1959年×月×日①

永平同志：

来信收到。因为我和陶萍都有病，所以未能很经常地给你写回信。我于八月初由广州回京来治病的，脑子常晕痛，每日都去医疗。陶萍也因淋巴腺的疾病常跑医院，加上工作忙和会议多，也很少时间在家。

葵葵已经上小学了，萌萌已是四年级的小学生。他们学习都很努力。

姥姥和刘成锦②都较忙，因姥姥忙于街道的工作，所以刘成锦的事情就多了。

你在局里一定很好吧？在这大跃进的年月，你应当鼓足干劲认真工作和学习，提高认识和技术，以便将来能为祖国做更多的工作。无特殊事情少到城里来玩，抓紧时间学习……

附：宋永平回忆萧殷

……③我到了颐和园，和蒋同志说明殷科长让我们两个人换一下，说清，我并给写了一条，地址是景山后街，太平街甲20号，给了他钥匙后，我又帮他整理他的东西，送

---

① 此函缺页，根据内容判断写于1959年。

② 刘成锦，广东龙川人，在北京萧殷家中协助家庭事务。

③ 缺首页。

他到颐和园东门外上了车。我返回颐和园内的云松巢,在这里认识了中央电影局剧本创作所的张水花①和梅白②同志。和他每天在园游玩,划船很有意思……觉得时间过得很快。

后来,等中央电影局同志们走了,剩下我一个人又感到十分寂寞,一天一天的觉得时间太长,想那,想那,怎么也没人来找我玩。

一天的上午,突然大门一响,有人喊了一声:宋永平!我赶紧出去,从斜廊石碣上向下跑,我一看是萧殷同志,心中非常高兴。这是萧殷同志叫我的第一声"宋永平"。我一生忘不了当我们走到一处时,他的眼镜里有两只特别热情的笑眼,使我觉得首长这样的态度和我握手,并交给我一封信,这封信我没顾得看。萧殷同志说:我搬到这里来住,东西都在东门外汽车上,请你帮我往里整一整。我马上就帮整,我看到萧殷同志也特别高兴。等整清之后,看到萧殷同志没有什么事了,我才回我住的房间里打开信一看,上面是机关领导的信。

永平同志:你好!现在身体好些了吗?知你身体不太好,萧殷同志去颐和园休养,希你尽量帮萧殷同志做些工作。别不多谈。此致
礼!

殷向阳×月×日

我从此就和萧殷同志在一起生活了。因此有很多爱好写作的青年人问我,你怎么认识萧殷那么高的人物。

我这是离开了周立波③同志地方的工作,到颐和园转折又和萧殷同志在一起。

但是,我在颐和园时,周立波和林兰④两同志,他们夫妻知道我在颐和园,他们夫妻特来游颐和园,到了云松巢,先和萧殷同志谈笑了一会,问我在哪屋。我领立波同志、林兰同志到了我屋,他们夫妻特别爱戴我,问长、问短。林兰同志并说:宋永平,立波同志非常想念你。立刻,立波同志戴着眼镜笑着向我一点头说:是的。林兰同志又

---

① 张水华(1916—1995),著名导演,代表作品《白毛女》《林家铺子》等。
② 梅白(1922—1992),湖北黄梅人,作家,电影《土地》编剧。
③ 周立波(1908—1979),本名周绍仪,湖南益阳人,著名作家,与赵树理并称"南周北赵"。著有《暴风骤雨》《山乡巨变》等。
④ 林蓝(1920—2002),河南汝州人,周立波夫人。儿童文学作家、电影编剧。

接着说：很希望你的身体好了就回去，你有什么困难？我说：什么困难也没有。林兰同志说：你别客气，有困难只管说话。我和我的老首长立波同志、林兰同志待40分钟，他们夫妇对我的好使我没法形容感激。临走时，林兰同志从她的兜里掏出几十元钱硬塞给我。这我一生能忘吗？在电台上听到周立波同志的逝世①，我立刻掉了眼泪，可惜我就是不知林兰同志的地址。也不能通信，这是我心中万分遗憾的事。

萧殷同志和我说过："我们中国的文艺代表团，第一次去访苏②，计划有我去，我没去。"我问他为什么不去，萧殷同志说："因为那时我还没有完整突出著作。"我说："有没有，那有什么关系。"萧殷同志说："人，要有自知之明嘛。你没有突出的东西，人家一介绍，谁也不知道，那叫什么……"

又过了六七年之后，毛主席提出"人贵要有自知之明"，比萧殷同志又多加上个"贵"字。

今天，回忆起萧殷同志以往多方面高贵品德，他是早就有"自知之明"的，我们的每个作家和写作者同志都应以萧殷同志这种品德当成面镜子。

"因我自己很脏的病，自觉讨厌。"

因我有淋巴结核病，自己就觉得自己拿不出手的，不愿带人近前。但是，萧殷同志却不像我自己所想的，他曾几封信的叫我，到他面前跟他做伴工作。

当我的身体不舒服时，他却又像我的下级人员照顾我的一切，萧殷同志给了我一个最深的感觉就是，他又像我的上级首长，又像自己的父母那样亲切，又像平等的同志的感觉，有时又像我最知心的朋友。

我曾几次重要的和多次轻微的身体不舒服时，翻个过，他成了照顾我的人，给我倒水，让我吃药，等等。

我给陶萍同志的信中说过，在萧殷同志病重期间，以离广州路远的理由，我没去广州。我这一生对不起萧殷同志……

萧殷同志最好养花。回忆起以往萧殷同志和我谈起花来，他是非常爱好的。他每逢到南方去体验一次生活，都带回很多南方著名花种子，回到北京进行种植培养。当他从南方回来见了我，首先介绍他带回的花种子。每包每包的拿着连说带笑地一直向我介绍

---

① 1979年9月25日，周立波因病在北京逝世。
② 1951年，中国作家代表团一行16人应邀访问苏联。冯雪峰任团长，曹靖华和陈荒煤任副团长。

完花种子后才顾得说别的。

南方些省的名花，他应有尽有，有几百盆，在院内摆放得相当有秩序，当他写一夜文章的早晨，他得先吸着烟将花完全看一遍才休息。

老赵是北京的养花把式。每逢老赵来萧殷同志这里修管花时，他在工作的百忙中也得同老赵吸着烟，喝着茶长谈。当我送老赵出大门时，每次，老赵都向我说：萧同志"真好"。

可惜呀！萧殷同志最心爱的那些花都被那些打砸抢的红卫兵，砸了粉碎。……还把他和陶萍同志私有财产抢了净光，将家遭毁得使人见了心酸……

文章的两个方面。萧殷同志对我写作谈了两个方面，这两个方面第一是故事情节的生动性，第二是艺术性。文章可说是一个中心，但生动性和艺术性就成了文章同人相似的左右臂了。也像人担水一样，前头重了向后移动，后头重了又向前移动，等前后适合了，担水人可以自由走起来，那么，文章可说是个人头了。左右臂的相称是文章其中不可缺一的。这就说：没有生动性和艺术性不成文。有的文章因它事物发生的激烈，自来带有生动的奇特，就从中忽视了艺术。又有的文章只从艺术上深造，但其结果文章的内容并不奇特，这又叫作忽视了生活中的创造。其中否去生动性。这两个方面不能互相渗透，不能在文章中如担水的挑子。总之要配合恰当。

初学写作者最当注意这两个方面。往往作家已有了写作的丰富经验，有小说中将这左右臂关系处理得那么妥当，又像担水，有时前头重点只管向前走，引起担水人的身体和走动不由自己，有时后头重点了，也凑合走。这样的文章，虽然，别管怎样将水也担到家了。但其后果是不美观妥善。这些很应注意。

我问萧殷同志：这两个方面怎样才能圆满地把握呢？

萧殷同志说："那就得靠努力学习，刻苦钻研，投机取巧是不行的。必须在写文章时，要创造奇特动人的故事情节，又要着重艺术的恰当的伴随，让文章光色夺目，内容吸引人心，既有社会教育内容，又有艺术高超。能创造出这样的文章来，那就非常有价值了……"

××××

一九五三年，全国文联派我到那时的北京前门火车站去给袁静、孔厥[①]二人买两张

---

① 袁静（1914—1999），原名袁行规，江苏武进人，曾任天津市作家协会副主席。孔厥（1914—1966），原名郑云鹏，江苏吴县（今苏州市）人。二人为夫妻作家，合著有长篇小说《新儿女英雄传》等。

火车票，一张去苏州，一张去无锡。我买了这两张票后，又叫我和本单位的汽车司机一同开了个小吉普车，在取票日的那天，又将他们从北京西单的××胡同西口路北那院里，帮他们整理好东西后，又送他们上了火车，他们一人去无锡，一人去苏州，去体验生活。

一年左右，我听说孔厥在××大学因作风问题犯了错误，被开除作家……

我和萧殷同志在一天的闲谈中，我提起这事时，我讲些我知不清道不明的话后，萧殷同志说：

"早已经有人说过这句话了，作家是人类灵魂工程师了，这就说：这种工程师是以人的灵魂塑造各种形形色色的人物在社会上斗争的成果，来教育人民。

"作家也不同，有正面的，也有反面的。正面的作家是用以马列主义的道德和思想写文章来教育人民。那么反面呢？宋永平！你可能也看过那些东西，他们是以用些黄色的低级趣味的东西来腐蚀人民。

"社会主义国家的作家，要有高度的马列主义思想和道德，是我们社会上的人民教导员，没有用马列主义武装好思想的人，他就没资格来当这个教导员。

"宋永平！你说的孔厥他被开除作家的根本原因也就在这里，一个人，失去了社会道德，他就再不配站在人民教导员的地位……"

后来又过了几年，打倒了以胡风[①]为首的反党集团。当我听到这个大快人心的消息，我万分的高兴。

胡风这个东西，我亲身和亲眼看到他的缺德，他的反党本性是众所周知的。他给了我一个最深切印象，他下层的工作人员当成他的小家奴支使。

---

① 胡风（1902—1985），原名张光人，湖北蕲春人。文艺理论家、诗人、翻译家。1954年因《关于几年来文艺实践情况的报告》（即"三十万言书"）被打成"反革命集团"，被捕入狱。1979年获释，1980年平反。

致宋志清1通

宋志清，业余作者，生平待考。

1981年8月14日

宋志清同志：

你四月间来信早已收到，迟复的原因，因四月初急病入医院，五月下旬刚离开医院又赴北京，原本打算出国访问，不幸于动身前两天，肋骨突然肿起，医生疑为怪症，劝我不要外出冒险，于是六月初即回广州，照了胸部照片，证明并无什么怪症。休息了十多日，又应湖南一个创作学习班①的邀请，准备去谈几个创作问题，但问题还未讲完，却先病入医院，每日青霉素及先锋霉素的注射，痛如火燎，大汗淋漓。七月十九日带病回广州，因高烧未退，不得已于二十二日又被送入省人民医院。再高烧已退，但饭量大减，体质极差，仍继续留院疗养，何日能离开医院，尚不得而知。因此你的信和许多别的同志的来信一样，都搁到一边，请原谅！

创作规律要求作家要讲真话、发真情，将真实感情投入艺术构思中去，用作家本身所含有的感情去渲染、哺育、培养、塑造形象，否则，感人的有生命的形象，是不可能被创造出来的。

你的出身是不重要的，关键的问题是你现在站在什么立场，是站在人民一边，还是与人民为敌？处处为人民利益说话，还是相反？如果是站在前者，为什么不敢写呢？为什么怕人家说自己为地主翻案呢？

---
① 指《芙蓉》杂志编辑部组织的文学创作班。

一个人在人民生活中间,其态度是十分鲜明的,爱什么,憎什么,拥护什么和反对什么,总是不含糊的,至少在自己的心目中是非常清楚的。因而,由此所产生的感情、情绪,也是十分清楚的。

客观事物(事件、矛盾……)只有与主观的感情相融合,变成情景交融、物我一体,被描写的对象才能获致生命,而且也鲜明地表现了自己的态度。

假如隐瞒了自己的真实感情,用一种矫饰出来的或做作出来的感情来写,写出来的东西不仅是虚伪的,也是不能令人信服的。作者对这种感情思想是真是假,全都清清楚楚的,难道需要拿这来问别人吗?是对或是不对,也是一看就明白的,难道也需要拿这来征求别人的意见吗?

你所构想的题目,即"我想通过自己的一家在'四人帮'横行时的遭遇,来反映新一代中国青年的顽强好学、积极上进的精神,同时,以此揭露'四人帮'压抑人才的滔天罪行"。但从你来信中却看不出表达这个主题的任何题材线索或思想基础。但你又怕"别人说我是为地主翻案"而中断,"没有继续写下去",特来信"求救",老实说,我实在无能为力。一开始我就说过,自己对生活、对社会的态度难道自己有不知道的吗?从什么角度去反对或拥护,难道自己能不知道吗?……

萧殷　一九八一年八月十四日于医院

致舒燕南1通（附来函2通）

舒燕南，笔名舒心。业余作者。广东省韶关市汽车修理厂工人，韶关市第六中学语文教师。曾在《广州文艺》发表短篇小说《阿尔泰山的雄鹰》。

1979年3月4日[①]

燕南同志：

案头信件堆积如山，要求看稿者寄来稿件如潮涌来，身体和时间限制，"债台高筑"，故迟迟复您，憾！

读过您的《雄鹰》[②]，不能说洪鹰（您自己的缩影）没有性格，但就小说的基础来说，还可写得更深刻些、更典型些、更动人些。可惜您为了迎合广东人对异乡风情的好奇心，用了不少笔墨去写途中景物，使景物游离于人物和主题之外，成了人物生活的多余的环境，使小说喧宾夺主地削弱了人物的感染力。小说成功之笔是您突如其来地使洪鹰从"巴郎子"（小伙子）突然变成"长斯"（姑娘），酿成一种醒神之酒。原谅我只能写到这里，给您十分钟的"会客时间"，哈哈……祝创作丰收，健康，愉快！

萧殷
一九七九年三月四日

---

① 此函原件遗失，根据回忆录写。舒燕南在《二十年通信感师恩》一文中说，1984年收到萧殷女儿要求提供萧殷老师信件，发动全家翻箱倒柜，但"那一叠珍藏着用红绸布包裹的信件不翼而飞"，但这封老师看稿的复信，"内容甚至原文我还记忆犹新"。

② 即舒燕南短篇小说《阿尔泰山的雄鹰》，发表于《广州文艺》1979年第4期。

附来函

1978年9月29日

萧殷老师：您好。

　　能够有您这样一个对青年作者满腔热情的良师益友的教诲，我们不无长进，当然，自己的主观努力尤为重要。我到处寻觅您新近出版的谈创作的册子，踩磨光秃了新华书店之门坎，也未获，甚憾。但我深信，我一定找到它。促使我找"它"，无非是因为写您的一篇报告文学，使我知道您成长的过程和普通业余作者相似相近，而您又最关心业余作者。我最近投了篇习作《约会》（短篇小说）给《作品》，本来复写了几份，想请求您批改、审阅、指教的，考虑您的身体情况，我只好暂时打消这个念头了，有待您身体壮实时再寄上。

　　我，一个汽车工人，十四岁开始习作，并试投稿，凭着一腔热血，火般热情，闯啊！干啊！二十年了！总有些许成绩，可是，还比别人差却十万八千里，始终不得要领。我渴望着，能有人指点，经常点拨一下，甚至大声批评一下也好。"当局者，迷也。"

　　长信，是太浪费您宝贵的时光的。节日里，祝愿您健康！愉快！

　　您未来的学生：韶关市汽车修理厂修理工

　　　　　　　　　　　　　　　舒心　一九七八年九月二十九日

1978年10月23日

敬爱的老师：

　　您好。来信早已收到，迟复原因有二：第一，我厂今年要进入大庆企业行列，生产步伐要加快，生产很忙，夜晚还要在家里"用写作的练习去驱散一日里修车的疲倦"——当时，我正在习作《新婚之夜》；第二，我想赶在《新婚之夜》完成后再复信老师，把我的"作业"交上，让老师在的确愿批改时批改，的确有空能审查时审查，的确身体无恙时再费神。请老师先把它放在一边吧。

　　读完您的信，我一是感动，二是不安，三是暗下决心。我感激老师在百忙中抽暇看完我的信，给我回信，给我点拨拳脚枪法箭术，并且"读过"——认真地"读过"，而熟悉《雄鹰》。为自己竟又加入涌向您处的书信者的行列，增加了干扰您的"噪音"而不安；又"醒水"了自己在劣作中十分不足之处，并下决心，再继续勤学苦练，争取不负老师期望，更大地进步。

在我决心寄出《新婚之夜》的"作业"给老师之先，我还的确是运用了"小梁"该不该向康书记反映汇报情况的感情来自问该不该寄出这份"作业"，去要求您批改审阅并要求指正、教导的呢？真有趣，小说中的我竟和现实中的我会有感情上的一致之处。

你的信——珍贵的信，来得很及时，我把《新婚之夜》中"这场怪雪"的几次描绘缩成一处，而予人物性格刻画以"浓墨重彩"的进一步加强，我自认为比前提高了些。然而，距离老师的要求尚还遥远，唯有今后下苦功、勤学、多练，在老师的热情帮助下前进。聆听老师指教。

祝老师身体健康！

学生：燕南

一九七八年十月二十三日深夜

再：《新婚之夜》在今日已寄投《广州文艺》。我寄给老师一份，是让老师给看看稿子，以便今后我的习作能获得提高。特说明，免成"一稿两投"。

致陶萌萌8通（附来函1通）

陶萌萌（1949— ），广东龙川人，出生于北京。萧殷女儿。曾任《作品》（《广东文艺》）杂志编辑，香港《大公报》编辑、记者，《明报月刊》编辑，香港亚洲电视文化专题节目高级编剧。

1973年4月5日①

萌萌：

你现在应着重读些短篇作品，捉摸人家怎么写人物，怎么通过人物性格的矛盾斗争来开展情节的。这里最主要的，是要把人物性格写得真、写得深。所谓性格，就是人的精神面貌、世界观、阶级观点、思想、感情、个人爱好和习惯等，都包括在人物性格之中。这样，性格不但表现出人物的阶级特征，同时也表现个人的独有的特征（即个性）。凡是典型的性格，都是通过鲜明的个性来表现（人物的）阶级（集团）特征的，只有这样表现阶级特征，才可能是活生生的，有血肉、有心灵的。因为通过个性来表现，所以表现出来的集团特征，就不是抽象的、一般化的，而是带着鲜明的个别的色彩、个别的形态。因此，这样的人物是活生生的。

你在生活中，可多多观察、搜集一些有特征的言行、细节和小故事。凡是能体现内在思想感情的某些行动和说话，都可以记下来，不仅记消极的东西，能表现先进特征的更要注意搜集。这对于将来塑造先进人物或英雄人物很有用处。这方面希望你现在就开始，并选几条寄来看看，看是否对头。

---

① 此函及下函均根据陶萌萌按萧殷要求以笔记抄录件。参见4月16日函。

记得多了,把同类的(同一类性格的)集中起来想想,然后这个性格就会慢慢在脑子里明朗起来。当然要创造一个人物,还要根据这个具有雏形的人物归纳出更多的生活素材,进行集中概括才能形成。

......

收集材料,也不要费很大力量,先回忆一些细节记下来,凡能体现某种思想的一句话或几句话,凡能体现某种感性或情绪的动作,都细致地记录下来,这样的材料多了,写起作品来,不但人物有性格,安排情节就容易得多了。因为你记的细节言谈,既有内在的思想感情,又有外在的行动和表情。只要稍加构思,较完整的故事和人物,就出来了。思想感情靠言行(情节)来表现,情节(故事)由思想感情所产生。

爸爸　四月五日

1973年4月15日

萌萌:

九日来信收到,知道你打算写一篇习作,希望你努力写出来。不管写的结果如何,都希望你寄来,以便针对着你在写作时所遇到的问题,进行一些分析。这比抽象地讲写作方法要容易讲得清楚些,对你来说,也容易理解些。

你开始对生活中一些有特征的人和事留意观察,那是很好的,对于将来塑造工农兵形象将有极大的帮助。好些文艺青年都知道要塑造人物形象,特别是工农兵形象,但是他们中有些人却不知用什么材料去"塑造"。只注意搜集事件的轮廓,只注意搜集矛盾斗争的过程,是不够的。要把人物形象"塑造"得栩栩如生、活灵活现,就得在动笔写作之前,经常注意观察、搜集现实生活中一些能体现各种人物的性格特征的细节。所谓性格特征,指的是人物的思想、感情、品质、政治倾向以及个人习惯、爱好等。凡是能体现其思想、感情、观点、品质的细节、言谈,都应该毫不放松地记录下来,因为所谓"思想感情""观点品质"等,都是属于精神方面的内在的东西。这些内在的东西只有通过听得见、看得见的人的行动和言谈,才能表现出来。比如你在来信中说的,一次在路上遇见的那个"矮胖的头戴白旅行帽的人......",只有你看见他有特征的行动,你就能看出他是一个熟练的办事员。当然我们不能只满足于职业特征的记录,更重要的,是人物性格的特征。只有以许多具有性格特征的(素材)细节和言谈作为素材,才可能塑造出既有阶级特征（集团特征），又有鲜明的个人特点的人物形象。

集团特征（阶级特征也包括在其中）只有通过个人特异的形态来表现，才能表现得栩栩如生、有血有肉。也就是说，共性只有通过个性，才能具体生动地表现出来。因集团的特征是抽象的、一般的，譬如：勇敢、无私、热爱毛主席等，是无产阶级群众的共有的特征，叫集团的特征，但如何表现这集团的特征呢？不通过个人的个别表现形态，就无法生动具体地表现出来，就无法感染读者，也就无法感动读者。因之，也就不能教育读者。

所谓个人的个别表现形态，就是指各人不同的作风、脾气，各人不同的习惯和气质。这往往叫作"个性"。这个"个性"，也是由各人社会环境不同、生活经历不同、遭遇不同所形成的，不是天生的，不是一生下来就有的。

有些文艺青年在这个问题（即共性通过个性来表现的问题）上，出现过不正确的理解，以为这问题很简单，只要先抓住集团（阶级或民族）的特征，然后通过一些有怪脾气、怪习惯或怪作风的人来表演集团特征，就能达到共性和个性的统一，就能塑造出有些血肉、有鲜明个性的人物形象。其实，这种做法是一种变相的"从概念出发"的方法，不可能写出性格鲜明的人物，也不可能深刻地反映生活的本质的。

应当从生活出发。在现实生活中，在矛盾斗争中，人们的一言一行，总离不开他们的阶级观点、阶级感情的支配，因而在矛盾斗争中，流露出他们的世界观和政治倾向。但因各人的个性不同，因此，表现这种世界观和政治倾向的方式、色调、程度、形态也就各不相同。这种情况，只要你加以留心，在现实生活中随处都可以碰见的。对于这种既有共性又有个性的细节和言谈，应该毫不放松把它们记录下来。这样从生活中来的素材，不但能"体现出独特个性中的共性"，而且也带出矛盾冲突的内容——即事件的实质。

从这里，便可以看得出来，这样来观察、体验和搜集生活素材，不但记录了人物的各种个性特征，同时也记录了集团特征，而且还记录了人与人之间的矛盾斗争的关系（也即是阶级斗争、阶级矛盾的关系）。

这种矛盾斗争，有时表现为两个阶级的政治冲突，有时表现为两条路线的斗争，有时则表现为两种世界观（资产阶级世界观与工人阶级世界观）的斗争。而这三种矛盾斗争，在现实生活中是通过各种各样的具体矛盾来表现的，比如两种世界观的斗争，不是像哲学史那样，展开两种哲学观点的斗争，而是通过生活作风、思想作风、代表哪个阶级利益等的对立表现出来的。而这种"对立",就是矛盾的内容,也就是我们作品的主要内容。

人物说话,也是受其思想感情支配的。因此,通过人物的言谈,可以透视出他的内心世界或精神面貌。一个人,在某种特定环境下,会有一种想法或情绪,能通过一两句话流露出他的想法或情绪,也能揭示出他的内心世界。凡是能体现他的观点、他的情绪、他的品质、他的气质的言谈,都是塑造人物形象的素材。在这点上,尤其应该注意个人的独特色彩。比如三个人,他们所表现的虽然都是某一集团的观点,但由于各人个性不同,所以说出来的话就很不一样。这就是所谓"语言个性化"。凡是好的作品,其中每个人物的说话都是各有特点的,甲说的显然与乙说的不同,我这里所指的,不是指内容观点的不同,而是指说话的语气、腔调、常用的词汇、所带的情绪等的不同。这种种的不同,就形成了这个人物说话的"个性化"。这个"语言个性化"再加上行动细节(做事和待人接物)的个性化,人物自然就站起来了,就写活了。

爸爸　四月十五日

1973年4月16日

萌萌:

昨晚给你写了一封信,专门谈人物性格问题,你可以把这封信抄在本子上,或将原信保存下来。最近,不少老朋友劝我趁晚年还有条件的时候,把自己的经验和看法写下来,认为这是最可宝贵的。另外,许多青年写作者也一再要求我写些像过去写的创作经验的短文,认为这些文章,对初学写作者很有帮助,启发性大。但由于种种原因,我还是不大愿意写,怕被曲解,招来麻烦。

现在,我有个想法,以给你写信的方式,把多年积累的写作心得写出来,形式很随便,又可以谈得较亲切,从接触生活,一直到写成作品过程中的各种问题,都准备谈谈。如在生前能写完这部东西,也是一件有意义的工作。但我现在,并不想公布于世,将来你们处理吧!现在写,只是按照你的水平、你的需要来写,这样写有三个好处:(一)比较切实具体;(二)照顾到初学者的水平,有更多人能看得懂;(三)写起来比较随便,没有论文架子,表达方式自由,容易讲得明白。

下次,如能找到一些具体例子,准备再谈这个问题,但偏重于如何积累素材方面。

你在写作前、写作中有什么要问的，有不明白的，望告诉我。我就打算根据你的提问作为线索写下去。你说好么？

随信附去（10）[①]，收到后说一声。

爸爸　四月十六日晨

1974年5月14日

萌萌：

由妈妈转来的信收阅了，你的心情我们是明白的，当然我们不能悲伤，也不应悲伤！农场不放人，不知根据什么原则，令人莫名其妙。但应促使自己更努力、更扎实，更认真地磨炼自己。因之需要更加顽强的战斗精神。我们会继续想办法、找门路。相信这个问题有一天会解决的。你应沉着冷静！顽强地进行写作，磨炼本领。在时间允许时读点哲学书。

《激浪新章》已收到，我细细读了两遍，语言是够干净的，但整篇构思似乎还缺少点什么，从开头到第八页写得比较自然，海珠的形象也比较清晰，但后面几节好像就不太自然，太迁就于主题概念。批林彪时派工作组的事，特别是说工作组批极左、恢复奖金的主张，似乎典型意义不大，即使出现过也是极个别的。而且这个工作组代表什么势力呢？当时反击林贼的是党中央，虽然开头曾提过反左，但很快就纠正了。在这时刻就主张恢复奖金，至少其典型意义是极小的。其次，在这一段中，文中的"我"似乎写低了，譬如："上面有人管，咱们多流点汗就……"和"晚一些写不好吗？现在党委正在审查你的入党志愿书"。绝不能为抬高别人而故意贬低自己。况且散文的"我"与小说的第一人称是不同的，小说的"我"一般人都知道不是作者自己，然而散文却不一样了。总之，对于这一段我认为换一种斗争内容较合适。最后一节原来是有点诗意的，但把回城市和到农村看成两种路线斗争的表现，至少是表面的，正如现在农场某些干部所想的，认为留在农场的就是继续革命，回城市的都是半途退缩，责为"半截子革命"，这一来，把城市的革命和建设置于何地呢？难道城市的工作不是社会主义的？那种强调一方面（农村）、轻视另一方面（城市）的思想是有问题的：工业与农业如何配合，工农如何联盟？城乡如何配合起来逐步消灭其间的差别？……这说明不能这样简单地、表

[①] 似指10元人民币。

面地看问题。因此,最后海珠该到何处去,应重新考虑、重新构思。当然,有人是这样看问题的,但作为作品的主题,我觉得应当表现得更正确些、更全面些。海珠的最后不一定让她在这样的两种选择中来显示她的高尚品质,而其他方面也可以达到这样的目的。

  暂时可以放一放,先写第五篇也好,因为太急就不可能进行深刻的考虑。第五篇先写,让时间松一松,心情放一放,也许会更好些。

  我来温泉后还不错,饭量增加了,早晚散步的运动量也增加了。我每早五点多就起来深呼吸,力图扩大肺活量、改善肺功能。体重有所增加,但还不是很快。比去年入医院时好得多了。来疗养院不觉已四十天,大约再住两个月就该出院了。因为一般规定三个月为一期,如要延长就要经组织部批准。我这次不是单纯治肺气肿,主要是改变体质,增强抵抗力。因此医生给了我一些补药,如人参、冬虫草、鹿茸精、胎盘球蛋白之类,大都是自己出钱,一个月就用了二十多元,为了健康,只能在其他方面节省点。不写了,祝你心情愉快、身体健康!

父 五月十四日于温泉

1976年9月13日

萌萌:

  来信已读。关于调动事,首先必须弄清你转教师级时,是否经过县教育局①批准?如果经过本单位的评议,后又经县教育局批准为教师级待遇,那就是干部了。据省委组织部一位同志说:"凡经县级机关批准转为正式教师的,可算干部,属组织部管理。如申请调动,需要组织部门批准,劳动局无权调动。"看来,这位同志的话可靠。因此,你回忆一下,转教师时有无正式评议?有无县教育局批准?如果是定为教师八级,大约是经过县机关批准的。所有在职教师,并不都是教师级,凡是未经县级机关正式批准的,都不算干部,因每年由职工转为干部的指标,是由上级规定的,不能由农场自己决定,因人数有限制,所以在职教师不可能都转为教师级。你不必去问领导,问问同事就可以弄清楚的。弄清了就来信告诉我们。如果确是干部了,经组织部指名去调,也许比由劳动局去调动要方便一些。现在你要努力工作,努力团结周围的同志,同时不要放松

---

  ① 县教育局,指徐闻县教育局。徐闻是广东省五一农场所在地。

继续练习写作。

这次分局叫你写农场日记,其实是出版社打算通过知青写日记的形式,丰富多彩地反映农场各方面的生活和斗争。日记形式首先就是用第一人称的写法去反映生活,当然不是那种记账式的日记,而是用抒情的笔墨,形象地生动地描写生活,重要是题材,如选的题材好(既有现实意义,又反映出农场生活的某些典型侧面),日记的篇数却不一定限于一天,如需要通过数天,就写数天日记;如某件事在一天之内能表现清楚,当然就通过一天日记来反映,不过,事情往往不是突然发生,而是有来龙去脉的。但不管是写一天或写数天,日记只能紧紧围绕着那个中心(事件、思想……)来写,无关的事,不必去赘述,总之,应写得散文一样完整,这种写法,只是日记式的散文罢了。我于五六年不是写过一篇反映儿童生活的小说《天旱的时候》?那是通过日记形式来反映这种生活的。

希望你好好考虑一下,选择个好题材,争取时间把它写出来,这是锻炼自己的好机会,千万不要放过!

毛主席的逝世[1],令人无限悲伤,这两日省市各单位进行悼念,昨日文化界悼念,我和你妈都去了,不少人暗暗哭泣,也有人放声大哭,可见伟大领袖之辞世给大家带来了多大的悲恸!

祝健康!

父 九月十三日

1976年10月18日

萌萌:

这几天我们听了不少消息[2],虽然渠道不同,而所传的内容却一样。□□等一批同类大概的确已闯进玻璃的苍蝇罩里。这批毒虫在十年期间无恶不作,该是他们临到末日的时候了。据说北京一片欢腾,人人毫不掩饰地喜形于色。为欢庆这件事,许多人都举杯畅饮,听说北京的酒几乎被抢购一空。广州从十三日开始奔走相告。仿佛一块压在胸脯的巨石落了地,舒畅地嘘出一口闷气,顿时大家心情舒畅。据说中央已发了个十六号文件,

---

[1] 毛泽东于同年9月9日去世。
[2] 指10月6日王洪文、张春桥、江青、姚文元被捕,史称"粉碎四人帮"。

但还未看到。你们听到的消息是可靠的,估计以后会公开,在公开之前,还不要乱说。

……

玉贞前几日来过,把东西带去了,说二十日前动身,不知今日起程否?带去棉衣、肉罐头一个、咸菜一瓶。妈妈说,已开了清单另函寄出。《四体字典》①是我唯一的一本,怕丢失,不想邮寄,此书据说已绝版,就更珍贵了。……

我近日心情很好!勿念。

父　十月十八日

1982年8月19日

萌萌:

趁秋菊回去杀鸡的机会,带去两封给读者的信,请即刻寄出!

我的"医疗证",秋菊带药回来时没有带回,希望找一找,由她带回来,免得像"残疾证"那样丢失了。

我的圆珠笔芯都用完了,请在桌上拿一两支给秋菊带回来!(笔芯放在北房的书桌上,书桌上有个砚台,砚台上面放一个小纸盒,纸盒有许多笔芯。)要蓝的。

黄树森②同志这星期大概来不成了,希望他于下星期一(八月廿三日)来一趟,一来再谈"创作随想",二来,请他带本稿纸及小便笺一本。

小宁宁好么?希望注意不要摔跤,注意饮食!

爸爸　八月十九日

1982年9月6日

萌萌:

给易准③同志的稿子,希望今天交给他,因他今天要发排这篇预告。

---

① 《四体字典》,全称《真草隶篆四体大字典》,1926年上海扫叶山房编辑出版。按《康熙字典》部首和次序编排,每个字又按真、草、隶、篆顺序排列。

② 黄树森,湖北武汉人。作协广东分会理事、《作品》编委,后曾任《当代文坛报》主编。

③ 易准,广西北海人。时任《作品》副主编。

另给湖南的胡真^①一封信，望寄出！

两本《特区文学》^②（第二期），请你存好，因我将来要剪贴那篇《回忆录》。

昨夜半，夜凉如水，你妈妈醒来，忽想到你们，深怕你们挨冻，十分不安，要我今晨写信时转告你们：把能盖的毯子、被子（不管是新的、旧的）都找出来，需要时都用，千万别冻着，身体要紧。

父字　九月六日晨

附来函

1978年4月28日

爸爸：

肖迪同志说他已从新会回来，特告您知。

今天黄培亮^③同志在会上读了您的总结，大家都赞您认真，说这样的态度很好，大家说您主编《作品》"成绩显著"（欧阳翎^④）；贡献大，全心全意办好刊物，搞好工作（茜^⑤）；有水平，全心培养编辑和作者，长期有病，但一息一气都献给工作（西彤^⑥）；培养作者花不少心血（沈^⑦）；鞠躬尽瘁（李汝伦^⑧）；疾恶如仇（欧）；无架子（叶）；不争权夺利。总之，大家对您印象很好。

因您已较高了，不能不评您，这无所谓。

妈妈参加工作时间我提出更正：1942年12月，对否？

萌萌　四月二十八日

---

① 胡真（1921—2011），江苏无锡人。湖南省出版事业管理局党组书记、局长。
② 《特区文学》，深圳市文联主办，创刊于1982年1月，陈国凯主编。
③ 黄培亮（1930—2015），笔名庄犁，福建惠安人。《作品》编辑部小说组组长、主编。
④ 欧阳翎（1932—2012），广东连县（今连州市）人。历任《作品》杂志编辑组长、副主编。
⑤ 茜菲（1916—？），原名郭丽仙，广东南海人。《作品》编辑。
⑥ 西彤（1930—　），原名吴锡彤，广西恭城人。作协广东分会理事，《作品》副主编。
⑦ 沈，概指沈仁康（1933—　），江苏常州人。作协广东分会理事，《作品》副主编。
⑧ 李汝伦（1930—2010），吉林扶余人。曾任广东作家协会创研室副主任、《作品》副主编。

附录

雷铎来函1通

雷铎（1950—2017），原名黄彦生，广东潮州人。1968年参军，1983年加入中国作家协会，1986年毕业于解放军艺术学院文学系。曾任广东省社会科学院哲学文化所研究员、副所长。

1977年9月7日

萧殷老师——我们敬爱的伯乐：

先允许我向您致一个军礼！

这是一封无关紧要的信。但我终于憋不住写起它来。

我，一个与您素不相识的"解放牌"青年、军队的业余作者，向您致敬，再三地致敬！

边读着《习艺录》，边用红笔在书页的空白处随时写上感想，如同对寻求到的串串珠贝加上各种惊诧、赞许的标签一般！由于在山沟的军营里，我还不知道这作者萧殷是谁。

近日，有幸参加广州军区的文艺创作会议，才听到您的一些概况；读了今天的《南方日报》上的报告文学①，使我激动不已！——

我要写封信，没有什么实在的内容，只是一封由衷的抒情信、致敬信、慰问信！

……一年前，我在诗刊编辑部帮着编了一年的稿，曾接触到文艺界的种种人物，其

---

① 指《寒凝大地发春华》，1978年9月3日刊载于《南方日报》，作者谢望新、李孟昱。

中也不乏文丐"文艺掮客""作伥文人"一类无耻之人,(袁水拍[①]、张永枚[②]之流是也!)站在他们的面前,您必须俯视才能看到他们的颅顶!

人民需要您这样的园丁、这样的伯乐、这样的导路人!为了青年,也便是为了祖国的未来!

当您遇到困难的时候,想起有许多素不相识的正直的人,正以感激和敬仰数念着您时,您一定会增添些许力量的!!

这就是我要向您说的话。

祝愿您为人民健康地工作得长久些!

从千里外,向您伸过去奔流着热血的手!

柳州53010部队文化处　雷锋一九七七年九月七日
于烛光下

---

① 袁水拍(1916—1982),笔名马凡陀。江苏吴县(今苏州市)人。曾任《人民日报》文艺组组长,中宣部文艺处处长。

② 张永枚(1932—　),四川万县(今重庆万州)人。广州军区政治部文艺创作员。

雷加来函1通

雷加（1915—2009），原名刘涤，辽宁丹东人。1938年入延安抗大学习。著有长篇小说《潜力三部曲》、短篇小说集《水塔》等。曾任延安边区文化协会秘书长、中国作协北京分会副主席。

1978年1月6日

萧殷同志：

此信向你表示敬意。那枚"中程导弹"①，由于时机好，威力十分撼人。我参加了北京的两次会，此地反映强烈。正因为我没有买到，可否寄赠一期，至感！

如有便，请代我向"出山"的欧阳兄②致意。谨祝

新年好。

雷加　七八年一月六日

---

① 似指萧殷《讨伐"文艺黑线专政"论》一文，载1977年12月15日《南方日报》。
② 指欧阳山。

黎白来函2通

黎白（1930— ），湖南湘潭人。1947年毕业于华北联合大学文艺学院文学系。曾任华北军区政治部助理员，总政治部创作室创作员，八一电影制片厂高级编剧。著有长篇小说《红军不怕远征难》、传记文学《彭德怀》等。

1980年7月20日

萧殷同志：

您好！

见到您从医院写来的信，当然是吃了一惊。不知身体怎样？念念。

年初我去广东拜访您时，就看到您的身体似乎不如去年。现在的条件比"四人帮"统治时期不同了，您可以认真地医疗一下吧？当然，从工作而论也比那时要忙得多了。无论如何要先把病治好。几次见到您，我总有一个很深的感触，那就是年龄比在冀中或文学系时增长了，但，朝气依旧。这当然是极其可贵的品质，也可以永葆青春。但，也容易激动，容易生闷气。所以，我还是希望您能豁达。形势虽好，斗争一点不少，而且也十分复杂，生气简直是必然的，却没有用处。我九月份可能去穗，那时一定去看您，也向您谈一些有趣和无趣的事。

问陶萍同志好！

另，那个《成语故事新编》的作者是两位，叫孙孝思、吴继路[①]。如出版社可以出版，请他们写信给"北京、阜成门外白堆子，北京外国语学校英文组陈　转孙孝思"或

[①] 吴继路、孙孝思编《历史成语故事新编》，后由北京出版社于1981年出版。

"北京师范学院转吴继路"皆可。如有修改或不出版，最好先请出版社给我个信，我也好另寄其他出版社。

敬礼！

黎白　七月二十日

1980年7月29日

萧殷同志：

　　谢谢您惠赐的书①。看到老师的作品，总是分外亲切的。见到您这位老师的作品，就更加分外亲切了。您的文章一如当年的犀利，朝气未减。真如王维的诗："莫嫌旧日云中守，犹堪一战立功勋。"②

　　我们太缺少这样的文艺评论文章。几乎二十多年不曾见了。我以为真正在新中国成立以后的兴旺时期还是《文艺报》的初期。反右以后的文艺评论，特别是近十四五年以来的文艺评论，简直是程咬金卖笊篱——买也得买，不买也得买。谁说个不字，反革命！而且没有可能在任何一个刊物上发表不同的意见。此风之劣，如奴隶社会。现在，大约是开了一点门，吹了一点风，但愿能有一个稍稍民主的"二百"方针的贯彻时代的到来。坦白说，我至今也不甚乐观。所以，看到您的文集，颇引起许多感触，发了一通议论。也许又引起您一些烦恼。

　　广东出版社将《成语故事选编》退还给我了。我并不奇怪。但我以为他们不审查一下，就退回来，这对两个没有搞过创作的教员来讲，是不甚负责的。记得三十三四年前，您在学校时讲到退《冀中导报》的来稿以及对青年作者的扶持和培养，再看看三十三四年后出版机关（可以说是机关化了）的工作作风和对青年作者的态度，真使人喟然兴叹。这还是您——省文联负责同志介绍的稿件。若是一个盲目的热心投稿人，其下场则可想而知了。过去广东出版社和我有过一点小交往，约过我写稿。因为运动，十几年也没写成。但，假如我写了作品，也不会寄给他们了。又是一阵牢骚。

　　十分殷切地希望您早日痊愈，也十分希望您在医院中尽可能少干一些工作，住院就以治病为主。

---

　　①　应指萧殷《谈写作》一书，湖南人民出版社1980年6月出版。
　　②　引自王维《老将行》，原诗为"莫嫌旧日云中守，犹堪一战取功勋"。

我可能在十月份去广州,那时再去看您。

问候陶萍同志!致以

敬礼!

黎白　七月廿九日

李成俊来函3通

李成俊（1926—2015），号情珍，祖籍新会，出生于澳门。早年参加抗日游击队珠江纵队、东江纵队。1958年与好友筹办《澳门日报》，先后任经理、总经理、总编辑、社长。澳门特别行政区基本法起草委员会委员。

1980年9月19日

萧公：

弟昨日刚从内地返澳，欣悉公于十一日抵珠海①，接到该电报时，公已于十三日回穗，未逮亲聆教益，实在万分抱歉。较前蒙厚赐大作《论生活、艺术和真实》《谈写作》，均已拜读，非常感铭。弟此行是于六日离澳，由穗坐飞机到四川成都，再由成都坐火车赴重庆，然后乘船游三峡。到沙市上岸，在沙市、荆州逗留了一天。再坐车到武汉。在武汉逗留了两天，坐火车回广州。十七日，弟曾打电话到作协找曾炜②兄，原拟通过曾兄与公来小叙，不料接线的女同志一口就推说曾兄出差。事后弟找到范怀烈③兄，才知道曾炜兄仍在穗，惜为时已晚，失诸交臂。只好等到秋季交易会弟到穗后，定当踵门趋候。尊况想好，祈多注意休息，至念。专复并颂

---

① 萧殷1980年9月20日在致白拓方信中说："上星期与一批文艺评论工作者到深圳、珠海两特区去看了一下，前景确实迷人，令人向往。"
② 曾炜（1919—2007），广东顺德人。广东省作协理事、秘书长，专业作家。
③ 范怀烈，中国作协会员。《作品》编辑部散文组长、副主编。

撰安！

晚李成俊拜
八〇年九月十九日

1980年12月26日

萧公：

　　大作《月夜》拜领，非常感谢。较前弟曾寄奉月历一个，想可达。我报印制的月历，因印刷厂杂件挤迫，直至昨天才印制好，日间当续奉一个，乞哂纳。

　　公健康情况如何？至以为念。月前残公①、秦牧老等曾赴香港，当时我报写了一个报告，拟邀请他们顺道来澳门，但未获港间"有力者"点头，以致缘悭一面，甚觉遗憾。弟俗务缠身，很想于明春春节后回来休息几天；倘能成行，定当趋候，亲聆教益。祝

撰安！

晚李成俊拜
八〇年十二月廿六日晚

1982年5月24日

萧公：

　　久违教益，想念时殷：日昨收到大作《给文学青年》，至为感铭。二十多年前，弟曾拜读过公《给文艺爱好者与习作者》，迄今印象难忘。看来《给文学青年》与《给文艺爱好者与习作者》应属姊妹篇。弟原拟四月中广交会时回穗。后因澳督要来我报，接着又参加有关宴会，行期拖下来。四月下旬，有一对美国华侨夫妇回来，陪他们在港澳跑了多天。五月初准备动身赴穗，不料又染胃肠炎，天天水泻，反复了十多天，现在总算痊愈，老牛破车，身体已一年不如一年。

　　公健康好罢？听说已迁了新居？去月曾炜兄曾来信说，将到珠海，但至今仍未见驾

---

① 残公，指陈残云。

到。《三家巷》①在深圳演出，希望也能易师至珠海香洲。日昨湖南有一位好友说要到穗与弟会面，倘他下月安排好，弟当到广州一转，届时定当趋候，亲聆教诲。任教年华似逝水，依旧豪情胜大江。祝

撰安！

弟李成俊拜
八二年五月二十四日

---

① 电影《三家巷》，欧阳山原著，王为一、曾炜改编，王为一执导，孙启新、叶雅谊等出演，1982年上映。

李国义来函1通

李国义,广州人,李国柱之弟。

1981年1月27日

萧老:

您好!

来信收到,感谢您与陶大姐对我的问候。

书我看完了,恰巧林振明①兄来访,需要看看该书作为参改之用。因此,我将该书给他看,并告知请从速看完后代为转交回萧老。

我接信后才知萧老急着用,对不起,我去电告知振明兄抽空送回便是了。

元旦过后,一切工作较忙,因而没空来探望您俩老人家了,请勿见怪。

家兄在港工作很忙,亦很少来信,偶有要事,亦是托人来我家告知。春节到了,家兄有去信给您吗?

听闻您老所住的环境转变得如斯糟,心极为不安,希好好保重身体,免过于劳累是盼。祝

新春快乐!

国义 一九八一年元月二十七日

---

① 即林振名,花城出版社编辑,后移居香港,曾任香江出版公司总编辑。

李宏伟来函2通

李宏伟，业余作者。通信地址：湛江雷州师专中文科三号信箱。

1981年9月29日

尊敬的萧殷先生：

您好！信早已收到了。但因近时思想波动太大（为考上大专而激动兴奋，为入学前的准备而忙乱，为新的学生生活而陶醉，为惜别家人的情思恋念而影响），所以，无法及时把读后的感想向您倾谈。如今，几个星期已经过去，感情的波澜平息了，就趁此，向您打开我的心扉吧。

先生，反复阅读您的信，实在使我激动不已。从信的字里行间，我仿佛看到了您这个老弱多病的作家火热的心在跳动，看到了您顽强地同疾病做斗争，深情地抚摸着文学幼苗的动人形象。就您对我的习作《生活》的分析和所下的结论而言，无疑是中肯的正确的；就您对我应该怎样学习鲁迅、怎样端正创作态度，以及今后怎样努力的教导而言，也是诚挚的，对人大有裨益的、感人至深的。对此，我由衷向您表示感谢。

不过，对先生信中的个别措辞，我也有不同的看法。可以这么说，信中的个别措辞是使我吃惊的、难过的，有的甚至是不易接受的。就如"质问"吧，我这个乳臭未干、无学无识的人哪有这么大的胆量向先生提出"质问"呢？但"坦率"却是真的。我之所以"坦率"，别无他意，只在唤起先生以诚相见罢了。又如信中说，我把您"不作明言"视为"长期来苦恼和抑郁的病根"。这怎么可能呢？我自己也知道，"病根"这东西是不易挖除的，不管先生对我的将来说穿也罢，不讲穿也罢，一两句话自然解决不了问题。也许是先生阅改时粗心，也许是我一时的疏忽表错了意吧。再如，信中说我"错误地仿照鲁迅用以揭露旧社会的手法来指责今天的社会现象"。这也不见得言之有理吧。我爱读鲁迅先生的作品，多少受到他的影响，这我自知。但要说我在习作《生活》中用上了他的手法，也许谈不上的。因为，我在写《生活》时，是善意的、满腔热情的，宗旨不过是要揭示民师生活是社会上的一种病态，以便引起疗救的方法而已。自然，您也知道，这与我自身的生活和体验、愿望和要求是密切相关的。由于我从小生活在农村，在个人的生活视野里，除了看到社会健美的肌体之外，还经常看到各种各样的人给我们社会创下的伤口，有的是已经痊愈的旧伤，有的是正在扩大、流血、化脓的新创口。慢慢地，便形成了我不愿粉饰太平、遮羞和美化伤口的性格。究竟这性格是否会成为"死症"，我是无介于怀的。我只是这么想：竭力把自己所看到的、所知道的伤痛全都暴露出来给医生们看看，以求得早点疗治，这对社会对人民来说，不也是一件大有裨益的好事么？所以，我不仅过去这样做了，将来，我也决定继续为此而努力。

萧殷先生，您也许以为我说得太过分或是唱走调了吧；您也许认为我是一个天真可笑又很固执的狂童吧。总之，不管您如何感想，这由衷之言我都要尽情地倾吐出来。我深知，自己志大才疏，阅历浅，实践少，生活经验和创作经验都很贫乏，要想无师自通地摸到创作的路径是很难办到的。所以，我很想同您这位学识渊博、经验丰富的长者交个朋友。希望今后得到更多的指教。并且，还时常这样暗想，倘若能最近有机会到广州一趟，探望和拜访您一趟，亲聆教诲，那该多好哇！可目下由于各种条件的限制，看来这愿望是无法实现的了。但愿总有一天能如愿吧。

最后，我还想打扰您一下。按照您信中所指出的"歌颂"和"揭露"两个方面（这不是原话），我选择了后者，近时已着手写了一篇题为《土霸王》的暴露官僚主义和封建残余的小说，估计在十一月初将能定稿，打算定稿后就给您寄去，您若愿意收下，就复信告知吧。

都怪我的饶舌，浪费了您的宝贵时间，请谅！

顺祝贵体早日恢复健康，并请代向您的家人问好！

李宏伟　一九八一年九月二十九日

1981年12月18日

萧殷先生：

您好！我深知您很忙，但我不是执意来麻烦您，这是因为您已成了我心目中可亲可敬的人了。

先生：我在前次给您的信中，曾预告要寄一篇习作小说《土霸王》给您，现已修改好了，就趁此给您寄上。我想，您大概欢迎吧。

小说《土霸王》的内容基本属实。主要是以耕牛的争端为线索，展开矛盾冲突和推进故事情节，反映新的经济政策给农村带来的人与人之间的关系的变化，尤其是领导和群众关系的变化，以揭示为所欲为的官僚主义者最终会被群众唾弃这一主题的。在这篇小说里，我着力刻画了一个被私怨迷住眼睛、意气用事、独断专行的土霸王形象，也刻画了一个从沉睡到觉醒继而走上抗争之路的农村老太婆的形象。前者是可憎的，但在我们社会里也许会有普遍意义。后者是可怜的，但却难能可贵，她充分地表明新的经济政策已深入到了老一代农民心中，使农村群众的精神面貌发生了深刻的变化。事实上，有关农村现在的巨变，已经在不少作品中有所反映，我在这篇小说里所写的只不过是一个侧面罢了。

先生，您认为我的想法和看法怎样？如果这篇小说有希望发表的话，请您帮我转到《作品》去，如果还不成功，那您就给我提一些具体的意见吧。

所谈，如此而已。顺祝贵家安康！

　　　　　　　　　　　　　　　　　　　　　　李宏伟　一九八一年十二月十八日

李克异来函1通

李克异（1919—1979），原名赫维廉，辽宁沈阳人。小说家。《人民铁道》报特派记者。后到工人出版社、珠江电影制片厂工作。晚年创作长篇小说《历史的回声》，描写19世纪末东北人民反抗沙俄统治和压迫的斗争。

1978年1月10日

萧殷同志：

　　谢谢你的信。收到信后，想去看你，跟你谈谈，但是，因为姚锦①住院，大女儿每天要去医院照顾她。家里还有一个小儿子，不久前刚从医院出来，局灶性肾炎，我必须管他，实在无法脱身。信上说，宣传部的同志说我不时需要输氧的事，恐怕是他搞错了。珠影厂的保健室并没有输氧设备。如果不时需要输氧，那的确是不能工作了。所以，请您放心，没有那么严重。我没有见过小廖同志。

　　《杀人》，我所有的全集②里没有收入。见信后即托广东外语学院一位法文教师去查，他们那里有一套四十卷本全集，也没有。昨天，我又写信给北京《世界文学》的同志，托他们查一查。我找了两三篇短篇，一篇是《不为人知的杰作》，是写画家的故事的，收在"哲学的研究"部分内。写两个画家都是实有其人的，包尔布斯（一五七〇——一六二二）；莆桑（一五九四——一六六五），都是美术史上的名人，但是巴尔扎克借小说另一个虚拟老画家的口，讲他自己的艺术观，长篇大论。约两万字。在巴尔扎克的短篇

---

① 姚锦（1925— ），李克异之妻，珠江电影制片厂编辑。曾任《北京文艺》编辑部小说组组长。

② 全集，指《巴尔扎克全集》。

中，被认为是重要作品。巴尔扎克自一八三一年发表此篇后至一八三七年间修改多次，并且借助于他的美术批评家、画家如德诺威、罗兰·让、果迭等帮助他修订，可见他自己也很重视它。用他自己的话说，是"用忍耐的肥皂和勇气的砑掉"反复洗练过的作品。

另一篇是《被遗弃的女人》，也差不多有两万字，是著名的《三十岁的女人》的前身，但被研究家认为比长篇的《三十岁女人》为优秀。两者都长了些。（不知《被遗弃的女人》是否有人译过，我没有见过。）

主席论诗的信①，的的确确重要。（但这里既没有学习，也没有讨论，有的人还不知道。）郑季翘②的文章发表时，我在洛阳工厂里干活，读过，而且有很深的印象，当时不明白，为什么《红旗》要发表这样的文章。还记得编者有个按语，似乎说是可以讨论云。我不记得是不是就是在这一篇"伟作"里，那作者批判李泽厚③而大捧姚文元。当时是很反感的。但是马上就是"文化大革命"，有人就对这篇东西大喝彩了。阴谋文艺的哲学根据吧。希望很快能读到你的批判文章。这个郑某人的文章的确该好好地批判。

我的小说④其实写得很差，我自己知道的，出版社同志们说不错，很惭愧。我又重读了一遍，想用一两个月的时间改一遍，努力改得好一点，不过即使"用忍耐的肥皂和勇气的砑掉"，恐怕也不一定改得多好。只是题材好就是了，听说中宣部命文学出版社组织这方面题材的小说。前两年，西蒙诺夫⑤在苏联作家一次会上确说过"苏联作家不注意中俄边界的题材是错误的"这一类话。

信写得乱七八糟，请原谅。

握手。问候陶萍同志。

李克异上　一月十日

白拓方⑥昨有信来，说寒假来广州看看。不知你戒烟没有？我已戒四年，对哮喘有好处。

---

① 《毛主席给陈毅同志谈诗的一封信》，载1978年1月《诗刊》。此信写于1965年7月21日。

② 郑季翘（1912—1984），山西五台人。曾任《红旗》杂志常务编委、吉林省委书记。即下文所指作者、郑某人。在1966年第5期《红旗》刊登《在文艺领域里必须坚持马克思主义认识论——对形象思维论的批判》一文。

③ 李泽厚（1930—2021），湖南宁乡人，哲学家。中国社会科学院哲学研究所研究员、巴黎国际哲学院院士、美国科罗拉多学院荣誉博士。

④ 指李克异长篇小说《历史的回声》。

⑤ 西蒙诺夫（1915—1979），曾任苏联作协书记处书记，《新世界》月刊、《文学报》主编。

⑥ 白拓方，南开大学教授，当时准备调往北京经济学院（首都经济贸易大学）。

李永葆来函1通

李永葆,广东龙川人,李永川之弟。时任教于广州市第四中学。

1976年6月12日[①]

萧殷学长:

前周见成锦兄及郑真弟,得悉您养疴温泉,健康情况日趋好转,无限欣喜之至。

家兄前寄来一信及诗草一本,现转呈给您,希为察阅,亦可知其乡居生活概况也。

我现仍在四中工作,然半年来,"老支"缠人,体质既远不及往昔矣。余不一一,耑此并祝

健康!

弟李永葆敬启　六月十二日

---

① 附函封:从化县温泉疗养院三疗区萧殷同志收启,广州第四中学李永葆寄。萧殷注:李永川先生的诗。

李永川来函3通

李永川（1903—1984），广东龙川县佗城东廓人，晚号锲斋主人。早年求学于上海大夏大学，毕业后坚持回报乡梓，任龙川一中教员、教务长、校长等职达20余年。

1976年5月20日

萧殷学长：

前从卓可珰①君处，得悉贵体违和，寸衷时时系念。想医良药效，早已恢复健康矣。尝思哮喘一症，为老年人所常有，由于特效药物尚无，杂方纷纭，又不一而足，以致徒然治标，莫能清源。如果仅是哮喘而无其他并病者，可用沙田柚皮（去肉）一个、蜜糖一斤、麦芽糖一斤，放入瓦煲内，加以适当的水，炖三天三夜，不要熄火，然后服之，一次吃不了，可分二次吃之，吃时要热吃。许多人服过之后觉有效验。倘觉分量过多，可试服二分之一（柚皮、蜜糖、麦芽糖均减半）。此方好处是易寻价廉、而有效也，敬此奉告，聊当献曝，幸垂察焉。

川去夏因失跌，导致胸腔积水，呼吸困难，幸当时入院，抢救及时，得以转危为安。出院后，以在家孑然一身，无人照料，乃依女侄月梅家，养疴羌头，经年以来，日就痊可，自顾或可多活些时矣。山中日长，偶写小诗，聊当日记，既不欲多耗心力，更不欲以此传世，录呈省览，供作饭后茶余消遣，阅后弃之可也。乡居时缺纸、笔，倘有残毫、废楮及有关改古书籍，乞赐一二，俾空暇得以学习。琐琐奉陈，诸惟朗照。耑此

---

① 卓可珰（1940—2021），广东龙川人。早年入读暨南大学，并从学校入伍。龙川县文艺创作组创作员。

敬祝

健康！

耄弟李永川敬启

一九七六年五月二十日

1977年10月13日

萧殷学长：

　　川于9日下午抵穗。多年不见，极欲趋候左右，何时得空，望示知，当依时前来请益也。耑此，敬叩撰安。

耄弟李永川敬上

一九七七年十月十三日早晨

　　赐示请寄"本市海珠南路卖麻街青花新巷一号四楼"。

1978年1月28日

萧殷学长作家惠鉴：

　　此次重游羊石，得亲谈笑，喜体力之胜常，读著述之宏富，使我反复低回，欣慰于未已也。惟川流寓于此，倏经数月。顷者岁又云暮，归思油然，决于本月二十九日搭车东上。异日天缘有假，再听流水于牙琴者矣。匆匆布臆，恕不走别。耑此敬候

著安，诸惟

朗照不一。

耄弟李永川敬启

一九七八年一月二十八日

陶萍同志暨列位世讲均此致候。

梁明和来函1通

梁明和，业余作者，江西人。

1983年11月5日

敬爱的萧老：

您好！

我是一个农村青年，现年二十岁，高中毕业后回乡务农。业余时间我全用在搞创作上，现已有点眉目，在地区小报和省报上发表过小说。

一个偶然的机会，我得到一本您著的《谈写作》，真像一个饥饿的人扑在面包上一样，我拼命地吸吮着书中的营养。这本书对我后来进行创作，给了很大的指导作用。我衷心地感谢您，没有您的帮助，我不可能有发表小说的能力。

从《谈写作》的《后记》中，我知道您还写了一本《论生活、艺术和真实》的好书。两年多来，我托人到处买也没买到，没有办法，我只好写信求助于您老人家了，希望您给我弄一本。祝

您身体健康！

梁明和

敬呈于一九八三年十一月五日

林建忠来函1通

林建忠，业余作者。通信地址：河北元氏解放军装甲兵学院宣传处。

1978年10月19日

敬爱的萧殷同志：

您好！

我知道，您已经收到许多青年人的信，那都是读过《创作论》片断的，而这封信，却是一个没有读过《创作论》片断的青年人写的。

我是一个二十多岁的青年人，从小喜爱文学。正像一个饥饿的人贪婪地要寻食物一样，一个初学写作的青年多么渴望得到指导写作的入门书啊！多么迫切需要加强、提高文学修养啊！可是，万恶的"四人帮"疯狂实行法西斯文化专制主义，整整十余年，使我们白白空度了大好青春时光，这该是多么大的损失啊！

这十余年，是在盲目摸索的迷途中走过的，是在饥饿中度过的。初学写作者的苦闷、烦躁和彷徨的心情实在难耐！正如您谈到的，您也尝到过初学写作的滋味，也曾"痛切地感到，一个初学写作者多么需要指点呵！当一个人在云里雾中找不出道路的时候，哪怕是片言只字，只要能切中要害，把话说到点子上，对人也是有帮助的"。这话说得太真切了，正道出了初学写作者的心思。想学文学的心像一团不灭的火，在心底燃烧，催促着我时时注意报纸上的"新书预告"，每每急切翻阅《全国新书目》，常常跑书店，细心地搜寻指导写作、讲解文学知识的书。可是，结果总是令人失望。

我在《广东文艺》上看到您在为广大初学写作者写作《创作论》一书，简直高兴极了！不要说这本书"仍然是常识范围以内的东西，既不会有什么新鲜的发现，也不可能有什么高超的创见"，我们需要的正是这样的东西！您的工作是非常有意义的，特别是在紧跟华主席，进行新长征，努力提高整个中华民族的科学文化水平的今天，应该说有着更深刻的意义。

　　从《广东文艺》上知道，《创作论》片断已以《习艺录》分册出版。我诚恳地请求您帮助我买到一本《习艺录》。书寄来后再给您汇款（包括邮费），或先复函告知价钱都完全可以。我恭候您的通知。

　　您带病坚持写作，对我们是个极大的教育，当读到您在"四人帮"猖狂时，愤怒将书稿提纲烧掉，真使我感到万分惋惜！更进一步痛恨万恶的"四人帮"。请允许，我以一个晚辈青年的诚恳、尊敬的心情，衷心祝愿您身体健康，早日完成《创作论》。致以革命战士的敬礼！

林建忠　敬上　一九七八年十月十九日

　　地址：河北元氏装甲兵学院政治部。

林明深来函1通

林明深,湖南人民出版社《美育》杂志编辑。

1980年12月31日

萧老:

您好!并向您全家问好!祝贺新年愉快!

谢谢您对《美育》①的支持。现将《美育》第一期目录寄上,请您先了解一下它的范畴。现在第一期已发稿付印,出来后便寄上。致

革命敬礼!

林明深　一九八〇年十二月三十一日

---

① 《美育》杂志,1981年1月创刊,湖南人民出版社主办。当年为季刊,次年改为双月刊。1988年终刊。

林默涵来函1通

林默涵（1913—2008），原名林烈，福建武平人。文艺理论家。历任中宣部文艺处处长、中宣部副部长兼文化部副部长。"文革"中被监禁，1978年任恢复全国文联及各协会筹备组组长，中国文联副主席、党组书记。

1978年9月9日

萧殷同志：

承赐大作①，先后收到。在我四面受攻的时候②，还有一些同志赠我以书，老实说，这是我没有想到的，也是很使我感激的。

近年来，有些人对青年作者一味捧场，不是有好说好、有不好说不好，这只会使他们走入歧途。在这样的时候，您能给青年写作者以正确引导的书，是非常需要的。

身体如何？北京今年大热，但现在已经过去了。广州也许还很热吧？诸希珍重。问候陶萍同志。

林默涵上　九月九日晚

---

① 萧殷寄赠著作，当包括《习艺录》，1978年3月出版。

② 林默涵1966年12月被关押审查。1975年3月解除监禁，1977年12月复出，任文化部副部长，主持重新注释出版《鲁迅全集》。

林培瑞来函1通

林培瑞（Perry Link，1944—　），美国汉学家。毕业于哈佛大学费正清研究中心，普林斯顿大学教授。1979—1980年访问广州，时任洛杉矶加州大学（UCLA）助理教授。

1982年9月9日①

萧殷先生：

《论生活、艺术和真实》和《月夜》两册大作最近都收到了，非常感谢。不知为何时间隔如此之久才能收到，但我一定抽时间早日拜读。

祝您和夫人健康愉快！

林培瑞　敬上

一九八二年九月九日

---

① 此函函封地址为洛杉矶加州大学东方语言系。

林文山来函1通

林文山（1928—2004），笔名牧惠。广东新会人。杂文家。曾任广东《学术研究》主编，《红旗》杂志文艺部副主任、文教室主任。著有《造神运动的终结》等杂文集。

1981年1月29日

萧殷同志：

你好。

我于十二月卅一离开广州，到京又将近一个月了。①离广州前，本想再去梅花村向你讨教，但事务冗杂，心绪不宁，匆匆忙忙就走了。

到京后，才晓得中央工作会议②精神。其中情况大概你也知道了。接触过一些文艺界的同志，都感到要努力学习才好适应当前的形势和要求，因此一时稿子显得很难抓到手。

全国作协准备吸收我为会员③，按规定需要两个介绍人。这几年在广州，我从你处得到的教益很多，我想你会对我的情况有所了解。因此，我希望由你来做我的入会介绍

---

① 林文山1980年12月调回《红旗》杂志文艺部工作，历任《红旗》杂志科教文编辑室副主任、主任。1980年12月16日至25日，中共中央在北京召开工作会议，讨论经济形势和经济调整问题，邓小平在会上作《贯彻调整方针，改善党的工作，保证安定团结》的讲话，强调要有步骤地和稳妥地实行干部离休、退休制度。

② 1978年11月10日至12月15日，中共中央在北京召开中央工作会议。12月13日，邓小平做题为《解放思想，实事求是，团结一致向前看》的讲话。该会成为十一届三中全会的前奏。

③ 林文山1982年加入中国作协。

人。不知可否？请复示。另一个介绍人是就近的柯蓝①同志。

身体可好？望保重。问陶大姐好。

春节好！

林文山　一月廿九日

---

① 柯蓝（1920—2006），湖南长沙人。华东作协秘书长，湖南省文化局副局长。著有《柯蓝文集》等。

林元来函3通

林元（1916—1988），广东信宜人。毕业于西南联大中文系，曾任上海《观察》周刊代理总编辑，中国作协外委会办公室主任，文化部文学艺术研究院业务办公室主任，《文艺研究》主编。著有散文集《碎布集》、报告文学集《访战后朝鲜》等。

1977年8月3日

萧殷、陶萍同志：

你们好！

我于六月十四日到达广州。当天就因洗澡不慎跌断了左腿骨，十六日进医院，七月卅日出院。现在已能扶双拐自由走动。看来问题不大。

去年来广州，恰巧萧殷同志在从化休养，只见到陶萍同志。很久不见萧殷同志了。这次来本打算登门拜访的，不巧出了这个事故，现在只好简信致候了。

这次南来，任务有三：一为文化部筹备全国文化工作会议做些调研工作；一为《文艺研究》①组点稿子；一为安排两位同志回广州工作。第三个任务已完成，已蒙省文化局把这两位同志接收下来了。第一个任务，省两位和我一块来的同志已做了一些工作；我现在正准备争取参加省里即将召开的文艺界千人大会。关于第二个组稿任务的工作，今天正在开始。这就是我写这封信的又一原因。

《文艺研究》是文化部文学艺术研究所编的。今年是内部发行，准备明年正式公开出版。你们看见过没有？希望得到你们的支持。

---

① 《文艺研究》正式创刊于1979年5月，文化部文学艺术研究所（中国艺术研究院）主办。

在大破"四人帮"反革命修正主义文艺理论、大立马列主义文艺理论的当前,像萧殷同志的《创作论》这一类的稿子,我认为读者是很需要的。听说你正在放笔疾写,真为读者高兴!不知能惠及《文艺研究》的读者否?

你们近来身体怎样?陶萍同志的身体比去年强吧?望珍重!

敬礼。

林元　八月三日

1977年10月7日

萧殷同志:

四日示悉。这次南归,虽不幸折断腿骨,就在养病的漫长时间,特别是后来在创作会议中,能看到许多广东文艺界的同志,了解到不少当前文艺界的情况和问题,对工作很有好处,对个人亦受益不少,实一大补偿也。跟你的多次晤谈,就获益更多。遗憾的是,总感到时间匆促了些。

周扬同志出来[1],文艺界许多朋友都感到高兴。前年秋天,我到万寿路组织部招待所看郭小川[2]同志时,郭曾说周正住在他头上。估计他现在仍住在那里。你的信我也就照上址寄发,并添上了你的地址;又在信封上注明:"如收信人已迁往他处,请转去;或请依原址退回。"

昨天人民文学出版社的一位负责同志来谈,我把广东文艺界的情况告诉他时,特别强调了于逢同志这次受表扬的情况[3](因为听你说过于有长篇一部在该社)。我认为凡是受"四人帮"压迫,敢于开顶风船作家的作品,都应优先出版。

我回京已四天。由于上下楼不便,至今还没有向领导做正式汇报。来信谈及省文联的情况,看来形势发展很快。有新情况,盼及时示我。祝你和陶萍同志好!

见到欧阳山、周钢鸣、残云、秦牧、李门、于逢、韦丘、萧荻[4]等同志时,请代问好。

林元　十月七日

---

[1] 周扬1975年从秦城监狱获释,1977年底出任中国社会科学院(原中科院学部)顾问。

[2] 郭小川(1919—1976),原名郭恩大,河北丰宁人。曾任作协书记处书记兼秘书长、《诗·刊》编委。

[3] 于逢化名李冰之发表《评浩然的〈西沙儿女〉》,引起全国强烈反响。

[4] 萧荻(1920—　),原名施载宣,毕业于西南联大。《羊城晚报》编辑。

刚才有朋友来说，周仍住在组织部招待所。并传说他可能在社会科学院工作。说默涵同志也可能在该院工作。

　　刚才又听到一个振奋的消息，说华主席于六日晚接见了北京文艺界的一些同志，做了重要指示。内容并未听到传达。看来中央开始抓文艺了。咱们就大干吧。你的笔也就一定写得更快了。林元又及。

1982年1月20日

萧殷同志：

　　很久不联系了，不知您身体近来如何，十分挂念。

　　《文艺研究》创刊凡三年，每期均送上，想收到，希望听到您的意见。记得七七年刚筹备这个刊物时，我曾到广州看您，希望您对刊物支持。一转眼，五年过去了。五年来，文艺界发生了多大变化啊。

　　如果您的健康情况许可，恳请您能给我们写篇文章。今年是《讲话》发表四十周年[①]，联系当前的创作实际，写点这方面的文章也很好，文章长短均可。你愿意写什么问题都可以。稿子恳于二月二十日寄给我们。

　　陶萍同志近来身体如何？亦极挂念。专此，即祝

春节好。

林元　一月廿日

---

① 1942年10月19日，毛泽东《在延安文艺座谈会上的讲话》全文在延安《解放日报》发表。

刘成学来函1通

刘成学，业余作者。通信地址：贵州省六枝特区新场区中学。

1980年1月15日

敬爱的萧老：您好！

首先，请您原谅我这个青年人的莽撞吧！

为了向您求教，我翻来覆去地考虑了三个多月，直到今天才冒昧地给您寄出这封信。

我今年二十七岁，是贵州省六枝特区①新场区中学初三（1）班的语文老师。由于我家住在山区，所以文化相当落后，就我们生产队来说，解放三十年了，竟连一个会计也找不出来。直到现在，人们的思想都还处于愚昧状态。"文化大革命"前我进小学时，父辈们就叫我好好读书。可是后来在离家两百里的县中读书时，一切便都颠倒了。但我们一些农村同学还是悄悄地自学，经常躲在庄稼地里、坟旮旯阅读那些捡来的、借到的文学作品。后来，幸亏"修正主义教育路线回潮"，我才侥幸地考取了特区师范。自参加工作以来，我仍然利用一切空余时间进行自学。去年暑假，我学写了一个十二万字的、反映七六年教育革命情况的中篇小说《账》。主要是想说明这样一个问题：人与人之间正当的现金账是容易还的，但冤枉账、动乱的十年欠下我们年青一代的知识账却是无法偿还的。情节是描写一个十八岁的女生，由于父亲在"文化大革命"之初被斗死

---

① 六枝特区，原为郎岱县，位于贵州省西部。1966年其矿区改为特区，划定煤炭基地、开发煤炭资源、修建铁路和支援"三线建设"。

了，所以她便和母亲相依为命。后来坏人想打她的主意，便借悼念总理之故把她从县中开除了。然后又把她转到乡下代帽中学来。谁知乡下也有坏人企图奸污她，可她反而觉得当时的社会，只有那些人才是好心人。后来，由于一些正直的老师三番五次地教育她，她才开始认识到自己自暴自弃是不行的。因而最后与坏人一刀两断，走上了上山下乡的道路。时间上，作品只是从总理逝世写到主席逝世就完了。现将小说的目录抄寄于后。

敬爱的萧老：我写好后就不知道自己该怎么办了。既找不到人看，也不知道怎样和刊物或出版部门联系，经过几个月的冥思苦想，加上最近从《贵阳文艺》[①]上看到有关您的报道，便鼓起勇气冒昧地给您写了这封信。我深知您现在的时间贵如黄金，但却要拿这些琐事来打搅您，心中实在过意不去。我只有在搞好本职工作的前提下，努力从事文学习作，来报答老一辈对年青一代的关怀了。谨祝

安康！

贵州省六枝特区新场区中学　刘成学上
一九八〇年元月十五日

---

① 《贵阳文艺》创办于1978年12月，贵阳市文联主办，1979年6月更名为《花溪》。

刘士馗来函2通

刘士馗，广东龙川人，萧殷同学。1933年毕业于中山大学化学系，曾任龙川县教育局局长，第一中学校长、乡村师范校长、民教馆长、佗城小学校长等职。1952年在肃反运动中被判五年劳改，1979年摘掉历史反革命分子帽子，在萧殷帮助下恢复工作。

1980年12月2日

萧殷吾兄惠鉴：

别后瞬经兼旬，谅近来身心康泰，起居胜常，为慰为颂。犹忆佗城休假，晨夕过从，已能时聆教言，又得倾诉积悃，幸何如之！幸何如之！我辈问题，经吾兄力向县中反映，但迄今消息杳然，又恐徒劳唇舌耳！政途险恶，实堪浩叹！坎坷如弟，已失旧巢，又覆新碗，冉冉残生，真不知如何终老也！顷阅南方报，欣悉任省长[①]首次报告，关于我省今后对知识分子问题，凡属历史事件，应采用粗法解决，不必过事精细，甚或吹毛求疵，大家应向前看，安定团结，早日实现"四化"。看来似有一线希望，尚祈吾兄垂注及之！

兹又言者，在兄返穗后四五日，弟曾到佗城卫生院，探望老中医师黄庆祯先生，顺谈及吾兄病况，时黄先生非常注意，一时兴奋，从病床坐起，询问彻底后，即断定为身体虚弱引起之肺气肿，亟云有办法可以治愈。并即着伊子基尧，针对症状，填审处方，明日交弟手转付阁下，研究斟酌服用。明日基尧果送来呈兄函一件，述明兄病之成因、演变及治疗方法，并处方一纸。同时另送呈吾兄代转省卫生厅报告一份，烦劳吾兄阅

[①] 任仲夷（1914—2005），1980年10月任广东省委第一书记兼省军区第一政委。

后，转付省卫生厅领导同志。弟以为庆祯先生，在目前确是县中硕果仅存之各老中医，素为县人所共仰。"文革"以后，受尽枉屈。伊子基尧，亦不愧为我县后起之秀。苟能假以时日，临床研习，宜可以承先启后，发扬祖国医学传统，为建设"四化"而努力。谊属同乡老友，姑特将其原函件，冒昧转呈阁下，敬希烦神协助妥处，并请不吝赐教，为祷！顺祝

撰安！并向陶萍同志致候！

弟士馗谨上　一九八〇年十二月二日

复示寄佗城卫生院黄庆祯医师收。

1981年×月×日①

萧殷兄：

别后瞬逾四月，遥祝身心康乐！馗现又在佗中代课，每周授文史十余节，颇感劳累，但已承诺只得勉为其难耳。佗中还在瘫痪状态。若不从速调遣有力人主持，彻底整顿，前途不堪设想。余三川已调县侨委会，留下张增才、骆春驹二副校长，与余想比伯仲之间耳。彼等毫无责任观点，遇事则以"推""卸""拖"了之。名为学校领导，但不授课、不考查教职工工作，不理学生学习与生活，尽可能躲在家里，避免麻烦。又带头不参加公膳，另开小灶，教师开公膳者仅五六人，学生膳食更糟，经常失饭菜、吃生饭、缺饮水，任学生噪闹纷乱，无人过问。

教师不请假不上课视为常事。有把一周课时缩在三四天而抽出二三天回家搞私事者，有不备课不改习作者。还出现一种"看戏热"，晚饭后老师和学生争取购票看戏，蔚然成风，教者怠教，学者怠学，无怪六七年来佗中未有考进大专者。

图书馆未有新书，旧存者亦损失殆尽，无人管理、长期关门，师生欲一览报章杂志而不可得。理化仪器亦无人负责，任其抛弃散失。学校未有文娱活动，不闻歌声。每值星……

---

① 此函缺页，无落款。

刘肖宁来函1通

刘肖宁，文学爱好者。通信地址：广州市黄埔冷冻厂。

1978年9月30日

萧殷伯伯：

您好！首先祝您身体健康，生活和工作愉快。近来，我从《作品》和《广州文艺》等杂志里读到了您的不少作品和关于创作文学作品的论文，更深深感到您不愧为我们青年职业（业余）作者的良师益友。在您的指导与帮助下，我们文学艺术爱好者将能进步更快，我和许多文学艺术爱好者一样，是多么希望能把自己的有限力量献给这百花齐放、莺歌燕舞的迷人的春天啊！

您在百忙中叮咛作品编辑部的同志给我热情的勉励与帮助（编辑部的同志回了信给我，诚挚地指出我那两篇习作的不足之处，并给我以鼓励和指出了今后如何学习创作的方向），收到这封信后，我的心情难以平静。作为一个普通的工人业余文艺爱好者，能得到您的教导和热情备至的关怀，更使我感到您的确是我们文艺爱好者的好老师，同时我因此也对前途充满信心，决心尽自己最大的努力，为实现"四个现代化"的宏伟事业加一把力！语言代替不了行动，我一定不叫你感到失望，特别是不辜负党和人民的培养和期望。

萧殷伯伯，我想，您是十分关怀我们青年一代的成长的（您的许多文章证明了这一点），也是理解我的强烈的求知欲和进取之心的。上次我给您的第一封信提到我被纳入录取对象（亦就是入了围），但今年自己并没有考好，我的总分是刚好上线，国庆节到了，许多大学已发了录取通知，下个月就要开学，而我至今仍没有接到学校的录取通知，看来进大学学习的机会十分渺茫，这是令人遗憾的！但我还是冷静下来，耐心等待着！工人同志和读书小组及同学朋友们鼓励我，叫我不要因此而丧失斗志和信心，同时我亦认识到并暗暗鼓励自己，今年若能入大学，当然是件好事，这是我的夙愿。但若是未能被录取，我亦不灰心、颓废，决心在努力搞好工作的同时继续利用业余时间学习科学文化知识，明年再去攀登，接受祖国的挑选。

萧殷伯伯，为了使您更了解我，我就把信写长些。自从今年高考以后，特别是在您的热情帮助和鼓励下，我的创作欲望更强烈了！生活中无数事物不断反映到我的敏感多思的头脑中来；中学时代，特别是毕业后接触到社会（正是四害横行猖獗之时），又投入到轰轰烈烈的社会主义建设事业之中，去了两年农村（接触了农民、知青、干部等，学到并熟悉了不少东西），又调回工厂工作了半年多（正是形势大为好转的时代），深为工人阶级崇高品德和这个温暖的集体所动，经受了无数次政治运动，从中得到考验和锻炼，认识到许多人生的道理……这一切，都给我留下深刻的记忆，许多难忘的事情、人物影响，在我的日记中亦有记述。许多时候我很想通过小说等形式把它写下来，但一提起笔，我就迟疑不决，不知如何下笔好，自己这样的水平是否合适进行创作？！害怕写出来后不成功或惹人笑话，虽然我从来不怕失败与挫折，也不怕被讥笑，但又担心劳而无获，浪费时间。在这种思想下，我放弃了这个念头，但又是多么希望能得到良师的指导，使自己能进步更快，使自己的这种爱好得到发挥，实现自己做一个"人类灵魂工程师"的理想。昨天，我到了中山图书馆，找到您写的《习艺录》这本书，但我去到图书馆的时候已是近闭馆时间了，我只看了其中您给一个青年业余作者的回信这一篇，从中我得到些启发，深感您一定能给我指明学习创作的方向，一定能实现自己的志愿——献给四个现代化的宏伟事业。

好了，真是一时难以尽述心中的话，下次再谈。为了使您更了解我，顺把我最近写的论文《从"老师"谈起……》一齐附寄给您，要您费神了，请原谅！望您保重身体。等着您的来信！

此致紧握您的手！

工人：刘肖宁

广州黄埔冷冻厂冷冻车间一班

一九七八年九月三十日

刘真致陶萍1通

刘真（1930— ），原名刘清莲，山东夏津人。1952年入中央文学讲习所学习，曾任中国作协武汉分会专业作家。河北省文联副主席，作协河北分会副主席。著有小说集《长长的流水》等。

1983年9月11日

陶萍同志：

　　武汉湖北分会把信转到河北邯郸我处，已是9月11号了，追悼会已开过了。

　　萧殷同志的不幸逝世，使我万分悲痛，实在没有想到。他才六十八岁，还不老呢，离开我们太早了。我永远怀念他，沉痛悼念他。特向陶萍同志和孩子们，致我最深切的慰问。

　　五十年代初，我在文学讲习所学习时，萧殷同志是我们的老师，他平易近人，常常热心地帮助我们学习，解答我们提出的各种问题。他既是那时的我们青年的老师，又是最忠恳、亲切的朋友，好同志。他是我学习的榜样，我终生不会忘记他。让我们用文学的成果纪念他吧！那将是悼念他的花环！

　　紧紧握手！

刘真　九月十一号

柳荫来函1通

柳荫（1935—2017），本名刘藻，天津宁河人。1957年被戴上右派分子帽子，发配到北大荒农场劳动。粉碎"四人帮"后返京。先后在《新观察》、《工人日报》、作家出版社工作。著有散文、随笔《心灵的星光》《寻找失落的梦》等。

1978年7月31日①

萧殷同志：

接到来信，已经好些天了，知道你身体不好，工作又繁忙，有些不忍心多写信打扰你。陶萍同志已回广州了吗？不知她在北京的住处，也没法前去拜望。郑佳因患关节病曾去辽宁汤岗子医院治疗，最近返京，一同读你的来信，联想起好些老同志，都是这样，一别就是多少年不见，时光难再，不胜感慨！

我近几年，身体虽然不好，但读书的时间较多，随笔写下些短文，不过是为了破除寂寞，抄几页寄上，不料惹你费了许多神。《羊城晚报》刊用我那几行文字的报纸，已寄给我。《作品》编辑部西彤同志那里，最近准备寄上去一点，主要是希望听听他们的意见。

郑佳要我一块向你和陶萍同志问好，并望你多注意身体！

柳荫　七月三十一日

---

① 此函交德路六十九号之一《作品》编辑部转交。函封附陶萌萌留言："爸爸：出版社来电话，说明晚的座谈会因未定好地点，暂定拖延几天再开。他们届时会通知您。——萌萌。"

楼栖来函1通

楼栖（1912—1997），原名邹冠群，广东梅县人。文学理论家。曾执教香港华南中学、达德学院。中山大学中文系教授、副主任，作协广东分会副主席。

1977年10月5日

萧殷同志：

三十日来信，今天才看到，平时我很少到系里①去，加上放假三天，系里没有人办公，去了也没有用。

你对第五组②"建议"的处理意见，我完全同意。"建议"原则上是很不错的，但不切合实际。要省委拨款，住宾馆；要三个单位联合举办，又抽不出人来搞事务工作。目前，领导抓的是创作，评论工作还未提到议事日程。批判"三突出创作原则"，文章已发表了不少。要深入批判，看来也不容易。暂时搁一搁吧，以后再说。提建议，口头表态都是容易的。杨樾③同志，我另写信告诉他实际问题。

《闹海记》④早收到了，而且一口气看完了。写得很不错。作者对渔民的生活和斗争是熟悉的，不但典型环境很有地方色彩，而且语言运用也很有渔民色彩。生产斗争、阶级斗争，写得都很动人。不过，要我写评论，目前是一个难题。我除了上课，还兼

---

① 指中山大学中文系。
② 或指作协广东分会理论评论组。1981年改名理论评论委员会，萧殷为主任，楼栖等为副主任。
③ 杨樾（1918—2012），广东潮安人。广东省社科院研究员，《学术研究》杂志主编。
④ 《闹海记》，谢金雄著，广东人民出版社1977年5月第一版。

编学报，看稿，改稿，很花时间。我已答应《光明日报》《文学》专刊，写一篇评郭老《女神》①的文章，省人民广播电台也有一篇文债要还。这两个多月就够我忙了。要写评论，还得看一两遍吧？我对渔民生活一无所知，最好请懂得渔民生活的同志来写。这部好作品是值得大力推荐的，我是心有余而力不足。等我还清文债后再说。连续发几篇评论也没有问题。前次第五组讨论会上，大家对省内报刊不抓文艺评论的现象，都很有意见。不过，平心而论，过去值得认真评论的作品，也不很多。因此，《闹海记》就值得我们重视了。

匆复，顺祝

笔健！

陶萍同志均此问好。

栖上 十月五日

---

① 《女神》，郭沫若诗集，创作于1919—1921年，共57首，集中发表于《时事新报·学灯》。

陆国松来函1通

陆国松，时任《南方日报》编辑，负责筹备《广东农民村》《岭南》副刊。

1980年1月9日

萧殷同志：您好！

《南方日报》农民版①准备今年发二月试刊，三月一日复刊出版。这是我省面向五千万农民的一张报纸，辟有文艺副刊《岭南》，是适合农村口味的综合性副刊，要求形式多样、丰富多彩、短小精干，并有个《农民作者园地》小栏，经常请一些老作家为农村文艺青年作文学辅导。为此，现特来信请您写些文章来，写些文艺作品来，共同把这张报纸办好。来稿请寄：广州东风五路《南方日报》农民版副刊部收。致

敬礼！

农民版陆国松　元月九日

---

① 《南方日报农村版》复刊时更名《广东农民报》，1980年2月2日试刊，3月1日正式出版。

卢洁香来函1通

卢洁香，文学爱好者。通信地址：广州市、海珠区、二龙街龙珠巷6号，当时在广州郊区石龙公社雄丰大队务农。

1978年9月10日①

敬爱的萧伯伯：

您好；此时您阅读的信是由一位您素不相识的女青年写来的。

我从来没有和您见过面，也没有和您通过信，但是，您的一些作品却是我非常熟悉的，您的名字很早便印在我的脑海里。在上几天，我又阅读了李孟昱、谢望新两位同志写的报告文学《寒凝大地发春华》，在字里行间，我感觉到您那勇敢捍卫毛主席的革命文艺路线，努力繁荣社会主义文化事业，辛勤培育青年作者的高大形象就在我的面前，您那严师般的教育、慈祥的面容经常出现在我的想象之中。

我是一个上山下乡知识青年，今年二十一岁。从小我就很注意学习文化知识，特别喜爱文学。中学毕业后，我回到了我的家乡广州市郊区石龙公社雄丰大队务农。在农村里，我担任着大队广播员、通讯报道员、理论总辅导组长、五·七政治学校领导委员、知青领导组委会委员、大队宣传队长等职。通过这些工作的锻炼，我的文化知识水平比以前有了提高。随着时间的增长，我对文学的喜爱也越来越浓厚了。经常利用业余时间阅读国内外的一些文学作品，学习写作知识，练习写作，我的习作还多次发表在当地的文艺刊物上，在今年的市区知青作文比赛中还获得了奖。在旧年，我抱着当个文学家

---

① 此为邮戳日期。此函落款无日期。

的想法报考了大学，参加了文科的考试，并得到了初选的资格，但到后来却落选了。为这件事，我苦闷了一段时间。但经过一段时间的思考，我的苦闷渐渐消失了，换来的是勤奋学习。因为我认识到，消极是无用的，既然考不上，还可以再努力，只要真正掌握了写作知识，何愁无用武之地呢？现在，我每天都坚持四个小时以上的自学，做读书笔记，写学习心得。

但是，在学习之余还有一些问题得不到明确的解答，就是，我有时认为，现在学习写作迟吗？没有专业的场所进行学习，能够学得到吗？能够写得成吗？加上，现在我已填了招工表，即将走上新的工作岗位，但以后的工作岗位还允许我继续学习写作吗？同时，又如何学、怎样写呢？我抱着这些想法，凭着这封信去寻找您这位青年文学爱好者的良师益友，我恳切希望能够得到您的解答和帮助。盼回音。祝您

身体健康！

您的一位小学生：卢洁香

回信地址：广州市、海珠区、二龙街龙珠巷6号。

鲁芝来函1通

鲁芝（1927—2004），笔名大曼、兴子。山东栖霞人。华北联大文艺学院文艺系学员。曾任中央一机部干事，北京市农机局秘书，山东栖霞县文化馆副馆长、县政协副主席。著有短篇小说集《铁锁链的故事》等。

1978年10月8日

萧殷同志：

惠书收到，谢谢！

在文学创作这条战线上，您是一位不知疲倦的开路先锋。读□书，我也"思绪千万，心潮澎湃"。总之，这是令人振奋的，也是难得的。等我再谈之后，将记下学习心得。您这个老学生越来越迟钝、越笨拙了。

有一点意见。《后记》①中，您写到在悲愤的情绪下，把文稿付之一炬"烧成灰烬"。接着您又写，"……有一天愤怒的群众会把他们撕得粉碎"。这两种心情当然是真实的（尽管我没写出什么，也有过类似的体会），但这样连在一起写，就易被人误解：既然相信人民能够扫除四害，烧稿就是不必要的了。

请代问陶萍同志好！

握手！

您的学生鲁芝　十月八日

---

① 指萧殷《习艺录》后记。

罗莉莉、骆士漪来函1通

罗莉莉，萧殷同学罗海清的女儿。骆士漪，罗莉莉丈夫，甘肃省张掖甘冶地质四队高级工程师。

1978年1月25日

萧殷伯伯：您好！

很久没有给您写信，也有一段时间没有给您寄药了。您近来身体好吧？寄给我们的《陈毅诗词选集》[①]一书早已收到了，很感谢您！其他各书一时买不上就算了。张掖城市小，像这类书籍来得晚，也来得少，很不容易买到。

打倒"四人帮"，批判"文艺黑线专政"论，文艺界正呈现一派欣欣向荣的局面。最近从广播和报纸中知道广东省文联和下属各协会又恢复活动，您还担任了职务，工作很忙可想而知。我们希望能早日看到您的新作出版。今年我们继续订有《广东文艺》，如果您有文章发表在该杂志时，就不用寄该杂志给我们了。

爸爸可能常有信给您吧，他也常有信给我们。我们近况都好。士漪已在去年十一月份结束野外工作回到张掖，等过了春节，又要奔赴野外，开始新的一年野外工作。冬季，这里气候不算很冷，下雪次数多些，比往年要暖和。房子里生炉子取暖，也不觉得冷。您所需要的药材等买齐以后就寄去。

春节即将到来，预祝新年愉快。

问候陶萍伯母好！

莉莉、士漪　一九七八年一月二十五日

[①] 萧殷寄给罗莉莉的书，参见萧殷致罗海清函。

罗维金来函1通

罗维金，农村业余作者。通信地址：广东兴宁县宁新公社文星岭尾。

1978年10月3日

敬爱的萧殷同志：

您好！首先请您原谅，我是在您卧病在床时写这封信给您的。

我是个农村业余作者，从读您的《月夜》[①]而爱上文学到现在，已有二十年了（中间因"文化大革命"荒疏了五六年）。可不怕人笑话，我到现在还没有发表过一篇像样子的东西！我常常怀疑自己，我是否有这方面的才能？最近，在《光明日报》读到茹志鹃[②]同志的文章，她说，当她写出《百合花》时，大家就说她有发展前途。可见，一个人的创作有出路没有出路，是可以从作品中看出来的。

最近，我写了篇叫《上课》的东西，通过它大概可以看出我现在的底细来的（当然我对它也很不满意）。敬爱的萧殷同志，您看，我是否可以入门呢？《上课》的最大毛病在哪里呢？

同您年轻时代一样，我多么希望也有个良师益友给我指点一下啊！我本来早想写信给您，但考虑到您重病缠身，又正在写着《创作论》，因而迟迟不敢动笔。直到最近，

---

① 指1958年1月北京出版社版《月夜》。1980年6月广东人民出版社再版。
② 茹志鹃（1925—1998），浙江杭州人。代表作《百合花》，发表于1958年。作家王安忆的母亲。

考虑再三,我才写出这篇《上课》,请您指教!对于我的冒昧,敬请原谅!

祝您早日恢复健康!

罗维金敬启

一九七八年十月三日

骆宾基来函1通

骆宾基（1917—1994），吉林珲春人。曾任中华全国文艺界抗敌协会桂林分会理事，东北文化协会常务理事兼秘书长。山东省文联副主席，山东省文教委员会委员，中国作协北京分会副主席。

1982年12月12日

萧殷兄：

久不见，念念不已！

现趁北京出版社李冰同志去广州之便带去《幼年》①一册，以留念。

李冰是我的好友刘景华（深圳《特区日报》编者）之夫人。并此介绍。祝好！

骆宾基　十二月十二日

---

① 《幼年》，骆宾基著，文化艺术出版社1982年3月第一版。

骆世浆来函1通

骆世浆，广东龙川人。毕业于铁岭电机中专，辽宁铁法矿务局工程师，经萧殷介绍调入深圳经济特区工作。

1981年1月15日

萧殷叔：您好！婶娘好！

别来身体好吗？返乡一行对健康上是否有很大作用？我接张海浪医生来信，了解到您已返广州数月了。

我曾于1980年11月初接海清老师来信，说深圳丁市长①已说同意调我去工作，直到前十天左右，才知道商调函已到我铁法矿务局组织部多日了。目前尚未办理手续，遇到一点阻力，但组织部内有人帮忙，我当尽力去找领导游说。现在差局长这一级上，我估计要一个多月时间，不知那边是否会有变化。有机会寄信或见到丁市长，请打个招呼，即我这边尽力去办理，而且不少领导也同意了，就是没有最后开会讨论。据说工程师调动要在局常委会上通过，不过我局是不断有人调走和调入的，三个月前一对广西人也是工程师返南宁了。

我担心现在国家搞缩紧基建战线，企业干部会多余，外调到特区的可能性多一些，我行动晚了的话，怕人数满员。

上次服了人参对消化系统是否好一些？待我进广东时可再带点回去。

亚婶写的龙川泉水的文章已读过，而且讲给小孩子们听。小孩子都很高兴早日返到

---

① 丁市长，指丁励松，湖南桃江人。时任广东省经济特区办公室主任。参见丁励松致萧殷函。

故乡，广东的水果、青菜、大海热带风光多么迷人啊！好了，祝
健康！

世侄世浆上

一九八一年一月十五日

马兴昌来函2通

马兴昌,文学爱好者。上海人,1962年毕业于医学中专,分配至安徽凤阳工作。通信地址:凤阳梨元公社石马医务所。

1981年4月17日①

萧殷同志:

读了《萌芽》第四期上您的信②和陈国凯同志的《对文学青年的爱》一文,不由得想给您写封信,谈谈我的一些苦恼,但从上述两文中,知道您的身体很弱,实在不忍再给您增加麻烦。然而,为了向您请教一个问题,以释我心中两年多的疑问和苦恼,我还是写了这封信。这是要请您加以原谅的。

我已经三十七岁,虽然酷爱文学,却算不上是文学青年了。而且,我是个劳改释放分子(1973年因破坏上山下乡案入狱五年)。当然,我并不是想向您倾吐我是代人受过以求改正。因为我只是一个普通的医生,并非受迫的"当权派"或反"四人帮"的英雄,在向前看的今天,我这类小人物的处理偏差也不值得或不可能引起重视。何况,这种问题是不必求教于您的。我说这些的目的仅仅是,看到这里如果您觉得不值得浪费时间的话,就可省去看以下内容。

我从小酷爱文学,即使在狱中,由于我的职业条件,依然得以阅读很多中外名著。

---

① 此函由广东省作协转交。萧殷注:5月17日复。
② 《萌芽》1981年第4期发表萧殷《辅导很必要,但不能过分依赖》一文。陈国凯文章载同期《萌芽》。

回乡后（我是上海人，六二年中专毕业分配在凤阳，妻子在凤阳农村，因而，我也回到了凤阳），仍然如此。我以微薄的收入买了不少书，并订了十余种文学杂志。由于生活经历的复杂，我有很多话想写下来，看到近几年来，文坛前所未有地兴旺，更加心情急迫。当然，我对文学仅是热爱，自己的知识浅薄，对生活观察不深，文学技巧也差。但强烈的写作欲望使我总想试一试写点东西，以不断提高自己的写作能力。可是，我终于没有写。原因是，培养文学新人，能有我这样人的份吗？即使写成功了，有发表的可能吗？在文坛上有这种先例吗？一个受过刑事处分的人竟敢写些什么，人家会怎么想？

我并非心有余悸，实在是据我所知，一些成名作者如丁玲、艾青、刘绍棠、王蒙……一旦被打入另册，立即失去发表作品的权利，何况一个初学习作的无名小卒？当然现在，情况不同了，文坛也许……从法律上讲，我已经是一个公民，和别人并无二致的公民，享有一切宪法规定的权利。从道义上讲，我是祖国——我们的母亲重新接纳的儿女，和别人的儿女受同样的爱抚，享有同样的权利和义务。我有为四化贡献自己力量的愿望。然而，我仍然疑惑自己是非分之想。这就是我想向您请教的问题。如果您的身体许可的话，望能给一答复。我能写吗？至于我是否能成功，这取决于自己的勤奋以及机会。在关系学盛行的今天，发表作品大约也难逃此例（不是全部，请原谅我的冒昧），但总还有万一之望，正如赫胥黎讲过："为了生存，不仅需要力量，而且还需要有灵活性和好运气。"

我不敢奢望您能收下我这样一个学生。从陈国凯同志的文章中得知，为此您已经惹过不少麻烦。何况您现在体弱事繁，我只恳求您能答复我上述的问题，无论结论是什么，我将永远感激您的指点。

还要很多话想讲，想问，但，打住吧。不要得陇望蜀，这已经够冒昧的了。

如蒙复函望寄：安徽省凤阳县梨元公社石马医务所马兴昌收。我盼望着。诚挚地祝您

健康！

马兴昌 四月十七日凤阳石马

1981年7月18日

萧殷同志：

　　收到您的回信，真是一页千斤，心潮起伏。因为，我本不料您——全国著名的文艺理论家，能给我回信，而且会这么快。更使人激动的是您体弱多病，又在出访前夕，仍尽力给我鼓励。淮北岭南，遥如天涯，然而，我感到您的心里燃着的一团火，仿佛近在咫尺，使我温暖，使我奋发。一个多月来，我时常面对着《萌芽》四期上您的照片含泪祝愿您身体健康。

　　作为医生，我深知慢性肺气肿病人的苦痛。回一封信可想而知要耗费您不少精力。估计您出访已回来，本不应再烦扰您，但我心曲难平，欲一吐为快，故提笔写了这封信，请原谅。您不必回信。

　　您不仅使我鼓起写作的勇气，决心要写出我心里的喜怒哀乐；而且使我重新对生活充满了希望。生活中真、善、美，毕竟多于假、恶、丑。您对我的态度就是明证。以前，我总认为幸福的人看不见秋的来临；忧愁的人听不到春的脚步，人们由于处境的不同，是难以心灵相通的。然而，您给了我最好的教诲。

　　倘若，我在文学上能像野生树苗般成长起来，那是您——我的老师（请允许我仅仅喊这一声吧，虽然我不配）鼓励、支持的结果。假如（而且大抵是如此），我的可能产生的作品，由于水平差或是其他种种原因，而不能成功的话。您的鼓励同样温暖着我的心，使我始终热爱生活，向往真理，指引我去做一个正直的人。

　　我希望您千万保重身体，并衷心祝愿您健康。因为您的繁忙和体弱，所以我将不再给您写信（当然，从内心讲我多么希望能得到您的指导。然而，这是不可能的）。但请您相信，在偏僻的沿淮山乡，有一颗心永远想念和祝福您。

　　请接受我真诚的谢意。并代向陶萍同志问好。敬祝
夏安！

　　　　　　　　　　　　　　　　　　　马兴昌　七月十八日于凤阳

敏泽来函2通

敏泽（1927—2004），原名侯民泽。河南渑池人。曾任《文艺报》理论编辑组组长。1978年调中国社会科学院文学研究所《文学评论》编辑部，任编辑部副主任，1990—1996年任主编。

1978年11月29日

萧殷同志：

你好，多年未见，十分挂念。听说你和陶萍同志身体都很不好，望多加保重。

我今年初已被调到文学评论编辑部①工作，现正在办正式调动手续。过去问题，作协正在处理，解决当无问题。

二十年来，搞了一部《中国文学理论批评史》（90万字）②，最近已交人民文学出版社，刊物在出书前，将陆续刊发一部分。如出后，当即奉上一册。

有事请来信，唐因③可能调到人大，正在办理。

所内吕林④等同志去，请予多加照顾。

---

① 《文学评论》，中国科学院文学研究所主办，1957年创刊，原名《文学研究》。1978年1月复刊。

② 《中国文学理论批评史》，敏泽著，人民文学出版社1981年5月第一版。

③ 唐因（1925—1997），原名何庄，上海松江人。《文艺报》副主编，中国作协鲁迅文学院副院长、院长。

④ 吕林，原名徐益。浙江鄞县（今鄞州区）人。《文学研究》及《文学评论》编辑部副主任，《中国文学研究年鉴》主编。

祝好，问秋耘①同志、陶萍同志好。敬礼

敏泽　匆匆十一月二十九日

1979年3月12日

萧殷同志：

　　刚收到信。唐因、杨犁②、唐达成都已回作协。我见到他们时代你问好，可勿念。另，陈企霞57年问题③也已解决，丁玲问题正在讨论（我们的问题早已解决），顺告。

　　我因年龄大了，不想再搞活动，所以不愿回作协，人大要我去教书，但这里不放，只好在这里了。好在我们是半日搞编辑工作、半日搞研究，这样也好。

　　"史稿"在报刊将陆续发八九万字（已发表两篇，还有九篇已发稿），人文非要，他们看后比较满意，我正在做最后一次润色，出书总要到明年上半年了。廿多年来，搞的就是这一项工作，时间总算没白过。目前偶尔也写点有关当前的东西。

　　《作品》办得很好、很有特色。过去在一起工作，大家处得还是很好的，常常殷切地想念你们。我三月份到昆明参加高教部的会。

　　问陶萍及孩子们好。去广州时一定看你们去。发稿在即，不多写了。匆匆
敬礼！

敏泽　三月十二日

---

① 黄秋耘（1918—2001），原名黄超显，广东顺德人。曾任《文艺报》编辑部副主任，中国作协广东分会副主席。

② 杨犁（1923—1994），江苏南京人。中国现代文学馆馆长，《中国现代文学研究》丛刊主编，《新观察》副主编。

③ 陈企霞1955年与丁玲被打成"丁陈反党集团"，1957年被划为右派。

缪俊杰、郑荣来来函1通

缪俊杰（1936— ），江西定南人。毕业于中国人民大学文学研究生班。历任《人民日报》编辑、记者、评论员、文艺部副主任，高级编辑。中国社科院研究生院兼职教授。

郑荣来（1938— ），广东大埔人。毕业于复旦大学中文系。历任《人民日报》文艺部评论组组长、《文艺学习》杂志主编、《人民日报》海外版副总编。

1978年11月20日

萧殷同志：

　　您好！

　　北京和广州两个座谈会的消息，暂定不发了，但发言稿准备作为文章陆续发表。欧阳山同志的发言，已于上星期见报。您的文章，我们也已拼头版上，拟早日用出去。现寄去清样两份，请看看还有没有要修改的地方。有什么意见，请来信告知。致

敬礼！

缪俊杰　郑荣来　十一月二十日

那沙来函1通

那沙（1918—2000），原名林澄思，广东博罗人。1938年入延安鲁迅艺术文学院文学系学习。曾任安徽省文联副主席、党组副书记，安徽省作协名誉主席，《安徽文学》《戏剧界》主编。

1978年1月31日

萧殷同志：

阔别多年，收到你的来信，真是说不出的高兴！遗憾的是，当时我正在同时参加省里的两个会——省人大、省政协，会后又有些事要做，所以未及即复。请你原谅！

我们都度过了极不平凡的十几年，这是灾害严重的十多年，是无产阶级同反动势力激烈斗争的十多年。我和你，都经受了严峻的考验，受到敌人的严重迫害。读了你来信中的简要叙述，知道你的身心所受的严重摧残，不禁又痛心又愤慨！"四人帮"之流，终于得到应有的下场，这总是值得宽慰的。

你我的故乡——广东——的文艺界，在"四人帮"横行时能够挺住，只出了个别"小丑"，这是值得高兴的；现在，更加活跃起来了，从你们的来信及报刊上都看得出来，这是值得祝贺和羡慕的。祝贺你重新担任了文联、作协及《广东文艺》等方面的重任。同时希望你多多设法把身体搞好。肺气肿这种病根治现时似乎不大可能，抑制它的发展还是可以的。对此应有信心。

我的健康情况，可能比你稍好些，但也患有脑动脉硬化和冠心病，不过看来并不严重。

我经这次省人大，被选为省革委会委员。少其①同志被选为省政协常务委员。这是党对我们的关怀，给我们恢复了名誉。但我和老赖的实职工作都还未定下来。老赖在"文化大革命"前，是这里的省委宣传部副部长兼文联主席。我原是省文联党组副书记兼文联、作协副主席及《安徽文学》主编。今后，省委如何安排我们的工作，现在还不知道。这里，恢复文联的事提得较早，但因走了一些弯路，至今仍未恢复起来。不知是何缘故。

粉碎"四人帮"之后，我应《安徽文艺》及《安徽日报》之约，于七六年以来，发表过一些诗、文。如你能看到，希望给我提点意见。

我爱人倪振华，原是省话剧团副团长兼导演。粉碎"四人帮"后，曾为省话导演了几出戏，但至今仍未正式定位。我家有六个孩子——四男二女，都算有了工作。

笃维②同志曾给我寄来《广东文艺》10、11号。我看了，有些作品是不错的。

由于"四人帮"及其在安徽的代理人的破坏，这里的工、农业生产也受到了破坏，市场供应也不太好，但比广州可能好些。现时，这里的许多东西都是按人口凭票购买，也显得有些紧张。如政策对头，一定会逐渐好转的。

望常来信。祝你和陶萍同志及全家

春节愉快！

那沙　一九七八年一月三十一日

另邮寄去花生米两斤，请查收。如需要什么，请来信告知。我当尽力而为。

你们重印一些老作家的作品，望出书后能给我寄来。

---

① 少其，即下文老赖，赖少其，广东普宁人。安徽省委宣传部副部长、安徽省文联主席。

② 黄笃维（1918—2004），广东开平人。美协广东分会副主席，《广东画报》主编，广东画院副院长。

聂智艺来函1通

聂智艺,文学爱好者,广西苍梧人,时为苍梧县大坡中学高中学生。

1978年12月9日

敬爱的萧殷同志:

您好,作为一个您不认识的学生,向您深深地问安,并衷心地祝愿您的身体健康!工作愉快。

作为一个您不认识的学生,为什么要向您写这信呢,这是有原因的。

我是一个中学数学老师的儿子,今年已进入高中阶段学习,也是一个文学爱好者,文学,是我最感兴趣的,也是我向往的,我的一生理想是想成为一个为人民的文学工作者,因为父亲是从事教育工作的,使我有大量的机会接触文学书籍。我从小时候起,就热爱上文学作品,我崇敬高尔基,他的传记《童年》《在人间》《我的大学》,唤起我的习作之心。但是太不顺心了,由于没有得到指导,不大成功。初中阶段的几个习作,使我感到,需要指导、学习的机会。

偶然的一个机会,使我从亲友家得到一本杂志《作品》,我看到了一篇您的文章,是谈建设文艺队伍的,使我为之激动的是,我找遍了也没有的专门的文学学校,您倡议建设,我激动的心情是难以形容的,于是,我希望得到关于文学学校的消息。半年多,仍无信息。于是,怀着焦急而又希望的心情向您打听"文学学校建了?是不是要进行什么考试,考试的科目是什么,是不是要进行体格检查"招生具体内容,请您在百忙中回答一下。还有,听说出版了您的《创作论》的前几册,如果真的话,请您寄一本来。因

为我们山区很难买到。寄来即付钱给您。请原谅，很对不起，打扰您了。（回信即寄大坡中学聂伟林老师即我父收。）此致

真心的敬礼！

大坡公社高中生　聂智艺
一九七八年十二月九日晚

潘亚暾来函2通

潘亚暾（1931— ），福建南安人。先后毕业于华南文艺学院和中山大学。1980年调暨南大学任教，曾任台港暨海外华文文学研究中心主任。著有《香港文学史》等。

1980年4月18日

萧殷同志：您好！

承蒙您大力推荐，我终于一月十五日离黔来穗，在暨大中文系写作教研室任职，并同时参加台港文学研究会。

三个月来，我很想去看望您，但听说您身体不太好，工作又很忙，所以不敢去打扰你，何况我刚来一无成就，也羞见首长。待今秋内人自港返后，再一起前来拜谢。

我刚来时宿于易准家中，谅他已为我转达我对您的谢意和问候。

我来后，工作、教学、科研、思想、生活、作风、关系等各方面，尚能差强人意，各方面反映还好，堪以告慰。

我一来就接受一项《徐訏研究》①的任务，现已读完台北正中书局出版的《徐訏全集》近千万言。我匆匆浏览之后，认为徐系林语堂的助手②、论语派的干将，是个反共作家。目前只能调查搜集其资料，编印其资料索引，出本年表资料汇编，待详细占有其

---

① 潘亚暾曾与汪义生合撰《徐訏文学观初探——为纪念徐訏逝世六周年而作》。徐訏（1908—1980），浙江慈溪人。毕业于北京大学哲学系，曾赴法留学。1950年定居香港。著述丰富，被誉为"全才"型作家，又被称为鬼才。1966—1980年，台北正中书局出版《徐訏全集》共18册。

② 徐訏1933年从事写作，曾投稿林语堂主办的《论语》半月刊。1934年任上海《人间世》编辑，该刊也是林语堂主办。

材料，全面研究之后，再考虑是否出其选集或写出《徐訏论》。为此写了一个报告送张德昌①同志审批。我以为台港文学研究，既须积极，尤须慎重，既要敢为天下先，又要实事求是，切不可赶浪头，以免帮倒忙。未知您以为然否？有空盼以指教。

我已接受5.19—6.24到泉州华大②出试题，招考侨生的任务，这是组织对我的照顾，给我回家看妈妈的机会。我力争家父回国，若能如愿，当一起前来致谢。

千万保重身体，顺颂

文祺！

潘亚暾敬上 四月十八日深夜

通信处：暨大中系或暨大西区教工43宿舍107房。

1982年10月30日

萧殷、陶萍同志：你俩好！

因忙，致未能送行，很对不起，请原谅！

学校和致公党广东省委要我协助筹办致公党暨大支部，我按他们的要求物色了四位教授成立一个直属小组，下步再成立支部，作为广东省高校系统第一支部，以适应日益增多的外事活动，进一步做好"三胞"工作。此处，上学期我也受命协助筹办华侨出版社③，方案已拟出，并已上报。但这些工作颇不利于读书和写作。譬如上学期我奉命筹备两个全国性的学术讨论会，前后花了两个月，落得个"外交家"外号，对这次评职称颇为不利。

这次评职称，我被提名为副教授，无记名投票结果，比教研室主任的票数还多。但人家不承认我是五三届大学毕业生，只承认是六○届大学毕业生。为此，我于今日写信给欧阳老院长和陈残云秘书长，请教他们，当年华南文艺学院究竟算不算高等院校？

我原在香港读华侨工商学院文史系，因参加地下党外围组织"毛泽东著作学习大组"，被动员于1950年7月转学广州大学，华南联大，于1953年夏毕业于华南文艺学院文学部。我以为我应算作1953年大学毕业生。

---

① 张德昌（1930—　），暨南大学党委书记，广东省高教系统关工委副主任。
② 华侨大学，位于福建泉州。
③ 中国华侨出版社成立于1989年。此处或指暨南大学出版社，同年成立。

不过，评上与否，也无所谓。我总认为只要尽心尽力，于人民有利，就算尽职。人生的意义在于慷慨给予与无限奉献，而不在于名利地位。当然，有相应的职称，有时也有利于开展工作，特别在外事活动方面。譬如，我赶港期间，有关方面交给我多项任务，有个名堂倒是方便些。不过，通过努力，虽费劲些，我想我也会完成任务的。所以，我的态度是不争也不推，实事求是就是。

有空，再去拜望你俩，并请教有关创作问题。只是每想到你俩工作太忙，身体又不太好，所以不敢多去打扰。望你俩善自珍摄，健康长寿。匆此，并颂

撰安！

潘亚暾上　八二年十月卅日凌晨二时

通信处：暨大西区教工43宿舍107号。

秦牧来函1通

秦牧（1919—1992），原名林觉夫，广东澄海人。著名散文作家，著有《土地》《长河浪花集》等。曾任中国作协理事，广东省文联副主席，作协广东分会副主席，《羊城晚报》副总编辑，《作品》主编。

1978年8月26日

萧殷同志：

你近来健康、生活怎样？常在念中。

很感谢你的问候，我境况粗安。但是北京的生活比广州忙得多，《鲁迅全集》的工作没完没了①（须看四百万字，光讨论得一年，情形可知），一时没法回去。我个人是很想尽快回去的。

见到了你的《习艺录》，印得很不错，我将腾出时间看看。并祝你较快地完成这一艰巨的工程。

顺候

安好，并候陶萍同志。

秦牧　八月二十六日

---

① 秦牧1977年10月被借调到国家出版局，参加新版《鲁迅全集》注释审订工作。

丘峰来函9通

丘峰（1941— ），原名丘滔珍，笔名秋竹。广东梅县人。1966年毕业于复旦大学中文系。历任上海卢湾区教育学院教师，上海文艺出版社文学编辑，《小说界》《萌芽丛书》编辑，曾主办《大墙内外》杂志，任总编辑。

1979年11月15日

尊敬的萧殷老师：您好！

听国凯兄说您在文代会期间因病住院，十分挂念，近来好了吧？

《羊城一夜》[①]出版了，从这本书中可以看到您花了多少心血。在上海与国凯兄见面时，他一直说，如果没有您老人家和其他老作家的培养，他是出不了成绩的，他把对党、对您老人家的感激心情写进了后记里。您这种培养青年作家的诲人不倦精神，使我们后辈文艺工作者深受教育。

以前曾听说您老人家动手写长篇小说《多雨的夏天》[②]，十年前不幸遭劫遗失，我希望您老人家能再动手重写，能给后辈读者留一份生动的教科书，那将是愉快的事，这是我对您老人家的希望。

一直没有机会回广东看望您老人家，这是使我十分遗憾的事。我希望有一天能亲耳聆听您老人家的教诲。

---

① 陈国凯小说集《羊城一夜》，上海文艺出版社作为"萌芽丛书"于1979年11月出版。
② 萧殷1957年春开始构思长篇小说《多雨的夏天》，并着手撰写提纲。手稿在十年动乱中遗失。

收到书后望告知一声。稿费要过一段时间再寄。祝

好！

丘峰　十一月十五日

1980年6月4日

尊敬的萧殷老师：您好！

前几天收到了您寄来的书，十分高兴。您的文章我以前就陆续拜读过，我还看过您的《论写作》，这次能较系统地拜读您的作品，是十分高兴的事。

最近我还读了一些您在《作品》上发的文章，受益匪浅。希望您能把近年来的文章再收成集子，这样对读者是很有益处的。

三月份我们应《人民文学》邀请，去北京参加小说发奖活动，不巧，没有能碰上国凯兄，只碰到孔捷生①。我们去年曾向孔捷生约稿，希望他的短篇集能给我们《萌芽丛书》出，并向他约写中篇，还托国凯同志送书给他，可他一封信也不复。因此，这次在京见面我没与他多谈。最近，国凯同志批评了他，他才写一封信给我，我已给他复信。

我希望能更多地读到您老人家的作品。祝

好！

丘峰　六月四日

1980年9月2日

尊敬的萧殷老师：您好！

十分高兴收到您的《论写作》，这对于我学习写作是十分有指导意义的。

老师：我最近又将到北京去一趟，届时将与国凯兄会面。北京组稿后我们还将到郑州、武汉、长沙组稿，为期一个月左右。广州我们不准备来了，因没有联系上什么有把握的作者，待以后再说。我是广东人，可我对广东的作者一点也不熟悉，几乎没有什么联系，对广东的文艺创作没有尽到力，心里甚是不安。

老师，我想，作为后辈人，我应该向您老人家汇报我近来的一些情况了。今年我编

---

① 孔捷生（1952—　），广州人。1978年开始发表作品，著有小说《南方的岸》《大林莽》等。

了一部王亚平的长篇小说《刑警队长》①,最近《文汇报》以《幽山迷雾》为题连载,是我与另二位同志改编的。此稿我本来想与《羊城晚报》联系,看是否他们需要连载,但我与他们没直接联系,后来《文汇报》总编马达②同志坚持要此稿,我们便给他们了。现在社会上反应热烈(主要是小市民),《文汇报》订阅者激增,各电影厂、剧团也纷纷来电要此稿,我们均不给,因此书要到十月中旬才能出,不宜过分宣传,否则将影响销路。另外,我今年开始转向文艺创作了,主要是写小说、散文,还写一点理论文章。上半年在几个杂志上发了几篇理论文章,最近在《文汇报》发了一篇书评,还用杜萌的笔名在《文汇报》《工人日报》《人民日报》等发了几篇书评;另外,《工人日报》《光明日报》《芳草》《邕江》等杂志、报纸还将发表我的小说和散文,《人民日报》还定了我一篇理论稿,不知何时可发表。我们当编辑的写作条件较差,只有晚上才有点时间写作。今后我还将努力写点东西,希望得到您老人家的指点。

您的《多雨的夏天》不知是否准备再写?我很希望您老人家不但在文艺理论方面,而且在文艺创作方面也能给我国文坛增添光彩。希望能更多地看到您老人家的大作问世。敬祝

健康!

丘峰　九月二日

1981年1月7日

尊敬的萧殷老师:您好!

寄来的《月夜》收到了,十分感谢。我过去读过您的理论文章,但没读过您的小说,因在五十年代初我还是小学生,而您的作品大都是那时写的,这次拜读了大作,十分喜欢,可惜您现在专事理论,真希望您能把《多雨的夏天》重新写出来,不知老师有无这种打算?

有一件事想与您相商:就是《萌芽》杂志理论组叶孝慎③同志托我向您组稿,内

---

① 《刑警队长》,王亚平著,上海文艺出版社1980年9月出版。

② 马达(1925—2011),安徽安庆人。曾任上海市委副秘书长。任《文汇报》总编辑时,刊发过小说《伤痕》、话剧《于无声处》等。

③ 叶孝慎(1949—　),浙江鄞县(今鄞州区)人。上海图书公司《博古》编辑部执行总编,中国《亚洲论坛》报副主编,《萌芽》杂志编辑。

容是您是怎样关怀陈国凯同志辅导他创作的。您只要把《羊城一夜》"序言"改写一下。例如，您如何发现他，如何与他交往，如何辅导他读书，读些什么书，如何帮他修改文章，在他生活上、精神上受挫折时，您如何鼓励他，等等，就像跟青年作者话家常一样，使青年作者从中受到教育。您看如何？稿子拟第四期或第五期发，同时再发一篇国凯兄的关于他如何走上创作道路的文章，这样对国凯兄的宣传分量就很"够味"了。稿子希望能在下月十日之前寄给我或《萌芽》杂志叶孝慎同志，他们二十号发稿。

《萌芽》第一期①因叶孝慎同志手中没有了，要待再印后才能给您寄来，请谅。该刊第一期发茅盾、巴金的文章，第二期发丁玲同志文章，第三期发王亚平同志的创作体会文章及一篇评论王亚平的创作文章，他们还要我写一篇关于王亚平《刑警队长》的编辑手记。但我觉得一期刊物上发三篇关于王亚平的文章，分量太重，谢绝了。

《萌芽》第一期发有一篇《愿文学新秀茁壮成长》一文，署名"杜萌"，是我执笔写的，里面介绍了国凯兄的作品及您老人家对他的关怀。《小说界》第一期也将发我执笔的一篇《八〇年下半年小说创作巡礼》，署名"杜萌"。最近还准备写一点理论文章。请老师多指教。祝

好！

丘峰　一月七日

1981年2月2日

尊敬的萧老师：您好！

　　来信收悉，我已把您的意见转告《萌芽》的同志，他们希望您给他们写点辅导青年的文章。

　　去年我社出版王亚平的《刑警队长》，已获国外好评，日本记者发了专电，《参考消息》已转载。新华社上月向国外发电讯中推荐两本书：茅盾短篇小说选；另一部是《刑》。此书第一版因有几个错字，没及时寄给您及国凯兄，待下月重版后再寄给您，请您指教。

---

① 《萌芽》1981年复刊，复刊号刊有茅盾《给初学写作者的信》和巴金《祝〈萌芽〉复刊》等文。

您老人家近况好吧？望您保重身体，写出更多更好的文章。祝
春节愉快！

丘峰　二月二日

1981年2月20日

尊敬的萧殷老师：您好！

上星期六下午收到您的信及稿子①，拜读后十分高兴。文章有很强的针对性，真是一矢中的，是很合时宜的。用通信的方式来写也很好，读来像跟青年促膝谈心一样，亲切感人，相信发表后会引起强烈反响的。稿子我已交叶孝慎同志，他也十分高兴，争取尽快发稿，小叶会跟您尽快联系。

最近我忙着发稿，较忙。

广东是我老家，可不知为什么，我在广东发稿子感到特别困难。去年我曾托国凯兄送《作品》一篇理论、《广州文艺》一篇散文，均被退回，后来我拿到《光明日报》等报刊发了，而且发得很快。去年底我又托国凯兄送一篇散文《梅江情》给《南方日报》，至今未给回音。我听说南方不少刊物有"帮"，外稿很难采用，不知是否如此？在上海就不太有此情况，十分欢迎外稿。

今年是我离别广东的二十周年，当年我怀着激情考取上海复旦大学，现在回顾二十年的生活道路，十分令人遗憾，没有做出什么成绩来。

老师身体欠佳，还望多加保重。代候国凯兄。致
礼！

丘峰　二月二十日

---

① 稿子，指萧殷《辅导很必要，但不能过分依赖》一文（书信体）。

1981年2月25日①

尊敬的萧殷老师：您好！

今天我与小叶同志联系，他说您的文章发第四期头版②，按茅盾、丁玲同志的格式发，希望您寄张近照给他，想在标题边登一张照片，争取把版位弄好一些。另外，他还说到，原第四期是准备发秦兆阳同志的文章的，现把他的文章推迟至第五期。他对您老人家大力支持深表感谢，这几天他会给您写信。

今天我给国凯兄寄了一封信，希望他住院期间彻底检查治疗一下。

中央文件下达后，上海文艺界抓得较紧，《小说界》有些稿子抽了下来，推迟出版。

我不知何时才能来广东出差，真想家乡，离家二十年了！祝
好！

丘峰　二月二十五日

1981年11月29日

尊敬的萧殷老师：您好！

月初的信收到了，我收到信时当即去找叶孝慎，他说大作不只发两期，已发了好几期了，另外，他说稿子将继续发完，您放心好了。他还说他早写过信给您，可能您没收到云云。我对他这句话表示怀疑，因我清楚记得去年您在医院时，您曾来信问起一些事情，我当时曾怪他为何不及时给您复信，他亦说写过信，可能您没收到，现在又是这样说，所以我表示怀疑了。他们是属"海派"，不像我们家乡的人讲究真诚的。不过，稿子是一定会发完的。

我接信时因忙于外出，没有及时复信。我嘱小叶立刻复信，后我打电话给他，他说复过了。现在在家读书，写点关于故乡的散文等。近年来我写客家风情的文章在《光明日报》《散文》《南方日报》等发了一些，这次我回广东，想不到还有不少读者呢，其中有些是与我素不相识的朋友，他们鼓励我再写出一批来，争取出个集子。我现在又写

---

① 萧殷于此函天头注：王亚平《刑警队长》收到。

② 萧殷《辅导很必要，但不能过分依赖》一文，载《萌芽》1981年第4期。

了几篇，争取在大一点的报刊上发，也许会有影响的。不知是否能如愿？

近况如何？身体可好？甚念。祝

好！

丘峰　十一月二十九日

1982年2月20日

尊敬的萧殷老师：您好！

久未联系了。春节前我托国凯兄代候，不知近来身体可好？

我今年接到编纂《中国新文学大系》（27年—37年）任务，我和几个同志编小说。在查阅资料过程中，发现香港及人民文学等编的小说选均未收过您的作品，广州有的作家倒有几篇。我查了一下作家自传，您在三十年代有一些小说，因此，想请您把您认为比较满意的作品开个目录及出处，我们争取选一篇。这是我个人意见，特写信给您，若有空望尽快作复。

另外，我曾托李钟声[①]同志交《客家风情》《绿色的流云》《梅江小夜曲》及《深山闻笛声》四篇散文给《花城》，他交给主编范若丁[②]同志，已两个多月，至今未见复音，您老人家若与他们熟悉的话，能否打个招呼，希望尽快审处，若不用望能尽快退我。我在后来寄的一篇《晨鸟》，《作品》戴胜德[③]同志已复信说他认为很好，已送审。我希望能在家乡发一些反映家乡生活的散文。

麻烦您了，谢谢。祝

好！

丘峰　二月二十日

---

① 李钟声（1945—　），广东梅县人。毕业于暨南大学中文系。历任《南方日报》记者、编辑及文艺部主任、编委、副总编辑。

② 范汉生（1934—　），笔名范若丁。河南开封人。《花城》杂志主编，花城出版社社长兼总编辑。

③ 戴胜德，浙江宁波人。广州文冲船厂工人，广东作家协会文学院专业作家。著有长篇小说《魂归》等。

邱峻锋来函1通

邱峻锋，文学爱好者，通信地址：广东省郁南县连滩镇大塘边14号。

1978年9月5日

敬爱的萧殷老师：

您好！我在九月三日的《南方日报》第四版上看到了您令人感动的事迹（即谢望新、李孟昱所作之《寒凝大地发春华》一文），使我非常高兴和激动。

高兴的是，我在学习文学创作的道路上，终于找到了您——文学工作者尊敬的导师！

我是怀着喜悦的心情初次给您写信的，虽然彼此还不相识。我现在还很年轻（仅十七岁），对其他问题的看法还是幼稚。但我有一颗火热的心，很想能够拿起笔来，做一个无愧于我们伟大时代的文学工作者。（青年人的心情，老师是理解的。）

我在文学创作的道路上，遇到了不少的困难。一篇稿子写成了，不是开首不理想，就是题材不诚实。在人物描写方面，往往不能很理想地使其栩栩如生，老是使自己感到不满意。于是，我就八方寻求这方面的知识书籍，可是，书店毕竟是有限的啊！朋友呢，也无能为之！这样，我就陷入了一片迷茫之中。今天，我终于在谢望新、李孟昱的报告文学上看到了您的名字，就像在茫茫黑夜之中，看到了一盏明灯似的。我是多么高兴啊！我怀着热切的心情恳切地请求您，就文学创作方面，全面地对我进行指导性的帮助，并支持我的行动。

我要为人民学习写作，做一个无愧于伟大时代的文学工作者！

敬爱的老师,我激动地劝告您:要好好地注意保重身体,为人民做出更多的贡献!

最后,让我向您——一个文学工作者的好老师祝愿:长寿无疆!

让我们共同携手,为我们伟大的党、伟大的祖国、伟大的人民而讴歌战斗吧!致崇高敬意!

希望得到您指导帮助的学生　邱峻锋

一九七八年九月五日草写

(广东省、郁南县、连滩镇大塘边14号)

单复来函1通

单复（1918—2011），原名林景华，福建晋江人。时任《鸭绿江》杂志副主编。著有散文集《金色的翅膀》《玫瑰香》《单复散文集》等，部分作品入选《中国新文学大系》等选集。

1980年11月11日①

萧殷同志：您好。

您寄给方冰同志的文章《谈人物》我们拜读了。很好。决定留用。近来理论组的稿件挤了些，一些战斗性强、与当前文艺界思想情况有关的文章便及时刊出。您的大作恐要迟发，希谅。

盼继续支持我们。致

编安！

《鸭绿江》单复　十一月十一日

---

① 此函未署年份，据方冰来函推断为1980年。

沈季平来函1通

沈季平（1927— ），笔名闻山，广东高州人。毕业于清华大学，中央文学研究所一期学员。曾任《文艺报》编辑组长，《诗刊》编辑部副主任，《文艺研究》编辑部主任，中国艺术研究院编审。文艺评论家、诗人、书法家。

1979年1月14日

萧殷同志：

过年好。前些时见到黎辛①同志在冯牧家，谈起你的健康，他说仍不大好，又说你不大能像别人那样打太极之类，所以进展不大。我看，你是不是下决心，有步骤地积极锻炼？那才能保证一天天好起来，再好好为人民写些好文章！

《人民日报》上你的短文②也看到了。思想不解放是个大问题，各个"关卡"不解放，又不愿听新鲜意见，啥都得按"文件精神"，作家也就只好按各种"样板"依样画葫芦，不敢越雷池半步；你要是越了，编辑或行政领导也不让你通过，因为怕掉乌纱帽！你的文章谈的道理当然都是对的，但如果能更具体些，锋芒就更足了。现在《文艺研究》③经文化部领导批准继续出刊，就欢迎你多写些文章，发表意见，闯闯"禁

---

① 黎辛（1920— ），原名郭有勇，河南汝州人。曾在延安鲁艺学习。延安《解放日报》副刊编辑，中国作协副秘书长，广东省作协创委会副主任，中宣部文艺局负责人，中国艺术研究院副院长。

② 指《领导思想要再解放一点》，载1979年1月10日《人民日报》。

③ 《文艺研究》，1979年5月创刊，中国艺术研究院主办。最初由人民文学出版社出版，1980年4月由文化艺术出版社出版。张庚、林元等先后任主编。

区",这个刊物现在准备出双月刊,二十万字,任务是研究、评论古今中外的文艺问题,图文皆备;文章可长至几万字,也可写几万字的随笔,想要对繁荣创作、研究文艺问题起到推动作用。它如果真能办好,多发表些有内容、谈问题的文章,相信大家还是欢迎的。近期争取于三月出刊,十分盼望你能写篇文章来支持这个工作。稿子最好与当前创作有关,但属于资料性、文学史方面的也可以,不知道在二月以前你能否寄一篇来?

这个刊物由张庚①同志主编,林元②具体管工作,我因作协不设专业创作人员,也只好暂时再当编辑老爷,将来再说。今年我可能回粤走走,到时候希望看到你已经龙腾虎跃,不再是病骨支离的样子。

林元老兄仍须靠拐杖行动,但基本好了。他让我代问候你和陶萍同志。来稿寄"北京前海文艺研究院"林元或我收均可。谨此,并祝

冬安!问候陶萍同志。

季平上 一九七九年一月十四日

希望今年第一期能有你的文章,春节后盼即寄稿子来!

一月号《文艺报》将有我谈《水浒》问题的文章,盼能听到你的意见。

萧殷同志③:你最近在《人民日报》及《文汇报》发表的文章,我们都看到了。希望能在二月十日前得到你的支援。冬安!

林元 一月二十日

---

① 张庚(1911—2003),原名姚禹玄,湖南长沙人。曾任中国戏曲研究院副院长,中国艺术研究院副院长兼研究生部主任、名誉主任,《文艺研究》主编。

② 林元(1916—1988),广东信宜人。文化部文学艺术研究院业务办公室主任,《文艺研究》主编。参见林元致萧殷函。

③ 此为林元附言,书于沈季平函后。

苏晨来函1通

苏晨（1930—　），辽宁本溪人。曾任第四野战军《战士生活》杂志编辑组长，《海南前线报》副总编辑，花城出版社副社长、副总编辑，《沿海大文化报》总编辑，《财富》杂志社社长。

1982年6月11日

萧殷同志：

　　《花城》出事①，迫切需要支持，不知你能否赶一短文给我们，追补入已排出的《花城》（4）。

　　《花城》有毛病，该批评，该整顿，但又该挽救，不该扼杀。我知道你是主张后者的，那就请伸出援救之手吧！

　　祝健康长寿！

苏晨上　六月十一日

---

①　《花城》杂志1982年第1期发表遇罗锦小说《春天的童话》，随后被责令收回、封存。各大媒体相继发表文章，批判该作并质疑《花城》杂志。迫于压力，该杂志相继发表自我批判文章及检讨《我们的失误》。在此背景下，苏晨致函萧殷，希望他以自己的影响力作文支持。"《花城》出事"，参见范若丁《编辑部内外》"风浪骤起"一节（第38—41页）。

苏华来函2通

苏华（1943— ），广州人。毕业于广州美术学院中国画系，擅长书法、中国画。1973年调岭南美术出版社任编辑，1983年起为广州画院专业画家。曾任广东省书法家协会副主席、广州市美术家协会副主席。

1980年8月27日

萧殷老师：

　　得到您的鼓励，心中十分感谢，但也惶恐。您不但是文学界的老前辈，也是美术界的老前辈，望您给我指出缺点和努力方向，我一定努力克服缺点和多去实践。等您身体好些，再让萌萌领我去拜访您。当面听您的指教。

敬礼！

苏华　一九八〇年八月廿七日

1981年2月21日

萧殷同志：

　　您好！

　　这次我和林墉①的访问巴基斯坦展览②，在后一部分习作部分，我展出了几十幅的书法，其中有一幅《满江红》长约十一米，各方反映颇为强烈。我想起了去年八月份，你给我的一封信对我的书法给以极大的鼓励，其中"很率真""很潇洒！"着实使我激动了好些天，我一直是这么追求的，而现在，我的追求竟然得到您的肯定，于是，我就坚定地这么追求下去了，写出了现在展出的这批书法，我很想请您去看看，但听说您身体极不好，但又因篇幅巨大，除了在展场能看全貌处，在家中是看不到效果的，为难之际，想起了，先写封信给您，听听您老人家的意见。或者请您女儿萌萌代表您看看，您原来肯定我的，现在我是否能保持或者发挥了，再走下去又该怎样走？

　　敬礼！

苏华　二月二十一日

---

　　① 林墉（1942—　），广东潮州人，毕业于广州美术学院。中国美协副主席、广东美协主席、广东画院院长。

　　② 林墉、苏华夫妇于1981年应邀访问巴基斯坦，创作出一批中国画作品，在伊斯兰堡及北京、广州、长沙、南宁、澳门等地展出。

苏敏来函1通

苏敏（1951—   ），山东济南人。早年赴生产建设兵团插队，后应征入伍。1978年起任《中国青年报》记者、副刊编辑。著有诗集《青春在梦里》《也无风雨也无晴》等。

1981年1月19日

萧殷同志：

您好！我收到了您的信和稿，谢谢您！待打出小样，即寄去。

从您的信中得知，您在为出版社写给文学青年的东西，我们又怀着希望，希望您是否再给我们一篇有关您青年时代求学或学习写作的文章。不知您是否在写自传，如果有，敬请您摘其中一段，好吗？原谅我们"得寸进尺"吧！请您多多利用点宝贵的时间，和青年们谈谈心，要知道他们是多么期待！此致

敬礼！

苏敏　一九八一年一月十九日

（我们现销售三百多万份。）

孙宪文来函1通

孙宪文（1948— ），甘肃人。1982年毕业于西北师大中文系，曾任成县师范高级讲师、华中教育信息研究中心特约研究员，《师范美育教程》编委，《教育科研论文集》副主编。

1982年3月5日①

萧殷同志：

　　作家们相互通信，交流思想，畅谈文学见解，这本无关他人之事。但当信件一经公开发表，读者就远远不止收信者一人了。读了你给××同志的《要善于从阴暗处看到光明》（见《人民文学》一九八二年第1期）这封信后，对于我这个在文学上才开始咿呀学语的学生来说，受到的教益可谓不少。但又觉得有好些问题还是弄不清楚。鉴于你身体不佳，在此只向你求教一两个问题就行了。

　　党的三中全会以来，我国政治生活中出现了一个破除迷信、解放思想的可喜局面。文艺的园地上也迎来了一个百花盛开的春天，涌现了一大批优秀的现实主义之作。当然也出现了一些思想性和艺术性不高的作品。这些作品的成因，因素是多方面的。一般说来，作者对现实生活观察、理解的深度和广度以及用怎样的创作态度艺术地再现生活反映生活则是主要的。我们虽然无法主张主观愿望与客观效果谐和统一，但事情往往不是那样。这从曾经被打成毒草的一大批文艺作品就可以得说明。有些作者站在维护党的威信、人民利益的角度上，用文艺形式干预生活，对官僚主义或极左思想进行了揭露或

---

① 此函寄北京沙滩北街2号《文艺报》编辑部收转。附有标题：向作家萧殷同志求教。

批判，明明没有"用小说反党"的野心，但攻之者硬要指鹿为马，说他是"反党反社会主义"，并强迫作者非得含着泪水那样认识才罢休。所以，我认为作家搞创作存在站什么立场，用什么态度去观察生活、判断生活和表现生活的问题，批评者也存在站什么立场，用什么态度和方法去评论一部作品的问题。就拿人们对《红楼梦》的研究和评论来说吧，由于评论者的阶级立场和思想观点的不同，所做的评价也完全不同，正如鲁迅先生所说的那样："经学家看见'易'，道学家看见淫，才子看见缠绵，革命家看见排满，流言家看见宫闱秘事。"（《'绛洞花主'小引》）

诚然，对某个作家的某一部思想内容比较复杂的作品，从思想性和艺术性两个方面都给予科学的恰如其分的评价，那是很不容易的。但是，只要我们不是预先带着侦探敌情的任务，或不事先提好了鞭子，而是就作品所反映的内容和那个时代的实际生活加以对照比较，用马克思主义的反映论进行分析和研究，对一部作品特别是干预了生活的作品的思想性，做出比较公正的评判，也不是做不到的。在这方面，革命导师们为文艺批评家们做出了良好榜样。俄国伟大诗人马雅可夫斯基曾写了一首政治题材的诗——《开会迷》——尖锐地嘲笑了议会，讥讽了老是开会和不断开会的共产党员，胆子实在大到了惊人的程度，公开干预党的生活，这还了得！我们还是看看列宁是怎样对待这首诗的吧。列宁说："诗写得怎样，我不知道，然而在政治方面，我敢担保这是完全正确的。我们确实处于永无止境地老是开会、成立委员会、制订计划的状态中，应当指出这是很糟的状态。"（《论苏维埃共和国的国内外形势》，《列宁全集》第33卷，第194页）一首小诗，竟然引起了列宁的极大兴趣，倒给检查和批评起自己的工作来了。三十年代初，苏联有人对《射击》和《我们生活的一天》两部作品提出了尖锐的批评，把纲上到了可怕的程度，在这种情况下，斯大林同志写信给当时文化界负责人，当即阐明了自己的观点和对作品的看法，他说："这两部作品中既没有任何'小资产阶级的'东西，也没有任何'反党的'东西。这两部作品，特别是《射击》，可以认为是目前革命的无产阶级艺术的范例。……它们的基本思想在于尖锐地提出了我们机关的缺点问题，并且深信这些缺点能够改正。无论是《射击》或是《我们生活的一天》，其中主要的东西就在这里。它们的主要价值也就在这里。"（《给别泽缅斯基同志的信》，《斯大林全集》第12卷，第175—176页）这就给了那些专打棍子，践踏文艺花朵的批评家迎头痛击。无论是列宁，还是斯大林，他们对阶级斗争的敏感程度，不用讳言，是人人皆知的。然而，他们对一部干预生活的文艺作品哪怕是一首小诗，能够首先从政治方面给予充分肯定,这无疑表现了无产阶级革命导师的伟大气度和谦虚谨慎的实事求是的文学批评态度。这对我们每个人来说,首先从政治上如何分析一部作品的思想性,提供了马克思主义的立场、观点和方法。这是我们要努力学习的。

关于您认为"没有把'四人帮'的反动实质揭露出来"的悲剧作品的社会效果问题,我以为您已经把它说到了吓人的地步。您说:这类作品"甚至使某些读者把'四人帮'那一套与社会主义道路和共产主义混为一谈。使有些读者把'四人帮'所制造的悲剧,以为就是共产党制造的;以为'四人帮'以极左面目出现的作风,就是社会主义制度。于是这类作品有意无意地把读者引向怀疑党、仇恨党,以致使一部分读者与共产党之间恶化到剑拔弓张的程度"。天啦,万万没有想到"这类作品"会有这样反动的社会效果!不知作者怎样,读到这里,我首先脸上流出了冷汗,心悸得厉害,真为作者担忧!担心您的这段推理会成为给司法机关的一种暗示。您离开"有些读者"的政治立场、思想观点和思维方法,把他们"怀疑党、仇恨党"以至于跟党"剑拔弩张"的行径,完全归结为"这类作品"的直接影响和作用,把作者指控为政治教唆犯,这是不能教人接受的[①]。如果把"有些读者"的那些做法,归结为"这类作品"的影响,这就未免把复杂的问题简单化了,而把作品的有限的社会效果夸张化了。我们应该把读者从作品中激发起来的对左倾路线和对官僚主义作风的激愤情绪,同"怀疑党、仇恨党"严格区别开来。我们并不否认与党与社会主义制度为敌的"有些读者",但其为敌情绪绝非是有些作品的影响造成的。关于即使是暴露了社会阴暗面的文艺作品,对读者的影响和对社会政治的反作用究竟有多大,题目很大,问题很复杂,在此就不打扰您了。

关于社会主义时期的阴暗面该不该暴露的问题,从来没有人说过不该暴露的话。但是,对于暴露了社会阴暗面的文学作品,或多或少都遭到了一些不公正的批评。那些批评者往往只用简单的阶级论的方法去批评作品,而忘记了用马克思主义反映论的观点去估价作品,常常是以为作者泄私愤、图报复,这就难免要冤枉一些作者。这是很不妥当的。我以为反映了社会阴暗面的作品,在一定程度上,不仅是某一特定时期社会面貌的写照,而且是生活的一面镜子,具有历史性的认识价值。茅盾同志在评价这类作品时说得好:"你称它们为'伤痕文学'也好,'感伤文学'也好,'暴露文学'也好,但不能不承认它们的确是反映了一个时代(虽然这在历史的长河中不过是一滴水)的作品,而这个时代如果在我们这一代以及我们的后代,长留教训,是有非常重大的积极意义

---

① 萧殷于此段画线并旁注:"善于扣帽子。"

的。"在说到这类作品会不会产生副作用时,茅盾说:"如果评论家能够恰当地评论这些作品,广大的读者就不会发生不健康的反应,而会从这些作品中吸取惨痛的教训,增加其对'四人帮'的憎恨;擦亮我们的眼睛,使他们对社会上仍有市场的处于潜流状态的极左思潮,提高认识和警惕。这还不好么?"

"'歌德的'或者写光明面的作品,难道就没有副作用么?我以为未必然。'殷鉴'不远就在最近的十多年。"(茅盾:《温故以知新》,见《文艺报》丛刊之一:《文学:回忆与思考》)引此段话,表明我的看法,但不反对您的"要善于从阴暗处看到光明"一说。

以上说了些可能是出乎原则的废话,请指教。
敬祝安康!

西北师范学院学生　孙宪文
一九八二年三月五日

编辑同志:

这是我这个无知的学生在听了广大同学的强烈反响之后,写给老作家萧殷同志的一封信。此件如不拟采用,务请转给萧殷同志。敬礼!
编安!

兰州西北师范学院十二号信箱孙宪文

谭贤邦来函1通

谭贤邦，业余作者、集邮爱好者。通信地址：四川省万县肉类联合加工厂。

1983年5月24日

尊敬的萧殷老师：您好！

让我再次向您表示由衷的敬意和谢意！

您去年九月三日的题词签名邮票卡我早已收到。勿念，太谢谢您了！

自收到您的题词签名邮票卡之后，我又陆续地收到了柯灵、孔罗荪、冯牧、王西彦、阮章竞、赵景深、萧三、秦兆阳、吴组缃、曹禺、楼适夷、夏征农、朱光潜、王力、赵清阁、李霁野、杜埃、吴祖光、李伯钊、赵家璧、袁鹰、徐中玉、任访秋、宋振庭等老师的邮票卡。在你们的大力支持下，经过自己的努力，我收藏的文学家的题词签名邮票卡现已达两百多个。

我把这些难得的珍品用相角粘贴在集邮纪念册上。把平时注重收集到的这些老师的生平、简历、曾经发表过的一些主要作品，通过整理，在题词签名邮票卡下一一注明。并把能够从各地报刊上收集到的这些老师的照片裁剪下来，不能裁剪的就通过相机进行翻摄，实在找不到的就要去信索要，贴在邮票卡的旁边（我现已收到张友松等四十余名老师的照片），从而使我的邮票别开生面、妙趣横生。在紧张的工作学习之余，欣赏这些丰富多彩、绚丽多姿的艺术纪念品，确实使我和我的伙伴们开阔了眼界，陶冶了情操，增长了知识。如果条件允许，我将根据萧军、陈其通、胡青坡、雷石榆、关沫南等老师的建议交出版社。好让更多的热爱文学同时又喜爱集邮的朋友和同志从中分享到一份快乐！

尊敬的萧殷老师：我已根据《中国文学家辞典》现代第一分册[①]中对您的介绍和查阅了一部分资料，把您为我收藏的邮票题词签名中的简历说明整理好。遗憾的是我手中却一直缺一张您的照片。萧殷老师：为了完善我收藏的题词签名邮票卡，能否把您的照片赠送给我一张？最好是尺至3寸的，前一两年照的也可以。

多次地麻烦打扰您，心中确实不安，不妥之处，还望原谅！盼望着您的回信！

现将回信邮资附上。回信还是请寄：四川省万县地区肉联厂工会办公室。顺祝尊敬的萧殷老师：

健康、愉快！

谭贤邦　一九八三年五月二十四日

---

① 《中国文学家辞典》（现代第一分册），李辉等编，四川人民出版社1979年12月版。

唐达成来函4通（另函2通）

唐达成（1928—1999），笔名唐挚。湖南长沙人。毕业于中国新闻专科学校。历任《文艺报》编辑、编辑组长、总编室副主任、副主编，中国作家协会第四届党组书记、书记处常务书记、主席团委员。

1980年1月17日

萧殷同志：

　　惠寄《习艺录》一书，已收到，谢谢。

　　文代会期间，由于忙于宣传处的杂务，未能和您畅谈，颇以为憾。回忆五十年代，在您领导下工作，您的平易可亲和谆谆善诱的作风，给了我们极大的教益，常常令我怀念。如今经历了十年浩劫，文艺正在经历一个复兴的阶段，更是多么需要像您这样的长者来引导文学青年，您的这本书就是给他们的最好礼物，它一定会成为他们进入这个领域最有力的助手。听说"四人帮"时期，您也受了许多折磨，这次在京时，也觉得您比以前消瘦，我和唐因、杨犁都很挂念，希望您不要过于操劳，更多地注意身体，有些编务方面的杂事，多让青年的同志去干罢，我们都热切地希望您把《创作论》完成。几十年来，我们又有几本这方面的书呢，恐怕正是因为我们理论批评方面的这种薄弱状况，才使得庸俗社会学、形而上学至今仍那么猖獗，因此你这部著作的完成，其意义是不可低估的，这当然也是我们所以翘首以盼的原因。

　　最近，几个协会准备召开《骗子》①一剧的讨论会，广东方面有人来否？第一期

---

① 话剧《骗子》，沙叶新原著，1979年上海人民艺术剧院排演。之后更名《假如我是真的》在《上海戏剧》杂志发表。又有电影《假如我是真的》，王童执导，谭咏麟、胡冠珍主演，1981年8月在台湾上映。

《文艺报》，不知您读后有何意见，便中祈告知。

　　尚此即颂

冬安！

达成　一九八〇年一月十七日

1980年6月22日

萧殷同志：

　　惠书收到，谢谢。

　　翻读了《后记》才知道，这些文章竟让你吃了大苦头，这在"四人帮"横行时，自然也是意料中事。但想到这帮狐鼠虫蛇竟在社会主义中国折腾了十年，造成了那么多血泪斑斑的罪恶，以致其恶果至今也未能消除，就不能不使人愤慨。可叹的是，至今也仍然有人不愿总结这样惨痛的教训，还在挥舞棍棒，以为领导文艺靠棍棒最省事，也不知道是出于何种心理。

　　你身体健康如何？我和唐因、杨犁都常在念中，我们都热切地希望你能多加珍摄，使身体更加健壮起来。文艺界的老同志受害最深、最惨，而十年文化浩劫所造成的荒芜，又最需要老同志的支撑。我们在编辑工作中，就痛感搞理论批评的人太少、太少了。创作正在复苏，涌现了一些新人，但常常得不到有力的支持和反映，甚至无人过问，这显然不利于文艺事业的发展。然而理论队伍就是这样薄弱，长此以往怎么能行呢？广东的青年作者经常得到你的帮助，都很感念，可是全国又有几个呢？这真是让人忧虑的。

　　我和唐因整日忙于编务，不得喘息，所以写东西也很少。只是身体尚好，差可告慰。陶萍同志想必身体好，请代问候。尚此即颂

夏安！

达成　八〇年六月廿二日

1980年12月15日

萧殷同志：

　　你送给我的几本书都收到了，谢谢。繁忙的编务之余，翻读你的书，就仿佛回到50

年代，在编辑部里听你的娓娓而谈，那时我们从你那里汲取到了多少教益呵，使我们懂得了如何做好编辑工作、如何对待青年作者和读者，而现在这种严肃对待编辑工作的作风已经非常淡薄了。这方面读者是颇有怨言的，可是要恢复一种好作风又谈何容易呢。

企霞[①]同志已来北京，准备让他主持编《民族文学》，现在正在积极筹备，这也是十分艰苦的工作，他身体还不错，干劲也很大，只是要把刊物办得很有特色，也挺费劲。

《文艺报》明年改为半月刊，工作更紧张了，希望你能大力支持我们，常给我们寄稿，特别是对文学青年，更须有人指引，目前文学青年的思想比较复杂，有的是盲目否定革命文艺传统，虚无主义思潮颇流行，还有的则是主张自我表现，写个人的内心，这些都是三四十年代就争论过的老问题，到"象牙之塔"中去，难道是文学的出路么，但年轻人却把这些当作新鲜东西膜拜不已，这方面实在要做艰苦的工作，希望你随时就你感到的问题给我们写点文章，不胜企盼。

唐因和我都是忙于编务，终日不得喘息，可是刊物还编得没有什么特色，也是令人苦恼的。

陶萍同志身体想好，请代问候她。专此，即颂

冬安！

达成　一九八〇年十二月十五日

1982年3月26日

萧殷同志：

您好！我们一直对您的健康十分挂念。现在天气转暖，希望您在医生的调护下，迅速地康复，这是我们衷心期望的。

编辑部理论组的何孔周[②]同志出差到广州，我们请他带去我们对您的问候和祝愿。《文艺报》的编辑工作是十分不容易的，这点您是深知的，所以渴望得到您的支持，您

---

① 陈企霞曾与丁玲、萧殷共同主编《文艺报》。1955年与丁玲被打成"丁陈反党集团"，1957年被划为右派。

② 何孔周（1942—　），祖籍安徽桐城。毕业于北京师范学院中文系。《文艺报》编辑、理论部主任，《文艺报·文学周刊》主编。

在《人民文学》上发表的文章，很有力量也切中要害，对青年作者是很好的教育。这类文章如有可能也望为我们写一些。

我和唐因整日陷于具体编务工作中，忙乱不堪，研究得少，写稿也少。长此以往，殊堪忧虑，至少会变成辛辛苦苦的事务主义者。但怎么才能抽出一点学习思考的时间呢？苦无良策，在这一点上，实在是有些苦恼的。

陶萍同志身体想必健康，请代问候她。匆匆，即致

敬礼！

唐达成　一九八二年三月二十六日

附唐达成致陶萌萌（1983年12月12日）

萌萌同志：

你的来信，我和唐因同志都看了。对于你爸爸的去世，我们都非常悲痛，他是我们最尊敬的师长，他的学问、人品和诲人不倦的高尚情操都堪称楷模，是我们永远学习的榜样，而且是我们永远不能忘记的。五十年代在他领导下工作的情景，仿佛仍在眼前，那时你也不过四五岁罢，他对于青年作者的热诚和关怀，我们曾经亲身地感受过。他确实如同一支红烛，以自己一个革命者的生命之火，照亮了青年人前进的道路。凡是受过他教诲的人，是会永远怀念他的。你妈妈陶萍同志也是我们很尊敬的，我们很挂念她的身体，希望她节哀保重，也希望你能更多地安慰她，使她不要过于悲痛。

我们写的挽联，只是想表达一点我们纪念萧殷老师的心意。全联是这样的："蜡炬精神，园丁心血；马列绳墨，引路文章。"既然因当时忙乱，丢失了一联，等稍有空，我当重新写上一副寄给你，以作纪念。那一副因为急于寄去，写得也不理想。

明年陶萍同志如能和你来北京玩玩，我们都非常欢迎，请向你妈妈致以深切的问候。耑此即祝

编祺！

唐达成
一九八三年十二月十二日

附唐达成致陶萍（1985年3月24日）

陶萍同志：

您好！

作协四次会员代表大会期间，收到您惠赠的《萧殷自选集》[①]，甚为感谢。因为工作忙碌，稽复为歉。萧殷同志毕生为社会主义文学事业的发展献出了巨大精力，品格、文章都是我们的楷模，当年在东总布胡同廿二号，与他朝夕相处，时时得到他教诲的情景，至今犹在目前，并给我们以激励，这个自选集将继续给青年作者以教益。您最近身体安康否？常在念中。有机会可能北上一游，当可与唐因、杨犁、剑青诸老同志共叙，不知有可能否？便中请常联系。专此即颂

安好！

唐达成　一九八五年三月二十四日

[①]　《萧殷自选集》，花城出版社1984年4月出版。

唐维安来函2通

唐维安（1930—　），湖南邵东人。毕业于中国人民大学新闻系。曾任湖南人民出版社文艺编辑室副主任，湖南文艺出版社文艺理论编辑室主任、审编委员会副主席，湖南新闻出版局审编委员。

1980年12月22日

萧殷同志：您好！

我社计划于明年出版一套《作家谈创作》小丛书，选编我国著名老、中作家谈创作的文章，每位编选一册，以供广大爱好文学的青年学习。听黄起衰[①]同志说，他曾与您谈及过此事，并拟将您正在写作整理的《创作随感录》编辑成册，作为这套丛书之一。现寄上编辑计划一份，请参阅，并请早日惠寄大作，尽快出版，以飨读者。顺颂

撰安！

文艺编辑室唐维安　一九八〇年十二月二十二日

1981年2月12日

萧殷同志：

大札及书稿已先后收到，请放心。

---

①　黄起衰（1929—1988），笔名湘波，湖南长沙人。湖南省作协副主席，湖南人民出版社总编辑、社长。

谈创作小丛书,我们拟分批发稿,现第一批稿件尚未齐备,可能要到第二季度方能列入发排计划。尊稿《给文学青年》的具体处理和安排,待拜读全文之后再与您商量。

谢谢您对我们工作的关心和支持。问候

春节好!

唐维安　二月十二日

童健飞来函2通

童健飞（1934—　），壮族，广西靖西县人。业余作者。曾任大新县报副总编、文化局长、广播站长，《大新县志》主编，广西壮学会理事。

1977年12月14日①

敬爱的萧殷同志：

　　从《广州文艺》今年第五期上，又拜读了你的好文《关于散文的立意》。这对于我这个对散文有偏爱，也学写点散文的读者来说，太受启发了，太需要了！我在多年的摸索中，正苦于立意立不好，仍在苦苦摸索中啊！因此，十分需要你就这个问题继续谈谈，最好继续联系报刊上的好散文做例子来谈，实在殷切期望，盼能早日见到你的新见解！……

　　上面我用了个"又"字，也许你奇怪。这是因为我在"文革"前就拜读过你谈写作的许多经验文章，甚至在我案头上，还珍藏着你的《与习作者谈写作》一、二集呢。至于你在"立意"文中谈到的你的一位尊重的散文作家谈的那段话，我也曾拜读过，也还珍藏着呢。可惜，听说他（杨朔同志）已经病故，不知消息确否？那是从我自治区创办的一位同志（他曾在《文艺报》工作过，见过杨朔同志）那里知道的，想来可能不会是不真实的（我多么希望这消息不是真实的啊……）。多年来，我也从他那里学到不少宝贵的东西啊！我珍藏他的著作也许算是最多的（《海市》《生命泉》《三千里江山》……以及他遥寄赠送给我的《东风第一枝》）。

---

　　① 此函寄《广州文艺》编辑部收转。萧殷注："77、12、23收。"

顺便说一句，广东的散文作家秦牧、林遐、杨石、杜埃、陈残云的作品，我也拜读过不少。

我之所以写这些啰唆情况，是想让你对我有个大概的了解，今后多给我些教益。

最后，遥向你致意，紧紧握手！

广西壮族自治区大新县委宣传部童健飞
七七年十二月十四日

1978年1月27日

萧殷同志：

回信早几天收到了，谢谢你在百忙的工作中给我写信。在此，首先祝贺你新春愉快！

读信，才知道敬爱的杨朔同志真的离开人间好多年了。这完全是万恶的"四人帮"疯狂迫害的结果。这伙害人虫真太令人憎恨了！是的，杨朔同志的死真令人痛惜啊。但愿早日读到他的比较全的散文集，才能抚慰对他的深深怀念之情。

萧同志，你是老作家、老评论家了。对我这个从不认识的后辈的文艺酷爱者不耻下顾，可见你是十分关怀培养年轻作者的，这使我十分感动，在此表示深深的谢意。《广东文艺》改为原来的模样，我赞成。当年我曾订阅了好久时间，受到它的启发、帮助、教育不小。向你说句知心话：还有《羊城晚报》的副刊，也曾吸引了多少读者呵！广东的名作家较多，除了你，还有秦牧（最近他是否调上中央了？）、欧阳山、陈残云、杜埃、杨石、林遐等，不知他们还有啥新作或旧作？实在想了解一下，如能弄到他们的散文集，就更好啰。

老萧同志，你多年写的散文是否出版过专集？你工作太忙，身体又不大好，我实在不想过多打扰你，不想过多占用你的宝贵时间。这封信，你就不一定回信了，等什么时候有空再说。但我，今后还要继续给你写信。

遥向你致意！

童健飞于广西大新县　元月廿七日

涂乃贤来函6通

涂乃贤（1943—2019），笔名陶然，广东蕉岭人，生于印度尼西亚万隆。毕业于北京师范大学中文系。曾任中国新闻社香港分社编辑，香港作家联会副会长，《香港文学》杂志总编辑。

1978年12月17日

萧殷兄：

前去曾去过一信，想必已经收到了吧。11月号《海洋文艺》和《中国现代抒情诗一百首》①是否安然到达呢？念念。12月号《海洋文艺》这两天便会寄去。11月号《动向》②有一篇评《复婚》和《姻缘》的文章，这刊物以登中国问题为主，虽然实际上是左派办的，但可能有些提法会走在国内前面，也许很难寄进去的了。

这两天的《文汇报》上刊了"广东省文学创作座谈会纪事"③的通讯，所以猜想你会很忙。从该通讯中可以知道，《海洋文艺》主编吴其敏也参加了。或许你也见到他了吧。

关于拉稿的事，我曾经向几个认识的写小说的朋友打招呼，他们虽有兴趣，但又表示不清楚标准；贸然写去，怕未必合适。如果以内地作品的尺度，怕一时又不合格。这

---

① 《中国现代抒情诗一百首》，璧华编选，香港天地图书有限公司出版。
② 《动向》，香港时政评论杂志，同时发表文学作品。
③ "广东省文学创作座谈会"1978年12月5日至16日在广州胜利宾馆召开，是中国作协广东分会恢复后举办的首次重要会议。

方面的问题，比较大些。如以《海洋文艺》中小说的状况来看，是否可以，你不妨告诉我，也好让他们心中有数。

你的大作《习艺录》我还未看完，就被一个朋友抢去先看了，可见受欢迎之程度。我在想：如果三版时，能够多运一些来香港，让更多的读者拜读，那就太好了。顺便告诉你，你在1956年由中国青年出版社出版的《与习作者谈写作》，我手头也有一本，我是在这里的旧书店买到的——虽然以前我在北师大读书时也买过，但那本存书因为我出来时不被允许携出（当时海关规定"文革"前的书籍不能出口），流失在朋友手中了。

新年将至，谨祝你与陶萍大姐
健康、快乐！

乃贤　十二月十七日

1979年2月14日

萧殷兄：

接到你的来信，很是高兴。你的致意我也已经由电话转达给璧华[①]，并把你的称赞转告给他。他听了，很是高兴。

你准备就那篇习作谈现实意义的问题，那自然是我十分盼望的事情。我想，这个问题对许多人都应该会大有启发，希望你能尽早写出。《海洋文艺》那边刊出，大约很欢迎，但有一点，就是尽量不要提得（在政治上）太正面，可以婉转一点。因为要顾及东南亚市场，就不能不考虑这问题，否则就有被禁入口的危险。这是《海洋文艺》的难处，另一方面读者怕也较难接受较激的论点。听《海洋文艺》一个姓潘的编辑[②]说，最近内地有几个作家给他们来稿，由于政治性太重，只得割爱，可能会转给报章副刊使用。因为此地左派报纸根本不准进星马，所以也就少了这一层考虑。总之，我当然希望尽早看到你的宏文，另一方面在写法上提出上述的一些情况，也许可以让你在下笔时较有底。也希望你能谈谈写作技巧上的问题。

---

① 璧华（1934—　），原名纪馥华，福建福清人，出生于印度尼西亚万隆。毕业于青岛山东大学，20世纪70年代迁港。

② 指潘耀明，笔名彦火，福建南安人。《海洋文艺》编辑，后曾任《明报月刊》总编辑兼总经理。

前些日子艾青兄从北京寄来一本1月号《人民文学》（该刊号有运港发售，但速度颇慢，往往要过了一个多月才见到。《作品》现在才见到去年11月号，12月号还没有来），里面有他的长诗《光的赞歌》。还高兴地看到你的书简《关于典型环境中的典型人物》，读了之后，很受教益。你提到了许多令人深思的问题，但愿今后看到你更多的评论。

有关广东省文学创作座谈会的情况，《文汇报》曾连载由曾敏之写的报道，所以我也知道得比较清楚。随信附去该报道，你一看便清楚了。我们也为广东的创作欣欣向荣而欢欣鼓舞。

祝贺《作品》的销路大增！希望今后《作品》能发表更多的好作品。如今运港的文艺刊物，除《人民文学》《诗刊》《作品》之外，又增加了一个《十月》。听说上海出的几种，以后也可能会来。

不知道《作品》是否还需要海外的小说稿件？有个现居美国的女作者李黎①（原在台湾，大学毕业后去美国定居，思想较为进步，常在《七十年代》②与《海洋文艺》发表作品）对于这个事情有兴趣，不知道你的意见如何。在10月号《海洋文艺》上，她也有一篇小说《西江月》，你可看看是否合适。

其矫兄1月间去北京参加全国诗歌创作座谈会。2月初回榕。听说一些诗人由海洋局给予方便，将要访问几个港口，20日在广州报到。其矫兄与艾青兄也会参加，他们可能会要我去穗见见面，但现在还未决定下来。如果抽得出时间，我当然希望走一走，到时真去广州，我们又可以见面了。但到现在，我也还不能肯定。

寄去一本2月号《海洋文艺》。预告中下期有我一篇小说，不知怎么搞的，竟刊出我的真名。我已要求他们刊正文时改回笔名。

祝好！代候陶萍大姐。

乃贤　二月十四日

---

① 李黎（1948—　），原名鲍利黎，出生于南京。毕业于台湾大学历史系。20世纪70年代赴美，著有《大江日夜流》《最后夜车》《大地之歌》等。

② 《七十年代》月刊，香港中文大学主办，1970年创刊。后更名为《九十年代》《二十一世纪》。

1979年4月7日

萧殷兄：

3月26日来信收到。从广州回港后，我曾经给你去过一信，并夹去几张照片，不知收到没有。

收到你的信后，我曾跑了一趟《海洋文艺》社，并且见了吴其敏先生。以前我未曾与他谈过话，只认识里面的一个编辑而已。我把你要2月号《海洋文艺》的用途告诉吴其敏，他即送了一本，并要我代他向你问好。该刊我已经邮寄给你，想来不日当可收到。关于稿件，吴其敏先生表示，很欢迎你来稿，但不要超过五千字，另一方面调子不能高，最好谈些技巧上的问题，以有助于青年作者的写作。他说，调子高了，政治术语多了，外销有问题。他还说，吴祖光将《闯江湖》①拿给《海洋文艺》优先发表，然后由《收获》转载，本来是十分好的，但还是没有办法登。一个是太长，有8万字，篇幅上有困难；另一个是该剧本的最后一场发生在解放区，这也无法通过东南亚的检查。

《新贵》的作者李汝琳②，据说原是三十年代的老作家，现居新加坡。

本来3月号《海洋文艺》准备刊登我的习作，后来听说由于卞之琳③来稿较长，把我的那篇挤掉了，延至4月号才登出，题目是《梦醒何处》。10号出版后，我当寄一本给你，请你多多批评。

香港《文汇报》的稿件，调子可稍高于《海洋文艺》，因这里的左派报纸都不能进星马④，没有什么顾忌。但就一般读者的口味来说，较多喜欢文学味浓厚的评论。我看调子不必太高，或者说提得不要太正面，只要目的能达到，可以说得婉转些，这样的文章人家喜欢。据我所知，近来在此地刊出的文章，巴金⑤与柯灵⑥的受人称道，秦牧就

---

① 吴祖光五幕话剧《闯江湖》，载《收获》1979年第3期，后由天津人民艺术剧院排演。
② 李汝琳（1914—1991），原名李宏贲，河南沁阳人，后移居新加坡。《新贵》为其短篇小说集。
③ 卞之琳（1910—2000），江苏海门人。诗人、文学评论家、翻译家。北京大学教授，中国社会科学院文学研究所研究员。
④ 指新加坡、马来西亚。
⑤ 巴金自1978年底在香港《大公报》开辟《随想录》专栏，1979年12月由香港三联书店结集出版。
⑥ 柯灵（1909—2000），原名高季琳，浙江绍兴人。曾任香港《文汇报》主笔。

差些。

我向《新晚报·下午茶座》编辑梁良伊①大姐打听到阮朗②的地址，如下：九龙跑马道11号二楼。

附去照片及在《新晚报》刊出的文章，本来长些，但编辑说版面太挤，给砍掉了大半，只好以此面目见你。

祝好！代候陶萍大姐。

乃贤　四月七日晚雨中

1979年5月6日

萧殷兄：

4月15日来信收到。除第2期《海洋文艺》之外，我又寄了四月号《海洋文艺》，不知收到没有？

上个星期日，由曾敏之先生主持的《文汇报》《文艺》周刊曾刊出启事，说将辟《文艺信箱》，特约你解答各种文艺问题。但看今天的《文艺》，还没有你的大作。今天刊出的是南下的"诗人学习访问团"③一些成员的诗作，包括艾老、邹荻帆、蔡其矫、吕剑、雁翼、周良沛、高瑛等几个人这次旅行的新作。

黄东涛④原在福建华侨大学中文系学习，确是黄东平⑤的堂弟。但我认识他是到了香港后，由于学写东西的关系而结交。前两三年比较接近，近年来大家都忙，也少见面。他写东西似乎很多，活动能力颇强。由于他在一家出版社当推销，与各出版社的负责人似乎较熟，几乎每家出版社都给他出过一本书，那数量加起来就有好几本。连在本地从事写作颇久的人也都惊奇于他的出书顺利。他的妻子更加活跃，做些玉器生意，来

---

① 梁良伊，20世纪60年代起任香港《新晚报》副刊编辑。丈夫高学逵曾任《大公报》驻昆明记者。

② 阮朗，原名严庆澍，笔名唐人。香港《新晚报》编辑主任、代总编辑。《十年一觉香港梦》署名阮朗。

③ 1979年2月，《诗刊》编辑部组织"诗人海港访问团"（又称"学习参观团"），艾青任团长，邹荻帆、雁翼、韦丘为副团长，团员包括高瑛、蔡其矫、吕剑、徐刚等20多人，到访湛江、海南岛、上海等地。

④ 黄东涛，笔名东瑞，福建金门人。香港获益出版公司总编辑、香港儿童文艺协会会长。

⑤ 黄东平（1923—　），印度尼西亚作家，祖籍福建泉州。

往的客人形形色色都有。他的小说内容,有许多便是从那些人听来的。一般人对他的作品反映,认为文字尚不够,但是故事方面比较传奇一些、通俗一些。本港上海书局的主编前两年曾经要我转告他一些意见,我因为自己也没有什么水平,不敢开口,只是暗示过。我也很难处理。大约情形就是如此。

前几天碰到《海洋文艺》的一个编辑,他告诉我说,曾敏之向他提到,你写了(准备写?)一篇评《强者的力量》的文章,问他是否可给《海洋文艺》,他说他做不了主,最好与吴其敏直接联系。现在也不知道怎样了。我当时也只是听他说,也没有追问,他又说得不怎么清楚,我也有点莫名其妙。

也许在今年内我会出两本书,一本是13万字的小说《追寻》①,一本是散文小说集《强者的力量》②。稿件早交去了,听说正在排印中。到时如果真能顺利出版,当会寄去请你指正。

听说人民文学出版社要出大型丛刊《当代文学》③,湖北要出《外国文学研究》④,真是好消息。但还不知道是否出口公开售卖?《花城》听说这个月出版,也还不知道有没有外销。现在好像各省都在办文艺丛刊。

艾老来信说,他将在月中参加一个友好代表团去西欧访问。其矫兄则接到组织部调令,要调他回北京。大约你都知道了。

看来文代会要延迟了!祝你

丰收!

代候陶萍大姐。瑞珠问你们好。

乃贤　五月六日

1981年1月21日

萧殷兄:

25日来信及挂号寄来之《月夜》已经收到,十分感谢。近来忙乱,至今才复信,希见

---

① 《追寻》,陶然著,中国友谊出版公司1984年版。
② 《强者的力量》,陶然著,香港文学研究社1979年6月版。
③ 指《当代》文学期刊,创刊于1979年,人民文学出版社主办。
④ 《外国文学研究》,湖北省哲学社会科学联合会外国文学分会出版,1978年9月创刊。

谅。我由京返港后只收到你这封信,信中所说那封短简一直未见到。我一直为你未回信纳闷,数次想去信相问候,但考虑也许你在养病,需要多多休息,所以也就没敢打扰。

知道你治疗已经有了好的效果,瑞珠与我都感到很高兴。希望你抓紧时间进一步治好病。工作方面似不应该太过劳累,目前应以养好身体为最主要的目的。

《海洋文艺》出了十月号后即宣布停刊,当然理由是亏本太厉害。连《开卷》①也已经于年底停办。目前文艺刊物可说是没有了,有一本不定期的《八方》②,也不是以本地作者为对象,主要是台湾、美国与大陆的名家发表的园地。此地文艺之不景气,由此可见一斑。吴其敏兄已经退休,大约在中华书局挂了顾问的名义,不用上班,只是开大会时去一下。工资当然降下来了,但他不必那么劳碌,也不失为好出路。潘耀明则调到三联书店,据说挂了个副主任头衔。他当然很不错。《海洋文艺》社址都已撤销了。

不知道我告诉你了没有,我现在中国新闻社香港分社编辑部工作。一般情形还算过得去。

瑞珠已于9月13日诞下一男孩,取名晓峻。现在已经四个多月了。

艾青夫妇与王蒙从美国回京③,经港时曾经相见。艾青夫妇在元旦晚上还来过我家吃便餐。较早前,冯亦代④与卞之琳兄经港,我与瑞珠也曾应约相见。只是陈残云、秦牧等四人来港时,我一个也未见。因为陈残云虽在广州见过,但好几个人在,想来他也不认识我,秦牧等人则见都没见过,所以我也就不好去干扰他们繁忙的应酬了。匆匆祝春节好!瑞珠问你及陶萍姐好。

乃贤　一月二十一日晚

1981年12月16日

萧殷兄:

6月赴广州参加港台文学研讨会之后,本来想要写信,但后来诸事繁忙,一拖再

---

① 《开卷》月刊,以提倡读书为宗旨,1978年创刊,李文健主编。
② 《八方》,香港文学杂志,郑树森主编。
③ 1980年,艾青、高瑛夫妇与王蒙接受聂华苓、保罗·安格尔夫妇邀请赴美,参加"爱荷华国际写作计划"。
④ 冯亦代(1913—2005),曾任重庆中外文化联络社经理,创办《中国作家》(英文),主编《电影与戏剧》。

拖，竟然没写成。不久前我又因急性肺炎住院达一个月之久，更加写不成了。如今已出院并恢复上班，但仍半休。自我感觉尚好，勿念。

曾经托福建出版社将我出的小说散文集《香港内外》[①]代我转寄你，不知是否收到？很希望听到你的批评意见，以便今后提高。

不知道你最近身体怎样，肺气肿稍好了没有？也许冬天更加辛苦，望你多加注意。有些工作应适当减少，给青年看稿，也不要太多了。我以为休息是重要的，也不要看太多书报。

《给文学青年》再版了吗？如有的话，甚望送我一本。

随信附去6月间照的相片，请查收。匆匆，祝

新年好！

瑞珠问你和陶萍姐好。

乃贤　十二月十六日

---

① 《香港内外》，涂陶然著，福建人民出版社1981年6月版。